Lisa Sandlin

Der Auftrag der Zwillinge

Ein Fall für Delpha Wade

Thriller

Aus dem amerikanischen Englisch
von Andrea Stumpf

Herausgegeben von
Thomas Wörtche

Suhrkamp

Der Auftrag der Zwillinge ist die deutsche Übersetzung von Lisa Sandlins Roman *The People Store*, der bislang noch nicht in den USA erschienen ist.

Klimaneutral
Druckprodukt
ClimatePartner.com/14438-2110-1001

Erste Auflage 2024
suhrkamp taschenbuch 5418
Deutsche Erstausgabe

Umschlagfoto: sakhorn/Shutterstock
Umschlaggestaltung: Designbüro Lübbeke Naumann Thoben, Köln
Druck und Bindung: CPI books GmbH, Leck
Printed in Germany
ISBN 978-3-518-47418-1

www.suhrkamp.de

Der Auftrag der Zwillinge

Im Andenken an die Zwillinge

Ich hätte gern mehr Schwestern, damit das Herausnehmen von einer nicht eine solche Stille hinterlässt.

Emily Dickinson

1. Dezember 1973

Delpha riss den mit *Insta-Tree* beschrifteten Karton auf und breitete den Inhalt auf ihrem schmalen Bett aus. Ein schwerer runder Ständer, ein Stab und drei Häuflein borstiger tannengrüner Zweige. Lange, mittellange und kurze Stücke, die aussahen, als könnte man damit Nuckelflaschen putzen. Was sie noch nie getan hatte und wahrscheinlich auch nie tun würde.

Nach einem kurzen Blick in die Aufbauanleitung machte sie das Naheliegende: Sie steckte den Mittelstab in den Ständer. Die langen Zweige sollten unten hin, darüber die mittellangen, ganz oben die kurzen. Sie fing oben an und fummelte einen Zweig nach dem anderen in die Löcher. Der Nachttisch wurde schon von Lampe, Kleenex-Schachtel und Büchereibuch mit Beschlag belegt. Deshalb schob sie auf der Kommode Körperlotion, Aspirin und eine Dose mit nach Geißblatt riechendem Talkumpuder zur Seite und stellte den Baum darauf. Stolze sechzig Zentimeter hoch.

In der Lobby stand ein echter Baum, allerdings hatte Calinda, die Hotelbesitzerin, vor ihrem Urlaub die Anweisung hinterlassen, dass er beflockt werden sollte – also mit weißem Sprühdosenschaum, der angeblich wie Schnee aussah, bekleckert. Ein echter Fortschritt in der Weihnachtsdeko. In den 1940er Jahren war Calinda als frischgebackene Erbin des New Rosemont Hotel Weihnachten noch selbst in die Wälder gefahren, die zu beiden Seiten jeder kleineren und größeren Straße standen, und hatte eigenhändig eine Kiefer gefällt und mit glitzernden Eiszapfen geschmückt. Mittlerweile – kurz vor der Jahreswende 73/74 – war ihr das zu altbacken, und außerdem ließ sie jetzt arbeiten. Der beflockte Baum wurde in einen mit Sternchenstoff verhüllten massiven Ständer gesteckt, mit Schrauben gesichert und mit elektrischen blauen Kerzen und blauen und silbernen Weihnachtskugeln dekoriert.

Die unnatürliche Pracht des beflockten großen Baums beeindruckte Mrs Bibbo, Mr Nystrom und andere Hotelbewohner. Aber Delpha wollte keinen Gemeinschaftsbaum. Die vierzehn Jahre im Gefängnis hatte es immer nur einen Baum für alle gegeben, der im Tagesraum stand. Inzwischen war sie draußen, und das erste Weihnachten in Freiheit wollte sie mit ihrem eigenen Baum begehen. Klein, wohlgeformt, grün. Nur sie sollte ihn anschauen dürfen, und er sollte ihr spärlich eingerichtetes Zimmer ein bisschen hübscher machen. Sie kroch über den Boden und führte das Kabel von der Steckdose hinter der Kommode zu dem Plastikbaum, um die Lichterkette anzuschließen, die sie um den Baum geschlungen hatte. Die Glühbirnen waren für den Minibaum viel zu groß, aber das war ihr egal. Man beklagte sich ja auch nicht darüber, dass der Diamant für den Ring zu groß war.

Delpha beugte sich hinter den Baum und steckte die Lichterkette ein. Farben explodierten: Rot, Blau, Grün, Orange und strahlendes Weiß.

Sie knipste die Deckenlampe aus, ließ sich aufs Bett sinken, saß ruhig atmend im Dunkeln da und sah gebannt auf den Baum. Still stand er da und leuchtete ganz allein für sie in ihrem Zimmer mit der abschließbaren Tür. Seine Farben waren nur für sie. Er gehörte nur ihr. Das war wie Medizin. Sein hübscher Anblick sollte Delpha dabei helfen, einige Bilder in ihrem Kopf zum Verblassen zu bringen. Einen Versuch war es wert.

Eine Viertelstunde lang ließ sie sich von den farbigen Lichtern verzaubern, dann klopfte es an der Tür.

Sie glitt vom Bett, sperrte auf und sah durch den Spalt hinaus.

Oscar.

Ein junger Schwarzer, der über die Küche herrschte und halbwegs nett zu Delpha war. Sein Blick huschte zu dem bunten Baum. »Hinterm Haus ist eine, die dich sprechen will«, sagte er. Seine Augenbrauen und Augen bemühten sich, gleichgültig zu erscheinen.

Im Sommer hatte Delpha ihren jungen Liebhaber durch die Hintertür in der Küche ins Haus gelassen, aber das war vorbei. Der einzige Besucher, den sie in den letzten Monaten im New Rosemont empfangen hatte, war ihr Boss Tom Phelan gewesen, und der kam durch die Vordertür.

»Wie sieht sie aus?«

»Wie ein Gespenst. Als würd sie auf dem Parkplatz tot umsinken, wenn du sie zu lang da draußen stehen lässt. Würd dir vielleicht Scherereien ersparen.«

Angela konnte es nicht sein, Delphas Vielleichtfreundin aus der Bücherei. Dann musste es eine aus Gatesville sein. Delpha ließ vor ihrem geistigen Auge die Insassinnen des Frauengefängnisses zum Appell antreten, von denen sie vermutete, dass sie nach ihr auf Bewährung rausgekommen waren, aber wie ein Gespenst sah keine aus.

Sie machte die Tür vor Oscars Nase zu, zog den Schlüssel aus dem Schloss, trat in den Flur und verriegelte die Tür hinter sich. Gemeinsam gingen sie die Treppe hinunter und an dem silber-blauen Weihnachtswunder vorbei.

In der gelb beleuchteten Küche roch es nach Abendessen, und das Abendessen roch nach Hackbraten mit Knoblauch und nach karamellisierten Zwiebeln. Dazu gab es Kartoffelgratin und den Schmelz von Solomon Burkes »Cry to Me« aus dem Radio, das auf dem Regal stand. Oscar bezog Stellung am Herd und widmete sich seinen Töpfen.

Delpha öffnete die Hintertür, ließ die Fliegengittertür

aber geschlossen. Kalte Luft – dreizehn Grad galten im texanischen Beaumont als kalt – drang durch das Fliegengitter. Sie sah raus zu der mit eingezogenen Schultern dastehenden Frau. Oscar hatte sie treffend beschrieben. Das Gesicht weiß wie ein Laken, farblose Lippen, Augen halb geschlossen. Jeansrock und abgetragener puderblauer Mantel mit zu langen Ärmeln, die Arme um sich geschlungen. Der Mantelkragen bestand aus puderblauem Fuchs, am Hals lugte ein kleegrünes T-Shirt hervor. Die Frau zupfte an dem grünen Stoff.

»Emerald McClung«, sagte Delpha.

»Fast«, erwiderte die Frau. »Können wir irgendwo reden?«

»Als Ex-Knackis haben wir Kontaktverbot. Das weißt du so gut wie ich.«

»Deshalb bin ich ja zur Hintertür gekommen.«

Delpha sah sie unverwandt an. Nach einer Weile fielen die aschblonden Haare ihrer Besucherin nach vorne. »Bitte.«

Delpha schloss die Tür. Dann ging sie um den Weihnachtsbaum herum und am Fernseher und der Popcornmaschine vorbei durch die Lobby des Rosemont, wo die Alten saßen und plauderten und rauchten. Es passte ihr nicht, dass Emerald in ihrem neuen Leben auftauchte. Außerdem konnte der Umgang mit bekannten Kriminellen den letzten Ausschlag geben, wenn sie einem was Schlimmeres anhängen wollten. Das allein reichte allerdings nicht.

Trotzdem.

Sie ging zur Haustür, von wo aus man die Straße überblickte, samt dem Gebäude gegenüber, in dem sich Phelan Investigations befand. Dann drehte sie sich um und kehrte durch die Küche an Oscar vorbei zurück zur Hintertür und fluchte.

Da stand sie noch. Die Arme um sich geschlungen.

Delpha schob den Riegel der Fliegengittertür zurück und hielt sie auf.

Sie schaltete die Deckenlampe an und setzte sich aufs Bett. Emerald McClung nahm den Stuhl. Sie sahen sich an, zwei Frauen, die sich das letzte Mal über zwei Tabletts mit zähem Fleisch, Grütze und Weißbrot hinweg angesehen hatten. Dass sie sich in Freiheit wiederbegegneten, hätte Anlass zur Freude sein können, aber keine von beiden wirkte sonderlich erfreut. Emerald hatte immer noch den für frisch Entlassene typischen Blick eines aufgeschreckten Kaninchens. Weil man einfach nicht glauben konnte, dass man dort ging und saß, wo man ging und saß, und jeder, der einem begegnete, etwas im Schilde führen konnte, was man innerhalb von zwei Sekunden herausfinden musste.

»Du siehst ein bisschen spitz aus«, sagte Delpha nach einer Weile.

»Hast du einen Ascher?«

Delpha zog die Schublade ihres Nachttischs auf, nahm den unbenutzten Aschenbecher heraus und gab ihn Emerald. »Wie hast du mich gefunden?«

»So was spricht sich rum.«

»Und? Suchst du Arbeit?«

Die schweren Lider hoben sich. Delpha erinnerte sich an das blasse Grau der Augen. Ungewöhnlich, fast silbern. Wie bei einem dieser Schlittenhunde.

»Ich arbeite im Holiday Inn, mach die Zimmer sauber. War schon immer mein Traumjob.« Mit vorgebeugtem Kopf zündete sie sich die Zigarette an. Ihre Hand zitterte, sie versetzte ihr einen Klaps, wie man jemandem, der im Kino quatschte, einen Klaps auf die Schulter gab.

Delpha neigte den Kopf zur Seite. »Gibt Schlimmeres.«

»Stimmt. Ich werd mir trotzdem bald was in einem Schönheitssalon suchen. Haarewaschen. Zusammenkehren und so. Hübscher Weihnachtsbaum, den du da hast.« Sie stieß den Rauch aus und lehnte sich zurück.

»Hast du dich nicht auch immer nach was gesehnt, als du eingesessen hast? Was dir dauernd im Kopf rumgegangen ist?«

Emerald nickte langsam.

»Ja«, sagte Delpha und deutete mit dem Kinn zu dem Baum. Wobei sie jetzt, wo die Deckenlampe brannte und eine andere Ex-Insassin ihren Weihnachtsbaum begutachtete, sah, was er tatsächlich war. Eine kleine Plastiktanne, kein Seelenschmeichler. Das Gefängnis schaffte es doch zuverlässig, Hoffnung in Scheiße zu verwandeln.

Ihre Besucherin schwenkte ihre Zigarette. »Ruhig hast du's hier.«

»Im Rosemont wohnen fast nur alte Leute. Die kriegen sich nicht dauernd in die Haare.« Delpha sah sie lange an. »Was willst du, Emerald?«

Emerald schlüpfte mit einem Arm aus dem Mantelärmel, nahm die Zigarette in die andere Hand und wand sich ganz aus dem Mantel. Das knallige Grün ihres T-Shirts ließ ihr Gesicht noch kränklicher aussehen. Sie zog den Saum ihres Jeansrocks über ihren weißen Oberschenkel hoch.

Delpha blickte darauf, dann sah sie die Frau an. Sie hatte die Zigarette zwischen die Zähne geklemmt und kniff die Augen gegen den Rauch zusammen, während sie mit dem Daumennagel über die Haut fuhr. Etwas Helles, Pastoses sammelte sich am Nagel. Sie schnippte das Zeug in den Papierkorb. Delpha wandte den Kopf ab, als die Frau auf ihre Finger spuckte und über ihr Bein rieb. Dann streckte sie es mit hochgeschobenem Rock aus.

Delpha richtete wieder den Blick darauf. Oberhalb des Knies war das weiße Bein von einer Narbe gezeichnet, eine ungefähr fünfzehn Zentimeter lange und einen halben Zentimeter breite Furche. Wie sie ein Kartoffelschäler hinterließ.

»Himmel. Ruby.«

»Ja«, sagte Ruby McClung. »Gatesville hat Emerald noch nicht entlassen, das wissen die nur nicht. So kommt's, dass ich hier bin.«

»Warum hast du Bewährung gekriegt und Emerald nicht?«

Ruby stieß hustend den Rauch aus. »Hörst du nicht zu? Emerald ist bedingt entlassen worden. Ich bin in eine Prügelei geraten. Dafür haben sie mir noch mal sechs Monate aufgebrummt. Aber ich war krank, und Emerald hat mich in allerletzter Minute überredet, ihren Platz einzunehmen. Jetzt ist sie auch krank, und ich hab Angst, dass sie es nicht schafft.«

»Was heißt krank?«

»Unruhe, Husten, Zittern. Du fühlst dich einfach beschissen und willst manchmal am liebsten aus der Haut fahren. Abgesehen vom Husten ist Em in letzter Zeit auch noch nervös und schwach, ihre Hände zittern wie die von einer alten Frau. Aber wir sind 38, nicht 88. Seit ich draußen bin, geht's mir ein bisschen besser, hab ich jedenfalls den Eindruck, dafür geht's Em jetzt schlechter. Dauernd vergisst sie, was ich ihr gesagt hab. Ein paarmal ist sie einfach umgefallen.« Ruby rauchte die Zigarette bis zum Filter runter, spuckte auf ihre Fingerspitzen und drückte die Glut aus. »Wir glauben, dass es Arsen ist.«

Delpha musterte sie skeptisch.

»Was anderes fällt uns nicht ein.«

»Arsen an der Essensausgabe? Die Frauen dort geben fünfhundert Essen aus. Hast du mal mitgekriegt, dass sich eine seltsam verhält, als du an der Reihe warst?«

»Eine vielleicht. Aber wir haben immer genau hingeschaut, wenn sie das Essen auf unsere Teller geschaufelt haben, und auch danach die Teller nicht eine Sekunde aus den Augen gelassen.«

»Süßigkeiten oder Coke aus dem Gefängnisladen?«

»Haben wir kaum noch gekauft.«

»Wo habt ihr beiden denn gearbeitet, als ihr krank geworden seid?«

»Näherei. Aber wir haben nicht aus diesen kleinen Döschen mit Maschinenöl getrunken. Und Lauge oder Bleiche auch nicht.« Ruby sah Delpha mit unbewegter Miene an. »Daran würden wir uns erinnern.«

»Was ist mit der Krankenstation? Waren da andere, denen es so ging wie euch?«

»Nein. Die hatten nur das Übliche. Verstauchte Knöchel, Grippe. Jedenfalls nicht das, was wir hatten.«

»Aber ... war da nicht mal was mit einer schwachen Lunge, die ihr beide habt?«

»Stimmt. Wir haben uns mal eine Bronchitis eingefangen, die nicht weggehen wollte. Der Gefängnisarzt hat gemeint, dass ein Teil unserer Lunge wahrscheinlich kaputt ist.«

»Okay. Dann hat sich die Lunge vielleicht einfach nur verschlechtert.«

»Das haben wir am Anfang auch gedacht. Aber wegen einer Bronchitis fühlt sich der Kopf nicht wie Watte an. Und ... und man stolpert auch nicht plötzlich über Türschwellen, über die man schon tausendmal gegangen ist.«

»Macht Arsen so was?«

»Unsere Mama hat das geglaubt. Einmal hat sie Daddy angebrüllt, dass er ihr Arsen in den Kaffee tut. Daddy hat gelacht und gesagt: ›Ohne dich, Eula, würd ich's in meinen eigenen tun.‹ Das fand ich so süß von ihm. Eula hat meine Mama geheißen.« Rubys Mundwinkel bogen sich kurz nach oben, dann verdüsterte sich ihre Miene wieder.

»Na, jedenfalls kann Arsen dazu führen, dass deine Finger und Zehen kribbelig werden, haben Em und ich in der

Gefängnisbücherei gelesen. Was Emeralds Zitterei erklärt. Außerdem kann Arsen deinen Herzschlag durcheinanderbringen, und das hat Em auch manchmal. Wir haben ständig Lippenherpes und Bläschen im Mund. Durchfall hatten wir nicht, das stimmt, aber wahrscheinlich liegt das nur daran, dass wir so kleine Dosen davon verpasst kriegen.«

Delpha rieb sich die Schläfe, sie bereute, dass sie sich hatte erweichen lassen, Ruby reinzulassen. Sie wollte das alles nicht hören. Sie wollte ihren Baum wieder ganz für sich allein haben, allein in ihrem stillen Zimmer. »Ist jemand sauer auf euch?«

Ruby lehnte sich zurück, ließ den Kopf von Seite zu Seite rollen. »Da war diese Irre, die mir das hier angetan hat. Okay, zuerst hab ich sie angepöbelt, weil sie mir so auf die Nerven gegangen ist, aber das war Monate her. Ich glaub, jemand hat sie dazu angestiftet.« Ruby deutete auf den Rock, der die Narbe wieder bedeckte. »Allerdings haben sie sie nach Rusk verfrachtet. Dann gab's später noch eine, die uns auf dem Kieker hatte. Ein paarmal sind wir aneinandergeraten. Und sonst? Wir haben uns echt den Kopf zerbrochen, Delpha. Die meisten interessieren sich einen feuchten Kehricht für uns. Eigentlich ist uns nur dieses Monsterweib eingefallen. Carl kann's jedenfalls nicht sein.«

»Wer ist Carl?«

Ruby richtete sich wieder auf. Sie spulte die Geschichte der McClung-Schwestern runter, bis sie nach zehn Minuten bei Carl ankam, dem Bankräuber, wegen dem sie im Knast gelandet waren. Er hatte ausgesagt, dass der Plan zu dem Bankraub von den Schwestern stammte, und wurde selbst zu einer langen Haftstrafe verurteilt.

»Er ist noch nicht wieder draußen?«

»Frühestens in zwei Jahren, 75 kann er auf Bewährung

rauskommen. Carl hat uns einen Brief geschrieben und gesagt, dass er Leute in Gatesville kennt. Aber ich schätz mal, er wollte uns nur nervös machen. Außerdem hat er behauptet, dass er zum Heiligen Geist gefunden hat. Aber eins sag ich dir, Em und ich kennen den Heiligen Geist, und was er auch gefunden hat, der ist es jedenfalls nicht. Na egal, jedenfalls haben wir keine Ahnung, woher das Arsen kommt. Wir glauben inzwischen, dass sie es ins Wasser tun.«

»Ins Wasser? Hör mir auf, Ruby. Das wird nicht vom Zimmerservice gebracht, das kommt aus dem großen Krug, an dem sich alle bedienen. Oder aus den Duschen oder Waschbecken oder Trinkbrunnen. Oder draußen aus den Gartenschläuchen. Dann würden alle das Arsen abkriegen. Aber was willst du eigentlich von mir? Nach Gatesville geh ich nicht zurück, nicht mal als Besucherin, nicht für tausend Dollar und eine Packung Schokotörtchen, das sag ich dir gleich.«

»Ich fahr jeden zweiten Samstag nach Gatesville, um Em zu sehen. Und wie gesagt, Emmie geht's mies, und es wird immer schlechter.«

Ruby blickte auf, ohne das Kinn mit den scharfen Linien um den Mund zu heben, die Stirn von Falten zerfurcht. »Die Frau im Übergangswohnheim hat gesagt, dass du für einen Privatdetektiv arbeitest. Kannst du ihn bitten, mit mir zu reden? Ich will, dass er meine Schwester rettet.«

Ruby McClung hatte erzählt, dass sie und ihre Zwillingsschwester Emerald 1935 inmitten eines Sandsturms, der über den Texas Panhandle hinwegfegte, zur Welt gekommen waren. Nicht lange vor ihrer Geburt war ihr kleiner Bruder an einer Staublunge gestorben. Die Farm ihres Daddys war nicht viel mehr als ein riesengroßer Sandhaufen, und bis sie das Schulalter erreichten, hatten auch sie eine Menge Staub gefressen. Der Sand wurde durch die Fenster und Türen geweht, und ihre Mama sagte, er würde auch durch die Wände und das Dach dringen. Einige der Nachbarn zogen weg, aber den McClungs gehörte das Land, das sie bewirtschafteten. Bevor ihr Daddy sein ererbtes Land verließ, hätte er eher seine gesamte Familie in Gräbern verscharrt und mit der dünnen Schicht Muttererde bedeckt, die auf dem Weg nach Oklahoma kurz in Texas Station machte.

Die Mädchen gingen früh von zu Hause weg. Zogen herum, bis sie schließlich beide eine gute Stellung bei einer Bank in Austin fanden. Dem Bankdirektor gefiel die Vorstellung von zwei identisch aussehenden Schalterangestellten. Mit einer Rundbürste föhnten sie ihre hellen Haare zu Pagenköpfen und sprühten sie mit Aqua Net ein, oder sie banden sie zu wippenden Pferdeschwänzen zusammen und trugen einreihige Plastikperlenketten. Obwohl sie sich äußerlich ähnelten wie ein Ei dem anderen, konnte man sie leicht auseinanderhalten. Ruby trug Rot und Rosa in allen Schattierungen und Emerald Grün in allen Schattierungen, weil sie wussten, dass die Leute nicht gerne herumrieten, mit wem sie es gerade zu tun hatten. Die Schwestern lebten wie die Maden im Speck: Mittags aßen sie im Drugstore frisch gegrillte Hamburger und Hähnchensalat-Sandwiches mit Salatbeilage. Dazu tranken sie Cola Float. Nicht ein Sandstäubchen zwischen den Zähnen.

Jeden Samstag gingen sie mit Frank und Carl aus. Frank war groß und kräftig, hatte ein rundes, sommersprossiges Gesicht. Der blonde Carl hatte auch ein rundes Gesicht, war aber kleiner und schmaler. Die Brüder waren Verkäufer und stammten aus dem Süden, nicht weit vom Golf in Beaumont, und sie prahlten gerne mit dem Haus, das sie sich an einem Ort namens Crystal Beach gebaut hatten. Die Schwestern waren so lange beeindruckt, bis sie ein Foto davon sahen: eine kleine blaue Schuhschachtel auf Pfählen, die die beiden »Wolke Sieben« nannten.

Eines Abends, nachdem die Schwestern einige Tom Collins inklusive der Cocktailkirschen intus hatten, fragten die Jungs sie nach der Bank aus. Wo was war. Wie viele Leute dort arbeiteten. Ob Geldtransporter zur Bank kamen und an welchen Tagen. Ob die Banknoten markiert waren. Dann unterhielt Carl sie mit Geschichten darüber, wie er hochnäsige Kunden reinlegte. Wie er eine verkratzte Kommode mit Wachs und Farbe aufpoliert und einer Frau als neu verkauft hatte. Er äffte ihre näselnde hohe Stimme nach, und alle lachten außer Emerald. Mit ihren silbernen Augen sah sie ihn ungerührt an.

Eines Tages räumte Emerald nach dem Kirchgang das Abendessengeschirr ab und stellte es in die Spüle. Sie öffnete eine frische Packung Salem und warf Ruby eine Zigarette zu. »Setz dich, Schwester«, sagte sie. Sie erklärte Ruby, dass sie Frank und Carl in den Wind schießen mussten.

»Ich mein's ernst«, sagte Emerald. »Denen geht's nicht um uns. Denen geht's um die Bank. Das sollten wir langsam kapiert haben.«

Ruby runzelte die Stirn. Sie war die Leidenschaftlichere von beiden, die schneller in die Luft ging, die sich schneller verknallte. Aber sie wusste, wie sehr Emerald an Frank hing. »Du hast gesagt, dass er ein wirklich guter Küsser ist.«

»Gibt mehr Männer, die gut küssen können.«

Bei Emeralds Ton glättete sich Rubys Stirn, und schon waren sie wieder ein Herz und eine Seele, wie sie es immer gewesen waren. Sie saßen sich gegenüber, lackierten sich gegenseitig die Nägel und tauschten sich über die Gespräche mit Frank beziehungsweise Carl aus, die sie jeweils geführt hatten. Dann breiteten sie das zusammengetragene Wissen aus. Emerald erinnerte Ruby an den Abend, als die Jungs sie zu sich nach Hause eingeladen hatten, um ihre Familie kennenzulernen. Sie spielten gerne, und es war Pokerabend. Emerald hatte sofort Franks verstohlenen Hinweis registriert – ein beiläufiger Blick über ihre Köpfe hinweg – und den von Carl – er steckte den Daumen zwischen Zeigefinger und Mittelfinger und presste sie leicht zusammen.

Emerald hatte Ruby von den kleinen Tricks erzählt. *Erinnerst du dich noch?*

Ja klar, Ruby erinnerte sich. Sie sagte, dass Em eine gute Beobachterin sei.

Oh, Em – Ruby wagte kaum, ihr davon zu erzählen –, eines Abends hatte Carl sie gefragt, ob sie in der Bank einen Alarmknopf hätten, den sie drücken konnten, wenn jemand sie bedrohte. *Ja*, entschlüpfte ihr, bevor ihr einfiel, dass man ihnen eingeschärft hatte, auf diese Frage immer mit *Nein* zu antworten, selbst wenn die eigene Mutter sie stellte. Deshalb verschwieg sie ihm wenigstens das kleine Bündel markierter Scheine, das in ihrem Geldschub lag und nur bei einem Überfall herausgeholt werden sollte. Stattdessen redete sie rasch weiter und erzählte, dass man ihr beigebracht hatte, Geld so schnell zu zählen, dass die Scheine vor den Augen verschwammen.

Ruby erinnerte die ihr gegenübersitzende Emerald daran, wie sie Frank und Carl das erste Mal gesehen hatten. Die beiden waren in der Lobby der Bank herumspaziert. An dem älteren Wachmann vorbei und an dem Tresen mit den Überweisungsformularen und angeketteten Kugelschreibern, der niedrigen Absperrung vor dem Tresorraum. Dann stellten die nett aussehenden jungen Männer sich in die Schlange, weil sie sich mit Ruby und Emerald unterhalten wollten, die amüsierte Blicke tauschten. Die beiden sagten, dass sie gar nichts zu erledigen hätten. Dass sie nur zum Flirten gekommen seien. Linkisch zwinkerte Frank Emerald zu. Carl witzelte, dass Ruby sicher oft angemacht werde. Bei der Vorstellung, wie ein Mann versuchte, sie anzumachen, während sie hinter dem vergitterten Tresen stand, verdrehte Ruby die Augen.

Jetzt setzten die Schwestern die einzelnen Beobachtungen wie Puzzlesteinchen zusammen, bis sich ein Bild ergab. Sie sagten die Verabredung am folgenden Samstag nicht ab, aber montags darauf riefen sie Frank und Carl an und erklärten ihnen, dass es aus sei. Sie hätten zwei andere kennengelernt. Frank war zu stolz, um Emerald um eine Aussprache zu bitten. Für ihn war sie gestorben. Aber Carl fing an zu heulen.

»Denk dir nichts«, sagte Ruby zu Emerald. »Sobald ihm die Nächste schöne Augen macht, wird er mich vergessen haben. Außerdem werden wir die beiden sowieso nie wiedersehen.«

Das stimmte jedoch nicht. Sie sahen sie schon am nächsten Donnerstag wieder, dem Tag des Geldtransports. Zwei Männer mit Strumpf über dem Kopf und gezogener Waffe stürmten herein und brüllten herum. Mit eiskalten Händen gaben die Schwestern ihnen das Bargeld aus ihren Geldschüben, darunter auch die Bündel mit den markierten Scheinen. Sie wussten beide, wem die zerknautschten Gesichter unter den Nylonstrümpfen gehörten, taten jedoch ahnungslos, ohne sich auch nur mit einem raschen Blick darüber verständigen zu müssen. Unter vorgehaltener Waffe öffnete der Bankdirektor den Tresor. Die Männer schnappten sich so viel, wie sie tragen konnten, und rannten an dem schlotternden Wachmann vorbei aus der Bank. Da hatte Ruby mit dem Knie bereits den Knopf am Schalter gedrückt, der im Sheriffbüro Alarm auslöste. Trotzdem entkamen die Bankräuber mit der Beute, die laut den Bankrevisoren aus fast siebenunddreißigtausend Dollar bestand. Emerald und Ruby wurden stundenlang vernommen.

Drei Monate später bezahlten zwei Besoffene in der Piccadilly Cafeteria in Beaumont mit einem markierten Zwanziger. Die Polizei stellte fest, dass der Schein zu der Beute gehörte, die eine Bankangestellte bei einem Bankraub in Austin ausgehändigt hatte, und wies die Kassiererin in dem Lokal an, sich sofort zu melden, wenn die beiden Männer wieder auftauchten.

Sechs Wochen später rief die Kassiererin an.

Die beiden Männer, die sich gerade an einen Tisch im Picadilly gesetzt hatten, zogen ihre Waffen, statt die Hände hochzunehmen. Die anderen Gäste warfen sich auf den Boden und krochen unter Tische, und die Frau mit dem Servierwagen schob ihr Wägelchen schnell zurück in die Küche. Frank erwischte ein Schuss mitten ins Herz. Carl büßte seine Milz ein, überlebte aber. Gegen Ende des Prozesses, der beinahe den Geschwindigkeitsrekord des Austiner Gerichts gebrochen hätte, bestand er auf einmal auf einer Aussage. Sein Anwalt protestierte lautstark.

Im Zeugenstand wand Carl sich, als er den Eid ablegte. Die Lederbibel brannte unter seiner Rechten, und kaum hatte er sie berührt, spürte er Gottes strafenden Blick auf sich. Er konnte nicht länger an einer Lüge festhalten. Gott wusste, dass er einen Fehler gemacht hatte und eine Gefängnisstrafe verdiente. Ja, er hatte auf nicht schuldig plädiert. Weil sein Anwalt ihn dazu überredet hatte. Der Anwalt wollte, dass er dem toten Frank die Schuld in die Schuhe schob. Aber Frank war sein Bruder. Sein großer Bruder, und so billig wollte er nicht davonkommen.

Carl breitete die tragische Geschichte zweier Brüder aus, die von den hinterlistigen McClung-Schwestern verführt worden waren. Die beiden Frauen hatten sie mit sämtlichen Informationen gefüttert. Ihnen den Plan untergeschoben. Er und Frank waren zwei ehrliche, brave Burschen. Ein Möbelverkäufer und ein Autoverkäufer. Die sich in zwei Schwestern verliebt hatten. Er liebte Ruby McClung aus tiefstem Herzen: Wenn sie von ihm verlangt hätte, zum Mond zu fliegen, hätte er sich Flügel wachsen lassen. Anfangs hatten sich die Brüder gegen den Plan gewehrt, schließlich aber nachgegeben.

Carl ließ den Kopf hängen. Er hatte ein Grübchen, eine Locke seines hübschen blonden Haarschopfs fiel ihm in die Stirn. Er warf einen Blick zu den Geschworenen. Ließ sie die Tränen sehen, die über sein zerknirschtes Männergesicht rollten. Ja, er und Frank hatten die Waffen in der Hand gehalten. Aber Gott wusste, dass die Frauen sie dort hineingelegt hatten.

Dem Angeklagten, diesem reuigen Sünder, wurden zwölf Jahre aufgebrummt. Die Schwestern, die wegen Mittäterschaft bei einem bewaffneten Raub angeklagt worden waren, bekamen jede zehn Jahre. Sie fuhren in der Goree State Farm in der Nähe von Huntsville ein, wo sie eine Ausbildung zur Kosmetikerin machten. Nach einer Weile wurden einige der Goree-Insassinnen nach Gatesville verlegt. Unter ihnen auch die McClung-Schwestern.

3. Dezember 1973

Nach ihrer Schicht im Holiday Inn klopfte die nach Raumspray duftende Ruby McClung an die Tür von Phelan Investigations. Delpha führte sie hinein. Nervös und mit herumschießendem Blick sah Ruby sich um, als könnte im nächsten Moment ein Tiger hinter einem Schrank hervorspringen, dann riss sie sich zusammen. Sie schlüpfte aus ihrem puderblauen Mantel, den sie über ihrer Zimmermädchenuniform trug – weißer Rock, weiße Schürze, weiße Bluse mit drei roten Streifen an den kurzen Ärmeln und ein Namensschildchen. Delpha fand die Uniform auf den ersten Blick furchtbar und wusste, dass es Ruby genauso ging, weil die Insassinnen von Gatesville Weiß trugen. Außerdem stand Frauen, die so bleich wie die Schwestern waren, Weiß nicht. Die McClungs brauchten Farbe, damit sie nicht wie tot aussahen.

Mit aufgerissenen Silberaugen nahm Ruby auf dem Mandantenstuhl Platz, ihre Wangen färbten sich rosa. An ihrem Hals bildete sich ein rotes Viereck.

Delpha hätte darauf wetten können, dass Ruby einen glatzköpfigen Ex-Cop mit Doppelkinn erwartet hatte, dessen Bauch fast die Hemdknöpfe sprengte. Stattdessen saß da der hübsche Tom Phelan, 29, mit schlampig gebügeltem Hemd und Krawatte, dessen dunkle Haare sich an den Enden lockten und der sich ihr gegenüber so höflich verhielt wie jedem anderen gegenüber.

Delpha öffnete das Fenster einen Spalt, nachdem Phelan gerade eine Zigarette ausdrückte und Ruby sich eine ansteckte, und nahm mit Block und Stift Platz. Seit Xavier Bell, einem Mandanten, der sie mal an der Nase herumgeführt hatte, setzte sich Delpha bei den Erstgesprächen immer dazu.

»Miss McClung, meine Sekretärin hat mir einen groben Überblick über Ihre Vergangenheit und Ihre gegenwärtige Lage gegeben. Soweit ich es verstehe, machen Sie sich Sorgen um Ihre Schwester. Wobei sie offenbar in sechs Monaten rauskommt. Das lässt sich doch abwarten.«

»Das würden Sie nicht sagen, wenn Sie Emerald gesehen hätten.«

»Was führt Sie nach Beaumont? Warum sind Sie nicht zurück nach Austin? Oder zum Panhandle, wo Ihre Familie lebt?«

Ruby sah ihn überrascht an, als hätte sie nicht mit dieser Frage gerechnet. »Die sind alle tot. Hier wohnt eine Tante von uns. Sie hat mir eine Stelle besorgt.«

»Glauben Sie wirklich, dass Sie und Ihre Schwester mit Arsen vergiftet wurden?«

»Was anderes fällt uns nicht ein. Klar, wir sind Zwillinge, aber deswegen kriegen wir doch nicht gleichzeitig einen Gehirntumor oder so.«

»Wurden Sie von einem Arzt untersucht?«

»Als wir nach Gatesville gekommen sind, und später noch mal. Wir wissen, dass unsere Lungen nicht ganz in Ordnung sind. Wegen dem Staub und Dreck, den wir als Babys eingeatmet haben. Beim letzten Abhören hat der Arzt gesagt, dass Ems Herz Geräusche macht.«

»Wann war das? War es etwas Ernstes?«

»Vor fünf oder sechs Jahren. Ernst war's nicht, er hat ihr keine Pillen oder so verschrieben.«

»Verstehe. Wer will Sie mit Arsen vergiften?«

»Keine Ahnung.«

»Fällt Ihnen jemand ein, der was gegen Sie haben könnte?«

»Na ja, da war eine Wärterin, die hat uns immer Albinos genannt, weil wir so helle Haut haben. Und uns so ähnlich sehen. Dann natürlich Justine, die mich vor einer Weile angegriffen hat, aber die wurde nach Rusk geschickt – Sie wissen schon, zu den Irren –, daher kann sie's schlecht sein. Aber eine von ihren Freundinnen, die an der Essensausgabe arbeitet, hat irgendwann angefangen, böse Zeichen über unsere Teller zu machen. Und mit uns zu streiten. Sie heißt Helen. Emerald ist ihr aus dem Weg gegangen, aber ich ... ich bin stinksauer geworden. Helen ist zwar ein Mordsbrummer, aber nicht gerade helle.«

»Will diese Helen Sie umbringen? Oder will sie Sie nur quälen?«

»Keine Ahnung.«

»Was hat sie denn gegen Sie beide? Hat es mit Ihrer Freundin zu tun?«

»Na ja, verglichen mit Helen sind Em und ich Marilyn Monroe. Und Helen ist Frankensteins Monster.«

»Und Helen war nicht klar, wie sie aussah, bis sie die McClung-Zwillinge das erste Mal gesehen hat?«, fragte Delpha.

Ruby sog den Rauch tief ein und hielt einen Moment die Luft an. Die Röte hatte mittlerweile ihren Kiefer erreicht.

»Könnte es einen anderen Grund geben, Miss McClung?« Die Beiläufigkeit, mit der er das fragte, konnte die Schärfe in seiner Stimme nicht ganz verbergen. *Hören Sie auf, mich zu veräppeln.*

»Ich hab doch schon gesagt, dass wir keine Ahnung haben. Wir wissen nur, dass was nicht stimmt. Das ganze Jahr über ging's uns dauernd irgendwie ... mies. Ich wehr mich ja, aber Em hat Angst. Es muss Arsen sein.«

Stille breitete sich aus, während Phelan die rauchende Ruby betrachtete.

»Erzählen Sie mir mal, wie's kam, dass Sie anstelle Ihrer

Schwester in Freiheit sind. Delpha sagt, dass es was mit einer Narbe zu tun hat.«

Ruby zuckte mit den Schultern. »Eher damit, dass wir eineiige Zwillinge sind. Wir haben immer dieselbe Frisur getragen und gleich viel gewogen. Weil man weiß ja nie, wann einem das mal zupasskommt. Als ich eines Tages in der Näherei saß, ging diese Irre an mir vorbei. Justine Gaddy hieß sie … die war echt irre, stundenlang hat sie vor sich hin gesungen und gebrabbelt. Jedenfalls hat sie sich vorgebeugt und mir das Bein vom Knie bis untern Rock mit einem Kartoffelschäler aufgeschlitzt. Und dazu hat sie gesagt, ach, nicht wichtig. Ich habe sie weggeschubst, bevor sie dort ankommen konnte, wo sie hinwollte. Sie wissen schon.«

Ruby sah sie stolz an. »Ich hab sie fertiggemacht, die gute Justine, am Schluss hat ihre Nase wie ein angekautes Marshmallow ausgesehen.«

»Klingt übel, Miss McClung. Der Kartoffelschäler muss wehgetan haben.«

»Und wie das wehtut, wenn man geschält wird. Aber das Schlimmste war, dass ich deswegen nicht mehr genauso aussah wie Emerald. Meine Schwester und ich haben immer gleich ausgesehen. Das hat uns gefallen.« Der weiße Rock war so weit hochgerutscht, dass man den Anfang der Narbe sehen konnte. Ruby schob ihn noch ein wenig höher. Ein hellroter Strich.

Entweder lag es an Phelans etwas rauem Mitgefühl oder an seinen sanften braunen Augen, dass Ruby sich hinter ihrer Mauer vorwagte. Jedenfalls bemerkte Delpha, dass Ruby mit ihm anders sprach als mit ihr.

»Wenn es Em und mir dreckig ging, besonders im letzten Jahr …« Rubys Blick huschte kurz zu Delpha. Sie zog an ihrer Zigarette und lehnte sich zurück, bis ihr Kopf an der hohen

Rückenlehne des Lederstuhls lag. Der Rauch ringelte sich zur Decke.

»Dann setzten wir uns auf die untere Pritsche. Oder in den Tagesraum. Hielten uns an den Händen. Pressten uns bis runter zu den Füßen aneinander. Das Elend, das uns überkommen hatte, ihrs und meins, floss ineinander und schlug über uns zusammen und drückte uns runter. Manchmal heulten wir. Manchmal spürten wir nach einer Weile auch die Kraft zurückkommen, oder die Hoffnung. Die doppelte Kraft, das fühlte sich gut an. Dann wussten wir, dass wir rauskommen und neu anfangen könnten. Vielleicht heiraten, Kinder kriegen. Daran haben wir ganz fest gedacht, beide zur gleichen Zeit, und uns so aus dem Sumpf rausgekämpft. Wissen Sie, wovor die meisten Leute Angst haben? Vorm Alleinsein. Em und ich, wir sind nie allein. Nie. Das ist unser großes Plus. Wir haben immer uns.«

Ruby verschränkte die Hände und senkte den Kopf, hob an weiterzusprechen.

Delphas Nackenhaare stellten sich auf. Dass die McClungs das manchmal machten, hatte sie gehört. Einmal hatte sie es sogar mit eigenen Augen gesehen. Die anderen hatten leise miteinander getuschelt und zu ihnen rübergesehen. Die beiden gaben keinen Mucks von sich, rührten sich nicht mal. Die meisten glaubten, dass sie beteten. Zwei zierliche versteinerte Frauen, die auf einer Pritsche, einer Bank oder zwei Stühlen saßen, um sich eine Art Graben oder eine unsichtbare Mauer, die keiner überwinden konnte.

»Wissen Sie«, fuhr Ruby mit schwächer werdender Stimme fort, »in der Bank hab ich immer nur rote Sachen getragen und Em immer nur grüne. Damit die Leute uns unterscheiden konnten. Der Direktor fand das süß. Aber im Gefängnis gab's nur weiße Sachen, höchstens trugen wir mal unsere roten oder grünen Haarspangen. Wenn wir Lust dazu hatten, haben wir unsere Schichten getauscht. Dann konnte Em im Garten arbeiten und ich in der Küche. Oft haben wir das nicht gemacht, weil wir ja brav waren. Nur wenn Em eine blöd gekommen ist, hab ich dafür gesorgt, dass sie's bereut. Ich hab sie mir vorgeknöpft und ihr's gezeigt.«

Ruby rutschte tiefer in den Stuhl, wie sie es in Delphas Zimmer gemacht hatte. »So was – solche Sachen«, sagte sie mit einer wegwerfenden Handbewegung. »Schichten tauschen und so, solche Spielchen haben wir vor allem am Anfang gemacht. Aber wir waren sicher, dass es uns eines Tages zu was nutze sein könnte, dass wir uns so ähnlich sehen. Damit war Schluss wegen der Irren. Jetzt musste nur jemand meinen Rock heben und schon wusste er, dass ich Ruby war.«

»Verstehe ich das richtig?«, sagte Phelan und gab Ruby den Aschenbecher, damit sie die heruntergerauchte Kippe hineinwerfen konnte. »Emerald sollte auf Bewährung rauskommen, aber Sie beide tauschten die Rollen, damit Sie freikamen, weil es Ihnen so schlecht ging. Sodass die im Gefängnis glauben, dass Ruby noch einsitzt, nur dass Sie Ruby sind. So in etwa?«

Ruby nickte wachsam.

»Hat man Em aufgefordert, ihre Beine zu zeigen?«

»Die vom Bewährungsausschuss haben nichts dergleichen gewollt.«

»Und Sie?«

»Ich hatte mein Bein hergerichtet, aber niemand wollte es sehen.«

»Du warst vorbereitet«, sagte Delpha.

»Klar. Ich hab's dir gezeigt. Ich hab die Narbe überschminkt. Der Trick ist, dass man das ganze Bein macht, also den ganzen Oberschenkel. Die Narbe muss ganz mit Schminke ausgefüllt sein. Wir haben's erst mit Wachs probiert. Am Schluss sind wir bei Theaterschminke und Abdeckstift gelandet. Wir haben ja in Goree Kosmetikerin gelernt. Man muss nur die Ränder mit einem Küchenschwamm gut verwischen. Auf die Entfernung bemerkt man nichts. Solange niemand dran rumreibt oder eine Lupe zückt. Hat beides keiner gemacht. Nur einen kurzen Blick drauf geworfen. Em ...« Ruby lachte. »Em hat immer ganz keusch getan und schnell ihren Rock wieder runtergezogen. Hat echt jedes Mal funktioniert, keine Ahnung, warum.«

»Und wie war das mit Ihren Namen?«, fragte Phelan. »Hatten Sie keine Sorge, dass Ihnen Ihrer rausrutscht oder Sie auf ihn reagieren?«

Ruby legte die Stirn in Falten. »Das waren wir gewohnt.«

Schweigend drehte Phelan einen Kugelschreiber zwischen den Fingern und betrachtete Ruby. »Das ist erstaunlich.«

Offenbar nicht für ihre Mandantin.

»Du wolltest doch, dass ich Helen sage, sie soll Emerald in Ruhe lassen«, sagte Delpha. »Sie bestechen. Warum steckst du ihr nicht einfach einen Zettel zu, wenn du zu Besuch bist?«

Ruby legte die Hände auf die Sitzfläche des Stuhls und richtete sich auf. »Könnt ich. Du hast ja schon gesagt, dass du nicht hingehst. Deshalb bin ich hier. Würden Sie hingehen, Mr Phelan? Und Em besuchen? Und vielleicht an einem anderen Samstag hinfahren und mit Helen reden? Ich könnte jeden Monat zwanzig Dollar auf ihr Gefängnisladenkonto überweisen, wenn sie dafür Em in Ruhe lässt. Wär nur besser, wenn jemand anderes als ich das mit ihr aushandelt. Weil wenn ich Helens hässliche Fresse seh, geht's garantiert mit mir durch. Dann würd ich ihr am liebsten einen Schaschlikspieß so tief ins Ohr rammen, dass er aus dem anderen wieder rauskommt.« Ruby fuhr sich durch die Haare. Dabei blieben einzelne Haare zwischen ihren Fingern hängen. Sie knäulte sie in einer Hand zusammen und schloss die Finger darum.

Besorgt betrachtete Phelan sie.

Ruby richtete sich auf. Die Hände wieder ruhig. »Wenn Sie glauben, dass wir Sie nicht zahlen können, täuschen Sie sich. Emerald und ich haben immer noch die Farm.«

Phelan wirkte überrascht, dann verzog er das Gesicht. »Miss McClung, Sie sollten die Farm nicht beleihen. Die brauchen Sie und Ihre Schwester für einen Neuanfang.«

»Die Nachbarn wollen sie haben, wir werden verkaufen.« Sie schob die Hand in eine Plastikeinkaufstasche und holte eine kleine Handtasche heraus, die Delpha überall wiedererkannt hätte. Wo auch immer sie dieses handgefertigte Stück erblickt hätte, egal an welchem exotischen Ort, auf den sie auf dem Globus in der Gefängnisbücherei den Finger gelegt hatte – Sansibar, Madagaskar, Port-au-Prince, Prag –, sie hätte immer gewusst, dass sie aus den Händen einer Insassin von Gatesville stammte. Sie selbst besaß eine dieser Taschen in größerem Format, die sie selbst gemacht hatte, mit einem eingeprägten Flechtmuster.

»Für das Haus interessieren sich die Nachbarn nicht, nur für das Land«, sagte Ruby. »Lang her, dass dort alles weggeweht wurde. Inzwischen bleibt der Mutterboden im Panhandle.« Sie zog ein dickes Bündel Zwanziger aus der Tasche und legte es auf Phelans Schreibtisch. »Von der Anzahlung«, sagte sie. »Den Scheck sollte ich zwar noch nicht einlösen, aber der Verkauf ist sowieso bald abgeschlossen. Reicht das für den Anfang?«

Phelan musterte das Bündel. »Das ist eine Menge für den Anfang.«

Ein Schatten zog über Rubys schmales Gesicht. »Aber nichts im Vergleich dazu, was meine Schwester wert ist.«

Phelan erklärte Ruby McClung, dass Delpha sich bei ihr melden würde, falls sie den Fall übernähmen. Wenn nicht, würden sie ihr die großzügige Anzahlung natürlich zurückerstatten. Rubys Unterlippe zitterte, aber sie nickte. Sie legte das Täschchen zurück in die Einkaufstasche und schlüpfte in den puderblauen Mantel.

»Mist«, sagte Phelan und schob seinen Stuhl zurück. Delpha hatte Ruby McClung hinausbegleitet und saß ihm jetzt wieder in seinem Büro gegenüber. Die Luft hing schwer im Raum. Nicht nur vom Zigarettenrauch. Auch von Rubys Verzweiflung, die sie zwar unter Kontrolle gehalten hatte, aber nicht ganz hatte verbergen können.

»Sie könnte zum Gefängnisdirektor gehen ...«, überlegte Phelan.

Delpha neigte den Kopf zur Seite und kräuselte die Nase.

»Okay, verstanden. Was denken Sie?«, fragte Phelan.

»Ich glaube, da steckt noch mehr dahinter, und ich frage mich, was es sein könnte und warum sie es uns nicht erzählt.«

Phelan nickte. »Wissen Sie irgendetwas über sie, also aus Gatesville, was sie uns nicht erzählt hat?«

»Eigentlich nicht. Ich war nicht besonders eng mit den beiden. Übrigens war genau das das Problem. Es waren immer nur die beiden. Nicht die eine oder die andere. Dass sie kurz vor einer Entlassung auf Bewährung standen, hatte ich schon gehört. Von der Sache mit Helen wusste ich nichts.«

»Was ist diese Helen für eine?«

»Mondgesicht. Akne, störrische Haare, die in alle Richtungen abstehen. Ein echtes Riesenbaby, sicher eins fünfundachtzig und ... ja, wahrscheinlich um einiges mehr als zwei

Zentner. Breite kräftige Schultern, aber der Rest wabbelig. So als würde sie von der Mitte aus schmelzen. Allerdings hab ich nie was davon gehört, dass sie zu Gewalt neigt.«

»Hm. Haben Sie diese Sache mit dem Kartoffelschäler mitgekriegt?«

»Justine.« Delpha schüttelte den Kopf. »Justine Gaddy. Jeder wusste, dass die arme Frau einen Dachschaden hat. Sie wurde nach Rusk verlegt. Kennen Sie die Anstalt? Die haben eine Abteilung für geistesgestörte Kriminelle. Die McClungs habe ich zwei, drei Jahre miterlebt. Sie kamen aus dem Staatsgefängnis Goree. Ruby sieht mittlerweile ziemlich fertig aus, aber anfangs glichen sie zwei Porzellanpüppchen.«

»Was ist mit dem, was sie über Sie gesagt hat? Dass Sie nicht wieder nach Gatesville wollen.«

Ein bestätigender Blick von Delpha.

»Nicht einmal wegen eines Falls«, sagte Phelan beiläufig.

»Nicht einmal deswegen. Da müsste es schon um Leben und Tod gehen. Und auf meiner Leben-und-Tod-Liste stehen die McClungs nicht, Tom.« Sie sah ihm in die Augen.

»Okay.« Er nickte einige Male. »Kennen Sie draußen jemanden, der mit Helen zu tun haben könnte?«

Er hatte sie nicht rundweg gebeten, nach Gatesville zu fahren. Schließlich hatte Ruby gesagt, dass Delpha nicht dorthin zurückwollte. Nicht deswegen und auch nicht wegen etwas anderem. Daher hatte er sie gar nicht erst gefragt.

Sie rollte mit dem Mandantenstuhl ein Stück zurück und rieb sich die Schläfe. Sie erinnerte sich, dass sie jemanden regelmäßig mit Helen zusammen gesehen hatte, nur wen? Delpha dachte an die Frauen aus dem Übergangswohnheim zurück, wo sie im letzten April nach ihrer Entlassung untergekommen war. Eine nach der anderen x-te sie ihre nervösen Gesichter im Kopf aus. Von denen war es keine. Dann dachte sie an die Frau, die am selben Tag wie sie entlassen worden war. Nein, die war es auch nicht. Oder vielleicht doch? Eine große grauhaarige Frau, Mrs Whitaker. Mrs Whitaker hatte auch einen Vornamen, aber sie hatte einen nie dazu aufgefordert, ihn zu benutzen. Das war ihre unsichtbare Mauer. Manchmal saß sie mit Helen im Speisesaal. Sie waren gleich groß und unterschieden sich hauptsächlich im Alter.

Ein alter Mann von mindestens fünfzig hatte Mrs Whitaker in einem alten Auto abgeholt und Delpha mit zur Bushaltestelle mitgenommen.

»Eine«, antwortete Delpha Phelan und sah die große Helen und die große Mrs Whitaker wie zwei Kamele nebeneinander hertrotten und auf alle anderen herabsehen. Sie überlegte, wohin Mrs Whitaker und, wie sie vermutete, Mr Whitaker an diesem Tag wohl gewollt hatten. Sie selbst war völlig durch den Wind gewesen, ihr Inneres hatte gestottert wie ein eiernder Deckenventilator, die Luft der Freiheit fuhr durch ihre Haare und über ihre nackte Haut: Gesicht, Hals, Unterarme, Beine. Sie trat in diesen Luftschwall, und Tränen schossen ihr in die Augen, strömten unaufhaltsam und still aus ihr heraus. Die kurze Unterhaltung, die sie im Auto führten, ging an ihr vorbei. Die beiden Eheleute fingen an, miteinander zu reden, während Delpha genug damit zu tun hatte, im Auto sitzen zu bleiben, nachdem die Tränen getrocknet waren. Es war, als würden Teile von ihr hinausfliegen wollen. Ihre Haare, ihre Augen, ihre Arme. Sie hielt sich am Türgriff fest und verschlang den Anblick der Straße vor ihr.

»Gut. Würde es Ihnen etwas ausmachen, sie anzurufen?«

»Ich schau mal, ob ich ihre Nummer auftreiben kann«, sagte Delpha.

»Derweil gehe ich zu unserem Freund Joe Ford. Vielleicht

kennt er jemanden in Gatesville. Wenn ich zurück bin, werden wir entscheiden.«

Werden *wir* entscheiden. Nicht werde *ich* entscheiden.

Joe Ford war ein alter Schulfreund von Phelan – und Delphas Bewährungshelfer. Ein 1,95 m großes sprechendes Handbuch des *Texas Board of Pardons and Paroles*. Mr Ford war so voll mit guten Ratschlägen wie seine Korkpinnwand mit Zetteln und eselsohrigen Fotos. Er war es gewesen, der den zögernden Phelan überredet hatte, Delpha Wade eine Chance zu geben.

Schau dir die Frau einfach mal an, Tommy. Sie ist gut. Phelan hatte den Eindruck, dass das in einem anderen Leben gewesen war.

Delpha nicht. Sie neigte nicht dazu, Dinge für selbstverständlich zu nehmen. Eigentlich gar nicht. Wenn man auf Bewährung war, dann hatte man das Gefühl, in allem ständig auf Bewährung zu sein.

Nachdem Phelan gegangen war, nahm sich Delpha die örtlichen Telefonbücher vor. Sie hatte sie stapelweise bei der Telefongesellschaft bestellt und bewahrte sie in den beiden unteren Laden des Aktenschranks auf. Einige waren relativ dick, andere waren schmal wie Broschüren. Jetzt musste sie deswegen nicht mehr in die Bücherei gehen. Den dicksten Wälzer für Houston brauchte sie nicht zu konsultieren, weil sie wusste, dass die Whitakers nicht dorthin gewollt hatten. Sie war ziemlich sicher, dass es eine kleine Stadt weit im Südosten gewesen war.

Ohne die Geschäftigkeit, die Phelan ständig verbreitete, war es ruhig im Büro. Delpha saß am Schreibtisch, den Kopf in beide Hände gestützt, die Augen geschlossen, die Handballen dagegengepresst. Sie kehrte in Gedanken zurück zu dem Tag, an dem sie in dem Auto gesessen hatte. Ein altes Auto, das sie an den 49er Ford Sedan erinnerte, den ihr Onkel Lafayette gefahren hatte, und der Geruch der Sitzpolster war ihr wieder in der Nase. Als hätten sich die sommerlichen Hundstage darin festgesetzt.

Sie hatten sich nicht angefasst, Mr und Mrs Whitaker, aber er hatte gegrinst und gesagt: »Gut, dich zu sehen, Shug«, und sie hatte dasselbe erwidert. Dann hatte sie ihm gesagt, dass sie das Mädchen zum Busbahnhof bringen würden. Dabei warf sie Delpha einen entschuldigenden Blick zu.

Der alte Mann hatte gefragt, wohin Delpha wollte, und Delpha hatte geantwortet, Beaumont. »Wohin sind Sie unterwegs?«

Darauf hatte er den Namen des Städtchens genannt. Im selben Moment hatte Mrs Whitaker mit der größten Erleichterung »nach Hause« gesagt. Und die Stimme ihres Mannes halb übertönt. Wie hatte die Stadt geheißen? Sie hatte den Namen vergessen, aber damals war ihr klar gewesen, dass sie durch Beaumont kommen oder nicht weit daran vorbeifahren würden. Sie erinnerte sich, dass sie gedacht hatte, sie könnten sie ein gutes Stück des Wegs mitnehmen, aber dass sie keine Lust dazu hatten. Es machte ihr nichts aus. Mrs Whitaker war nett zu ihr gewesen, hatte sie *Schätzchen* genannt, wollte sich aber offenbar lieber mit ihrem Mann unterhalten. Außerdem hatte Delpha keine Lust gehabt, sich irgendwas aus den Fingern zu saugen, worüber sie sich mit ihnen unterhalten konnte. Jedenfalls nicht an diesem Tag, an dem ihre Gedanken sich sowieso nicht in Worte fassen ließen.

Sie presste ihre Handballen noch fester gegen die Augen, aber der Name des Ehemanns wollte ihr einfach nicht einfallen. *Gut, dich zu sehen …* Mit welchem Namen hatte Mrs Whitaker ihren Mann begrüßt? Delpha sprach es sich schnell vor.

Gut, dich zu sehen … Gut, … Gut, dich zu sehen … Dan. Nein. Dean? *Gut, dich zu sehen, Dean.* Das könnte es gewesen sein.

Die Tür zu dem Gebäude, in dem sich das Büro des Bewährungshelfers befand, wurde aufgerissen. Ein muskulöser, rotgesichtiger Weißer in einem verdreckten T-Shirt und khakifarbenen Arbeitshosen rumpelte in Tom Phelan. Ungeduldig befreite sich der Mann und machte sich davon. Phelan schaffte es gerade so eben, auf den Füßen zu bleiben. Sein Freund Joe Ford, der Bewährungshelfer, lief dem Mann hinterher und rief Tom zu: »Du musst mir helfen.«

Phelan verdrehte die Augen, dann lief auch er los.

»Mann, Felton, bleib stehen!«, rief Joe. »Dale, verflixt! Du hast mich gar nicht zu Ende reden lassen.«

Die breiten Straßen von Downtown mit den heruntergekommenen riesigen Gebäuden, auf denen nur wenige Leute unterwegs waren und es kaum Grün gab, wo man sich verstecken konnte, waren für eine Flucht denkbar ungeeignet, aber die Arme und Beine des Mannes pumpten: *Scheiß auf den Staat Texas.*

Der Flüchtende verschwand zwischen zwei Gebäuden. Phelan legte einen Zahn zu. Er rannte an Joe Ford vorbei und um die Ecke. Sah gerade noch die Füße des Manns, als er um die nächste Ecke bog. Der Mann rannte auf das Jefferson Theatre zu, kürzte über den danebenliegenden Parkplatz ab und verschwand auf der Rückseite des Gebäudes.

Phelan folgte ihm über den Parkplatz, überquerte eine Straße und landete in einer Gasse. Niemand. Ächzend und keuchend erreichte eine Minute später auch Joe Ford die Gasse, in der Phelan sich wie ein Kreisel um die eigene Achse drehte und alle Richtungen absuchte.

»Der ist weg. Warum sind wir überhaupt hinter ihm her?« Phelans Hemd klebte an seiner Haut.

Schnaufend beugte Joe sich vor. »Ich hab ... den harten Hund gegeben. Dass ich einen Verstoß gegen die Bewährungsauflagen in seiner Akte vermerken würde, weil er einen Termin vergeigt hat. Er hat mir erklärt, warum er nicht zu dem Termin erschienen ist, und gerade als ich ihm sagen wollte, dass ich noch mal ein Auge zudrücken würde ... da ist er ausgeflippt. Hat rumgeschrien, dass er lieber tot wäre, als zurück nach Naught zu gehen.«

»McNaught Unit? Der Knast draußen an der Landstraße?«

»Ja.«

Auf einmal hörten sie ein ständig an- und abschwellendes schwaches Geräusch. Als würde etwas irgendwo herunterkollern, aber rhythmisch. Sie blickten die Straße rauf und runter, dann in die Gasse auf der anderen Seite. Kartons lagen herum, ein Müllcontainer war unter die Feuertreppe an der Rückseite des Hotel Beaumont geschoben worden.

Joe legte den Kopf in den Nacken. »Ach du Scheiße. Genau das hat mir noch gefehlt.«

Phelan sah nach oben. Der Mann hangelte sich die Feuertreppe des Hotel Beaumont hinauf, das Weiß seines T-Shirts verschmolz mit dem der Ziegelmauer. War das etwa ... ja, es war.

Das war das Geräusch. Dale schluchzte.

»Was will er denn da oben?«, sagte Phelan. »Zehn Stockwerke über einem Meer aus Kartons.«

Mit großen Schritten überquerten sie die Straße. Der Deckel des Müllcontainers war geschlossen. Von dort aus konnte man knapp die unterste Stufe der Feuertreppe erreichen. Es war eindeutig der Weg, den der Flüchtende genommen hatte. Stockwerk um Stockwerk führte die schmale Treppe im Zickzack an den weißen Ziegeln entlang in die Höhe, bis zum kühlen Blau des Himmels.

Joe erschauerte.

Phelan wusste, warum. »Cops schauen gern auf die Welt runter. Lass uns warten, bis sie da sind.«

»Würd ich ja gerne. Da ist nur eins, Tom. Erinnerst du dich an den Typ vor ein paar Jahren, zu dem ich die Cops geschickt hatte, um ihn abzuholen? Sie haben ihn zusammen mit seinem Hund und einem Loch im Kopf im Bett gefunden.«

»Na und?«

»Eine Personalakte mit lauter toten Klienten ist nicht gerade eine Empfehlung, Tom.« Joe hielt eine Hand an die Seite des Munds und rief: »Dale! Komm schon runter!«

Drei Stockwerke über ihnen drehte sich der Mann auf der Feuertreppe um und spuckte auf Joe herunter.

Beide sprangen zur Seite, ohne den Blick von ihm abzuwenden. Mit einer düsteren Ahnung sah Phelan kurz zu Joe. Dasselbe knochige Gesicht, das er zum ersten Mal mit elf Jahren gesehen hatte. Dieselbe Bohnenstange, die einmal an einem anderen trostlosen Ort neben ihm gestanden hatte, als er mit einem miesen Arschloch abrechnen wollte und sich die Cousins des miesen Arschlochs hinter ihm aufbauten. Das Gefühl der Dankbarkeit lastete schwer auf ihm. Er und Joe bei Joes Hochzeit, Seite an Seite in geliehenen Fräcken. Und es war Joe, der ihm Delpha Wade vermittelt hatte.

»Okay, aber du schuldest mir einen Gefallen, und zwar einen ohne Ablaufdatum«, sagte Phelan. »Zugang zu sämtlichen deiner Akten, ob vertraulich oder nicht.«

Joe funkelte ihn an.

»Wie heißt er mit Nachnamen?«

»Felton. Dale Felton.«

»Okay. Hilf mir.« Die beiden kletterten auf den Container,

und Joe, der fast einen Kopf größer als Phelan war, schob ihn zu der Feuertreppe hoch. Phelan spannte Schultern und Brust an und zog sich auf das Metallgerüst. Er richtete sich auf, packte das windige Geländer und rannte zwei Stufen auf einmal nehmend hinauf. Dabei brüllte er Dale etwas zu.

Der Mann hangelte sich weiter nach oben. Dabei heulte er und redete eindringlich auf sich ein. Phelan konnte nur einzelne Wörter ausmachen.

Allein war das häufigste.

Phelan erreichte den ersten Absatz, schwang sich um das Geländer herum und rannte weiter. Dann blieb er einen kurzen Augenblick stehen, um Luft zu holen. Er legte den Kopf in den Nacken, um abzuschätzen, wie weit er noch hatte. Soweit man von hier aus sehen konnte, endete die Metalltreppe an einer Tür. Nein, doch nicht. Auf der einen Seite der Tür war ein Fenster wie in den anderen Stockwerken. Auf der anderen Seite war eine wacklige Leiter, die hoch zum Hoteldach führte.

Dale kletterte weiter.

Windig hier oben. Und um einiges kälter. »Dale! Joe will mit Ihnen reden.«

Ohne das Geländer loszulassen, drehte der Mann ihm halb den Kopf zu. »Er schickt mich zurück!«

»Nein, das stimmt nicht. Vielleicht kriegen Sie zwei Tage wegen ..., höchstens –«, rief Phelan, und in dem Moment plärrte unter ihm eine Sirene los.

Felton legte einen Zahn zu. Er war schon auf dem siebten Stockwerk. Phelan schnaufte hinterher. Die Feuertreppe erzitterte unter ihren Schritten. Der Wind fuhr ihm durch die Haare, zerrte an seiner Haut und trieb ihm Tränen in die Augen. Kein Wunder, dass Dale Felton heulte. Ließ sich hier oben kaum vermeiden. Mit einer Vierteldrehung hatte er eine Panoramaaussicht, die Straßen und Gebäude von ganz Downtown breiteten sich unter ihm aus. Bei einer halben Umdrehung würde er den Hafen und das Hafenbecken sehen. Die Schweißflecken unter seinen Armen waren eiskalt.

Dale war oben angekommen und rüttelte an der Tür. Sie ließ sich nicht öffnen, und er packte die armselige Leiter, die zum nächsten Dach führte. Für Phelan sah das Ding aus, als wäre es aus verrostetem Draht gebastelt. Das ganze Teil wackelte.

Phelan rief wieder zu ihm hinauf, rief, dass er mit ihm reden wolle. Konnte Felton ihn bei dem stürmischen Wind überhaupt hören?

Als Dale fast am Ende der Leiter angelangt war, löste sich eine Sprosse, auf die wahrscheinlich seit 1952 niemand mehr gestiegen war. Dale Felton schrie laut auf. Er schaffte es, sich festzuhalten, während er die Leiter runterrutschte und hart auf dem Dach landete. Dann kroch er zum obersten Treppenabsatz zurück. Von dort starrte er mit schreckensbleichem Gesicht durch das Gitter zu Phelan zwei Stockwerke unter ihm hinunter. Einen Moment lang sahen sie sich in die Augen.

»Es ist scheißkalt hier oben.«

»Find ich auch«, sagte Phelan.

Die Sirenen heulten jetzt aus größerer Nähe. Phelan umklammerte das Geländer und blickte nach unten. Zwei Streifenwagen rauschten Stoßstange an Stoßstange in die Gasse. Auf den Bürgersteigen standen Gaffer. Er sah wieder hoch und hangelte sich die wankende Treppe hinauf, bis er zwei Stufen unter dem Absatz stand, auf dem Felton hockte und seine blutenden Handflächen betrachtete. Auf welchem Stockwerk befanden sie sich? Dem neunten? Zehnten? Es kam Phelan so vor, als hätten sich seine Backenzähne gelockert, so als hätte das Scheppern und Wackeln des Metallgerüsts unter den Füßen von zwei Männern an ihnen geruckelt. Wenn schon eine Sprosse durchgerostet war, könnten doch auch die Schweißnähte der Feuertreppe nachgeben und das ganze Ding zusammenkrachen, oder?

»Lassen Sie uns runtersteigen, Dale, und unten reden.«

»Okay, vielleicht«, sagte Felton, »aber Sie zuerst.«

Phelan stieg ein Stockwerk nach unten. Felton folgte ihm. Jubel und Rufe von unten.

Dann blieb Felton stehen. Argwöhnisch kauerte er sich auf den Treppenabsatz und linste durch das Gitter nach unten.

Rasselnd holte Phelan Luft, versuchte sie in seiner Brust zu erwärmen, bevor er wieder ausatmete. Seine Sekretärin Delpha Wade konnte so was, sie konnte mit solcher Wärme sprechen, dass die Leute jedes ihrer Worte begierig aufnahmen.

»Dale«, sagte er schließlich mit vermeintlicher Gelassenheit und laut genug, dass seine Stimme über den tosenden Wind trug. »Ich heiße Tom. Ich bin Tom. Kein Cop. Kein Bewährungshelfer. Wollen Sie mir nicht sagen, was für ein Problem Sie haben?«

»Was ist denn Ihrs?« Felton starrte ihn wütend an, seine Haare wehten ihm ins Gesicht, sein T-Shirt flatterte.

»Dass ich hier wie ein Affe an der Wand hänge«, sagte Phelan, »das ist mein Problem.«

»Tja, und meins ist ... *Joe Ford*«, den Namen zischte er. Ford war sein Problem. Ford machte ihn wegen einer unerlaubten Reise fertig. Er hätte sich von ihm eine Genehmigung holen müssen, wenn er über die Staatsgrenze wollte. Aber dazu hatte er einfach keine Zeit gehabt. Er hatte Vollgas geben müssen, um es rechtzeitig nach Lake Charles zu schaffen und seinen Dad ein letztes Mal zu sehen. Das hätte doch jeder gemacht. Dann … dann war da dieses Mädchen, das er im Krankenhaus kennengelernt hatte. Klar war er wegen ihr eine Weile dortgeblieben. Okay, dann hatte er eben einen Termin bei Ford verpasst. Dales Augen glühten – Joe Ford wollte ihm am Zeug flicken. Behauptete, er habe Kontakt mit einem Kriminellen gehabt.

»Aber wissen Sie was, Mann … Dieser Kriminelle ist mein Bruder Mike. Klar kommt Mike zur Beerdigung von unserem Dad! Ich hab nur einfach nicht gelogen und nicht gesagt, dass er nicht da war. Was denkt Joe Ford eigentlich? Dass wir zwei getrennte Beerdigungen machen?« Feltons Gesicht zuckte.

War das ein nervöses Zucken oder stand er unter Drogen?

Phelan hatte den Eindruck, dass der Mann sich nicht beruhigte – er redete sich nur immer mehr in Rage.

»Dale. Erzählen Sie mir von dem Mädchen, das Sie kennengelernt haben.«

»Ich hab gedacht … ich hab gedacht, dass sie mich mag, ein bisschen wenigstens. Aber dann ist sie verschwunden. Ich hab nix, für was es sich zu leben lohnt. Gar nix.«

Phelan hatte sich auf die Metallstufen gesetzt und lehnte sich nach hinten. »Das versteh ich. Aber sagen Sie mal, wie alt sind Sie, fünfundzwanzig? Das Leben kann sich ändern, Dale, und nicht selten ändert es sich zum Besseren.«

»Wissen Sie was? Sparen Sie sich das Gesülze.«

»Glauben Sie, dass Sie der Einzige sind, dem's mal scheiße geht?«

»So scheiße nicht.« Dale machte eine unbestimmte Geste und dann starrte er zu Phelan hinunter. Mit eingezogenem Kopf und hängenden Mundwinkeln kauerte er da. »Sie haben bestimmt noch Ihren Dad. Er ist bestimmt zu Ihren Baseballspielen und so was gegangen und hat Sie angefeuert.«

»Nein.«

Dale hielt stur an seiner Verbitterung fest. »Dann lassen die Mädchen Sie bestimmt nicht sitzen«, sagte er.

»Von wegen. Mich hat eine abserviert, als ich in Vietnam war.«

Dale hob den Kopf ein wenig. »Echt? Wie hieß sie? Haben Sie sie geliebt?«

»Donna. Sie hieß Donna. Und wie ich sie geliebt hab.«

»Und was haben Sie dann getan?«

»Weitergemacht.«

Felton lachte freudlos auf. »Ach nee. Haben Sie sie besucht, als Sie zurückgekommen sind?«

»Sie ist verheiratet.«

»Jojo, so heißt die Kleine, die ich kennengelernt hab, vielleicht hat sie mich ja wirklich ein bisschen gemocht ... Aber vielleicht ist sie ja auch verschwunden, weil sie mich nicht gemocht hat. Tut so oder so weh.«

»Versteh ich.«

»Ich wollte mich freiwillig melden, aber ... die Armee hat mich nicht gewollt. Die haben gesagt, ich hätte einen positiven TB-Test. Mann, ich hab keine TB gehabt! Ich hätt alles gemacht, was die Sergeants befohlen hätten. Hab ich auch versucht, ihnen zu verklickern. Aber ...« Jetzt rutschte sein ganzes Gesicht nach unten.

Nicht gut. Phelan kehrte zu dem vorherigen Thema zurück. »Das Mädchen, das Sie kennengelernt haben. Jojo. Vielleicht wollte sie nur, dass Sie ihr hinterherlaufen. Wo ist sie denn hin?«

»New Orleans. Hey. Haben Sie Leute in Vietnam gekillt?«

»Ich war Rettungssanitäter.«

»Dann haben Sie nicht mal eine Waffe gehabt?«

»Pistole. Man kann einfach besser rennen und rumkriechen oder was eben gerade ansteht, wenn man kein Gewehr mit sich rumschleppen muss.«

»Waren Sie mal bei einem richtig guten Einsatz dabei, bei dem ein Haufen Schlitzaugen draufgegangen ist?«

»Ein richtig guter Einsatz ist einer, bei dem niemand draufgeht.«

»Oh. Okay. Dann haben Sie bestimmt ein paar Kumpels gerettet, die unter Beschuss lagen.«

»Ein paarmal.«

»Wie war das?« Felton entspannte sich und setzte sich auf den Absatz, sah zu Phelan herunter.

Weil Phelan glaubte, dass er Dale Felton damit endlich erreichen konnte, beschloss er, es ihm zu erzählen. Aber weil er es eigentlich nicht erzählen wollte und weil er sich außerdem neun Stockwerke hoch auf der windzugewandten Seite des Gebäudes befand, hatte er den Eindruck, dass er nur etwa jedes fünfte Wort von dem sagte, was ihm durch den Kopf ging.

Der Hubschrauber wird getroffen und geht runter, zwei Männer in der offenen Tür schießen weiter. Eine lähmende Angst, das Gefühl von Schwerelosigkeit beim freien Fall, *Wusch*! So schnell, dass er den Eindruck hat, sie würden aufsteigen. Der ganze Hubschrauber zittert und wackelt, die Soldaten werden herumgeworfen, er selbst wird an die Kabinenwand gepresst. Der erste MG-Schütze hängt mit seinem Auffanggurt in der Tür, ist bewusstlos, der zweite Schütze, Alvarez, zieht seinen Kumpel wieder rein, dann löst er den Riemen des M-60 und hechtet damit raus. Die anderen springen hinterher, waten gebückt durch das Wasser, suchen nach einer Böschung. Schließlich wirft er sich in die armselige Deckung einer Böschung, aus drei Richtungen hörte er die Hilferufe seiner Kameraden. Gebückt, die Nase knapp über dem stinkenden Wasser, kämpfte er sich mit den Armen rudernd zu einem der Männer.

Phelan wehrte einen Stoß ab – der kalte Wind fegte ihm ins Gesicht. Felton sagte etwas.

»... fertig, und dann macht der Doc Röntgenbilder von den Eiern, um was weiß ich rauszufinden. Aber ich lass niemand an meine Eier ran! Er sagt, dass es nicht wehtut und dass schon viele ihr Einverständnis gegeben haben, aber nicht mit mir. Was, wenn ich mal eine Frau hab? Jojo zum Beispiel? Da brauch ich doch das ganze Besteck! Außerdem hat er einen mal verbrannt, ich hab ihn gesehen, ich sag nur Omelette. Ich fahr garantiert nicht mehr ein. Hey – wie war noch mal Ihr Name?«

»Tom.«

»Tom, okay. Sie haben gerade genau wie mein Dad geguckt, als ich ihn nach Okinawa gefragt hab.« Sein Gesicht verzog sich. Sein Kopf sank nach unten, und seine Schultern zuckten. Phelan wartete. Als Dale die Handballen an seine Augen drückte und die Tränen wegrieb, sagte Phelan: »Von ... von was für Röntgenbildern reden Sie da, Dale?«

Aber Dale hatte die Röntgenbilder schon wieder vergessen. »Okinawa war Schlamm und Blut, hat jedenfalls mein Daddy gesagt. Er wird nie wieder durch eine Tür in ein Zimmer kommen, in dem ich bin. Ja? Hören Sie? Nie wieder. Mama hat uns verlassen, als ich noch klein war. Mike und ich, wir waren nie wie richtige Brüder. Er hat mich immer nur rumgeschubst. Was hab ich denn noch? Sagen Sie mir das!«

Er schoss in die Höhe, packte das Geländer mit beiden Händen, schwang ein Bein darüber und hockte sich darauf, ein verzweifelter Cowboy auf einem sehr, sehr dünnen Pferd.

Von der Straße ein lautes *Neiiin*.

Phelan hatte nicht geglaubt, dass es dazu kommen würde,

aber er hatte sich böse verrechnet. Erneut umklammerte er das Geländer und sah nach unten. Joe Ford, dem die Flüche gegolten und den die Spucke verfehlt hatte, war nicht mehr als ein kleiner Fleck. Ein Einsatzwagen der Feuerwehr blockierte die Streifenwagen, und Feuerwehrleute liefen herum. Na, viel Glück, dachte Phelan, die Leiter wird nie im Leben bis hier hoch reichen.

»Dale«, setzte er an. *Du kannst neue Freunde finden. Mann, du kannst sogar nach New Orleans fahren und Jojo suchen – schon mal daran gedacht? Such nach dem Mädchen.* Aber sein Geduldsfaden war mittlerweile zerschlissen. Er beschloss, sich das Kumpelhafte zu sparen und so lange zu sagen, was er zu sagen hatte, bis Felton ihm glaubte.

»Sie werden nicht nach McNaught zurückgehen, Dale. Sie werden Sie nur zwei Tage in Gewahrsam nehmen. Im Handumdrehen werden Sie wieder draußen sein, hat Joe gesagt. In Freiheit.«

Das sagte er noch zweimal.

Der Wind wehte Felton die Haare quer übers Gesicht, dann zur Seite weg, als würde er unter Strom stehen. Der gequälte Ausdruck in seinen Augen wich Zweifel.

»Haben Sie verstanden, Dale? Keine sechs Monate, kein Jahr. Sie sind in zwei Tagen wieder auf freiem Fuß.«

»Das glaub ich nicht! Er hat schon eins von den Formularen ausgefüllt!«

»Sie wissen doch, wie die Bürokratie ist. Für jeden Furz muss man ein Formular ausfüllen. Aber er wird's bei einer Verwarnung belassen, Dale, das hat er mir gesagt. Mehr gibt's nie beim ersten Mal.«

»Verwarnung«, wiederholte Felton.

Die Tränen aus Phelans Augen wurden über die Schläfen zu seinen Ohren geblasen. Er merkte, dass Bewegung in die

Menge unten geriet, hörte aber nur unverständliche Rufe. Seine Ohren taten weh. Er hielt Blickkontakt mit Dale Felton, dessen gekrümmte Schultern sich gesenkt hatten. Mit einer Hand ließ er das Geländer los und leckte sich über die Handfläche.

»Ich schwör's bei Gott, Tom. Wenn Joe Ford mich wieder in dieses Loch steckt, dann komm ich zurück und ... und ... mach Hackfleisch aus ihm. Und aus Ihnen auch.«

»Eine Verwarnung, Dale«, sagte Phelan. »Ich versprech's Ihnen.«

Felton beugte sich vor, verstärkte seinen Griff und schob das in der Luft baumelnde Bein zurück auf das sichere Metallgitter.

Beide rissen den Kopf herum, als das Fenster an Feltons Treppenabsatz hochgeschoben wurde. Ein Cop mit einem Seil um die Taille beugte sich heraus.

Dale warf einen wütenden Blick zu Phelan. »Lügner«, brüllte er und drückte sich von dem Geländer weg.

Von der Straße erklangen Schreie.

Der Kaffee war mittlerweile kalt, und ihr Boss hatte sich immer noch nicht wieder blicken lassen. Sie war sämtliche Whitakers in den Ortschaften der Umgebung durchgegangen, hatte aber keine Deans gefunden und arbeitete sich jetzt nach Louisiana vor. Das Telefonbuch der östlichsten Gemeinde neben dem von New Orleans – das zwar praktisch, aber viel zu dick war und New Orleans zu weit im Osten – war das von Breaux Bridge, das auch Arnaudville, Cecilia, Henderson und Parks umfasste. Sie blätterte bis W durch und überflog dabei einige Seiten mit Cormier, Dauphine, Frederick. Zwei Seiten mit Guidry und Hebert. Einmal Whitaker.

Dean & Lucille.

Es wurde wärmer in dem kühlen Büro. Delpha hatte sich schon zurechtgelegt, was sie sagen wollte. Sie holte tief Luft und wählte. Eine ruhige Frauenstimme meldete sich. »Hallo?«

»Spreche ich mit der Mrs Whitaker, die letzten April eine Frau zum Busbahnhof mitgenommen hat?«

Delpha wartete. Stand Mrs Whitaker in der Küche einer Villa mit Teppichboden und Damastvorhängen? Wohl kaum. Wahrscheinlich war es ein Häuschen mit Webteppichen auf abgewetzten Dielen, Jalousien und einer Küche mit Linoleumarbeitsfläche.

Schließlich antwortete sie. »Ja, die bin ich. Wer sind Sie?«

»Die Frau, die Sie mitgenommen haben. Das war nett von Ihnen und Ihrem Mann.«

Stille.

»Mrs Whitaker, mein Name ist Delpha Wade. Ich arbeite für einen Privatdetektiv. Vor Kurzem hat sich eine Frau an uns gewendet, die an demselben Ort wie Sie und ich war, und uns um Hilfe gebeten. Dürfte ich Ihnen ein, zwei Fragen zu jemandem, den Sie dort kannten, stellen?«

»Die Zeit hab ich hinter mir gelassen. Suchen Sie sich eine andere.«

»Ich glaube, Sie sind die Einzige, die mir weiterhelfen kann. Es tut mir leid, Mrs Whitaker, aber die Fragen sind dringend.«

Weitere Sekunden Stille. Dann: »Gut, fragen Sie.«

»Vielen Dank. Unsere Mandantin sagt, Sie seien mit einer Frau namens Helen befreundet gewesen. Stimmt das?«

»Ja, die kannte ich. Helen Hummel. Für wen arbeiten Sie und Ihr Boss?«

»Das darf ich im Moment leider nicht sagen. Aber unsere Mandantin ist in Sorge, so viel kann ich sagen. Wissen Sie, ob Helen jemanden dort nicht mochte? Vielleicht eine Frau, die nicht nett zu ihr war und auf die sie deswegen sauer war?«

»Nicht nett zu ihr«, Mrs Whitaker lachte leise. »Das ist arg vornehm ausgedrückt.«

»Mag sein«, räumte Delpha ein. »Aber ich kannte Helen nicht. Also, ich wusste natürlich, wer sie war. Aber nicht, wie sie war.«

»Zu Helen war nur eine nett. Sie hieß Justine, und sie war ... na ja, sie war ein bisschen plemplem. Nachdem sie Justine weggeschafft hatten, hat Helen sich an mich gehängt. Sie hat sich nichts anmerken lassen, aber mir war klar, dass sie eine Freundin sucht.« Scherzhaft fügte sie hinzu: »Wir waren eben auf Augenhöhe, wenn Sie wissen, was ich meine.«

»Ich weiß. Sie sind beide sehr groß. Dann waren Sie also Freundinnen?«

»Könnte man sagen. Aber vom Alter her hätte sie meine Tochter sein können.«

»Sie beide haben immer zusammen gegessen.«

»Das stimmt. Wenn sie nicht grad an der Ausgabe gearbeitet hat, haben wir beim Essen beieinandergesessen.«

Delpha hatte das Gefühl, Mrs Whitaker wich ihr aus, deshalb fragte sie geradeheraus: »Wen mochte Helen nicht und warum?«

»Na, wie gesagt, Helen war misstrauisch gegenüber anderen. Aber – besonders misstrauisch war sie gegenüber den beiden Albinos. Geht's um die? Die beiden Schwestern?«

»Sie sind Zwillinge und keine Albinos. Aber ja, Sie haben recht, um die geht's.« Delpha hielt kurz inne, um sich bei den Namen nicht zu verplappern. »Emerald ist mittlerweile draußen, aber Ruby sitzt immer noch ein. Emerald sagt, Helen hat ihre Schwester einige Male verletzt. Einmal so schlimm, dass sie auf die Krankenstation musste. Wissen Sie was darüber?«

»Ich weiß nur, dass man sich auf der Krankenstation gut

verstecken kann. Hör mal, Schätzchen, ich hab vergessen, wie Sie aussehen. Aber wenn du groß bist, dann piesacken dich die Kleinen. Wie Mücken piesacken sie dich.«

»Waren die beiden gemein zu Ihnen und Helen?«

»Zu Helen. Anmerken hat sie sich's nicht lassen, aber die beiden hatten Helen auf dem Kieker. Sie hat geglaubt, dass eine von denen schuld dran war, dass ihre Freundin weggebracht wurde. Wenn jemand ihr gesagt hätte, dass sie's ihnen heimzahlen soll, und ihr was dafür gegeben hätte, dann hätte sie's bestimmt gemacht. Das wollten Sie wissen, oder?«

»Ja, genau.«

»Jetzt fragen Sie mich nicht, wer das war.« Mrs Whitaker klang gereizt, als wäre das ein wunder Punkt, als hätte sie sich das selbst schon gefragt und keine Antwort darauf gefunden. »Hören Sie, ich muss jetzt ...«

»Nur noch eine ...«

»Und Sie brauchen mich auch nicht zu fragen, was sie mit den Mädchen gemacht hat, weil ich's nämlich nicht weiß. Hat mich nie interessiert. Das alles hab ich hinter mir gelassen, und Sie sollten's auch hinter sich lassen.«

»Ganz Ihrer Meinung, Ma'am. Ich frage auch nur, weil es mit dem Auftrag zu tun hat. Wenn wir einen Auftrag übernehmen, dann erledigen wir ihn auch.«

»Himmel, bin ich froh, einen Mann zu haben, da muss ich mich wenigstens nicht um Arbeit kümmern.« Mrs Whitakers Erschauern war über die Telefonleitung zu spüren. »Wie sind Sie denn zu der Arbeit gekommen?«

»Zufall.«

»Schön für Sie. Ein neues Leben. Ich werd jetzt auflegen und nach meinem Hühnchen schauen.«

»Bitte noch einen Moment. Wissen Sie, ob Helen etwas besaß, was ihr besonders wichtig war?« Delpha konnte sich gerade noch davor zurückhalten, zu ergänzen: *etwas, das sie bekommen hatte, weil sie es den Zwillingen heimzahlte*.

»Schätzchen, der wertvollste Besitz der armen Seele war ein Briefmarkenalbum. Weil die Marken so schön bunt sind, hat sie gesagt. Und von so weit her kommen.« Mrs Whitaker schnaubte spöttisch. »Kaum zu glauben, was?«

Es dauerte drei Sekunden, bis Dale Felton mit einem Klatschen in der Mitte des in der engen Gasse aufgespannten Sprungtuchs auftraf. Er landete auf dem Hintern, und seine schrillen Schreie ließen die Leute auf den Bürgersteigen verstummen. Der wartende Rettungswagen schaffte ihn unter Sirenengeheul ins Krankenhaus. Dale würde nicht nach McNaught zurückgehen, aber er würde auch sonst nirgendwo hingehen, jedenfalls nicht so bald.

Langsam stieg Phelan die Feuertreppe hinunter, in seinem Kopf pochte es vor Anspannung und Erleichterung und Niedergeschlagenheit, in seinen Ohren rauschte der kalte Wind. Ein Feuerwehrmann half ihm von dem Müllcontainer runter. Obwohl er mit beiden Füßen auf dem Boden stand, hatte er das Gefühl, immer noch zu klettern und sich festzuklammern. Eine Feder des Sprungtuchs war bei Dales Landung gebrochen und hatte einen der Feuerwehrleute verletzt, um den sich die Kollegen kümmerten. Offenbar gehörte es nicht zu dem erquicklichen Teil ihrer Arbeit, jemanden, der vom Dach sprang, aufzufangen. Phelan gratulierte den Feuerwehrleuten zu ihrer Standhaftigkeit.

»Ihr habt ihm das Leben gerettet.«

»Wir und eine gehörige Portion Glück«, sagte einer. Seine Kollegen falteten das Tuch zusammen. »Der Kerl war zu weit oben. Wir hatten gehofft, dass Sie ihn bequatschen können runterzusteigen.«

»Ich hab's versucht, mein Freund. Bis der Cop aufgetaucht ist und …« Phelan deutete mit der Hand einen Sturzflug an. Die Hand, die sich immer noch so anfühlte, als würde sie das Geländer umklammern.

Joe Ford kam, umarmte ihn, trat zurück. »Lass uns von hier verschwinden.«

In der Tür des Bewährungshilfebüros standen Joes Kollegen. Mit Phelan im Kielwasser drängte sich Joe zwischen ihnen durch.

»Da gibt's nichts zu sehen«, sagte Joe, »gar nichts.« Aber da sie nicht aufhörten, ihn mit Fragen zu bombardieren, berichtete er ihnen schließlich die Einzelheiten. Ein älterer Kollege spottete: »Mensch, Ford, du arbeitest deine Klientenliste echt konsequent ab.«

»Danke für das Mitgefühl«, erwiderte Joe. »Du kannst mich auch mal.«

Phelan wartete am Empfangstresen neben einer Donutschachtel, die bis auf Reste von Puderzucker und Schokoglasur leer war. Dahinter standen mehrere Schreibtische mit wackligen Trennwänden und dahinter erhob sich ein Wall aus grauen Metallaktenschränken. Im gesamten Gebäude war ein neuer Bodenbelag verlegt worden. Gefleckte Teppichfliesen, die schlampig auf den alten asbesthaltigen Boden geklebt worden waren. Der neue Teppich sah aus wie eine Bildstörung.

Endlich hatte sich Joe zu seinem Schreibtisch durchgekämpft, Phelan nahm auf dem Besucherstuhl davor Platz und zündete sich die ersehnte Zigarette an.

»Da bist du rechtzeitig zu meiner Glanzstunde gekommen.« Joe rieb sich mit trockenen Händen übers Gesicht. »Nicht dass ich dir nicht dankbar wäre, Tom. Ich schulde dir was, aber …«

Wenn man jemanden schon so lange kennt, weiß man, wie er tickt.

»Ich habe dir zu danken«, Phelan verkniff sich jede ernsthafte Erwiderung, die ihm womöglich auf der Zunge lag, »dass du mich zuverlässig mit Geschichten versorgst. Beim nächsten Basketballspiel werden sich die Jungs prächtig über die neueste Episode aus deinem Leben amüsieren. Ich zehn Stockwerke hoch im Auge des Orkans, während du unten einen Müllcontainer umarmt hast. Sie werden dich bewundern, Baby.«

»Ich warne dich!«, sagte Joe. Aber wenigstens nahm er die Hände vom Gesicht. »Was wolltest du eigentlich von mir?«

Phelan zog sich Joes Aschenbecher heran. »Ich wollte dich um einen Gefallen bitten«, sagte er und lachte. »Nur einen kleinen, nichts im Vergleich zu denen, wegen denen ich in Zukunft kommen werde. Also. Wen kennst du in Gatesville? Ich suche jemanden, der mir die eine oder andere Information zukommen lassen kann.«

»Sag mir einen Grund, warum du dich nicht an deine Sekretärin mit ihrer langjährigen Beziehung zu Gatesville wendest.«

»Wozu war Dale Felton bereit, um nicht wieder nach McNaught zu müssen?«

Joe schwieg einen Moment. »Okay, verstanden. Ich kenne da jemand. Wozu brauchst du die Informationen?«

»Ich habe eine mögliche Mandantin, deren Schwester von einer anderen Insassin dort malträtiert wird. Die Schwester ist krank, und meine mögliche Mandantin macht sich Sorgen.«

»Dann sprich mit dem Gefängnisdirektor.«

»Du weißt, dass das keine gute Idee ist.«

Joe schürzte die Lippen und nickte. »Was hast du stattdessen vor?«

»Die Schwester freikaufen. Die Mandantin hat einiges Geld. Die Schwester wird in sechs Monaten entlassen.«

»Sechs Monate sind nichts. Warum wartet sie nicht einfach ab?«

Phelan zuckte mit den Schultern. »Wie gesagt, sie ist krank. Ich weiß nicht mehr, als dass ihre Schwester sich Sorgen macht. Ist selbst nicht die Gesündeste.«

Phelan hatte den Eindruck, begutachtet zu werden. Es war ein seltsames Gefühl, von einem alten Freund so kritisch beäugt zu werden. »Was denn?«

»Sie sind beide krank?«

»Wie gesagt.«

»Hmmm.«

»Hmmm?«

»Gab's da vielleicht ... Weißt du, ob da irgendeine Studie durchgeführt wurde?«

»Studie? Was für eine Studie denn?«

Joe sah weg, presste die Lippen zusammen, hob die Schultern. »Ach nichts.« Er warf einen Blick auf die Uhr. »Ich hab gleich einen Termin.« Er senkte den Kopf, packte Phelans Hand und drückte sie fest. »Komm mal auf ein Bier bei uns vorbei, ja? Meine Kleine ist ziemlich gewachsen.«

»Gerne, und wie ist der Name? Von deinem Gatesville-Kontakt?«

»Oh«, sagte Joe, schob seinen Stuhl zurück und stand auf, »das ist eine Bekannte. Sie ist für einen Trakt dort verantwortlich. Als deine Sekretärin entlassen wurde, habe ich das letzte Mal mit ihr gesprochen. Vielleicht kennst du sie auch. Candy Furnells kleine Schwester Joanne. Nach dem Unfall sind die Furnells nach Austin gezogen. Haben es hier wahrscheinlich nicht mehr ausgehalten.«

»Das wusste ich nicht.«

Joes knappes Lächeln besagte, dass er sich nicht länger von Phelans Anliegen aufhalten lassen würde, vielleicht auch nicht von einem eigenen. Er drehte sich um und seine langen Beine trugen ihn davon. Phelan fand selbst den Ausgang. Er stand in der grau verhangenen Straße, und die kalte Luft um ihn herum führte ein wildes Tänzchen auf, stürmte auf ihn ein, ließ wieder von ihm ab. Ein Pick-up fuhr vorbei, und aus dem Fenster tönte ein triumphierendes *God and sinners reconciled!*

Tja, das mit der großen Versöhnung hat wohl noch nicht geklappt, dachte Phelan und brachte die Dauerschleife von Dale Feltons Sprung in seinem Kopf zum Stoppen. Er fuhr zurück ins Büro und überlegte, wie viele der Flying Wallendas noch übers Hochseil schwebten.

Delpha hörte Phelan die Treppe hochsteigen. Langsam, ganz langsam. Unwillkürlich fragte sie sich, was Joe Ford zu sagen gehabt hatte.

Sie versuchte, ihre Gefühle für Tom Phelan zu unterdrücken, aber das war unmöglich. Eine Wolke konnte man ja auch nicht in eine Schuhschachtel sperren. Er war mehr als ihr Boss, das galt zumindest für sie, und vielleicht auch für ihn. Das hatte sie spätestens bei dem Fall gemerkt, der mit einem Tod endete, von dem Tom glaubte, er hätte ihn verhindern können. Damals hatte es mächtig zwischen ihnen geknistert, der Puls war gestiegen. Aber es durfte nicht sein. Sie brauchte den Job. Die Tür von Phelan Investigations war die zwölfte oder dreizehnte, an die sie nach ihrer Entlassung geklopft hatte. Und die erste, die sich ihr öffnete. Manchmal dachte sie daran, sich Tom Phelan einfach zu schnappen. Aber dann würde sie sich vielleicht an der Seite von Ruby im Holiday Inn wiederfinden. In den ersten Tagen nach dem Knast hätte sie auch eine Stelle als Zimmermädchen angenommen. Aber nachdem sie einmal eine Arbeit gehabt hatte, die sie interessierte, die ihr Selbstvertrauen gab … das Holiday Inn? Sie erschauerte.

Ein dicklicher Lieferant, der mit einer Sackkarre die Fleisch- und Gemüsebestellung für die Hotelküche brachte, hatte sich mit ihr verabreden wollen. Er hatte gesagt, er würde ihr Gesicht von irgendwoher kennen. Oscar machte sich geschäftig über die Marinade für die Rippchen her und tat so, als würde er nichts mitkriegen: hochgezogene Augenbrauen, abgewandter Blick, leise vor sich hin summend. Delpha hatte den Mann vertröstet, im Moment hätte sie zu viel zu tun. Immerhin war es keine glatte Abfuhr, und er gab sich damit zufrieden und lächelte sie an, bevor die Küchentür vor seiner Nase zufiel.

Sie hatte geseufzt, sich einen Kaffee eingeschenkt und einen Schuss kühlschrankkalter Milch hineingegeben.

»Wenn du so viel zu tun hast, solltest du besser los«, sagte Oscar, immer noch mit abgewandtem Blick. »Die Fälle stapeln sich.« Er deckte die große Reine mit Frischhaltefolie ab und trug sie zum Kühlschrank. »Nicht gerade das, was ich zu einem Mädel sage, das mir gefällt.«

Sie warf Oscar einen vernichtenden Blick zu. Er lachte, und dann lachte auch sie. Wegen des Gemüsemanns musste sie sich keine Gedanken machen, der würde sie bald in Ruhe lassen. Sobald er irgendwo ihren Namen erwähnte, würde er darüber aufgeklärt werden, wer sie war.

Delpha hatte wegen Totschlags vierzehn Jahre im Frauengefängnis von Gatesville eingesessen. Sie hatte einen Mann umgebracht, der sie vergewaltigt hatte. Gerade einmal vier Monate nach ihrer Entlassung, nach der sie sich als treue

Staatsbürgerin zu bewähren hatte, wurde sie im Büro von Phelan Investigations von einem Mann attackiert. Es galt sie oder er, und Delpha hatte gewonnen. Die Polizei hatte sie in die Mangel genommen, sie dann aber gehen lassen. Der *Beaumont Enterprise*, den der Gemüsemann offenbar nicht las, hatte sie groß rausgebracht. Ein Foto von ihr, wie sie auf der Bahre aus dem Büro getragen wurde, dazu das erkennungsdienstliche Foto aus ihrer Teenagerzeit.

Jetzt lauschte sie Tom Phelans Schritten auf der Treppe. Er ging langsam, wie in Gedanken. Sie hörte ihn gern die Treppe hochsteigen.

»Hey«, sagte er, als er durch das Empfangszimmer ging. »Haben Sie die Frau aufgestöbert, die Helen kennt?«

»Ja.«

»Gut. Kommen Sie, wir müssen uns auf den neuesten Stand bringen.«

Delpha setzte sich auf den Mandantenstuhl. »Alles in Ordnung? Sie sehen ein bisschen mitgenommen aus.« Das war eine glatte Untertreibung. Seine dunklen Haare waren zerzaust, seine Anzugjacke war komplett verdreckt.

Phelan rieb sich die Ohren, fuhr sich durch die Haare und berichtete ihr von dem Erlebnis mit Joe Ford. Der Klient, der aus dem Büro des Bewährungshelfers weggerannt war. Die Feuertreppe, der Aufstieg, der Wind und was sie geredet hatten. Dale Felton, der ausgebüxt war wegen seines toten Vaters, eines Mädchens namens Jojo und eines Experiments, bei dem die Hoden von Gefängnisinsassen geröntgt wurden.

Delphas Augen wurden immer größer. »Wollen Sie eine rauchen, Tom?«

»Und wie.« Er zog die Packung aus der Tasche, zündete sich eine Zigarette an und lehnte sich zurück. Er stieß eine lange Rauchfahne aus.

»Zum Glück ist Ihnen nichts passiert«, sagte Delpha, mit nach wie vor besorgtem Blick. »Gut, also, was haben wir?«

Was sie hatten, war die Bestätigung, dass Ruby McClung nicht unter Verfolgungswahn litt, auch wenn Mrs Dean Whitaker nicht bereit war, irgendetwas zu beschwören. Die Frau glaubte jedenfalls, dass jemand Helen dafür bezahlt haben könnte, die McClung-Schwestern kleinzukriegen. Was die Idee mit dem Arsen ein bisschen weniger verrückt klingen ließ.

»Fällt Ihnen eine Möglichkeit ein, wie jemand die beiden in Gatesville mit Arsen vergiften könnte?«, fragte Phelan.

Delpha lächelte schief. »Vielleicht stecken sie's in einen Salzstreuer.«

»Könnte funktionieren, aber es müsste ein Salzstreuer sein, den nur die McClungs benutzen. Gibt's dort so was?«

»Nicht dass ich wüsste. Es ist nämlich so, dass man sie rumtragen kann, diese Salz...«

»Okay, okay, schon verstanden. Vielleicht ist es ja auch kein Arsen, sondern was anderes.«

»Keine Ahnung, aber Gift kommt Ihnen offenbar nicht ganz unwahrscheinlich vor, oder? Mir jedenfalls nicht.«

Phelan lächelte leicht. »Nein, mir auch nicht. Okay, dann werden wir ...«

»Ruby sagen, dass wir den Auftrag übernehmen.«

»Klar. Und dann?«

»Dann werden wir uns mit der armen Helen unterhalten, die nicht weiß, wie man sich Freunde macht.«

»Zwei hat sie immerhin, eine Verrückte und eine Alte. Nur eben nicht unsere Zwillinge. Wie kommen wir am besten an Helen ran?«

»Darüber hab ich auch schon nachgedacht. Wir könnten ihr Besuch vorbeischicken. Also Sie. Vielleicht hat sie ja was für Männer übrig, das könnte sie mitteilsam machen. Sie müssen einen Besuchsantrag stellen, damit Sie auf ihre Liste gesetzt werden. Schneller ginge es aber, wenn Ruby das übernimmt, sie fährt ja sowieso hin.«

»Sie hat Angst vor Helen. Wie wäre es mit einem Brief? Oder einem Anruf?«

»Briefe werden gelesen. Hin und wieder hören sie auch Telefonate ab. Da kann man nicht offen sprechen.«

»Daran sind die Insassinnen doch bestimmt gewöhnt. Könnten Sie nicht Helen einen Brief schreiben, ob sie einen Besucher empfangen will, der ihr etwas anzubieten hat?«

Delpha rutschte auf dem Stuhl herum. »Vielleicht.« Weiteres Rutschen. »Ja, ich schätze, das könnte ich machen.«

»Ein Anruf wäre allerdings besser.« Er sah sie an. »Oder würde Sie das zu nah an Gatesville bringen?«

Delpha überlegte, wie sie das fand. »Ja. Aber ich könnte ihr eine Karte mit unserer Telefonnummer schicken, mir irgendwas aus den Fingern saugen, und sie bitten, Samstag oder Sonntag anzurufen.«

»Gut, dann probieren wir das. Wenn Helen einverstanden ist, sich gegen eine monatliche Zahlung von zwanzig Dollar zurückzuhalten, ist die Sache erledigt. Glauben Sie, sie würde uns verraten, was sie gegen die Schwestern hat?«

»Wahrscheinlich nicht für zwanzig Dollar«, sagte Delpha. »Ich habe mich das auch schon gefragt. Was hat man davon, zwei Gefängnisinsassinnen zu schikanieren? Eine Farm im Panhandle? Sie so lange piesacken, bis sie sie einem überschreiben? Mrs Whitaker meinte, dass Helen etwas für ihre Freundin Justine übrighatte, das ist die, die Ruby mit dem Kartoffelschäler verletzt hat. Wem gab Helen wohl die Schuld, wenn Justine deswegen weggeschickt wurde? Den McClungs. Den beiden Porzellanpüppchen. Gemeinen kleinen Porzellanpüppchen, wenn man nach Mrs Whitaker geht.«

»Wollen Sie damit sagen, dass Helen was mit dieser Justine hatte?«

»Ich habe es überlegt. Gesagt hat Ruby allerdings nichts dergleichen.«

»Sind Liebesbeziehungen im Gefängnis erlaubt?«

»Nein, aber ... tun können sie auch nichts dagegen.«

Unwillkürlich musste Phelan an die vielen Jahre denken, die Delpha in Gatesville eingesperrt gewesen war. Eine junge, sehr junge Frau. Er erinnerte sich an die Zwölfstundenschichten auf der Bohrplattform dreißig Meilen von der Küste entfernt, nach denen er immer einsam und geil gewesen war. Nichts, was ihn berührte, außer seiner eigenen Rechten. Aber er konnte sich wenigstens sicher sein, dass er die Plattform regelmäßig nach wenigen Tagen wieder verließ. Und nicht erst nach Jahren. Eine seltsame Mischung aus Eifersucht und Mitleid überkam ihn. Das war tatsächlich das erste Mal, dass er Mitleid für Delpha Wade empfand, und es machte eine ohnehin komplizierte Situation noch komplizierter. Er kannte sie mittlerweile gut genug, um zu wissen, dass sie jedes Mitleid schroff zurückweisen würde. Während er den Zigarettenstummel im Aschenbecher zu einem kleinen schwarzen Klumpen zerdrückte, verdrängte er die Gedanken und Bilder aus seinem Kopf.

»Na, vielleicht könnte Ruby ja noch mehr erzählen. Ich habe den Namen einer Frau, die für einen Trakt in Gatesville verantwortlich ist und deren Schwester ich mal kannte. Alle in der Highschool kannten sie. Sie hieß Candy Furnell.«

Sollte er Delpha von ihr erzählen?

Candy Furnell war Cheerleaderin gewesen, blond mit einer

sommersprossigen kleinen Nase, die man zärtlich kneifen wollte. Phelan natürlich nicht, weil er eine Jahrgangsstufe unter ihr und Candy daher unerreichbar war. Aber er merkte immer auf, wenn sie lächelnd vorbeirauschte und alle grüßte. Anders als die anderen Mädchen trug Candy keine Kleider mit Glockenrock. Sie trug gerade geschnittene, ärmellose Etuikleider wie Jackie Kennedy. Ihre kleine Schwester Joanne war in derselben Stufe wie Phelan. Braune Haare und eine Höckernase. Phelan besuchte zusammen mit ihr einen Schreibmaschinenkurs.

Candy Furnells Unfall war für viele Schüler der French High School das erste Machtwort, das das Schicksal sprach. An einem wunderschönen Sonntag im Mai war sie auf dem Weg zum Strand gewesen, als die Lenkstange brach und das Auto von der Straße abkam und sie hinausgeschleudert wurde. Als sie auf dem Boden aufschlug, brach ihr Genick. Am darauffolgenden Montag waren die Schulflure voll weinender, flüsternder Mädchen. Zu einem Grüppchen Jungen, die leise darüber sprachen, *warum so was gerade Candy passieren musste, die sie jeden Tag sahen, die immer so nett zu allen war*, gehörte auch Donald Fountain, dessen Vater das Bestattungsinstitut gehörte.

Donald stand mit finsterer Miene da und brütete wie die anderen trauernden Jungen über diese Ungerechtigkeit, die sich anfühlte, als wäre ein Versprechen gebrochen worden. Bis die Schulglocke ertönte, beteiligte er sich nicht an dem Rätselraten über Candys Tod. Dann platzte es aus ihm heraus: »Sie hatte einen wunderschönen Körper.«

Das Gespräch erstarb. Die Jungen, die schon auf dem Weg ins Klassenzimmer waren, drehten sich noch mal zu Donald um. An diesem Abend wurden ihm zwei blaue Augen verpasst und ein paar Rippen eingedrückt.

Diesen letzten Teil der Geschichte ließ Phelan aus und erzählte nur vom Tod der jungen Frau.

»Die Traktaufseherin, ja, stimmt, so heißt sie. Furnell«, sagte Delpha. Ein Bild von Joanne Furnell tauchte vor Delphas innerem Auge auf. Ernstes Gesicht mit Adlernase, die sie in die Höhe reckte, während sie mit einer Insassin, die einen Schrubber in der Hand hielt, sprach. Eine große Insassin. Helen? Ja, es könnte Helen Hummel gewesen sein. Dann sagte Delpha, das sei eine traurige Geschichte.

»Ja«, erwiderte Phelan, »das fanden alle.«

4. Dezember 1973

Delpha musste die Nummer des Übergangswohnheims nicht nachschlagen. Sie hatte nach ihrer Entlassung dort gewohnt, und die Nummer hatte sich ihr eingeprägt. »Emerald« McClung war gerade bei der Arbeit im Holiday Inn, und sie hinterließ ihr eine Nachricht. »Ich rufe im Auftrag von Tom Phelan an«, sagte sie. »Das buchstabiert sich P-H-E-L-A-N. Richten Sie Emerald aus, dass wir einverstanden sind und ich bald bei ihr vorbeischauen werde. Schreiben Sie das bitte auf, ja?«

Sie lief zum Schreibwarenladen und sah die Postkarten durch. Nein, nicht das McFaddin-Herrenhaus mit seinen zwei Stockwerke hohen Säulen und Palmen, und auch nicht der handkolorierte braune Neches River. Sie nahm zwei andere. Auf beiden sah man Ölbohrtürme, altmodisch gekleidete Leute und die riesige Ölfontäne von Spindletop, die den Himmel schwärzte. Das war genau das, was sie vermitteln wollte. Einen unverhofften Geldregen.

Delpha ging mit den Postkarten zurück ins Büro und erklärte Phelan, was sie schreiben wollte. An Helen Hummel von einem Billy Smith, der Helen sagen wollte, wie nett sie in ihrer Kindheit zu ihm gewesen sei. Sie sei schon damals ziemlich groß gewesen und er nur ein Knirps, aber vielleicht erinnere sie sich ja an ihn. Und daran, dass sie ihm einmal ein paar Schokoriegel geschenkt habe? Also er wisse es jedenfalls noch ganz genau, und jetzt würde er Helen gerne helfen, sie müsse ihm nur sagen, wie. Wenn sie an diesem Samstag so gegen zwei oder drei anrufen würde, da sei er zu Hause. Delpha schrieb die Telefonnummer von Phelan Investigations darauf und unterschrieb mit: *Viele Grüße, dein Freund Billy S.*

»Die bring ich gleich zur Post«, erklärte sie Phelan, nachdem er die Karte gelesen hatte. Sie gab ihm die andere Spindletop-Postkarte. »Die heben Sie bitte auf, falls wir ihr noch mal schreiben müssen.« Wortlos verstaute Phelan sie in seiner Schreibtischschublade. Sie wusste und er wusste, dass sie auf den Briefträger warten könnte, um ihm die Karte mitzugeben. Aber Phelan sagte nichts.

Es war eine neue Briefmarke ausgegeben worden. Darauf stand vor einem sattblauen und -grünen Hintergrund in gestapelten roten Buchstaben LOVE, das O geneigt, als wäre es aus dem Gleichgewicht geraten. So wie die Liebe einen aus dem Gleichgewicht brachte, aber den Gedanken verbot sich Delpha.

Sie ging jedoch am Postamt vorbei und landete bei Wertman's, einem Laden, in dem schöne alte Sachen verkauft wurden. Hier hatte sie sich ein Paar Perlenohrringe zurücklegen lassen, und einmal in der Woche kam sie her, um die nächste Dreidollarrate zu bezahlen. Vom hinteren Teil des Ladens grüßte Mrs Singer, als Delpha die bimmelnde Tür schloss. Sie berührte den Stahlstecker in ihrem Ohrläppchen – die Ersatzstecker würde sie Mrs Singer zurückbringen, wenn sie die Perlenohrringe abbezahlt hatte – und ging zur Theke. Vorbei an den Glasvitrinen mit Münzen und Schmuck und den Säbeln und langen alten Gewehren, die an der Wand hingen.

Ruth Singer trug ein langärmliges lila Hemdkleid, an dessen Kragen ein winziges Sträußchen Lavendelblüten steckte, nur dass die Blüten aus Amethysten bestanden, um die ein Diamantband geschlungen war. »Weil Sie Ihre wöchentliche Zahlung schon geleistet haben«, sagte sie schlau, »kommen Sie vermutlich mit einer Frage.«

Lächelnd nickte Delpha. Sie hatte Mrs Singer und ihren

Bruder Hershel Wertman, die Besitzer von Wertman's, kennengelernt, als sie im Zusammenhang mit einem früheren Fall ein paar Fragen hatte. Sie mochte die beiden. Im Laufe der Zeit war ihr klar geworden, dass Mrs Singer die Dinge, die sie verkauften, sehr schätzte. Nicht nur wegen ihres Geldwerts, sondern weil ihr Herz an jedem Stück hing. Und dass sie und ihr Bruder durch eine geschwisterliche Liebe verbunden waren, um die Delpha sie beneidete.

»Ja. Ja, das stimmt«, sagte sie. »Ich habe eine Frage zu Briefmarken. Was ist so besonders an Marken, dass manche Leute sie sogar sammeln?«

Mrs Singer hob die Augenbrauen. »Warum haben Sie die Perlenohrringe gekauft?«

»Also ... vielleicht, weil Sie gesagt haben, dass jeder etwas besitzen sollte, das seine Schönheit nicht einbüßt.«

»Hershel«, rief Mrs Singer, »ich habe gerade ein Kompliment für meine Verkaufsmethoden gekriegt.«

Mr Wertman trat in einer grünen Schürze aus dem Lager. »Zu Recht. Guten Tag, Miss Wade.«

Delpha hob die Hand. »Guten Tag, Mr Wertman.«

Sie hatte die Ladenbesitzer gebeten, sie mit Vornamen anzureden, was Mrs Singer auch ein-, zweimal getan hatte, aber dann waren beide zu Miss Wade zurückgekehrt. Delpha deutete das so, dass aus ihrer Bekanntschaft niemals Freundschaft werden würde, was ihr einen Stich versetzte, aber so waren die beiden eben, und das war wiederum gut zu wissen. Sie musste die Wertmans so mögen, wie sie waren.

»Um Ihre Frage zu beantworten, Briefmarken sind bunt«, sagte Mrs Singer. Treffer: Genau so hatte Mrs Whitaker Helens Freude an Briefmarken erklärt.

»In ihnen werden sowohl Geschichte als auch Kunst sichtbar. Sie stammen aus fernen Ländern. Sammler betrachten ihre Sammlungen gerne, begeben sich gerne auf die Suche nach neuen Stücken, handeln gerne. Es ist ein Hobby, aber es ist noch mehr. Es macht sie stolz, wenn andere ihre Marken bewundern. Und dann gibt es noch die Sammler, die auf eine Wertsteigerung hoffen. Die schätzen besonders seltene Marken.«

»Verkaufen Sie auch welche?«

»Ein paar haben wir. Aber wir suchen nicht danach. Das ist nicht unser Gebiet.«

»Ich brauche eine auffällige Marke. Haben Sie so was? Sie darf nur leider nicht allzu viel kosten.«

Ruth Singer musterte Delpha mit gestiegener Neugier. »Das hat mit einem Fall zu tun, oder? Sie haben da wirklich eine ungewöhnliche Arbeit, Miss Wade.«

Die Frau ging zu einem Regal neben der Lagertür. Delpha sah auf ihre Schuhe, vorne offene Pumps aus lila Seide, 40er-Jahre-Mode, genau wie ihr Kleid. Alles, was sie trug, passte zusammen, dachte Delpha und fragte sich, warum sie solchen Wert darauf legte. Ihr ging der Sinn für so etwas ab. Seit ihrer Teenagerzeit hatte sie die meiste Zeit immer dieselbe hässliche Uniform getragen. Mrs Singer kehrte mit einer Mappe zurück. Sie setzte sich wieder auf ihren Hocker und zog Papierhüllen aus der Mappe. In manchen steckte nur eine Marke, in anderen mehrere. Marken in allen Farben, wie Delpha sah. Sie nahm die Hülle, die Mrs Singer ihr reichte, und schüttelte eine knallrosa Briefmarke heraus, auf der ein Doppeldecker abgebildet war. Sechs Cent.

»Die verkaufe ich Ihnen und Ihrem Chef für einen Dollar.«

»Was ist an der besonders?«

Mrs Singer legte ihren Stift nieder und verschränkte die Hände, eine Geschichtenerzählerin, die zum Geschichtenerzählen aufgefordert worden war. »1918 wurde von diesen

Flugzeugmarken ein einzelner Bogen mit hundert Stück gedruckt. Das Flugzeug hieß Jenny und sollte Post transportieren. Der Drucker hatte noch nie ein Flugzeug gesehen und deshalb war ihm auch nicht bewusst, dass er die Jenny verkehrt herum druckte. Es waren die 24-Cent-Marken, nicht die 6-Cent. Und nur einhundert.«

»Er hat Murks gemacht.«

»Ja, einen Fehler. Sein Fehler machte aus der Marke eine Rarität. Ein Sammler riss sich den gesamten Bogen unter den Nagel und verkaufte ihn an einen Händler, der ihn wiederum Mr Green verkaufte. An seinen Vornamen erinnert sich keiner mehr, nur dass er der Sohn von Hetty Green war, die auch die Hexe der Wall Street genannt wurde. Sie war ein fürchterlicher Geizhals und hatte ein fürchterlich großes Vermögen aufgehäuft. Mr Green nummerierte die kopfstehenden Jennys auf der Rückseite durch, wodurch ihr Zustand zwar nicht mehr makellos war, sie dafür aber zurückverfolgt werden konnten. Und was für Farben! Wie Sie sehen, ist die 6-Cent-Marke schlicht rot. Bei der 24-Cent ist nur der Hintergrund rot und das Flugzeug selbst ist blau. Ich habe einmal eine gesehen, sie ist ... sehr hübsch. Also, Miss Wade, warum zeige ich Ihnen diese 6-Cent-Marke?«

Mrs Singer beobachtete sie.

Delphas Gesicht brannte vor Eifer, die Frage wie eine brave Schülerin zu beantworten. »Wegen der 24-Cent-Marke.«

»Genau. Wenn der Betreffende einfach nur Spaß an Briefmarken hat, dann wird ihm wahrscheinlich die hübsche Farbe gefallen. Wenn er dagegen ein Sammler ist ... dann wird er beim Anblick der 6-Cent-Jenny automatisch an die 24-Cent denken und was sie wert ist, und sein Puls wird in die Höhe schnellen.«

»Wie viel ist sie denn wert?«

»Das hängt vom Zustand der Marke ab. Es gibt eine Reihe von Faktoren. Ich habe von einem Konvolut von vier kopfstehenden Jennys gehört, das vor fünf Jahren für fünfundneunzigtausend Dollar den Besitzer gewechselt hat. Eine einzelne in makellosem Zustand wurde auf einer Auktion mit fünfunddreißigtausend gelistet und erzielte einundvierzigtausend.«

Delpha starrte sie an.

»Lassen Sie mich mal sehen ... wenn Sie noch dreißig Cent drauflegen, gebe ich Ihnen die Martha Washington dazu«, sagte Mrs Singer und tippte mit dem Fingernagel auf eine langweilige bräunliche Marke, auf der eine Frau mit runder Haube auf dem Kopf abgebildet war.

»Anderthalb Penny. Dass es das überhaupt gibt.«

»Heute natürlich nicht mehr. Aber früher mal war sie im Umlauf.«

»Vielen, vielen Dank, Mrs Singer.« Delpha meinte das so ernst, dass ihre Stimme fast piepsig klang.

Mrs Singer hatte etwas Belehrendes. Vielleicht war das einfach so, wenn man mit Raritäten handelte. Weil man ihre verborgenen Geschichten kannte. Oder ... war es Delpha so deutlich anzumerken, wie wissbegierig sie war? Dass sie alles, was Mrs Singer zu sagen hatte, aufsog, als hätte sie als Letzte in der Schlange endlich, endlich den Trinkwasserbrunnen erreicht?

Es war ein ganz normales Verkaufsgespräch – aber die Ladenbesitzerin hatte ihr etwas beigebracht, das ihr bei der Arbeit weiterhelfen könnte. Vielleicht war es für Mrs Singer normal, jemandem etwas beizubringen, aber für Delpha war es das nicht, und damit die Frau sie nicht für bedauernswert hielt, versuchte Delpha sich die Dankbarkeit, die sie spürte, nicht allzu sehr anmerken zu lassen. Mit gesenktem Kopf kramte sie einen Dollar und dreißig Cent aus ihrer Börse und nahm die Hülle mit den Marken.

Im Postamt holte sie tief Luft, leckte die 6-Cent-Marke an und drückte sie auf die Postkarte. Zum Glück entsprachen die sechs Cent genau dem geforderten Porto. Um die zwei Tage würde es dauern, bis die Karte eintraf. Wann würde Helen es sich überlegt haben? Würde sie anrufen? Und würden die zwanzig Dollar auf dem Gefängnisladenkonto reichen, um sie davon abzuhalten, Emerald weiter zu malträtieren? Und wenn nicht, was dann?

Delpha warf die Karte durch den Briefschlitz und kehrte ins Büro zurück. Phelan legte gerade den Telefonhörer auf. »Hey«, sagte er. »Das war Joe. Wegen dem Mann, den ich die Feuertreppe hoch verfolgt habe. Dale Felton. Joe sagt, sein Becken sei zertrümmert. Aber der Arzt hat ihm erklärt, dass es Dale die Oberschenkelknochen bis zu den Schultern getrieben hätte, wenn er mit den Füßen voran aufgetroffen wäre.«

Beide verzogen das Gesicht.

Delpha verstaute Martha Washington in einer Schublade. Statt an den unglücklichen Dale zu denken, stellte sie sich lieber vor, wie die Postkarte sich auf den Weg machte zu einer großen jungen Frau, die gerne auf ihren Zwillingsmandantinnen herumtrampelte.

Und Arsen auf ihren Tütenkartoffelbrei streute?

7. Dezember 1973

Ein trüber Freitagnachmittag mit tief hängenden Wolken. Delpha sortierte gerade Akten, als plötzlich ein dreimaliges helles Glockenläuten zu hören war. Von wo? Sie sah zu Phelan hinein, der sein kleines Transistorradio angrinste. »Kein Weihnachten ohne diesen Song. Jeden Dezember stauben sie ihn ab, und dann lassen sie ihn den ganzen Monat lang dudeln.«

Delpha erkannte die Schmachtstimme des Sängers. »*Bells will be ringin' ... Please come home for Christmas ... if not for Christmas, for New Year's night ...*«

»Mögen Sie Weihnachten, Tom?«

Phelans Gesicht überschattete sich. »Nicht besonders.«

»Warum?«

Er dachte nach. Nachdem sein Dad die Familie verlassen hatte, was Toms Schuld war, und Phelans Mutter Dolores jeden Tag erledigt von der Arbeit heimkam, woran er ebenfalls schuld war, gehörte es zu Toms Pflichten, Besorgungen mit dem Fahrrad zu erledigen. *Hol Eier und Kaffee für morgen, Tom. Tom, ich brauch Zigaretten. Tom, schwing dich auf's Rad und lös das Rezept von deinem Bruder bei Walgreen's ein.* In der Weihnachtszeit waren es besonders viele Aufträge, und er türmte Tüten, Schachteln und einen kleinen Baum auf dem Gepäckträger seines Rads auf.

»Weihnachten war einfach immer eine verdammte Schlepperei.«

Auf Delphas fragenden Gesichtsausdruck hin schüttelte Phelan den Kopf und sagte: »Egal. Und Sie?«

»Zu Hause fand ich es schön. Ein, zwei Weihnachten im Gefängnis waren auch in Ordnung, aber die meisten nicht. Vor den Telefonen standen lange Schlangen. Im Besuchsraum drängten sich Kinder, die mir furchtbar leidtaten.«

Sie sahen sich an.

»Heute ist Freitag«, sagte Phelan. »Morgen und am Sonntag komme ich für eine Stunde rein, vielleicht ruft Helen ja an.«

Delpha verabschiedete sich, zog ihre Strickjacke an und ging über die Straße ins Rosemont. Es war ungewöhnlich, dass sie sich über ihre Vergangenheit unterhielten. Bisher hatten sie solche Dinge eher für sich behalten.

Zumindest sie.

Delpha wohnte im New Rosemont Retirement Hotel bei Kost und Logis, zusammen mit einer wechselnden Belegschaft von ungefähr fünfundzwanzig alten Leuten. Noch nicht lange aus dem Gefängnis entlassen, hatte sie sich nichts sehnlicher gewünscht, als aus dem Übergangswohnheim wieder auszuziehen, und sich darauf eingelassen, sich im Tausch gegen ein Zimmer im Hotel um die hundertjährige Tante der Besitzerin zu kümmern. Nachdem die alte Dame gestorben war, blieb sie in dem Zimmer mit dem schmalen Bett, dem Nachttisch, der Kommode, dem Stuhl und der Aussicht auf eine marode Ziegelwand. Das New Rosemont lag direkt gegenüber von Phelan Investigations, und sie konnte es sich leisten.

Außerdem war die Nummer 221 im obersten Stock das erste Zimmer, in dem sie sich ausreichend allein und geschützt vor unerwünschtem Besuch fühlte, um frei atmen zu können. Dabei hatte sie nicht das Gefühl, sie würde die Welt aussperren, vielmehr sperrte sie sich in ihre kleine, sichere Welt ein, die über alles verfügte, was sie brauchte. Aber das stimmte nicht, sagte sie sich manchmal, das stimmte überhaupt nicht. Bei einem Ausflug zum Golf von Mexiko im letzten Sommer hatte sie das Meer gesehen, und seine Größe und Kraft und die endlose blaue Weite hatten ihr die Augen geöffnet. Sie wusste, dass eine solche Weite auch mehr Möglichkeiten bedeutete. Dennoch fühlte sie sich in ihrem kleinen Zimmer wohl und wusste den Schlüssel und das Türschloss zu schätzen.

Delpha legte ihre Handtasche ab, ging den Flur hinunter zum Bad, wusch sich Gesicht und Hände und kehrte zurück, um sich vor dem Abendessen kurz hinzulegen. Oft setzte sie sich in die Lobby und unterhielt sich mit jemandem, aber heute ruhte sie sich aus. Calinda Blanchard, die Besitzerin des Hotels, wurde bald von ihrem langen Urlaub zurückerwartet, und Delpha hatte eine Veränderung bei Oscar bemerkt. Sein Schritt war energischer, und auf seinem jungen Gesicht lag ein kritischer Ausdruck, wenn er sich in der Küche umsah. Der Mann heckte etwas aus. Schließlich stand sie auf und ging nach unten. Der Fernseher lief ohne Ton, und die Bewohner saßen auffallend still in den abgewetzten Samtsesseln.

Ein in allen Farben leuchtender Weihnachtsbaum hätte vielleicht für eine fröhlichere Stimmung gesorgt. Aber der hohe beflockte Baum verbreitete blau-silberne Wehmut in der Lobby. Kaum war das Serviergeschirr mit mariniertem und gebackenem Blumenkohl, kleinen überbackenen Kartoffeln und gebratenem Wels verteilt worden, forderte der mürrische Harry Nystrom, ehemals Vertreter für Restaurantbedarf, zu einem Tischgebet auf. Das hatte er noch nie getan.

»Fred, wenn ich dich bitten dürfte«, befahl er.

Bis zu einer Schlägerei unter dem Dach der Southern Baptist Convention war Fred Wyman Diakon der Kirche gewesen. Seine Stimme war mittlerweile brüchig, aber seine Lieblingsbibelstellen hatte er noch parat. Fred neigte seinen Schopf wirrer weißer Haare, und alle taten es ihm nach.

»Seid allezeit fröhlich,

betet ohne Unterlass,

seid dankbar in allen Dingen; denn das ist der Wille Gottes in Christo Jesu an euch.

Den Geist dämpfet nicht,

Amen.«

Einer nach dem anderen sagte Amen.

Keiner rührte sich, bis Delpha nach einer der Schüsseln mit Blumenkohl griff, doch dann hob Simon Finn, der Weltkrieg-I-Veteran, sein Eisteeglas.

»Auf die gefallenen Kameraden.«

Gläser gingen in die Höhe. »Auf die Gefallenen.«

Delpha sah auf das ernste, faltige Gesicht von Mrs Roberta Bibbo rechts von ihr, und es fiel ihr wieder ein. Heute war der 7. Dezember. Sie ließ die Blumenkohlschüssel los.

Simon hob das Glas in Richtung einer Frau, die ein Stück weiter unten an dem langen Esstisch saß und ihre seidenweichen grauen Haare mit Klammern hinter den Ohren festgesteckt hatte.

»Auf die *Arizona*«, sagte er, »und auf Beulah, unsere Gold-Star-Mutter.«

»Auf die *Arizona*«, stimmten alle ein. »Auf Beulah.«

Beulah Morrisey neigte dankend den Kopf, während die anderen tranken. Ihr Glas stand noch neben dem Teller. Als sie sprach, war es, als richtete sie ihre Worte nur an eine Person. »Du vergisst es nie. Oder, Simon?«

»Nein, Beulah.«

1941. Vor zweiunddreißig Jahren. Delpha glaubte sich zu erinnern, wie jemand Psst zu ihr sagte, als alle im Haus ihrer Mutter vor dem Radio saßen und sich besorgt ansahen. Aber damals war sie noch winzig gewesen, und vielleicht erinnerte sie sich nur daran, weil ihr andere später davon erzählt hatten. Was sie sonst von diesem Tag wusste, stammte aus den Zeitungen, die ihre Mutter in einer Pappschachtel unter ihrem schmiedeeisernen Bett aufbewahrte. Schwarzer Rauch, der sich über weiße Wolken schob. Am Rand eines Fotos auf dem Titelblatt ein Stück eines Palmwedels und im Hintergrund eine fürchterliche Flammenexplosion. Die Schiffstürme der *Arizona* im Rauch zur Seite geneigt. Die riesige Schlagzeile: KRIEG.

Normalerweise gab es beim Abendessen kein allgemeines Tischgespräch, vielmehr redeten sie zu zweit oder dritt miteinander, einige sagten auch gar nichts. Aber das heutige Gespräch drehte sich um den Krieg, die alten Zeiten. Den Mangel. Autoreifen. Zucker. »Benzin«, sagte jemand, »genau wie heute.« Ein anderer widersprach, weil es heute keine Rationierungen gab, nur lange Schlangen.

»Butter«, sagte eine Frau. »Seidenstrümpfe.«

»Die Schwester meines Schwagers«, meldete Mrs Bibbo sich zu Wort, »war mit einem Lederhändler verheiratet. Sie hatte einen Buick, den sie, kurz bevor die Produktion eingestellt wurde, gekauft hatte ... erinnert ihr euch daran? Sie erzählte mir, ihr Mann würde Stiefel an die Armee verkaufen und mächtig Geld scheffeln. Und dann sagte sie doch glatt zu mir: ›Ich hoffe, dieser Krieg wird nie enden!‹«

Leises Stöhnen und Gemurmel am Tisch.

Harry Nystrom drehte sich auf seinem Stuhl. »Was hast du der blöden Kuh geantwortet, Roberta?«

»Ich hab ihr eine Ohrfeige verpasst, die sich gewaschen hat! Dann bin ich ausgestiegen und zu Fuß nach Haus.«

Zustimmendes Nicken am Tisch.

Delpha fieselte Gräten aus ihrem Fisch, während sie ihnen

zuhörte: Roosevelt, seine Radioansprachen, sein komischer Yankee-Akzent. Die Einberufungsbefehle ihrer Kinder. Connie Tate, eine kinderlose Witwe, die so viel wie eine Feder wog, hatte als Schweißerin in den Werften in Oregon gearbeitet. »Ich kam in den engsten Spalt«, sagte sie und streckte ihre kleinen Hände aus.

Das Tischgespräch wechselte vom Krieg zu vergangenen Weihnachten. Ein um zwei Uhr morgens in Gesellschaft einer Flasche Bourbon zusammengebasteltes Spielzeug. Die Fronturlaube der Söhne. Die aufgetischten Festmahlzeiten. Nicht erzählt wurden die Geschichten, wie der Truthahn mit Cranberrysoße auf dem Boden gelandet war, wie im Garten die Fäuste geflogen waren oder wie ein Fest im Streit geendet hatte. Die Bewohner, die bis auf Delpha alle über sechzig waren, gaben nur nette Anekdoten zum Besten, unbeholfen, mit einem sehnsüchtigen Lächeln, gelegentlich auch einem Lachen.

Nachdem der Nachtisch ausgeteilt worden war, Dattelnussbrot mit einem Klecks Bourbonsahne, beugte sich Mrs Bibbo zu Delpha. »Die schlechten Zeiten sind zurück«, sagte sie unheilschwanger. »Haben Sie die Abendnachrichten gesehen?«

»Nein, hab ich nicht.«

»Die haben schon wieder ein krummes Ding gedreht!«, rief sie aus, ihre gepuderten Wangen liefen rot an, und Delpha wusste, dass sie von Watergate sprach. Mrs Bibbo war die unangefochtene Autorität des Rosemont bezüglich dieses himmelschreienden Skandals.

»Sie wissen von den Tonbändern, die Nixon rausrücken musste, oder? Auf denen man ihn im Oval Office dauernd fluchen und lauter geheime Sachen sagen hört, ja? Tja, jetzt haben sie festgestellt, dass auf einem Band ein Teil gelöscht ist – ganze achtzehneinhalb Minuten! Beweise. Gelöscht! Und wissen Sie, was dieser Haig, der für Nixon arbeitet, dazu sagt?«

Gespannte Stille.

»Dass eine finstere Macht das getan hat!« Mrs Bibbos große braune Augen wurden ganz schmal und schwarz.

Delpha schüttelte den Kopf.

»Eine finstere Macht!«, rief Mrs Bibbo mit ätzender Schärfe. »Und wie recht er hat, dieser Haig. Nixon mit seiner schwarzen Seele war das.«

Delpha half Serafin, dem Spüler, beim Abtragen des Geschirrs, was sie sich in der Zeit angewöhnt hatte, als sie ihn eine Weile vertreten hatte. Oscar trat aus der Tür, die zum Angestelltenwaschraum führte, er trug Schlaghosen und eine Seidenweste über einem glänzenden Hemd.

»Das ist ja mal ein schickes Hemd«, sagte Delpha. Der junge Koch warf sich in Pose, die Arme weit vor sich gestreckt. Der elegante breite Kragen des eng geschnittenen weißen Hemds ließ sich mit einem Reißverschluss schließen.

»Sieht so aus, als hättest du heute noch was vor.«

»Wie kommst du denn da drauf?«

»Oscar.«

Er betrachtete seinen Afro in dem spiegelnden Kühlschrank.

»Oscar, weißt du noch, wie du gesagt hast, die Zukunft gehört denen, die sich heute auf sie vorbereiten?«

»Ja, das habe ich gesagt. War das Zitat eines klugen Manns.«

»Deine Zukunft hat gerade begonnen, oder? Gehst du?«

Oscar machte auf dem hohen Absatz seines Schuhs eine Drehung vor ihr. Dann hob er den Finger an die Lippen und sagte: »Psst.«

Und damit war er zur Tür hinaus.

Sie hatte gerade erst angefangen, sich an die Umstände zu gewöhnen. Nur, wie sollte sie einen Platz in der Welt finden, die sich so schnell drehte, so seltsam war? Eine reiche Hexe. Kopfstehende Flugzeuge. Eine 24-Cent-Briefmarke, die eigentlich eine Goldmine war.

8. Dezember 1973

»Ja, danke, ich nehme den Anruf entgegen.« Phelan setzte sich hinter seinen Metallschreibtisch und stützte das Kinn in die Hand. Es war halb drei Uhr nachmittags. Delphas Postkarte hatte die große Frau also tatsächlich aus der Reserve gelockt.

Nach einem blechernen »Sie können jetzt sprechen« war es still. Phelan wartete einen Moment. Schließlich sagte er: »Helen? Ist da meine alte Freundin Helen Hummel?«

»Hier ... ist Helen. Ist ... da ... Billy Smith?« Eine Altstimme. Zögernde Sprechweise. Von Angesicht zu Angesicht könnte sie die Pausen zu ihrem Vorteil nutzen. Zum Beispiel, um den anderen einzuschüchtern.

»Ja, genau der. Nur nennt man mich inzwischen Bill.«

»Aus der Highschool?«

»Grundschule. Weißt du noch, wie wir beide uns gewunden haben, wenn wir laut vorlesen mussten?« Er dachte, das wäre eine sichere Nummer, weil doch jedes Kind es hasste, laut vorzulesen. Bei ihm war das jedenfalls so gewesen. Er hatte die Absätze abgezählt, um herauszufinden, durch welchen er sich quälen musste. Und dann tat sich ein tiefer Spalt unter ihm auf und drohte ihn zu verschlucken, wenn er sah, dass sein Absatz das Wort »Busen« enthielt.

»Bei ... Mrs Pogue?«, fragte Helen ihn.

Das könnte ein Trick sein. Er wich aus. »Ja, genau der Billy Smith bin ich. Hat dir die Ölfontäne auf der Karte gefallen?«, fügte Phelan kichernd hinzu.

»Die Marke hat mir gefallen. Die Jenny. Wo hast du die her?«

Jenny? Von Jenny hatte er keine Ahnung, aber er wusste,

wo Delpha die Marke besorgt hatte. »Ach, aus einem Laden, der altes Zeug verkauft.«

»Könntest du mir noch eine besorgen?«

»Da muss ich mal schauen, Helen. Aber jetzt zu dem Grund, warum ich dir geschrieben habe. Du warst mal nett zu mir, und als ich mitgekriegt habe, wo du bist, dachte ich, ich sollte auch mal nett zu dir sein. Ich wette, du könntest ein bisschen Sonne im Leben brauchen.«

»Ich hab Sonne. Fast jeden Tag.«

»Nein, ich meinte irgendwelche kleinen Annehmlichkeiten.«

Schweigen.

»Geld, damit du dir hin und wieder was leisten kannst. Sagen wir mal, zwanzig Dollar im Monat. Gibt es einen Weg, dir das zukommen zu lassen?«

Nach einer erneuten längeren Pause erklärte sie ihm, dass er ihr Geld auf ihr Gefängnisladenkonto überweisen könnte. Phelan schrieb auf der Rückseite eines Briefumschlags mit. Dann fragte sie: »Warum willst du das tun?«

»Wie ich schon gesagt hab. Aber wenn du's genau wissen willst, Helen: Es gibt zwei eng verwandte Gründe, wie Zwillinge. Der eine ist, dass es dir gut gehen soll. Der zweite ist, dass es auch allen um dich herum möglichst gut gehen soll. Verstehst du, was ich meine?«

»Zwillinge.«

»Ja. Du kannst dir von dem Geld kaufen, was du willst. Süßigkeiten oder ein Sixpack Cola oder auch Thunfisch, wenn du gerade Lust auf Thunfisch hast. Du musst nur nett zu allen sein, so wie wir das in der Grundschule gelernt haben. Verstanden?«

»Ja ... das hab ich verstanden.«

»Freut mich. Toll. War nett, mit dir zu plaudern, Helen, und ich hoffe, du kommst bald raus. Gott schütze dich.«

Helen Hummel gab ein abgehacktes Bellen von sich, es klang, als würde ein Zweizentnermann die Verandastufen runterfallen. Phelan vermutete, dass es ein Lachen war.

10. Dezember 1973

Er bat darum, mit Joanne Furnell verbunden zu werden, der Traktaufseherin, und stellte sich als Tom Phelan vor, Privatdetektiv, Joe Fords Freund, und ein ehemaliger Klassenkamerad von ihr.

»Das ist ja nett! Joe Ford ist mein Ansprechpartner, wenn eine meiner Insassinnen auf Bewährung rauskommt und nach Beaumont will. Das kommt zwar nicht oft vor, aber wenn, dann läuft es immer reibungslos. Er ist gut in seinem Job.«

»Ja, Joe ist ein prima Typ. Er hat mir jemanden aus Gatesville vermittelt. Delpha Wade. Sie ist meine Sekretärin.«

»Echt, die Wade? Sie hatte es ziemlich schwer, bis sie es endlich raus geschafft hat. Nicht dass sie sich nicht bemüht hätte, das meine ich nicht. Sie hat unsere Betriebswirtschaftskurse belegt.«

»Der hat sich gelohnt. Du erinnerst dich wahrscheinlich nicht an mich, Joanne, aber wir haben in der Schule zusammen einen Schreibmaschinenkurs besucht.«

»Du hast Football gespielt, oder?«

»Na ja, die meiste Zeit wurde ich überrannt.«

»Ich erinnere mich vor allem an dich, weil ich in der Kapelle war und zwei Footballspieler sich eines Abends den Hut von unserem Tambourmajor – du weißt schon, diesen hohen Hut, den sie tragen – geschnappt und Fang-mich damit gespielt haben. Ein dritter Spieler ist dazwischen, hat ihn aus der Luft gefischt und ihm zurückgegeben. Ich habe eine Freundin gefragt, wer das war, und sie sagte deinen Namen. Tom Phelan.«

»Ja. Und der andere war Miles Blankenship. Der Tambourmajor, meine ich. Inzwischen erfolgreicher Anwalt.«

»Echt? Ist ja 'n Ding. Er hat die Kapelle fest im Griff gehabt. Aber er war ein netter Kerl. Freut mich für Miles. Was kann ich für dich tun?«

»Wie gesagt, ich bin Privatdetektiv, und ich habe einen kleinen Auftrag für Emerald McClung übernommen. Du weißt ja, dass Emerald inzwischen draußen ist. Sie macht sich Sorgen um ihre Schwester Ruby. Ich wollte dich fragen, ob du mitgekriegt hast, dass eine andere Insassin ihr Schwierigkeiten macht. Oder ihnen beiden. Bei deiner Position dürfte dir so was kaum entgehen.«

»Seltsam, dass du danach fragst. Letztens hat mich ein Bewährungshelfer aus Galveston angerufen, um sich nach Ruby zu erkundigen. Wollte wissen, ob sie inzwischen draußen ist oder ob ich ihm sonst etwas über sie erzählen könnte. Arbeitest du mit dem Büro in Galveston zusammen?«

»Nein, Joanne. Ich interessiere mich einfach nur für alle, die es auf Ruby oder Emerald McClung abgesehen haben könnten.«

»Tja, ich weiß, dass Ruby vor längerer Zeit mal von einer Mitinsassin verletzt wurde, die wir deswegen nach Rusk verlegen ließen. Das ist ja nicht weit von dir. Gut möglich, dass die beiden auch mit einer anderen Insassin Probleme gehabt haben, aber ... na ja, man weiß hier nie, wer die Wahrheit sagt. Mehr kann ich dir leider nicht sagen. Die McClungs haben immer zusammengehangen. Muss schwer für sie sein, getrennt zu sein.«

»War diese andere Insassin vielleicht Helen Hummel?«

»Das hat Emerald gesagt, oder? Ja, die war es. Ein ziemlicher Brummer, aber scheu wie ein Reh. Kein besonders glücklicher Mensch.«

»Was an diesem Ort sicher nicht ungewöhnlich ist.«

Joanne Furnell lachte auf. »Da hast du natürlich recht.«

»Hast du eine Idee, warum Helen es auf die McClungs abgesehen hatte?«

»Ich versuch erst gar nicht, den Überblick über die Streitereien zwischen den Insassinnen zu behalten, Tom. Da käm ich ja zu überhaupt nichts mehr.«

»Verstehe. Na gut, ich dachte einfach, ich ruf mal an. Weil ich mich sofort an dich erinnert habe, als Joe deinen Namen nannte.«

»Ehrlich?« Das klang überrascht und erfreut. »Wobei du dich wahrscheinlich an meine Schwester besser erinnerst.«

»Ja, an die erinnere ich mich auch. Nettes Mädchen.«

»Das war sie. Und wunderschön. Mama hat es nie verwunden. Es ist jetzt zwölf Jahre her, und seit Mama nicht mehr ist, redet niemand mehr über Candy. Ich denke jeden Tag an sie, sie kommt mir einfach in den Sinn.«

»Das tut mir leid, Joanne.«

»Danke, Tom. Aber so ist das mit Geschwistern. Die einen verstehen sich überhaupt nicht, bei den anderen ist es wie bei Candy und mir. Den einen Tag kriegt man sich ständig in die Wolle, am nächsten ist man ein Herz und eine Seele. Hast du Geschwister, Tom?«

»Ja, Brüder. Wir stehen uns leider nicht besonders nah.«

»Das ist schade. So was kann ich mir gar nicht vorstellen. Candy hat mich zwar ziemlich herumkommandiert, aber die meiste Zeit war sie mein großes Vorbild.«

»Was für ein Glück. Also, natürlich, bis …«

»Ich weiß schon. Dann war das Glück vorbei.«

»Ja.« Beide verfielen in Schweigen, und Phelan sah Candy Furnell mit ihrem umwerfenden Lächeln über den Schulflur auf ihn zugehen.

»Okay, wenn das alles ist, geh ich zurück an die Arbeit. Grüß bitte Joe Ford von mir.«

»Das mach ich, und Joanne, danke, dass du mit mir gesprochen hast.«

»Natürlich ... gerne. Bis bald mal.«

Phelan legte auf und sah aus dem Fenster auf die Straße, wo zwei städtische Angestellte Weihnachtsschmuck an einer Straßenlaterne befestigten. Dieses Jahr übertrieben sie es wirklich. Er trommelte auf den Schreibtisch. Okay, das waren keine großen Offenbarungen von Joanne Furnell gewesen, aber ... eine Bestätigung, dass Geschwisterbande unverbrüchlich sein konnten. Und noch etwas. Ruby hatte bezüglich Helen Hummel nicht gelogen.

Außerdem war da die unbedeutende Frage, warum ein Bewährungshelfer aus Galveston sich für die McClungs interessierte.

Phelan trat an Delphas Schreibtisch und berichtete ihr von Helens Anruf.

»Sie hat also nicht versprochen, dass sie Emerald nicht länger vergiften, verprügeln oder sonst was mit ihr machen wird?« Delpha nahm einen kleinen Spitzer in die Hand.

»Sie haben selbst gesagt, dass Telefonate gelegentlich mitgehört werden. Daher konnte sie das schwerlich so direkt sagen, oder?«

»Jedenfalls hat sie es nicht getan.«

»Aber sie hat kapiert, worauf ich anspielte.«

»Das nehmen Sie an. Hat sie denn überhaupt was gesagt?« Delpha steckte einen neuen Bleistift in den Spitzer und drehte ihn energisch. Gelockte Holzspäne fielen auf den Tisch.

»Viel nicht. Aber ich glaube, sie hat mich verstanden.«

»Ruby soll das Geld anweisen, dann werden wir sehen.«

»Okey-dokey. Fall abgeschlossen. Sie können es Ruby sagen. Warum sind Sie eigentlich so ungeduldig, Delpha?«

»Wahrscheinlich, weil ich ... ich will einfach nichts mit ihr zu tun haben.« Delpha wünschte, Ruby würde zurück in das Übergangswohnheim gehen und dort bleiben. Oder gleich woandershin ziehen.

Phelan bemerkte, dass Delpha den Bleistift immer noch drehte. »Was stört Sie denn so an ihr?«

»Abgesehen davon, dass ich gegen meine Bewährungsauflagen verstoße, wenn ich sie treffe? Oder sie mich?«

Phelan hob eine Hand. »Schon verstanden.«

Delpha redete jedoch weiter, sagte etwas, was sie normalerweise wahrscheinlich für sich behalten hätte. Aber heute nicht. »In Gatesville waren wir alle unterschiedliche Menschen. Komplett unterschiedlich. Aber draußen ... draußen sind wir das nicht mehr.« Draußen waren Ruby McClung und sie sich ähnlicher als irgendwelche zwei anderen Frauen, und das nur, weil sie ehemalige Knastschwestern waren. Es war, als müsste sie noch einmal ganz von vorne anfangen.

»Ich finde nicht, dass Sie und Ruby McClung sich irgendwie gleichen.«

»Vielleicht sehen Sie es nur einfach nicht.«

Angesichts ihres scharfen Tons hob Phelan eine Augenbraue. Delpha war größer als Ruby, ihre Haut hatte einen warmen Ton, sie hatte schulterlange hellbraune Haare und blaugraue Augen. Ruby war ein Gespenst dagegen. Nein, er sah es nicht.

Phelan beschloss, dass er auf seinem Schreibtischstuhl besser aufgehoben war.

Delpha meinte keine äußerliche Ähnlichkeit. Eher eine innere. Sie konnte es nicht erklären, vielleicht wollte sie es auch nicht. Kaum hatte sie angefangen, sich mit einer gewissen Selbstverständlichkeit in der Welt zu bewegen, sogar so etwas wie Selbstsicherheit zu empfinden, musste sie sich mit

Ruby McClung in ihrer weißen Uniform und Verzweiflung herumschlagen. Delpha konnte genau nachempfinden, wie es Ruby ging. Ein Brennen, als hätte sie Nesseln verschluckt. Aber sie wollte nicht mehr darüber reden. Auf das erste Telefonklingeln hin hatte sie den Hörer in der Hand.

»Phelan Investigations. Was kann ich für Sie tun?«

Räuspern. »Ich wollte fragen, ob ... ob Sie auch Leute suchen?«

»Ja, wir können Leute suchen.«

»Und was ... wenn sie tot sind?«

»Dafür gibt es das Standesamt, Sir. Gehen Sie zum Rathaus, dort können Sie selbst nachfragen.«

Schweigen. Dann: »Das geht nicht.«

Kurzes Schweigen von Delphas Seite. »Nun, wann ist sie oder er denn gestorben?«

»Am 29. November. Ich hab's in der Zeitung gelesen. Laut Todesanzeige ist sie an einer Krankheit gestorben. Aber sie war nicht krank.«

»Was sagt ihre Familie dazu?«

»Die reden nicht mit mir.«

»Sir, glauben Sie mir. Das Standesamt ist verpflichtet, Ihnen eine Sterbeurkunde auszuhändigen, wenn Sie danach fragen.«

»Mir nicht.«

Delpha runzelte die Stirn und sah durch das Fenster des Empfangszimmers auf die andere Straßenseite zu ihrem Zuhause, dem New Rosemont Hotel. Keiner saß auf der Veranda. Sie wartete.

»Die Frau auf dem Standesamt ist ihre Mutter. War ihre Mutter. Also ist es immer noch, obwohl ... aber sie hasst mich. Von der kriege ich überhaupt nichts.«

»Wessen Mutter? Entschuldigung, können wir ... wie heißen Sie denn?«

Atmen. Ein tiefes Seufzen. »Shellys Mutter. Shelly und ich, wir waren ein Paar. Ich heiße Charlie Benavidez. Kann ich einen Termin ausmachen?«

Delpha ließ den Stift über dem Tischkalender schweben. »Das wäre gut, Mr Benavidez. Wann wollen Sie denn kommen?« Mit Ausnahme von dem Eintrag für Ruby lag der Dezember unschuldig weiß vor ihr wie der Schnee, der in Beaumont niemals fiel.

»Wie wär's mit morgen Vormittag?« Die leise Stimme wurde düster. »Bevor ich kneife.«

»Wo wohnen Sie?«

»Houston.«

»Einen Moment, bitte.«

Delpha drückte einen Knopf, ging in Phelans Büro und berichtete ihm von dem Mann, den sie gerade in der Leitung hatte. Er hob den Kopf von dem Scheckbuch, in dem er gerade ein paar Blankoschecks unterschrieben hatte.

»Benavidez? Wie alt ist er?«

»Klingt jung.«

»Am Lamar College gab's einen Pitcher, der so hieß, ein richtiger Scharfschütze. Der Junge hatte eine große Zukunft. Dann hat er einen Comebacker voll aufs Auge gekriegt, und die Scouts haben ihn aussortiert.«

Delpha runzelte die Stirn. »Was?«

Phelan erklärte ihr, dass Charlie Benavidez ein Riesentalent gewesen war und wegen einer Augenverletzung seine Karriere an den Nagel hängen musste. Aber vielleicht standen ja noch andere Charlie Benavidez' im Telefonbuch. »Morgen. Okay. Was will er?«

»Soweit ich verstanden habe, will er wissen, ob eine Tote wirklich tot ist. Rubys Schicht sollte jetzt vorbei sein. Ich vereinbare einen Termin mit ihm, dann fahr ich zu ihr.«

Phelan konnte warten, bis ihm der Mann die Geschichte von der Toten selbst erzählte, sagte Ja und zückte dann wieder seinen Stift.

Hinter dem Wohnheim schlängelte sich der von Bäumen und Büschen gesäumte grünlich-braune Neches River entlang. Als Delpha in dem Wohnheim gewohnt hatte, hatte ihr die Hausmutter Peg einmal anvertraut, dass die Stadt die Immobilie kaufen wollte, um das Wohnheim abzureißen und einen Park anzulegen. Inklusive Bootsrampe, Volleyballplätzen, vielleicht sogar ein Pier für die Angler. Acht Monate später stand die Bruchbude immer noch. Der Mief nach Haushaltsreiniger, Küchendünsten, alten Teppichen, Zigaretten und Angst setzte sich in den Haaren fest.

Am Empfang saß eine schmale Frau mit spitzem Kinn, die schwarz gefärbten Haare zu einem Knoten geschlungen, aus dem Essstäbchen ragten. Sie hob den Blick von dem Spiralblock, in den sie gerade etwas geschrieben hatte, und sah Delpha an.

»Ist Emerald McClung da?«, fragte Delpha.

»In ihrem Zimmer.«

Die Frau hob den Zeigefinger, aber nicht mahnend wie eine Lehrerin, sondern als wollte sie einen Tabakkrümel von ihrer Zungenspitze entfernen. Delpha wusste, wer sie war – diese Frau vergaß man nicht so schnell. Sie hatte die Ärmel ihres V-Ausschnitt-Pullovers hochgeschoben, und darunter war ein wahrer Bilderreigen an Tattoos sichtbar, der an ihren Handgelenken und an ihrem Schlüsselbein abrupt endete.

»Midnight«, sagte Delpha.

»Ja.« Die Frau grinste. »Delta, oder?«

»Delpha.« Aus Midnights V-Ausschnitt ragte ein gelber Löwe, auf dem eine Frau ritt. Ein Mondgesicht strahlte auf sie herunter. Um die Handgelenke rankten sich rosa Blüten.

»Willkommen zu Hause.«

»Danke.« Midnight hob eine ihrer schwarzen Augenbrauen und drehte den Kopf, um in den schäbigen großen Wohnraum zu blicken.

»Du hast bestimmt schon eine Stelle«, sagte Delpha.

»Bald. Ich schwanke zwischen einer hier in der Stadt und einer in Port Arthur.«

»Als Tattoo-Künstlerin.« Delpha erinnerte sich, dass Tätowierer sich als Künstler verstanden, auch wenn sie mit Ruß und Babyöl arbeiteten.

Ein noch breiteres Grinsen. »Ja, Ma'am, als Tattoo-Künstlerin. Nach Vorlage oder Freihand, traditionell, was du willst. Und ein Make-up-Ass bin ich auch.« Sie betrachtete Delpha. »Du hast einen hübschen Mund. Wie wär's mit ein bisschen Permanent-Make-up? Dann könntest du deinen Lippenstift entsorgen.«

»Ich denk drüber nach. Versprochen.«

Die Frau setzte sich aufrechter hin, sodass man mehr von der Löwenmähne sah. »Ich hole Emerald, aber ...« Sie hob ihren Spiralblock, der beim letzten Blatt aufgeschlagen war. »Darf ich dich mal was fragen? Bist du auch zu dieser Frau, die einen mit einem Reim verabschiedet?«

»Die Schlafwandlerin?«

Midnight nickte mit ihrem spitzen Kinn. »Ja. Naomi. Bist du auch zu der?«

»Bevor meine Bewährung durch war. Dann nicht mehr.«

»Nicht bevor du raus bist?«

»Nein.«

»Okay. Also, ich dachte, ich schreib ihre Reime auf, bevor ich sie vergess. Ich überleg nämlich, ob ich selbst so was schreiben soll. Manchmal fragt mich ein Kunde nach einem netten Spruch.« Midnight sah Delpha mit zusammengekniffenen Augen an, schob ihren rechten Ärmel hoch, drehte ihren Arm, um ihr ein *Fuck you, Mom* in schnörkeliger Schrift zu zeigen, das über die Unterseite ihres Oberarms lief.

Die Schlafwandlerin war eine ältere Insassin, die regelmäßig im Tagesraum wegnickte. Im Schlaf versuchte sie manchmal den Fernsehsender zu wechseln, sich ohne Geld eine Süßigkeit aus dem Verkaufsautomaten zu ziehen, oder sie setzte sich einer anderen Insassin auf den Schoß, als wäre er ein freier Stuhl. Alles, ohne aufzuwachen. Berühmt war sie allerdings für die Gedichte, die sie im Auftrag verfasste. Dazu musste Naomi, so hieß sie tatsächlich, erinnerte sich Delpha jetzt, in eine Trance abtauchen. Behauptete sie zumindest. Dann kritzelte sie ein paar Zeilen auf ein Stück Papier, das man ihr hinlegte. Nach einer Weile tauchte sie aus der Trance wieder auf, und man gab ihr eine Kleinigkeit. Allerdings brauchte man sie gar nicht erst zu fragen, was ihre Gedichte bedeuteten, weil sie sich nämlich nicht einmal daran erinnerte, sie geschrieben zu haben.

Midnight blätterte ein paar Seiten zurück. »Hier ist der für mich.«

Delpha verlagerte ihr Gewicht. Die Frau las einen Vierzeiler vor, in dem sich »Freiheit« auf »vergeigt« und »Männer« auf »Penner« reimte.

»Klingt nicht gerade nach ›Alles Gute für die Zukunft‹ und ›Die besten Wünsche‹.«

»Eben. Das wär mir lieber gewesen. Ich sag's dir, ich –«

»Sag Emerald McClung, sie soll auf eine Zigarette rauskommen, okay?«

»Klar, kein Problem. Emerald hat ein viel schöneres Abschiedsgedicht gekriegt.« Die Frau blätterte weiter. »Willst du's hören?«

»Ich wär dir dankbar, wenn du sie einfach holen würdest.« Delpha nahm einen Dollar aus ihrer Geldbörse. Er verschwand in Midnights Jeans. Leute mit kleinen Präsenten gefälliger machen, das hatte sie in Gatesville gelernt, das hatte Tom Phelan ihr nie erklären müssen. Nur die Währung war damals eine andere gewesen. Naomi wurde mit Zigaretten, Süßigkeiten oder Folger's Instant bezahlt. Oder mit Sardinen.

Sie ging wieder hinaus in den von einem Maschendrahtzaun umgebenen winzigen Garten, in dem eine einsame Kiefer stand. Der große Garten hinterm Haus endete an einem Pfad zum Fluss. Das Gestrüpp war zum Teil entfernt worden, damit man einen schöneren Ausblick hatte – die frisch entlassenen Gefängnisinsassinnen erhaschten gelegentlich einen Blick auf einen Wasserskifahrer, der im Kielwasser eines Motorboots vorbeirauschte. Eine Frau, die gleichzeitig mit Delpha hier gewohnt hatte, nannte die Wasserskiläufer Flieger, weil sie frei und sorglos über das Wasser flogen, während sich die Frauen in dem Wohnheim wegen Geld und Jobs Sorgen machten.

»Wir sind doch auch frei«, hatte Delpha gesagt, nur um ihr zu widersprechen, aber sie wusste genau, was sie meinte.

Die Frau hatte gelacht. »Na, dann kannst du dich ja auch mal von so einem Boot ziehen lassen.«

Im hinteren Garten standen klapprige Metallstühle um einen Picknicktisch mit einem sandgefüllten Blumentopf, der als Aschenbecher für die Bewohnerinnen diente. Im Vorgarten konnte man sich nicht hinsetzen, was Delpha gut passte.

Nach kurzer Zeit steckte Ruby den Kopf durch die Haustür. Sie trat in ihrem puderblauen Mantel auf die Veranda, in der Hand eine Papiertüte, und schloss die Tür hinter sich.

»Zur Tarnung«, sagte sie zu Delpha, bückte sich und warf

mehrere Zigarettenkippen in die Tüte. »Außerdem mag's Peg, wenn der Vorgarten sauber ist. Geh raus auf den Gehsteig, okay?«

Eine Knastschwester, die Müll in einem Garten aufsammelte, eine andere, die vor dem Zaun wartete. Das war streng genommen kein Treffen. Hier draußen gab es Straßenlärm, und die Luft roch nach der großen Kiefer und war nicht muffig wie im Haus. Sie redeten über den Zaun hinweg miteinander und sahen dabei in entgegengesetzte Richtungen. Als Delpha sagte, dass Phelan Investigations den Auftrag übernehme, traten Tränen in Rubys silberne Augen. Ihre Hand umschloss die Papiertüte fester. »Danke, Delpha«, sagte sie. Und mit leiser Stimme, die Augen geschlossen: »Danke, lieber Gott.«

Ruby nahm ihr Feuerzeug und zündete sich eine an. Delpha lehnte dankend ab, beugte sich vor und berichtete von der Postkarte und dem Angebot. Tom hatte am Samstag einen Rückruf von Helen erhalten. Er hatte so getan, als wäre er ein alter Freund. Jetzt musste Ruby den nächsten Schritt machen und zwanzig Dollar auf Helens Konto überweisen. Vielleicht würde Helen dann von ihrer Schwester ablassen.

Vielleicht war der Auftrag damit schon erledigt.

Ruby rauchte die Zigarette bis zum Filter runter, ließ sie fallen und trat sie aus. Sie öffnete die Tüte, bückte sich, warf die Kippe und alle anderen in Reichweite hinein, dann richtete sie sich am Türchen wieder auf. Warf einen Blick zur Veranda.

»Em sagt, dass es ihr gut geht, aber ich weiß schon bevor sie den Mund aufmacht, wenn sie lügt.«

Delpha musterte die Schatten unter Rubys Augen, ihre wirren Haare. »Wie geht's dir denn?«

Ruby neigte den Kopf zur Seite, hob ihn wieder.

»Ich bin draußen. Das Haus hier hat Schlösser, die sich von innen verriegeln lassen.«

»Hast du Angst, dass jemand reinkommen könnte?« Delpha sah sie prüfend an.

Rubys weißes Gesicht verschloss sich. »Das war nur so allgemein gesagt. Jedenfalls gibt es in diesem Haus keine Helen.«

Die Tür öffnete sich. Delpha erkannte Peg. Die Hausmutter war mittleren Alters und hatte Dauerwellenlöckchen. Delpha winkte ihr zu und sagte zu Ruby: »Nett hier, oder?«

»Klar, solange man gerne durch Dreck watet.«

»Wirst du Peg deinen richtigen Namen sagen oder weiterhin Emerald bleiben?«

»Ach, ich werd's ihr schon sagen. Irgendwann.«

»Wann seid ihr beiden eigentlich eingefahren, Ruby?«

»64, warum?«

»Ganz schöne Zeit.«

»Ja, sicher zehn Minuten. Warum fragst du?«

»Für unsere Akte. Ich muss alles eintragen. Sämtliche Informationen. Okay, schick das Geld, sobald du kannst. Und gib uns Bescheid, ob Helen Emerald in Ruhe lässt.«

»Mach ich.«

Ruby sammelte auf dem Weg zur Haustür noch ein paar Kippen auf. Sie sah nicht zurück.

Delpha schob sich auf den Schalensitz des Dart und drehte den Zündschlüssel, dann saß sie einen Moment lang da und wurde von dem stotternden Motor sanft durchgeschüttelt, was sie kaum mehr bemerkte.

Joe Ford hatte Phelan Investigations den 1968er Dodge Dart seines Schwiegervaters überlassen, um ihn vor ihm zu verstecken. Er hatte ihm das Auto weggenommen, um es »reparieren« zu lassen, nachdem sein Schwiegervater damit eine unliebsame Begegnung mit einem Betonmischer gehabt hatte. Also lieh Joe ihn Phelan, der das verbeulte Auto vor seinem Büro parkte. Wenn Delpha einen Auftrag zu erledigen hatte, benutzte sie ihn. Der Schwiegervater hatte sich allerdings mittlerweile so weit von seiner Gehirnerschütterung erholt, dass er ihn zurückhaben wollte.

Von der Fahrerseite aus betrachtet war das Auto schwarz. Von der Beifahrerseite aus grün. Mit den vielen Kratzern und tiefen Beulen sah es aus, als wäre ein farbenblinder Stier darauf los. Man musste mit aller Kraft an der Fahrertür ziehen, bis sie sich dazu bequemte, sich öffnen zu lassen. Immerhin lief die Karre. Man hörte sie zwar schon von Weitem, aber sie lief. Das reichte Phelan Investigations.

Delpha sah zu der Tür, durch die Ruby verschwunden war, und in dem Moment fiel es ihr auf: *Dass Helen nicht in das Übergangswohnheim reinkommen sollte, war klar. Aber gab es da noch jemanden?*

11. Dezember 1973

Nach dem Klopfen zu urteilen, würde derjenige, der vor der Tür stand, wieder davonschleichen, wenn sie sich mit dem Öffnen Zeit ließen. Phelan Investigations' erste Mandantin, eine tropfnasse Mutter auf der Suche nach ihrem Jungen, war auch so scheu gewesen. Jetzt stand ein Junge davor, der nach einem Mädchen suchte. Einem toten Mädchen.

Delpha begrüßte ihn: »Charlie Benavidez?« Auf sein Nicken hin ließ sie ihn herein. Knapp eins achtzig, mit lackschwarzen Haaren, die sich um seine Ohren herum lockten. Langer Schnurrbart, zurückhaltendes Auftreten. Die Röte, die in seine gebräunten Wangen stieg, passte nicht so recht zu dem Schatten unter seinem linken Auge. Sie mussten nicht fragen, ob er der Benavidez war, an den Phelan hatte denken müssen. Eine abgetragene Lamar-Cardinals-Windjacke, auf der das zornrote Maskottchen zu sehen war, hing von seinen breiten Schultern. Schwarze Rehaugen wanderten von ihr zu Phelan, der in der Tür zu seinem Büro stand.

»Er ist's«, sagte Phelan und trat vor, um die Hand ihres möglichen Mandanten zu schütteln. »Mr Benavidez. Tom Phelan. Ich habe Ihren Shutout gegen Rice 71 gesehen. Wenn ich mich recht erinnere, ist Ihnen das in dem Jahr ein paarmal gelungen.«

»Siebenmal.« Ein bescheidenes Lächeln verdrängte die Traurigkeit aus seinem Gesicht. Einen kurzen Moment lang. Seine breiten schwarzen Augenbrauen zuckten, dann senkte er den Blick.

»Riesenleistung. Vida Blue hat acht für Oakland gepitcht.«

»Ja, und einige von den Jungs ganz früher sogar sechzehn.«

Phelan wackelte mit dem Finger. »Aber das war, bevor's die ersten Relief Pitchers gab und Batters noch auf dem Dinosaurierspeiseplan standen. Kommen Sie in mein Büro und sagen Sie uns, wie wir Ihnen helfen können. Das ist Delpha Wade, meine Sekretärin. Wenn Sie keine Einwände haben, wird Sie sich zu uns setzen.«

Der junge Mann drehte sich zu Delpha. Anders als die anderen Mandanten ignorierte er sie nicht, als gehörte sie zum Mobiliar, oder bedachte sie nur mit einem flüchtigen Nicken. Sie hatte das Gefühl, gesehen zu werden, wie mit Röntgenaugen. Benavidez' todernstes Gesicht war angespannt. Fragend.

»Nein«, sagte er, »natürlich nicht.«

Delpha und Phelan wechselten rasch einen Blick.

Charlie Benavidez hatte seine Geschichte schnell erzählt. Er und Shelly Petry hatten sich im College ineinander verliebt. Es war großartig. Sie wollte Sozialarbeiterin werden, und er war auf dem Sprung in die Major League. Seine Familie liebte Shelly. Die Petrys verhielten sich ihm gegenüber reserviert, aber er dachte, das würde sich geben. Sobald er gutes Geld verdiente, wollten er und Shelly sowieso dahin ziehen, wo er spielte, und sie würden ihre Eltern nicht so oft besuchen. An dem Gedanken hielt er sich fest.

Eines Abends rief Shellys Mutter bei Charlie zu Hause an, wo sie gerade zu Abend aßen, und sagte ihrer Tochter, sie solle sich sofort auf den Weg machen. Shelly, die im Flur am Telefon stand, wurde frech, und dann platzte sie mit der Neuigkeit heraus, dass sie und Charlie heiraten würden. Vera Petry bekam einen Anfall. Dass sie miteinander gingen, sei schlimm genug, eine Heirat sei völlig ausgeschlossen. Shelly würde Mischlingskinder kriegen, sagte die Mutter. Mexikaner. Sie befahl Shelly, nach Hause zu kommen. Sie würden sie schon zur Vernunft bringen. Weil Mr und Mrs Benavidez nebenan im Esszimmer saßen, flüsterte Shelly Charlie zu, was ihre Mutter gesagt hatte. Sie sagte, er solle sich keine Sorgen machen. Sie und ihre Mutter seien schon öfter aneinandergeraten. Bisher habe sich immer ihre Mutter durchgesetzt, aber dieses Mal nicht, versprach Shelly, stellte sich auf die Zehenspitzen und küsste ihn.

»Das war das letzte Mal, dass ich sie gesehen habe. Bis mir meine Mutter ihr Bild in der Zeitung gezeigt hat. Auf der Seite mit den Todesanzeigen.« Seine Augen schwammen in Tränen, aber er sprach weiter. »Die Cardinals hatten ein paar Nachsaisonspiele und Trainingseinheiten für die Scouts. Ich machte ein paar Würfe im Bullpen. Es war albern, aber ich stellte mir vor, ich würde auf den Kopf ihrer Mutter zielen. Ich habe meinen Eltern nie erzählt, was sie gesagt hatte. Aber sie wussten sowieso Bescheid.«

»Das war's also«, sagte Phelan. »Ich hab Sie in einem Spiel gesehen, da haben Sie hammerhart geworfen. Sie feuern wie aus einer Kanone, Mr Benavidez.«

»Charlie. Früher. Früher mal hatte ich einen hammerharten Wurf. Vielleicht könnte ich es immer noch, aber das ist egal. Im letzten Saisonspiel hat ein Batter von der McNeese State mich voll am linken Auge erwischt. Orbitalfraktur. *Adios* Vertrag. *Adios* Baseball.« Er fuhr sich mit dem Finger am Auge entlang.

»Wie geht's inzwischen mit dem Auge?«, fragte Phelan.

»Im Moment bin ich ziemlich müde, deshalb haben Sie gerade zwei Nasen.« Er lächelte schwach. »Aber die haben's gut hingekriegt. Ehrlich. Ich war eine Zeit lang *tuerto*.«

Auf ihren fragenden Blick hin erklärte Charlie: »Einäugig. Zuerst wegen der Schwellung und weil das Auge sich nicht bewegen ließ. Dann wegen der Augenklappe.«

»Das tut mir sehr leid für Sie, Mr Benavidez«, sagte Delpha. »Haben Sie das College abgeschlossen?«

»Charlie. Am Samstag habe ich meine letzte Prüfung.«

»Wie schön.« Delphas Stimme hatte einen warmen, hypnotisierenden Klang angenommen. Phelan sah zu ihr. Wenn Delpha wollte, konnte sie einem allein durch die Art, wie sie sprach, den Eindruck vermitteln, ein bedeutsamer Mensch zu sein. Selbst wenn man sich bis dahin immer wie eine Laus gefühlt hatte.

Charlie Benavidez drehte den Kopf ein wenig zu Delpha, sah sie aber nicht direkt an. »Sie hat was über Sie gelesen.«

Delpha hob den Stift vom Block.

»In der Zeitung. Mitte August.«

Das musste die Zeitung sein mit dem Foto von ihrem Gesicht, als sie auf der Tragbahre lag. Körnig grau im Kontrast zu der dunklen Decke. Daneben das erkennungsdienstliche Foto aus dem Jahr 1959, eine Jugendliche mit glatter heller Haut und wildem Blick. Diesem Mädchen sah Delpha nicht mehr gleich, aber trotzdem hatte sie damit gerechnet, dass sie erkannt werden würde. Dass sich plötzlich jemand an die Nachrichten erinnerte, sie wiedererkannte, verurteilte. Zu ihrer Überraschung und Erleichterung war das nicht geschehen.

Bis jetzt, bis Charlie Benavidez.

Er warf ihr einen Blick zu. Delpha wappnete sich.

»Sie hat den Artikel bestimmt zehn Mal gelesen, Miss Wade. Shelly fand es sehr mutig, dass Sie sich so gewehrt haben. Dass Sie Ihr Leben gerettet haben. Sie hat gesagt, dass sie so sein will wie Sie und ihr Leben nicht einfach aufgeben will. Nicht dass sie jemanden umbringen wollte, aber ... oh, Entschuldigung, so habe ich das nicht ... Sie mussten das ja tun –« Charlie Benavidez' Ohren wurden knallrot.

»Schon gut. Ich weiß, was Sie sagen wollten, Mr Benavidez. Fahren Sie fort.«

»Tut mir leid, Miss Wade. Sogar über den Artikel haben Shelly und ihre Mutter gestritten. Als Mrs Petry gelesen hat, dass Sie im Gefängnis waren, da ... na ja ... auf Ihrer Seite war sie jedenfalls nicht.«

»Scheint eine ziemlich dumme Frau zu sein«, sagte Phelan laut.

»O Mann.« Stöhnen. »Als ich Shelly das erste Mal auf einer Party gesehen hab, wurde mir schwindlig. Ungelogen, Mr Phelan, ich musste mich hinsetzen. Dann bin ich sofort wieder aufgesprungen und zu ihr hin, damit sie mir keiner wegschnappt. Sie hat rote Haare, die ihr fast bis zur Taille reichen, und ihre Augen sind irgendwas zwischen blau und grün. Außerdem war sie nett, hab ich gemerkt, und hatte ... na ja, Pfeffer im Arsch. Watergate, Vietnam, der Indianeraufstand oben in South Dakota, über alles wusste sie genau Bescheid. Sie hat sich für Politik interessiert und hatte ... Prinzipien. Shelly sagte, Leonardo da Vinci hätte mal gesagt, dass jeder, der ein festes Herz hat und seinem Gewissen folgt, eher sterben als aufgeben wird. Ich kam mir wie ein blöder Baseballspieler vor, der nichts rafft. Und obwohl Shelly so unglaublich toll ist, war ich am Überlegen, ob ich mich verkrümeln soll, als ich ihre Mutter kennengelernt hab. Ungefähr fünf Minuten lang.« Ernst sah er sie beide an. Es klang wie ein Geständnis.

Phelan lächelte nicht. »Okay. Was wir bisher wissen, ist, dass Shelly verschwunden ist und die Familie mauert. Stimmt das?«

»Ja.« Charlie Benavidez zog einen Zeitungsausschnitt aus seiner Brusttasche und faltete ihn auseinander, schob ihn über den Schreibtisch. Er lehnte sich zurück und legte eine Hand über die Augen.

Phelan warf einen Blick darauf, dann reichte er ihn Delpha. Sie erfuhr daraus, dass Shelly Maureen Petry, 21, Soziologiestudentin am Lamar College, am 19. November 1973 nach kurzer, schwerer Krankheit zu ihrem Schöpfer heimgegangen war. Sie hinterließ ihre Eltern, Mason J. und Vera Petry, Großeltern etc. pp. Beisetzung im Silver Gardens Memory Park in Groves, Texas. Trauerfeier zu einem späteren Zeitpunkt. Statt Blumen bitte Spenden an den Silver Gardens Memory Park. Das kleine Foto zeigte ein hübsches, lächelndes Mädchen, dessen lange Haare mit einem Haarband zurückgehalten wurden.

»Mein Dad hat mir die Zeitung ins Zimmer gebracht.« Die Stimme des jungen Mannes war heiser geworden. »Er wollte nicht, dass ich, also, dass ich es zufällig erfahre. Meine Mutter stand heulend hinter ihm. Als ich Shellys Gesicht sah, konnte ich es erst nicht glauben. Ich verstand nicht, was es da zu suchen hatte. Jemand, den ich liebte. Meine Eltern sagten, *Mira, Carlos* – Carlos ist mein richtiger Vorname –, da steht es, in der Zeitung, es ist wahr. In dem Moment dachte ich, ich müsste auch sterben.«

»Was ist passiert?«, fragte Delpha und hielt ihm ein Kleenex hin. »Weshalb sind Sie zu uns gekommen?«

»Wahrscheinlich ist mit diesem Fastball auch mein Glauben an die Welt draufgegangen.« Charlie Benavidez sah auf, nahm das Kleenex und wischte sich über die Augen.

»Jedenfalls habe ich die ganze Zeit überlegt, dass ... dass man vielleicht für einen alten Menschen, dessen Freunde schon alle gestorben sind, keine Trauerfeier macht ... aber wer macht denn keine Trauerfeier für jemand so Junges? In der Todesanzeige steht, dass es später eine Trauerfeier geben wird. Ich habe nur von keiner gehört und ihre Freundinnen aus der Studentinnenvereinigung auch nicht. Jedenfalls nicht die beiden, mit denen ich gesprochen hab. Ihre Mitbewohnerinnen.«

»Das ist tatsächlich seltsam. Haben Sie noch was?«, fragte Phelan.

»Ich bin zu dem Friedhof in Groves, dem Silver Gardens. Zuerst hab ich mich allein auf die Suche nach ihrem Grab gemacht, aber da sind massenhaft Gräber. Also bin ich zur Friedhofsverwaltung. Der Mann da hat in ein Buch geschaut, was von Nr. B gesagt und dann hat er mich zu einem Gebäude geführt. Einem Mausoleum. Aus Marmor, so ein großer Raum mit goldenen Tafeln links und rechts. Auf den Tafeln stehen Namen. Der Mann deutete auf eine Nummer und sagte, dass das die von Shelly ist. Aber es stand kein Name darauf. Die Tafel war leer.«

»Könnte dauern, bis der Name eingraviert wird. Bei Grabsteinen dauert das jedenfalls eine Zeit. Vielleicht waren Sie auf dem Friedhof, bevor die Namenstafel geliefert wurde.«

»Ja, das hat er auch gesagt.« Er sah Delpha an. »Ich ... ich hatte mich in Houston verkrochen. Vor ein paar Monaten habe ich mir dort Arbeit gesucht und bin nur noch fürs College nach Beaumont gefahren – und um Shelly zu sehen.«

Phelan beugte sich vor, die Ellbogen auf den Schreibtisch gestützt. »Sie wollen also, dass wir entweder die Sterbeurkunde besorgen – wenn ich es recht verstehe, haben Sie es nicht auf dem Standesamt versucht, weil dort die Mutter arbeitet – oder dass wir Shellys Grab ausfindig machen, ja?«

»Ich würde gerne ihr Grab sehen. Vielleicht ist es in diesem Mausoleum. Vielleicht ist es aber auch in Austin, wo ihre Mutter herstammt. Ihre Eltern wollen nicht mal, dass ich weiß, wo ihr Grab ist.«

»So schlimm?«

»Ich hab ganz höflich nachgefragt, ehrlich, aber sie haben mich bloß mit diesen versteinerten Gesichtern angeschaut. Shelly und ich waren immer nur bei mir zu Hause.«

»Gut. Wir brauchen Shellys Adresse und die Namen ihrer beiden Freundinnen und wie wir sie erreichen können. Wissen Sie, bei welchem Arzt sie war?«

Benavidez schüttelte langsam den Kopf. »Sie war nicht krank.«

Phelan musterte ihn. »Sie war nicht krank. Besteht eventuell die Möglichkeit … dass sie gar nicht tot ist?«

Der junge Mann lehnte sich zurück und sah ihn mit offenem Mund an. »Nicht tot … Wenn sie am Leben wäre, dann hätte sie mich doch angerufen, Mr Phelan.« Er schüttelte heftig den Kopf. »Niemals würde Shelly zulassen, dass ich so leiden muss.«

»Okay, wir glauben Ihnen. Delpha wird die Details des Vertrags und unseren Stundensatz mit Ihnen klären. Sie sagen, Sie arbeiten inzwischen in Houston?«

Charlie nickte. »Ja, ich leite ein Fitnessstudio. Dafür muss man nicht wie ein Adler sehen können. Ich komm mit den Gewichthebern und Boxern gut klar, ich mach ja selbst Gerätetraining, seit ich vierzehn bin. Und auch mit den Cops und den Feuerwehrleuten und den Ladys. Die Ladys sind immer in der Überzahl. Ich pass auf, dass alles immer schön sauber ist. Hab Spiegel angebracht und einen Tisch mit Vitaminen und Nahrungsergänzungsmitteln an der Tür aufgestellt. Die Arbeit taugt mir besser, als ich gedacht hätte.«

Seine Stimme hellte sich auf. Delpha konnte sich vorstellen, dass er seine Arbeit gut machte.

Er gab ihr seine Adresse und Telefonnummer und unterschrieb den Vertrag, dann verabschiedeten sie sich voneinander. »Danke«, sagte er und sah von Phelan zu Delpha, »dass

Sie mich nicht für irre erklärt haben.« Seine Augen wurden wieder feucht. »Ich muss es einfach wissen. Das verstehen Sie, oder?«

Das taten sie.

Nachdem sie sich mühselig durch Paragrafen geackert hatte, nahm Delpha ihre Strickjacke und ging zum Rathaus. Inzwischen fing es schon um vier Uhr an zu dämmern, bald würde die Temperatur auf unter fünfzehn Grad fallen. Sie wickelte die Strickjacke fester um sich.

Weil die Frau hinter dem Tresen mit jemand anderem beschäftigt war, hatte Delpha Zeit, sie genauer zu studieren. Mrs Vera Petry war früher vermutlich ein hellhäutiger Typ gewesen, aber jetzt war ihr Gesicht scheckig gebräunt und hatte Altersflecken. Um ihre Augen lagen tiefe Falten, zwischen Mund und Nase verliefen Gräben, und sie trug eine Bifokalbrille. Sie hatte die Art rot gefärbte Haare, die orange wirkten, wenn sie dünn und strohig waren, und dunkelrot, wenn sie dicht und dick waren. Sie trug eine weiße Bluse und einen grauen Hosenanzug mit messerscharfen Bügelfalten.

Die Leute vor Delpha trugen ihre Anliegen vor und zogen dann mit den ausgehändigten Papieren wieder ab. Als Delpha an die Reihe kam, erhob sie sich von ihrem Klappstuhl an der Wand und trat vor.

»Ich hätte gerne eine Sterbeurkunde.«

»Das kostet einen Dollar und fünfundzwanzig Cent. Name und Datum?«

»Shelly Maureen Petry. November 1973.«

Die Frau zuckte zusammen und fixierte Delpha mit zusammengekniffenen Augen. »Das ist meine Tochter. Wozu brauchen Sie eine Sterbeurkunde meiner Tochter?«

Delpha hatte ein gutes Ohr für Stimmen. Sie hatte erwartet, dass die Stimme der Frau barsch und brüchig war, aber sie war auffallend tief und voll und rührte an einer entlegenen Stelle ihres Gedächtnisses. Einordnen konnte Delpha sie trotzdem nicht. »Tut mir leid, Ma'am. Mein Chef will sie haben.«

»Und wer ist Ihr Chef?«

»Tom Phelan. Phelan Investigations.« Delpha wappnete sich. Die Frau war alt, aber nicht zahnlos.

»Wozu braucht er sie denn?«

»Für einen Fall, den er gerade bearbeitet.« Von seinem Fall zu reden, war ein Trick, um nicht selbst zur Zielscheibe zu werden. Delpha legte den Dollarschein auf den Tresen und holte eine Münze aus ihrer Börse. Sie versuchte sich nicht einmal an einem falschen Lächeln.

»Wer beauftragt ihn denn mit Ermittlungen zum ... zum Tod ... meines Kindes?« Die letzten Worte sagte Vera Petry mit anklagender, überschnappender Stimme.

»Das muss ich Ihnen nicht sagen.«

»Dann muss ich Ihnen auch keine Sterbeurkunde geben.«

»Doch. Wenn ich danach frage und die Gebühr entrichte.«

Vera Petry schob das Geld zurück.

»Es ist Ihre Pflicht, Ma'am.«

»Ich weiß, was meine Pflicht ist.«

»Dann wissen Sie bestimmt noch, dass Sie einen Diensteid geleistet haben, die mit Ihrer Stelle verbundenen Amtspflichten zu erfüllen. Hier ist das Geld. Bitte stellen Sie mir eine Kopie der Sterbeurkunde für Shelly Maureen Petry aus.«

Bei der nochmaligen Nennung des Namens ihrer Tochter erschienen rote Flecken auf Vera Petrys Gesicht. Sie funkelte Delpha an. Die ältliche Angestellte mit Betonfrisur am anderen Ende des Tresens beobachtete aus den Augenwinkeln die Auseinandersetzung zwischen ihrer Vorgesetzten und Delpha.

»Ich mache diese Arbeit jetzt seit fünfzehn Jahren, junge Frau, und ich werde nicht zulassen, dass irgendein abgehalfterter Privatdetektiv mit dem Tod meines einzigen Kindes Geld scheffelt. Meine Tochter soll in Frieden ruhen dürfen.«

»Selbstverständlich, Ma'am, und ich möchte Ihnen mein aufrichtiges Beileid zum Tod Ihrer Tochter aussprechen. Aber ich bitte Sie dennoch um ein Dokument, das Sie mir nach dem Bundesrecht Titel 28, Teil III, Kapitel 57, Abschnitt 951 aushändigen müssen.«

Die Frau durchbohrte sie mit ihrem Blick. Delpha war heilfroh, dass sich der Tresen zwischen ihnen befand. Nach einem Moment angespannter Stille erhob die Frau ihre Stimme, diese bemerkenswerte Stimme, und sah über Delphas Schulter hinweg auf die Wartenden.

»Wegen einer Fortbildungsmaßnahme schließen wir heute früher. Es tut mir leid, wenn wir Ihnen dadurch Unannehmlichkeiten bereiten, aber ich bitte Sie, an einem anderen Tag wiederzukommen. Danke.« Sie kehrte Delpha den Rücken zu und marschierte durch eine Tür gegenüber der, die in das Archiv mit endlosen Regalreihen alter Bücher mit spinnwebartiger Handschrift und Schüben mit schreibmaschinenausgefüllten Formularen führte. Die Frau mit der Betonfrisur stand erstarrt wie ein Waschbär im Scheinwerferlicht vor den murrenden Bürgern. Dann erloschen flackernd die Neonröhren an der Decke, und auch diese Vertreterin von Jefferson County machte sich davon.

»Das hätten sie uns auch sagen können, bevor wir hier eine halbe Ewigkeit lang warten«, schimpfte eine Frau über die Schulter zu einer anderen hinter ihr.

Eine junge Frau schniefte. »Aber ich wollte es *heute* haben!« Ihr ebenso junger Begleiter legte einen Arm um ihre Schulter und drückte sie an sich.

Delpha folgte den anderen hinaus.

12. Dezember 1973

Phelan traf sich mit Shellys Freundinnen von Zeta Phi in ihrem Wohnheim am Lamar College. Die Studentinnenvereinigung Zeta Phi hatte offenbar nicht genug Geld, um sich ein eigenes Haus zu leisten. Bis auf den Weihnachtsbaum sah das Wohnheim genauso aus wie das, in dem er im Herbst auf der Suche nach Ben vorstellig geworden war, einem jungen Fotografen, den er für einen Auftrag engagieren wollte. Im Eingangsbereich stand eine uralte karierte Sitzgruppe. Der Empfang war von einer Studentin besetzt, einem Mädchen mit Mittelscheitel und zwei Zöpfen, die wie die Ohren eines Spaniels herunterbaumelten. Sie rief Susan Thompson und Linda Ott an, um ihnen Bescheid zu geben, dass ihr Besuch da war.

Die Mädchen setzten sich nebeneinander auf eine Couch. Phelan merkte sich ihre Namen anhand ihrer Kleidung: Susan war die in dem weißen Sweatshirt, Linda die in der rotgrünen Schlaghose. Im Übrigen sahen sie sich mit ihren langen, glatten braunen Haaren zum Verwechseln ähnlich. Er nahm auf einem Sessel Platz.

Klar seien sie schockiert gewesen, als sie von Shellys Tod gehört hatten – die jungen Gesichter düster –, es sei schrecklich. Sie fänden es komisch – »Oje, nicht komisch, so habe ich das nicht gemeint«, sagte Susan und schüttelte den Kopf –, dass es keine richtige Trauerfeier gab. Vielleicht finde sie ja in einer anderen Stadt statt. Vielleicht liege es aber auch daran, dass die Eltern seltsam waren. Oder dass sie irgendeiner seltsamen Kirche angehörten.

»Was ist an den Petrys seltsam?«, fragte Phelan.

»Sie sind alt. Könnten meine Großeltern sein. Meine Mom

ist sechsunddreißig«, sagte Schlaghosen-Linda. »Shellys Mom könnte die Mom von meiner Mom sein.« Außerdem waren sie streng. Shelly war ihr einziges Kind. »So als hätten sie erst ziemlich spät geheiratet und nur noch ein Kind kriegen können.«

»Hat sich Shelly mit ihrer Mutter gut verstanden?«

Susan verdrehte die Augen.

»Kennen Sie *Tom und Jerry*?«, sagte Linda.

»Wer von beiden war Tom?«, fragte Phelan.

»Die Mutter«, erwiderten die Mädchen.

»Was hat sie denn getan?«

»Sie hat Shelly ständig überwacht, wie im Knast«, sagte Susan. »Dauernd hieß es, tu dies, tu das, tu das nicht und jenes nicht. Die Art.«

»Wie dachten Shellys Eltern über Charlie Benavidez?«

Susan und Linda wechselten einen bedeutungsschweren Blick. Keine von beiden sagte etwas.

»Gut, schlecht, gleichgültig?«

»Schlecht«, sagte Linda bestimmt.

»Warum?« Er wusste es zwar schon, wollte es aber aus ihrem Mund hören. »Charlie kommt mir wie ein netter Kerl vor. Er studiert. Sieht gut aus. Was war das Problem?«

»Charlie ist echt süß.« Das entschlüpfte dem Teenager in Linda, der sofort wieder durch die trauernde Freundin ersetzt wurde. »Das Problem war, dass er Mexikaner ist.«

»Aha.« Phelan musterte die beiden. »Shelly hat das aber nicht gestört.«

Sie schüttelten den Kopf.

»Wissen Sie, wie die beiden sich kennengelernt haben?«

Sweatshirt-Susan nickte. »Auf einer Party. Shelly und ich gingen erst spät hin, und ich entdeckte eine Freundin und ließ Shelly stehen. Als ich sie das nächste Mal gesehen hab, unterhielt sie sich mit Charlie. Shelly, also ... Sie sollten wissen, dass ...« Susan sah zu Linda.

»Wir waren ein Dreiergespann«, sagte Linda. »Das sind wir eigentlich immer noch, nur dass Shelly ... nicht mehr bei uns ist. Aber wir reden die ganze Zeit über sie.«

Sie sah Susan an, die nickte. »Wir sind gleich alt«, erklärte sie, »wir gehen aufs selbe College, und jetzt ... ist sie tot.« Susan riss die Augen auf und schüttelte den Kopf.

»Sie sagten, ich sollte etwas wissen«, hakte Phelan nach.

»Oh.« Susan fand ihre Fassung wieder. »Shelly hatte lauter Poster an der Wand über ihrem Bett. Bis hoch zur Decke. Peace-Zeichen, Rockbands und Che Guevara. Kennen Sie, oder?«

Phelan nickte. Er kannte auch das Poster: der gut aussehende Revolutionär mit dem Barett, den langen Haaren und dem in die Ferne gerichteten Blick.

Die beiden Mädchen setzten sich aufrechter hin, ihre Augen leuchteten. Offenbar hatten sich die drei ausgiebig über den Abend, an dem Shelly und Charlie sich kennengelernt hatten, ausgetauscht. »Shelly geht auf eine Collegeparty und wen findet sie da? Che Guevara«, sagte Susan.

»Nur dass Charlies Schnurrbart sexyer ist«, ergänzte Linda. »Und Che Guevara hätte auch nicht nur mit Shelly geredet.«

»Dann war es also Liebe auf den ersten Blick.«

»Ja«, sagte Susan leise. Seufzte.

»Wie stand es um Shellys Gesundheit?«

Verwundert warf das Mädchen seiner Freundin einen Blick zu und zuckte mit den Schultern. »Gut. Also unseres Wissens war sie gesund. Sie muss von einem Tag auf den anderen krank geworden sein. Mein Gott, die arme Shelly.« Susan griff nach Lindas Hand. Tränen glänzten in ihren Augen. Linda warf einen Blick auf die Wanduhr hinter ihr.

»Sie müssen wahrscheinlich noch was fürs Studium tun, oder?«

»Nein, die Prüfungen sind schon vorbei. Aber wir müssen noch packen, bevor wir heimfahren«, sagte Linda.

Phelan gab jeder von ihnen eine Visitenkarte. »Rufen Sie mich an, falls Ihnen noch etwas zu Shelly einfällt, okay?«

Sie murmelten okay und standen auf, um zu gehen, dann drehte Susan sich noch mal um. »Hat Charlie ... hat Charlie Sie mit diesen Fragen zu uns geschickt?«

»Schweigepflicht«, erwiderte Phelan lässig und breitete die Hände aus. Er stand auf.

Die Mädchen waren ein paar Schritte gegangen, als Phelan sie zurückrief. »Nur noch eins. Reine Neugierde ... hatte Shelly außer Ihnen beiden andere gute Freunde?«

»Eigentlich nicht«, sagte Linda, und Susan warf ihr einen Blick zu. »Außer ... Alma«, sagte Susan mit leiser Stimme.

Linda drehte sich zu ihr. »Wusstest du nicht, dass sie nach Houston gezogen ist?«

»Echt?«

»Ja, sie arbeitet in einem Steakrestaurant. Wenn Sie mich fragen ...«, sie sah wieder Phelan an, »glaube ich nicht, dass sie so gut miteinander befreundet waren. Alma ist ... irgendwie schräg, so eine Streberin.«

»Vergessen Sie sie«, sagte Susan.

»Ja, wahrscheinlich haben Sie recht«, Phelan strahlte Linda an. Dann drehte er sich mit einem Lächeln zu Sweatshirt-Susan. »Aber vielleicht können Sie mir sagen, wie Alma mit Nachnamen heißt?«

Auf dem Weg zurück ins Büro, den Nachnamen von Shellys Freundin, Ballard, fest im Gedächtnis gespeichert, fragte sich Phelan, ob er oder Delpha versuchen sollten, das Mädchen aufzuspüren.

»Was von Ruby gehört?« Sie saßen in Phelans Büro, während sich die Dunkelheit des recht frischen Dezemberabends über sie senkte. Der Heizkörper knackte.

»Nicht einen Pieps. Ich schätze mal, dass der Fall erledigt ist. Unsere Rechnung ...« Delpha zählte an ihren Fingern ab. »Ein Dollar für die Jenny-Marke. Dreißig Cent für die Martha Washington, die ich sicherheitshalber gekauft habe. Ein Vierteldollar für die Postkarten. Dann die Zeit, die wir für einen Besuch und ein Telefonat aufgewendet haben. Viel kommt nicht zusammen.«

»Okay.« Phelan nickte nachdrücklich. Er stand auf, streckte sich und ging auf und ab, während er sein Gespräch mit Shellys Collegefreundinnen wiedergab. Was sie jetzt wussten: Shellys Tod hatte sie tief schockiert, Shellys Eltern waren alt, mit Charlie war es Liebe auf den ersten Blick gewesen, und der Pferdefuß war tatsächlich, dass Charlie Mexikaner war.

Phelan fragte Delpha, was sie von der Mutter hielt.

»Die Freundinnen haben recht, sie ist alt. Und ein harter Brocken.« Delpha berichtete, dass die Frau sie erst abgeblockt und dann einfach den Schalter geschlossen hatte.

Wieder auf seinem Stuhl, beugte Phelan sich vor. Bei zunehmender Dunkelheit draußen wirkte die Lampe im Büro umso heller. »Interessant. Sie schließt also einfach das Standesamt früher und weigert sich, Ihnen die Sterbeurkunde zu geben. Vielleicht ist Shelly ja nicht in Jefferson County gestorben.«

Delpha und Phelan besprachen die nächsten Schritte. Einer war offenkundig. Delpha würde möglichst bald wieder auf dem Amt vorsprechen und auf die Erledigung ihres Anliegens gemäß Bundesrecht Titel 28, Teil III, Kapitel 57, Abschnitt 951 bestehen.

»Okey-dokey. Wir bleiben dran«, sagte Phelan. »Ach ja,

einer von uns beiden sollte nach Houston fahren und mit einer weiteren Freundin von Shelly reden. Den Namen habe ich von den Mädchen vom Lamar. Ich habe in dem Restaurant, in dem sie arbeitet, angerufen, und die haben gesagt, dass sie die Abendschicht unter der Woche hat. Wollen Sie fahren?«

Nein, dachte sie unwillkürlich, *sicher nicht*. Sie war erst einmal in Houston gewesen, und zwar mit fünf, als sie mit ihrer Mutter im Zug zum Shriner's Circus gefahren war. Delpha erinnerte sich verschwommen an einen Haufen Clowns und Leute, die durch die Luft geflogen waren. Vor allem erinnerte sie sich an einen brüllenden Löwen, den sie nicht hatte sehen können. Das tiefe Grollen hatte die ganze Zirkusarena und die Tribüne erfüllt. Delpha hatte die Erschütterung bis ins Rückenmark gespürt.

Reiß dich zusammen, sagte sie sich, *du warst fünf*. Sie sah Phelan an. Lange. *Das ist eine Prüfung*. Keine richtige Prüfung, sondern eine wie in »Amazing Grace«, das nirgends mit solcher Inbrunst gesungen wurde wie im Gefängnisgottesdienst: *Many dangers, toils, and snares* … Eine Fahrt auf der Interstate 10 ins neunzig Meilen entfernte Houston stellte eine Gefahr dar. Eine so weite Strecke war sie nicht gefahren, seit sie aus dem Gefängnis raus war. Und vorher auch nicht. Und nicht bei viel Verkehr. Oder auf einer Interstate. Durch unbekannte Gegenden. Die Vorstellung war beängstigend, aber davon durfte sie sich nicht abhalten lassen, wenn es ihre Arbeit erforderte. Viele Leute pendelten jeden Tag von Beaumont nach Houston, sagte sie sich.

In die große Stadt.

Der Astrodome, wo Billy Jean King im September Bobby Riggs in einem spektakulären Tennismatch besiegt hatte. Die NASA, wo sie all die Raketen entwickelten. Das Coliseum, in dem sie mit ihrer Mutter vor Jahren die Zirkusaufführung besucht und den Löwen gehört hatte. Heutzutage traten dort Bands auf und letzten Monat ein kindlicher Heiliger aus Indien, der angeblich tausend Jahre Frieden brachte.

»Stimmt es«, fragte sie Phelan, »dass es im letzten Winter in Houston Schnee gab?«

»Hmm, ja, ich glaube, das stimmt.«

Langsam nickte sie, als würde sie ihm beipflichten. Aber Delpha nickte sich selbst zu. Im letzten Winter, vor ihrer Entlassung aus Gatesville, hatte es in Houston Schnee gegeben. Es war eine aufregende, fortschrittliche Stadt.

»Okay«, sagte sie.

»Gut, dann übernehmen Sie das. Ich fahr jetzt erst mal nach Hause – später haben wir noch ein Spiel im YMCA. Ich werd Joe Ford so lange vor der Nase rumfuchteln, bis er das Handtuch wirft.«

»Na, dann viel Spaß. Schönen Abend.«

»Ihnen auch, Delpha. Bis morgen.«

Delpha sah ihrem Chef nach. Breite Schultern, ein paar dunkle Haarsträhnen, die über den Kragen fielen. Sie atmete tief ein und aus und lauschte seinen Schritten auf der Treppe. Dann suchte sie erneut den entlegenen Winkel ihres Gedächtnisses auf, zu dem sich plötzlich ein Weg aufgetan hatte. Vielleicht durch die Erinnerung an den Zirkus.

Aus der Zahnarztpraxis unter ihr plärrte Musik herauf, begleitet von der näselnden Stimme der Arzthelferin. »It came upon a midnight clear / that glorius song of old ...« Das bedeutete, dass Milton, der Zahnarzt, Feierabend gemacht hatte und seine Perle die Patientenkartei auf den neuesten Stand brachte. Kleine Dramen über gesunde und lockere, abgebrochene und verfaulte Zähne.

Delpha erhob sich aus dem Mandantenstuhl und wechselte zu ihrem Stenotisch, legte die Füße darauf. Sie hielt sich die Ohren zu, um das Weihnachtslied auszublenden, und konzentrierte sich auf die Vergangenheit.

Zuerst ein Radio. Delpha war noch so klein, dass sie sich nur an die Wachstuchtischdecke mit den Büscheln roter Kirschen auf dem Küchentisch erinnerte, über den sich wie ein Schatten der Abend und die Erinnerung breiteten. Und an ein Wort.

Lady-oh. Das war das Wort.

Ihre Mutter tanzte. Ein gemustertes gelbes Kleid, sie steppte und wackelte mit dem Finger im Takt, sang laut mit der Musik mit. Daddy war weg, sie beide waren allein. Ihre Mutter nahm einen Schluck aus einem Glas auf dem Tisch, wenn sie daran vorbeitanzte, zur Abwechslung mal nicht über die Nähmaschine gebeugt. »C'mon and hear, c'mon and hear Alexander's ragtime band« war zu hören. Delpha mochte die Stelle, wenn die Stimme des Sängers höherkletterte: *C'mon and hear, c'mon and hear, the best band in the land!* Dazu ließ ihre Mutter ihren Rock wirbeln.

Dann die Klänge einer gezupften Gitarre. Die Stimme einer Schwarzen sang *I ain't no-body and there's nobody cares for me*. Bei dem Song stellte ihre Mutter das Radio lauter. Die ersten Worte dehnten sich, bis sie praktisch in die nächsten schnalzten. Ihre Mutter wiegte sich zu der Musik, drehte sich im Kreis, nahm ihr Glas. Später erzählte sie Delpha, dass sie sie hochgehoben und mit ihr getanzt hatte, aber daran konnte Delpha sich nicht erinnern. Nur an das gemusterte gelbe Kleid im gelben Licht und ihre Mutter, die sich auf einmal ganz fremd verhielt.

Der nächste Erinnerungsfetzen. Ihre Mutter an der Nähmaschine, auf dem Schoß das halb fertige Kleid einer Kundin: *Erinnerst du dich, wie ich dich zum Rodeo mitgenommen hab? Du warst erst drei. An dem Tag sang Verena mit der Band. Niemand konnte singen wie sie oder wie das schwarze Mädchen, das immer im Radio gesungen hat. Ich vermisse die beiden. Glaubst du, sie sind rausgekommen?* Delpha hüpfte neben die Nähmaschine und nickte. Sie war stolz, wenn ihre Mutter mit ihr sprach wie mit einer Erwachsenen. Selbst wenn sie nicht verstand, worum es ging.

Ihre Mutter hatte das Gefängnisrodeo gemeint, das in Huntsville ein Stück die Straße runter stattfand. Pferde, die buckelten und aufstiegen, die Knast-Cowboys in schwarzweiß gestreifter Gefängniskleidung. Aus Delphas bis obenhin gefüllter Tüte kullerte Popcorn. In der Mitte der Arena standen mehrere Frauen im Cowgirl- Kostüm. Eine beugte sich zu einem Mikrofon vor und verwandelte beim Singen ihre Stimme in ein rollendes Rad, sang *Lady-oh, lady-oh, lady-oh,* und die Menge johlte.

Als Delpha ins Gefängnis kam, gab es die Band schon lange nicht mehr. Jedoch erinnerten sich noch viele Leute an die Goree Sweethearts, unter anderem die Urgesteine in Gatesville. Sie selbst hatte seit Jahren nicht mehr an sie gedacht. Während ihrer Haft war dieselbe Musik angesagt, die gerade in der Welt draußen auf den Hitlisten stand. Delpha erinnerte sich an einen handfesten Streit um den Sender – von *When Will I Be Loved* von den Everlys wurde zu *Last Kiss* weitergedreht. Die Everly-Anhängerin wollte wieder ihren Lieblingssong einstellen, aber eine Frau mit strammen Hüften schubste sie weg, und sie und der Rest fielen jaulend in *Where oh where can my baby be? The Lord took her away from me* ein.

Ja! Jetzt fiel es ihr ein – es war die Stimme von Vera Petry, die die alten, von ihrer Mutter geliebten Songs heraufbeschwor. Was etwas bedeuten konnte, oder auch nicht.

Es war schön, sich an ihre tanzende Mutter zu erinnern.

Das Blöde am Verdrängen hässlicher Erinnerungen war vermutlich, dass man damit auch die schönen verbannte.

Delpha rief ihre Freundin Angela an, die Bibliothekarin, die erst um sechs Feierabend hatte, und bat sie um Informationen über die Mädchenband, die bei dem Gefängnisrodeo gespielt hatte. Die Goree Sweethearts. Wann hatten sie angefangen? Wer war dabei? Gab es sie noch?

»Ich habe mal Meemaw über sie reden hören«, sagte Angela. »Ich melde mich.«

Sie und die Bibliothekarin hatten ihre Freundschaft nie offiziell besiegelt. Weder waren sie zusammen ins Kino gegangen, noch hatten sie zusammen zu Mittag gegessen. Jedenfalls stellte Delpha sich vor, dass Leute, die nicht zusammen arbeiteten, sich auf diese Weise anfreundeten. Allerdings war Angela Delpha auch nicht zwangsweise zugeordnet worden. Sie schliefen nicht in derselben Zelle, die eine oben, die andere unten. Sie mussten sich die Geschichten der anderen nicht x-mal anhören. Sie wurden nicht dazu verdonnert, gemeinsam Unkraut zu jäten oder Uniformen zu nähen, die zum Weinen hässlich waren. Delpha arbeitete für Phelan Investigations, Angela in der Bücherei, und wenn Delpha dorthin ging, um etwas nachzuschlagen, lächelte Angela sie an und plauderte mit ihr. Delpha mochte sie. Sie würde Angela niemandem gegenüber als ihre Freundin bezeichnen, aber das war sie für sie. Ihre Freundin Angela. Ein winziger Schritt in die Freiheit.

Angela rief zurück und las ihr die Namen der Goree Sweethearts vor. Sie hatte einen Artikel über eine der Gitarristinnen und Sängerinnen gefunden, in dem der Journalist schrieb, dass die Musikerinnen eine nach der anderen auf Bewährung freigekommen waren. Ob sie weiter Musik gemacht hatten, hatte Angela nicht herausfinden können. Aber sie hatte einen weiteren Artikel ausgegraben, der Delpha interessieren könnte. Es ging darin um eine der Sängerinnen dieser populären Gefängnisband, und es war ein Foto dabei.

Delpha schnappte sich ihre Jacke und lief zu dem weithin sichtbaren Gebäude in Downtown, das früher einmal eine First-Baptist-Kirche gewesen war und inzwischen die Bücherei beherbergte. Es war aus groben grauen Steinen erbaut, hatte einen Turm mit Spitzdach und Erker, fast wie ein Schloss. Durch große farbige Spitzbogenfenster fiel ein schwaches Licht auf den Dielenboden, als Delpha zur Auskunft eilte.

Vor ihrer Beförderung zur Auskunftsbibliothekarin, als sie nur eine kleine Mitarbeiterin gewesen war, die Bücher verbuchte, hatte sich Angela angezogen, wie es ihr gefiel. Leuchtende Farben. Chiffon, kurze Röcke, tiefe Dekolletés. Breiter Lidstrich und getuschte Wimpern, roter oder knallblauer Lidschatten, die Lippen mit Champagnerfarbe ausgelöscht. Dann hatte der Bereichsleiter des Bibliothekenverbands sie vor versammelter Mannschaft zusammengestaucht. Entweder sie kleidete sich gediegener oder sie würde ihren neuen Posten verlieren, hatte der Mann ihr angedroht.

Als Delpha ihre Freundin das nächste Mal sah, trug sie ein enger genähtes altbackenes Sonntagskleid. Ihre Haare hatte sie mit einem schwarzen Samtband zurückgenommen, ihr Gesicht war ausdruckslos wie ein blanker Briefumschlag.

Vor einem Monat jedoch hatte die Bibliothekarin Schnittmuster aus der *Vogue* für sich entdeckt. Ihre Großmutter war eine fantastische Schneiderin. Sie legte die vielen kleinen Teile der Schnittmusterbogen auf ihrem Tisch aus, schnitt Stoff zu und nähte daraus perfekte, schlichte A-Linien-Kleider mit seitlichen Taschen und Anzüge mit Schlaghosen in gediegenem gebrochenem Weiß oder Schwarz. Angela steckte ihre braunen Haare zu einer Banane auf und schminkte sich die Lippen mit Chocolate Kiss. Delpha fand es schade, dass ihre Freundin nicht mehr so viel lächelte wie früher. Jetzt sah sie eher wie eins der Fotomodelle auf den Schnittmusterverpackungen aus, die in die Ferne blickten, am Straßenrand ein wartender Cadillac.

An diesem Abend trug Angela einen schicken Einteiler aus einem blau-rot karierten, fließenden Stoff mit überlangen weiten Beinen und einem Gürtel im selben Muster.

»Wie nennt man das, was Sie da tragen?«, fragte Delpha.

»Overall.« Angela drehte sich einmal um die eigene Achse.

»Und was machen Sie, wenn Sie ...« Delpha musterte sie von Kopf bis Fuß.

»Wenn ich aufs Klo muss? Dann streif ich das Ding bis zu den Knöcheln runter, sodass ich praktisch nackt auf der Schüssel sitze.«

Delpha lachte. »Bis zu dem Moment könnten Sie immerhin das Cover einer Modezeitschrift zieren.« Sie freute sich, Angelas früheres herzliches Lächeln wiederzusehen.

»Hey, danke! Hier ist übrigens das Foto, das ich entdeckt habe. Es ist von einer der Goree Sweethearts, nach denen Sie sich erkundigt haben.«

Delpha warf einen Blick auf die Datumszeile. Das Foto war in einer Zeitung von 1937 abgedruckt worden. Mrs Verena Lamb, Witwe von Asa Lamb, auf dem Weg ins Gerichtsgebäude. Alle Köpfe hatten sich zu ihr gedreht.

»Ihr Liebhaber hat ihren Mann umgebracht.« Wenn sie wie jetzt für etwas Feuer gefangen hatte, war Angela wieder fast die Alte. »Er hat ihn durchs Fenster erschossen, in seinem eigenen Wohnzimmer. Der Liebhaber hatte Pech. Der Richter verurteilte ihn zu lebenslänglich, weil der Ehemann gerade in der Bibel gelesen hatte. Obwohl die gute alte Verena, die damals noch die junge Verena war, dem Richter erklärt hatte, dass er in der Bibel sein Pokergeld aufbewahrte. Ihrer Aussage nach wollte Asa Lamb keine Bibelstudien betreiben, sondern losziehen und Texas Hold'em spielen.«

»Der Staatsanwalt hat ihre Aussage sicher zerpflückt.«

»Offenbar. Der Freund bekam lebenslänglich. Verena sechs Jahre. Dabei hat sie nicht mal geschossen.«

»Ja, aber sie hatte einen Liebhaber. So was musste bestraft werden.«

Angela warf ihr einen amüsierten Blick zu. Delpha betrachtete die alte Zeitungsaufnahme. Auf dem Schwarz-Weiß-Foto sahen Mrs Lambs Locken grau aus, aber es war klar, dass sie helle Haare mit noch helleren Strähnen hatte. Ein Auftritt vor den Geschworenen wartete auf sie, aber ihr Gesicht war so ruhig wie das unergründlich tiefe Wasser des Bayou. Könnte diese junge Frau die mittlerweile alte und mürrische Vera Petry sein? Eine Tochter haben, die zur Welt gekommen war, als sie ... sicher über vierzig war, und die mittlerweile tot war?

Nur weil ihre Stimme Delpha an ihre Mutter, die zu einem Radiosong tanzte, erinnerte? Die Erinnerung hatte wahrscheinlich mehr mit Delpha zu tun als mit der Mutter der armen Shelly Petry.

Sie kehrte in die Gegenwart zurück. Angelas triumphierender Gesichtsausdruck verlangte nach einem Lob, und Delpha ließ sie nicht länger warten. »Sie sind genial«, sagte sie. »Gibt es in der Bücherei eine Aufnahme der Band?«

Selbst mit der Frage hatte die kluge Angela gerechnet. »Nein, keine«, sagte sie. »Nirgendwo.«

»Mist.«

»Nur mal langsam. Für meine Freundin werde ich natürlich ein bisschen tiefer graben und noch ein paar Nachforschungen anstellen.«

»Danke. Alles zu dieser Verena würde mir weiterhelfen. Und noch was, falls Sie irgendwo über den Namen Shelly Petry, buchstabiert P-E-T-R-Y, stolpern, würde mich das auch interessieren.«

»Selbstverständlich, Ma'am.« Angela verbeugte sich und wirbelte gleich noch mal um die eigene Achse, sodass die weiten Hosenbeine flatterten.

Delphas Sorgenfalten waren verschwunden, obwohl sie mit dem Fall kein Stückchen weitergekommen war. Angela hatte sie Freundin genannt. Sie hatte das Wort laut ausgesprochen.

13. Dezember 1973

Seltsamer Vormittag. Er hatte kühl begonnen, dann hatte der Wind nach Norden gedreht, und die Temperatur war abgestürzt. Phelan stellte das Auto unter den Virginia-Eichen ab und ließ seinen Blick über die Totenstadt schweifen. Rechts von ihm lagen in der Richtung, aus der er gekommen war, das hohe schmiedeeiserne Tor und das Büro der Friedhofsverwaltung. Vor ihm standen inmitten des Grüns Grabsteine bis zum Horizont – oder vielmehr bis zu einem sehr weit entfernten Zaun. Zu seiner Linken war ein Grüppchen christlicher Statuen – Jesus mit zum Segnen erhobener Hand, Maria, die auf den Baby-Jesus hinabblickte, ein weinender Engel. Hinter ihm standen drei identische Bauwerke, die von Charlie Benavidez erwähnten Mausoleen. Um sich den Anschein eines Gruftkäufers zu geben, legte Phelan einen Trauerflor über seine Augen.

Fröstelnd knöpfte er seine Jacke zu und ging zuerst zu dem Mausoleum, von dem Charlie Benavidez gesprochen hatte, Nr. B beziehungsweise dem mittleren der drei Säulenbauten. Er drückte die schwere Glasdoppeltür auf. Drinnen gab es Marmorwände mit fest montierten Blumenvasen, daneben Messingtafeln mit Namen und Daten. Auch der Boden war marmorgefliest, zumindest am Rand, in der Mitte lag ein gemusterter Teppich. Für Trauerfeiern wurden in dem leeren Raum wahrscheinlich Klappstühle aufgestellt, dachte Phelan. Auf der vierten Messingtafel von rechts in der zweiten Reihe von unten, zu der man Charlie geführt hatte, stand, wie er gesagt hatte, kein Name. Aus reiner Neugier ging Phelan zu Mausoleum Nr. A, das denselben Grundriss hatte, dann zu Nr. C. Ein Pappschild hing quer über dem Türspalt. *Für die jähr-*

liche Reinigung vorübergehend geschlossen. Wir entschuldigen uns für etwaige Unannehmlichkeiten. Phelan pulte die Klebestreifen ab, klebte das Schild oben an eine der Türen und trat ein.

Bis hierher war der Wind nicht vorgedrungen. Von winterlichen Temperaturen war nichts zu spüren. Im Gegenteil, es herrschte schweißtreibende Hitze.

Nr. C würde eine Flasche Reiniger nicht schaden. Am besten mit dem Duft nach *100 Tonnen Kiefer* oder *Kokosnussplantage*. Mit gerümpfter Nase ging Phelan an der Marmorwand entlang. Hier drinnen sah es genauso aus wie in den anderen beiden Mausoleen. Nur dass auf der Marmorfliese vor der letzten vertikalen Gruftreihe ein Fleck war. Der Fleck hatte sich auf dem Boden ausgebreitet und fast den Rand des Teppichs erreicht. Mit jedem Schritt wurde Phelans Sehnsucht nach *100 Tonnen Kiefer* größer. Er kniete sich hin und berührte ein Kühlregister an der Wand. Ofenheiße Luft blies durch das Gitter, *autsch*, und er zog seinen Finger schnell zurück. Den Saum seiner Jacke an die Nase gedrückt, beugte er sich vor, um das Namensschild zu lesen. Robert O. Gormley. Oje. Glücklich war Mr Gormley an seinem momentanen Aufenthaltsort gewiss nicht.

Auf dem Weg zum Verwaltungsgebäude des Silver Gardens Memory Park sog Phelan gierig die geruchslose, kalte Luft ein und blieb kurz stehen, um einen Lincoln Continental vorbeizulassen, der zum Tor hinausrauschte. Bevor er durch die Tür trat, schüttelte er sich wie ein Hund, um den Gestank in den Kleidern loszuwerden.

»Guten Tag«, sagte er zu dem Mann hinter dem Eichentisch. Das Büro war mit einem dicken beigen Teppichboden ausgelegt, auf dem beige-weiß gestreifte Polstermöbel standen. Vasen mit blassen Seidenblumen, Vorhänge mit Quasten. Gedämpftes Licht. Flüsterleise Orgelmusik. Der Mann, der für diese heitere Stimmung verantwortlich war, begrüßte ihn mit einem erschreckten Ausdruck. Er war ziemlich jung und trug einen schwarzen Anzug von der Stange. Die langen Haare hatten sich aus ihrer Frisiercremeverankerung gelöst und hingen ihm strähnig über die Ohren, was Phelan verriet, dass der Mann gerade den Kopf hatte hängen lassen.

Irgendetwas war schiefgegangen. War es etwas Persönliches oder stand es in Zusammenhang mit der Arbeit? Phelan ließ den Plan fallen, sich als potenzieller Käufer auszugeben, und zog eine Karte aus der Brieftasche, die ihn als Privatdetektiv auswies. Er hielt sie ihm entgegen. »Ich bin ...«

»Wer hat Sie angerufen? Die Familie? Wir bemühen uns gerade um eine Lösung für das Problem, da kann ich Sie beruhigen. Sind Sie aus der City? Sie sind doch nicht etwa von der Zeit–« Angesichts dieser Möglichkeit schüttelte er so heftig den Kopf, dass er garantiert nicht lesen konnte, was auf Phelans Karte stand.

Phelan steckte sie wieder ein. »Ja«, sagte er mit fester Stimme.

In der Hoffnung, damit den falschen Eindruck zu verstärken, zog er ein kleines Notizbuch aus der Innentasche seiner Jacke und streckte die andere Hand aus. »Ich bin Tom Phelan. Und Sie sind?«

»Glen Packett. Mein Onkel ist der Verwalter.«

»Der in dem Lincoln?« Phelan machte eine Geste, die Überschallgeschwindigkeit anzeigte.

»Äh ... ja.« Glen gab Phelan die Hand, dann strich er die langen Haarsträhnen zurück. Mit beiden Händen drückte er sie fest. Jetzt war jedes Haar wieder an seinem Platz.

Phelan schlug sein Notizbuch auf und sah ihn auffordernd an.

Der Blick des Mannes schoss herum, während er sich oder seinen Mut oder was auch immer sammelte. »Hören Sie, Mr Phelan, wer Sie auch angerufen hat ... unsere Klimaanlage ist kurzzeitig ausgefallen, aber die Handwerker sind schon unterwegs. Das ist alles nicht der Rede wert.«

»Tja, da wäre ich mir nicht so sicher.«

»Bitte, glauben Sie mir. Es ist nur eines dieser ...«, er hob hilflos die Hände, »– eines dieser ... Zusammentreffen unglücklicher Umstände. Tom heißen Sie, haben Sie gesagt?«

»Ja. Welche Umstände sind denn da zusammengetroffen?«

»Also, es war so, die Gormleys wollten ... der Gruft ihres Angehörigen einen Besuch abstatten. Tagsüber sind die Türen zu den Mausoleen nicht verschlossen, sodass die Angehörigen kommen können, wann sie wollen. Wir haben jeden Tag Besucher. Und ...«, er verzog das Gesicht, »von uns unbemerkt ... kam es bei der Klimaanlage von C im Lauf der Nacht ... zu einer äh ... Fehlfunktion. Ein zu weit aufgedrehtes Ventil. Die ganze Einheit heizte sich auf, besonders die hintere Wand, in der Mr Gormley liegt. Die Familie fragte sich, ob ihr Angehöriger nicht in ... in seiner Ruhe gestört sein könnte. Verstehen Sie?« Glen Packett sah Phelan in die Augen und suchte darin nach dem kleinsten Funken menschlichen Verständnisses.

Phelan vermutete, dass ein Reporter sich nicht so schnell abspeisen lassen würde. »Das heißt also, Ihr System hat versagt. Wofür die Leute Sie ja eigentlich bezahlen, oder? Dass das System nicht versagt. Damit die Toten alle trocken, sicher und unbehelligt ruhen, oder? Wenn einer in der Erde liegt, erwartet man das nicht, aber bei einer Marmorkiste in einer Marmorwand schon ... oder nicht?«

Der Mann kniff die Lippen zusammen und nickte knapp.

»Was ist denn nun mit Mr Gormley passiert?«

Das Nicken wechselte die Richtung, und Glens Kopf ruckte hin und her, als würde er im Wasser schaukeln.

»Na, kommen Sie, Glen. Wie lange arbeiten Sie schon hier?«

»Mein halbes Leben. Ich bin zweiunddreißig und kann auf sechzehn Jahre Erfahrung zurückblicken. Ich bin sehr stolz auf unsere Arbeit.« Er riskierte ein Auge. Hob das sorgfältig rasierte Kinn.

»Aber hin und wieder passiert was, oder?«

Begierig griff der Mann im schwarzen Anzug nach dem Strohhalm. »Ja! So ein Unfall kann passieren! Und selbstverständlich kümmern wir uns umgehend darum!«

Bei dem Geräusch eines Fahrzeugs drehte Phelan sich um. Ein weißer Kastenwagen mit einem Schriftzug auf der Seite war durch das Tor gefahren.

Glen stieß einen abgrundtiefen Seufzer aus.

»Sollen wir uns Nr. C mal ansehen?«, fragte Phelan, um ihn weiter zu quälen.

»Nein, nein, nein!« Der Mann sprang auf und verließ seine Deckung hinter dem Schreibtisch. »Dort wird gearbeitet. Sie fangen jeden Moment an. Hören Sie, hier gibt's keine Story für Sie, egal was Ihnen die Familie erzählt hat. Können Sie die Sache nicht einfach vergessen und sich lieber etwas suchen, das wirklich berichtenswert ist, Tom? Ein Hausbrand zum Beispiel oder …«

Vor Phelans finsterem Blick wich der junge Mann zurück, bis er gegen eine kleine Samtcouch stieß. »Ich bin auch stolz auf meine Arbeit.«

»Tut mir leid. Ich wollte damit nicht andeuten, dass Sie …«

Für beide etwas überraschend rückte Phelan Glen dichter auf die Pelle und zischte: »Was ist mit Gormley passiert? Was macht Sie so nervös? Was lässt Ihren Onkel in seinem Lincoln wie eine Rakete davonschießen?«

Glen murmelte etwas.

Phelan war froh, dass der Mann endlich damit herausrückte. Viel länger hätte er diese Show nicht abziehen können. »Wie bitte?«

»Er ist explodiert.«

»Was?«

»Mr Gormley. Er ist explodiert. Wegen der Hitze. In der Branche ist diese Gefahr allgemein bekannt. Passiert normalerweise im Sommer. Wenn so eine Sargnische nicht ausreichend belüftet wird. Woher sollte ich wissen, dass die Hitze nicht abgesaugt wird? Und ausgerechnet an dem Tag kommt seine Familie ...« Zerknirscht legte er die Stirn in Falten.

»Vielleicht weil Sie einen Blick in die Mausoleen werfen sollten, bevor Sie Feierabend machen? Denn das haben Sie offenbar versäumt. Stattdessen haben Sie einfach zugesperrt und den lieben Gott einen guten Mann sein lassen. Explodiert? Das ist eine Riesenstory, mein lieber Glen.«

Glen ließ sich auf die Streifencouch sinken.

»Ich sag Ihnen was.« Phelan setzte darauf, dass der Mann in seiner Aufgeregtheit den blitzartigen Sinneswandel des Reporters, der ihn eben noch in die Ecke gedrängt hatte, nicht bemerkte. Wenigstens nicht sofort.

»Schauen Sie. Ich will Ihnen nichts Böses. Zeigen Sie mir eine Gruft. Wenn die einen sauberen und funktionstüchtigen Eindruck macht, werde ich die Sache unter ›Kann schon mal passieren‹ abhaken. Wie Sie gesagt haben. Nehmen wir doch gleich die Nr. B.«

Erstaunlicherweise stand Glen wortlos auf. Er holte etwas aus einer Schreibtischschublade, und die beiden überquerten den Zufahrtsweg zu den Mausoleen. Phelan deutete auf die Messingtafel, die Charlie beschrieben hatte, vier nach links und zwei nach oben. Auf Hüfthöhe.

»Hier, auf der Tafel steht kein Name. Die Nische können Sie mir zeigen.«

Fachmännisch entfernte Glen die vier Schmuckschließen an der Abdeckung und legte sie beiseite. Dann schraubte er das Panel dahinter ab und stellte es auf den Boden. »Der Sarg wird auf zwei Schienen gesetzt, auf denen er hineingleitet. Dann versiegeln wir die Öffnung. Mit Silikon. Und Schrauben für das Panel. Jede Gruft hat also nicht nur eine Abdeckung, sondern zwei. Die Marmorplatte wird ebenfalls versiegelt. Das alles geschieht mit der größten Sorgfalt.« Er deutete mit der Hand auf die beiden Abdeckungen, die an der Marmorwand lehnten.

Phelan starrte in das schwarze Loch. Das leere schwarze Loch.

»Ja, das klingt überzeugend, Glen.«

Hoffnung glättete Glens Stirn. Phelan tätschelte ihm die Schulter, und zehn Sekunden später stieg er in sein unter den Eichen geparktes Auto. Er drückte das Gaspedal durch und rauschte auf dem Weg nach draußen an dem Lincoln vorbei. Der grauhaarige Fahrer machte ein Gesicht, als hinge ihm ein Mühlstein um den Hals.

Phelan wiederum sang aus vollem Hals. Hin und wieder brachten sie im Radio einen echten Knaller unter den Top-40-Songs. Sein Kopf bewegte sich im Rhythmus mit, Kinn links, Kinn rechts, dazwischen ein bisschen Schulterzucken. Etwa eine halbe Meile hinter dem schmiedeeisernen Tor des Silver Gardens fiel ihm der Titel ein: *Right Place, Wrong Time* von Dr. John.

Die tote Shelly Maureen Petry befand sich nicht in dem Marmorloch.

Um zwei holte Delpha tief Luft und ließ den Motor an. Sie hatte sich die Route nach Houston auf einer Straßenkarte angesehen und die Nummern der Ausfahrten und Straßennamen notiert. Vor Winnie, wo man zum Strand abfuhr, machte der Highway einen Knick. Dann verlief die I-10 mehr oder weniger gerade weiter bis zu dem riesigen Moloch Houston, wo sie für ein kurzes Stück auf die I-45 wechseln musste, um sich von dort in ein Gewirr von Straßen zu stürzen, die sie zum Shepherd Drive und einem Restaurant namens Steak and Ale bringen würden. Delpha hatte die Wegbeschreibung in Großbuchstaben auf ein Blatt Papier geschrieben und es ans Armaturenbrett geheftet.

Als sie an der Goodyear-Raffinerie vorbeifuhr, hielt sie sich die Nase zu. Der widerliche Gestank setzte sich bestimmt in den Polstern der Autos fest, die zu Hunderten auf dem Parkplatz daneben standen. Tankwagen brachten das Lenkrad des Dart zum Vibrieren. Sie donnerten an ihr vorbei, quetschten sie zwischen sich ein, spritzten Wasser von der Straße auf ihre Windschutzscheibe. Es war ein verregneter grauer kühler Tag, aber der Schweiß lief ihr die Seiten hinunter.

Nach einer Weile kam die Sonne heraus, und sie entspannte sich ein wenig, als sie die Brücke erreichte, die über den Lost River und den Old River führte. In der Ferne zeichnete sich eine gerade, dunkle Linie ab. Ackerland. Hey, und da eine genarbte Wasserfläche, die sich ihr schimmernd wie ein riesiger Barsch entgegenstreckte. Über das glitzernde Wasser trieb eine Wolkenbank. Ein paar weiße Strähnen hatten sich gelöst und hoben sich gegen das Blau ab.

Vor Baytown drängten immer mehr Fahrzeuge auf die I-10, die links und rechts von Gewerbebauten gesäumt war: mexikanische Restaurants, Hamburgerbuden, Motels, Tankstellen, Werkstätten und Reifenhändler, Supermärkte und

Schönheitssalons, alles, was man sich wünschen konnte. Woher kamen nur all die Kunden, die die Geschäfte am Laufen hielten? Irgendwoher mussten sie jedenfalls kommen, sonst wären die Geschäfte nicht da. Und dann plötzlich ragte Downtown vor ihr auf, eine dunstumschleierte Ansammlung von Wolkenkratzern.

Das war Houston. Sie hatte es geschafft. So weit war sie schon mal gekommen.

Als sie in ein Betonlabyrinth aus Brücken und Tunneln geriet, das sich in alle Richtungen ausbreitete, umklammerte sie ängstlich das Lenkrad. Delpha hatte das Gefühl, dass sie und der Dart darin verloren gehen könnten. Dieses Gefühl war ihr Feind, gegen den sie ankämpfte, indem sie immer wieder auf die Schilder mit der Highwaynummer schaute, die ihr bestätigten, dass sie noch richtig war. Doch auch als sie den Highway endlich verlassen konnte, kam keine Erleichterung auf. Die schiere Masse an Autos, die sich Stoßstange an Stoßstange über die Straßen und auch den Shepherd Drive schoben, war nervenaufreibend. Erst ein riesiges Schild in der Ferne, das das Steak and Ale ankündigte, erlöste sie.

Das Restaurant entpuppte sich als weißer Nutzbau, der mit kreuz und quer aufgenagelten braunen Brettern und einem tief heruntergezogenen braunen Dach aufgepeppt war. Mit durchgedrückter Bremse blieb sie noch kurz sitzen, um wieder zu Atem zu kommen und ihre verspannten Schultern zu lockern.

Als ein langhaariger junger Mann in weißem Hemd und schwarzer Hose an die Scheibe klopfte, schrak sie zusammen. Schnell stellte sie den Motor aus und sah ihn an, formte ein *Was?* mit den Lippen. Er machte eine kreisende Bewegung mit der Hand. Sie kurbelte die Scheibe runter.

»Sorry, ich wollte Sie nicht erschrecken. Ich hab das Auto kommen gehört und wollt es mir anschauen. Nicht die Karosserie, klar.« Er lachte, so als würde sie schon verstehen. »Fahren Sie den Schlitten?«

Saß sie etwa nicht auf dem Fahrersitz? Sie sah ihn an.

»Ich mein ja nur, dass Ihr Mann es ziemlich herzunehmen scheint. Also nach den Beulen zu urteilen.« Wieder lachte er und wirkte etwas verwirrt, als sie ernst blieb. »Mein Bruder und ich wollten einen 68er Dart, haben aber nur einen Swinger gekriegt. Er und ein 71er Challenge haben sich letzte Woche ein Beschleunigungsrennen geliefert. Fächerkrümmer geöffnet, Slicks drauf. Mann, die haben mit den Vorderreifen voll abgehoben! Darf ich mal einen Blick riskieren?«

Sie nickte.

Der Junge strich über die Motorhaube und redete dabei die ganze Zeit. Delpha begriff kein Wort. Er erzählte irgendetwas von einem anderen Auto, das ihm und seinem Bruder gehörte. Sie verstand die Wörter Nocken, Auspuff, Ansaugstutzen und zwei V8-Dings, gegen die er an einem Samstag fuhr, und er war in Führung gewesen, aber dann waren die beiden V8 links und rechts an ihm vorbeigezischt, wumm! Wie einen lahmen Esel hatten sie ihn aussehen lassen, aber er war immer noch ganz hin und weg. »Mann, dieses Wummern werd ich nie vergessen.«

Die Motorhaube klappte hoch. Der Junge machte einen Satz zurück. Dann Stille, als er sich wieder näherte.

Delpha wurde langsam ungeduldig, Arbeit wartete auf sie. Sie drückte die Fahrertür auf und stieg aus.

Der Junge hob den Kopf. Er sah aus, als hätte er eine Ohrfeige verpasst bekommen. Dann flüsterte er: »Wie aus der Fabrik. Ein 426er Hemi. Scheiße noch mal, ist das … ist das etwa ein LO23?«

Delpha zuckte mit den Schultern. »Schließen Sie die Motorhaube, wenn Sie sich sattgesehen haben.«

Die junge blonde Empfangsdame machte sich hinter dem Bartisch am Eingang zu schaffen, als Delpha eintrat. Sie trug eine Uniform – einen kurzen roten Rock und eine weiße Bluse mit weiten Ärmeln, darüber eine geschnürte schwarze Korsage. Schwarze Nylons, High Heels und ein professionelles Lächeln. Der Bartisch war mit einem weißen Weihnachtsstern und einem Goldfischglas mit grün und rot eingewickelten Pfefferminzbonbons geschmückt. Von der Decke rieselten frohe Botschaften auf sie herunter.

Die Empfangsdame stöckelte von dem Bartisch weg und zeigte in einen Flur, an dessen Ende Alma Ballard stand, etwas aus den Taschen ihres roten Minirocks kramte und sich in den Mund steckte. Es war noch früh, das Lokal hatte gerade erst geöffnet. Delpha trat einen Schritt beiseite, damit ein Kellner mit einem Servierwagen voll sauberer Gläser an ihr vorbeischeppern konnte. Dann ging sie den Flur hinunter und stellte sich als Delpha Wade von Phelan Investigations in Beaumont vor.

»Sind Sie Alma?«

Das Mädchen mit dem Pferdeschwanz klopfte sich die Hände ab. An ihren vollen Lippen hingen Krümel. In der Flurbeleuchtung hatten ihre Augen ein helles Braun, das jetzt dunkler wurde. »Es heißt nicht Al-ma. Sondern All-ma«, berichtigte sie. »Man spricht es Allma aus.«

»Tut mir leid. Allma«, sagte Delpha und deutete auf ihre Lippen.

»Oh.« Das Mädchen wischte sich den Mund ab. »Croutons. Da steh ich drauf. Sonst kriegt man nicht viel zu essen hier«, sie deutete auf ihre Taschen. »Deshalb bunkere ich immer ein paar.«

»Wann haben Sie denn Schluss, wenn Ihre Schicht jetzt anfängt?«

»Spät. Normalerweise gegen Mitternacht. Da hab ich Hunger.«

»Verständlich. Ich würde mich gerne mit Ihnen über Shelly Petry unterhalten«, sagte Delpha. »Sie waren auf dem College miteinander befreundet, oder?«

Alma wandte den Blick ab. »Ja. Aber ich muss jetzt arbeiten«, sagte sie, sah sich nach etwas um, was sie tun könnte, und ging weg.

Delpha folgte ihr in die mit schwarzrotem Teppichboden ausgelegte dämmrige Lounge, wo ein anderes Mädchen in derselben Piratenkostümierung Aschenbecher verteilte. Die Musik in der Lounge war voll aufgedreht. Der Barkeeper, ein junger Mann mit goldener Nickelbrille und Locken, schälte zu »Stuck in the Middle with You« eine Zitrone. Alma schnappte sich einen Lappen von der Theke und fing an, die sauberen Tische zu wienern.

»Sie sind doch noch am Lamar«, hakte Delpha nach und sprach lauter, um die Musik zu übertönen, »wo Shelly war.«

»Ja, stimmt, aber mir ist die Kohle ausgegangen. Deshalb spare ich erst mal was zusammen.«

»Sind Sie mit Shellys Zimmergenossinnen Susan und Linda befreundet?«

»*Las fresas*, sicher nicht. Diese Zimtzicken.«

»Warum … ach, egal. Was haben Sie studiert?«

Alma ging mit großen Schritten zu einem anderen Tisch. Der lange schwarze Pferdeschwanz wippte auf und ab. Sie hatte einen dunklen Teint, geschwungene kräftige Augenbrauen und flatternde Lider. »Naturwissenschaft. Zoologie.«

»Zoologie. Das heißt …«

»Tiere. Sämtliche Tiere außer dem Menschen.«

»Warum keine Menschen?«

»Menschen sind scheiße.«

»Okay«, sagte Delpha mit ernstem Nicken. »Verstehe.«

»Sie verstehen das tatsächlich, oder? Sind Sie echt Privatdetektivin?«

Die Frage brachte Delpha zum Innehalten. *Bin ich Privatdetektivin?*, fragte sie sich das erste Mal. Zuerst war sie über die Frage verblüfft, dann war sie verblüfft, weil sie sich diese Frage selbst noch nie gestellt hatte. Im Moment ermittelte sie jedenfalls, was ja die Arbeit eines Privatdetektivs war. Sie wich der Antwort aus und fragte stattdessen mit fester Stimme:

»Also, Allma. Was ist mit Shelly Petry passiert?«

Die geschwungenen Brauen hoben sich. Die Lider flatterten noch heftiger. Die junge Frau klopfte sich ab, als suchte sie etwas in ihrem Piratenkostüm, zog eine Brille aus der Rocktasche, blies die Croutonkrümel weg und setzte sie auf.

Ihre Augen kamen zur Ruhe. Alma Ballard sah auf einmal völlig anders aus, klug, kritisch. Sie musterte Delpha. »Sie ist gestorben.«

»Es ging ziemlich schnell, oder? Was hatte Shelly denn?«

»Hirnhautentzündung. Bakteriell. Kopfweh, Fieber. Es tat ihr weh, den Nacken zu beugen.«

»Haben Sie sie zu der Zeit gesehen?«

»Das letzte Mal, als sie aus dem Wohnheim weg ist. Es ging ihr echt mies.« Almas Blick wanderte von Delpha durch die Bar – die glänzenden Tische, die gerahmten Silhouetten von Rittern auf Pferderücken, riesige Schwerter in die Höhe gereckt.

»So mies, dass sie innerhalb weniger Tage stirbt?«

Almas Kopf fuhr herum. »Hören Sie, meine Freundin ist gestorben. Ich muss jetzt arbeiten.«

»Selbstverständlich, nur noch einen Moment. Waren Sie auf der Beisetzung?«

»Es gab keine. Und selbst wenn, wäre Shelly nicht dort gewesen.« Alma deutete in die Höhe.

»Klar. Sie ist gleich in den Himmel gekommen, so wie alle braven Mädchen. Wie Sie.«

Bei Delphas sarkastischem Ton wich Alma einen Schritt zurück. Delpha trat einen Schritt vor, rückte ihr unangenehm auf die Pelle. »Wo wurde sie beigesetzt?«

Ein Paar kam herein und setzte sich an einen Tisch. Alma wollte zu ihnen gehen, aber Delpha hob die Hand. Die Nervosität, die sie die ganze Fahrt über gequält hatte, war verflogen. Sie fühlte sich so sicher wie auf einem bequemen Beifahrersitz. Mit weitaus geringerer Lautstärke setzte »Greensleeves« ein, und die andere Piratin ging zu den Gästen, um ihre Bestellung aufzunehmen.

»Vera hat also echt einen Privatdetektiv engagiert.« Almas Mund verzog sich. »Wow.«

Im Bruchteil einer Sekunde beschloss Delpha, ihr die Wahrheit zu sagen. »Nein. Charlie.«

Das Gesicht des Mädchens zerfloss. »Charlie«, hauchte sie. »Charlie hat einen Privatdetektiv engagiert?«

»Ja. Er will wissen, wo die Familie sie begraben hat.« Sie streckte Alma eine Visitenkarte mit der Telefonnummer des Büros entgegen.

Das Mädchen sah sich rasch um.

»Haben Sie Mitleid mit ihm, Alma. Charlie sollte wissen, wo sie beigesetzt ist.«

Ein schriller Pfiff durchbohrte ihr Trommelfell. Der Barkeeper nahm die zwei Finger aus dem Mund und rief: »Al-ma, schieb deinen Hintern her und hilf mir mit den Limetten.«

Alma drehte den Kopf und warf ihm einen vernichtenden

Blick zu. Dann wandte sie sich wieder Delpha zu und sagte: »Geben Sie mir die Karte. Auch wenn es Sie nicht interessiert, der Mädchenname meiner Mama ist Ramos. Hier in der Gegend sprechen sie das Ray-mus aus. *Y escuche, señora*. Vera Petry *es mierda*.« Alma versenkte die Brille in der Tasche ihres Minirocks. »Ich komm schon, du Opa!«, brüllte sie dem Barkeeper zu, der sie giftig ansah.

Delpha verließ die Lounge und wurde von dem autoversessenen Jungen aufgehalten, der ihr beim Empfangstisch auflauerte. Inzwischen trug er eine schwarze Schürze und hatte seine Haare mit einem schwarzen Band zusammengebunden. Er schob ihr eine Papierserviette mit einem Namen und einer Telefonnummer zu.

»Falls Ihr Mann das Auto verkaufen will, soll er mich anrufen, okay? Wir kriegen das Geld zusammen, ich schwör's.«

Delpha warf einen Blick auf die Serviette. »Okay. Jerome.«

»Jerry. Aber meinetwegen kann er auch Jerome sagen. Hauptsache, er ruft an.«

»In Ordnung. Dann bis dann.« Delpha stibitzte ein Pfefferminzbonbon und ging hinaus auf den Parkplatz. Der Dart sah unverändert aus: grün auf der einen Seite, schwarz auf der anderen. Sie dachte an die lange Fahrt, die sie vor sich hatte. Dann stieg sie ein und drehte das Blatt Papier mit der Wegbeschreibung um, weil sie auf der anderen Seite die Beschreibung des Rückwegs notiert hatte. Sie ließ den Motor an, und dieses Mal lauschte sie auf sein Röhren. Das Geräusch ging durch Mark und Bein, bemerkte sie jetzt. Wie das Brüllen eines Löwen.

Der Dezemberhimmel hatte sich zugezogen und die Sterne zum Verschwinden gebracht. Nach dem langen, anstrengenden Tag hatte Delpha eine Belohnung verdient und tat das, was sie vorhatte, seit Oscar in der Küche davon erzählt hatte. Bewaffnet mit ihrem Stockschirm ging sie zum Broadway Ecke Magnolia Street und sah sich das große Schaufenster von Sears an. Ein paar Regentropfen, die in der Luft hingen, zerplatzten auf ihrem Gesicht.

In einem glitzernden weißen Sessel saß ein lebensgroßer Santa Claus, über dessen Knie sich eine lange Liste bis zum Werkstattboden aufrollte. Er hob sein fröhliches altes Gesicht und die Hand mit einem gelben Stift von der Papierrolle, dann senkte er Kopf und Stift wieder. Vor einer Leinwand mit dem Bild eines von Rentieren gezogenen Schlittens, auf dem sich ein wackliger Haufen goldverpackter Geschenke türmte, arbeiteten drei Zwerge. Einer sägte. Einer hämmerte. Einer malte, auch wenn der Pinsel den hölzernen Spielzeugsoldaten auf der Werkbank nie erreichte. Die Zwerge hatten wie Santa Claus weiße Bärte, rote Nasenspitzen und Wangen, die großen Augen waren flach und blau. Ohne Unterlass sägten, hämmerten, malten sie. Kunden betraten das Geschäft, nur Delpha und ein paar Kinder blieben draußen stehen, wie verzaubert von der entzückenden Schaufensterdekoration. Sie lächelte.

»Der schreibt ja überhaupt nix auf«, sagte eines der Kinder.

»Er weiß eben alles«, erklärte ein kleineres Kind mit riesengroßen Augen.

»Woher denn?«

»Ich hab zu ihm gebetet. Wegen dem Skateboard.«

Das ältere Kind kringelte sich vor Lachen. »Wart nur ab, was Mama sagt, wenn sie hört, dass du zu Santa Claus betest.«

»Das ist doch für dich!«, rief das Kleinere und zitterte fast. »Mir soll er einen Evel Knievel und sein Motorrad bringen.«

»Das ist eine Puppe, Doofi.«

»Stimmt gar nicht!«

Delpha hatte nicht mitbekommen, dass ein Auto am Straßenrand stehen geblieben war, bis unvermittelt eine Stimme hinter ihr erklang. »Einmal hatten sie Rudolph und seine Kumpels«, sagte Tom Phelan.

Sie drehte kurz den Kopf zu ihm, dann sah sie wieder zum Schaufenster. »Pah. Rentiere sind eine blöde, eingebildete Bande.«

»Ja, aber am Ende haben sie sich dann doch zusammengerissen. Haben Sie was Neues von Shellys Freundin erfahren?«

Delphas Lächeln verblasste. »Dass Shelly Hirnhautentzündung hatte. Hohes Fieber. Als ich zurückgekommen bin, hab ich beim Zahnarzt in der Praxis unten nachgefragt. Er sagte, dass Hirnhautentzündung eine sehr ernste Sache ist und dass es schnell gehen kann.«

Phelan seufzte.

»Was ihre Beisetzung angeht, bin ich nicht weitergekommen. Aber das Mädchen hat die Visitenkarte eingesteckt. Und wie war's auf dem Friedhof?«

»Unglaublich.«

Bei dem Klang seiner Stimme drehte sie sich wieder um. »Na los, erzählen Sie schon.«

»Nachher.« Phelan sah auf seine Uhr. »Ich muss zum Busbahnhof. Und Sie kommen bitte mit.«

»Meinetwegen. Und warum?«

»Wir holen Emerald ab. Die echte Emerald. Sie ist draußen.«

»Wie bitte? Warum haben sie sie schon entlassen?«

Phelan hob die Augenbrauen und zuckte mit den Schultern. Zögernd wandte sich Delpha von den fleißigen Zwergen ab und stieg ins Auto.

»Hey«, sagte sie zu Ruby auf dem Rücksitz.

»Hey.« Ruby beugte sich zu dem offenen Fenster und klopfte die Asche ihrer Zigarette ab.

»Was ist passiert?«

Ruby schüttelte den Kopf und hörte damit auch nicht auf, als sie antwortete. »Peg im Wohnheim hat einen Anruf gekriegt. Sie haben mir ausrichten lassen, um welche Zeit der Bus ankommt und dass ich sie abholen soll. Em hatte vor ein paar Tagen einen Anfall. Strafunterbrechung aus humanitären Gründen.« Bei dem letzten Satz gingen Rubys Mundwinkel nach unten.

Delpha wandte den Blick ab und fragte sich, wer so etwas entschied. Die McClungs hatten keine kranken Eltern oder Kinder, um die sie sich kümmern mussten. Demnach glaubte offenbar jemand in Gatesville, dass es Emerald war, um die man sich kümmern musste, und dass man das Geld der texanischen Steuerzahler sparen könnte, wenn man der Schwester diese Arbeit überließ.

Delpha erwiderte nichts. Und auch Ruby sagte nichts mehr. Sie erreichten den Busbahnhof und warteten im Auto. Zwölf Minuten später fuhr der Greyhound vor.

Es war Emerald.

Für Tom Phelan sah die Frau in der Tür des Busses, die sich an einer Stange festklammerte, allerdings wie Ruby McClungs Geist aus. Der Fahrer half ihr die beiden Stufen hinunter und suchte die Gruppe Wartender ab, ob er sie jemandem übergeben konnte. Als Ruby schnell vortrat und ihre Schwester in Empfang nahm, blickte der Fahrer verblüfft von der einen zur anderen.

Ruby und Emerald umarmten sich. Obwohl die eine in einem puderblauen Mantel steckte und die andere in einem vom Gefängnis gestellten braunen Pullover, verschmolzen sie zu einer Person. Die anderen Fahrgäste umrundeten sie wie ein träger Fluss einen Felsbrocken.

Phelan und Delpha standen in einer Wolke Dieselabgase und einer knisternden Version von »Jingle Bell Rock«, die aus dem Bahnhof drang, und warteten. Schließlich gingen sie zu den McClungs und führten sie zum Auto. Gerade schien nicht der richtige Zeitpunkt zu sein, ihnen Fragen zu stellen.

Die Köpfe aneinander gelehnt und die Arme ineinander verschränkt saßen die Schwestern auf dem Rücksitz. Am Wohnheim angekommen, stieg Delpha aus, nahm Emeralds Koffer und öffnete das Gartentor. Phelan hielt den Schwestern die Autotür auf. Beim Aussteigen knickte Emerald erst um und stolperte dann über den Bordstein. Phelan fing sie auf, trug sie den Gehweg entlang zur Veranda und von dort weiter in das Zimmer, in dem sich schon Rubys Sachen befanden, wo er sie auf dem Doppelbett absetzte.

Delpha flüsterte Ruby zu, dass sie morgen mit ihr sprechen würde. Rubys Blick ging durch sie hindurch. Sie war dabei, ein dunkelgrünes Nachthemd, an dem noch das Preisschild hing, und ein Paar hellgrüne Pantoffeln zurechtzulegen, damit sie ihre Schwester bettfertig machen konnte.

»Hey«, sagte Emerald leise. »Ich kenn dich doch. Du bist Delpha, stimmt's? Oder war's Della?«

»Delpha. Du hast ein gutes Gedächtnis.«

»Bin ich wirklich draußen?«

»Ja, du bist draußen, Emerald. Zieh das hübsche Nachthemd an.«

Emeralds Hand tastete danach. Wie eine weiße Spinne kroch sie über die Bettdecke.

»Welches Gift führt dazu, dass dein Gesicht aussieht, als würden die Knochen nicht unter, sondern über der Haut liegen?« Phelan nahm einen großen Schluck Bourbon on the rocks. Sie saßen in einer Sitznische in einem Tanzlokal in der College Street. Es war unwahrscheinlich, dass Delphas Bewährungshelfer hier auftauchen würde, und außerdem spielten sie keine Weihnachtslieder. Aus einer Jukebox in der Ecke galoppierte Johnny Cash durch den »Transfusion Blues«. Ein Mann mit Baseballmütze schob seine Freundin übers Parkett.

»Jedenfalls keins, das dich sofort umbringt. Oder dir hysterische Anfälle beschert. Irgendeine Lauge. Rattengift. Übrigens –«, sie trank von ihrem Bier, »sind eine ganze Reihe von Pflanzen, die im Thicket wachsen, giftig, also zumindest Teile davon.«

»Ja, das habe ich auch in der Schule gelernt. Wenn man zu viele Jasminbeeren isst, Gift. Wandelröschenbeeren. Oleander.«

»Genau. Ein Büschel Azaleen verschafft einem den ewigen Dornröschenschlaf.«

»Wer isst denn ein Büschel Azaleen?«

»Vieh.« Delpha grinste schief. »Vielleicht die hochnäsigen Rentiere, die nicht mit Rudolph spielen wollen.«

»Osttexas ist weitgehend rentierfrei. Außerdem liegt nicht Gatesville in der Nähe des Thicket, sondern Huntsville.«

Das Gespräch hatte inzwischen fast alles Geschäftsmäßige verloren. Das war nett, fand Delpha. Es gefiel ihr, so zu plaudern und sich über Belanglosigkeiten auszutauschen. »Stimmt. Außer Klapperschlangen fällt mir nichts ein, was in der Gegend von Gatesville giftig sein könnte.«

»Die beiden könnten jedenfalls ganz allgemein Gift meinen, wenn sie Arsen sagen.« Phelan zündete sich eine Zigarette an und schüttelte das Streichholz aus. »Ich frage mich, ob sie Emerald auf eine Krebserkrankung hin untersucht haben.«

»Das weiß Ruby sicher. Solche Untersuchungen werden außerhalb vom Gefängnis vorgenommen. Aber wir dürfen nicht vergessen, dass es Ruby auch schlecht ging. Vielleicht erholt sich Emerald ja, jetzt, wo sie draußen ist.«

»Vielleicht.«

»Ruby kann die Zahlungen an Helen einstellen, und die Sache hat sich erledigt.«

»Jep, solange Helen nicht beschließt, auf mich zurückzukommen. Haben wir gut gemacht.«

Wir. Kaum hatte er es gesagt, wusste Phelan, dass es genau so war. Phelan Investigations waren er und Delpha. Sie beide. Mit dieser Erkenntnis würde er etwas anfangen müssen – nur was? Er trank noch an seinem ersten Glas, aber einen Moment lang war ihm so schwindlig, als hätte er eine ganze Flasche Bourbon intus.

Die Hamburger wurden gebracht, dazu Pommes, gebratene rote Zwiebeln und mehrere labbrige Dillgurkenscheiben. Detailliert berichtete Phelan von seinem Friedhofsbesuch: dem panischen Nachwuchsverwalter, den tropischen Temperaturen im Mausoleum. Dem Gestank.

Mit großen Augen hörte Delpha von Robert Gormleys postmortaler Explosion und der Öffnung der Sargnische, in der sich angeblich Shelly Petrys Leichnam befand.

»Das ist ein Riesenfortschritt, Tom«, sagte sie lächelnd. »Weiter so!«

»Danke. Das Kompliment kann ich nur zurückgeben.« Zögernd erwiderte er ihr Lächeln, was ihr gefiel. Es war schön zu sehen, wie seine braunen Augen langsam anfingen zu strahlen. Hinter ihrem Brustbein machte sich ein seltsames Gefühl breit. Für einen einzigen Abend passierten ziemlich viele nette Dinge.

»Sie haben also Shellys Freundin unsere Karte gegeben.«

»Ja. Sie heißt Alma Ballard. All-ma, nicht Al-ma ausgesprochen. Jetzt können wir nur abwarten, ob ihr noch etwas einfällt. Sonst …« Sie hob die Hände. »Auf der Fahrt hatte ich viel Zeit zum Nachdenken. Gestern fiel mir übrigens noch ein, dass die Stimme von Shellys Mutter mich an die Stimme einer Frau erinnert, die ich aus meiner Kindheit kenne. Aus dem Radio.«

»Sie haben ein gutes Gedächtnis, was?«

»Manchmal schon. Bei Dingen, die schon ewig her sind. Irgendwelche Kleinigkeiten. Zahlen. Bei anderen Dingen gar nicht.«

»Zum Beispiel?«

Delpha zuckte mit den Schultern. »Zum Beispiel die Geschichte, als eine Insassin, Bonnie, entlassen wurde und kam, um sich von mir zu verabschieden. Bonnie sagte, es täte ihr leid, dass sie kurz nach meiner Einlieferung auf mich losgegangen war. Das war acht Jahre her. Ich sagte ihr, dass es das auch tun sollte, weil es mich ein zusätzliches Jahr gekostet hatte. Darauf sagte Bonnie, dass sie die Wärter rufen musste, weil ich mit einem heißen Bügeleisen auf sie los bin. Und ich wusste rein gar nichts mehr davon.«

Oje, das hättest du dir verkneifen sollen.

Das war's bestimmt mit den strahlenden Augen.

Sie traten hinaus in den peitschenden Regen. Delpha hatte ihren Schirm im Auto gelassen, und sie spurteten los. Phelan öffnete die Beifahrertür und wartete, bis sie eingestiegen war, während der kalte Regen in seinen Kragen rann.

Nachdem er seine Haare trocken gerubbelt hatte, setzte er sich mit einem weiteren Glas Bourbon ins Wohnzimmer. Der Fernseher seines Nachbarn plärrte durch die dünne Wand. Bei einer Zigarette rekapitulierte er den Gedanken, der ihm in der Bar gekommen war: dass Phelan Investigations sie beide waren. Geplant hatte er das nicht. Es war einfach passiert. So als läge ewig was in der Luft, und dann plötzlich war's da. So wie vor einem Orkan der Luftdruck fiel.

Und es hatte Folgen. Welche, war ihm noch nicht ganz klar. Aber er war sicher, dass sie nicht unbedeutend waren.

Das Telefon klingelte. Zu seiner Überraschung hörte er Joe Fords Stimme. Seit er die beiden Jungs und das kleine Mädchen hatte, gehörte sein Freund zur Fraktion der Frühschläfer. Und die Flasche, von der Tom im Tanzlokal den Eindruck gehabt hatte, sie intus zu haben – Joe hatte sie sicher intus.

»Tom. Wie lange kennen wir uns schon?«

»Danke, dir auch einen guten Abend. Wir kennen uns, seit du in der Fünften in mich reingerannt bist und dir dabei so heftig auf die Zunge gebissen hast, dass du mich mit deinem Blut vollgesaut hast. Warum?«

»Weil ... weil ich mit dir über was reden muss.«

»Wenn du wieder nüchtern bist, jederzeit.«

»Dann wohl nicht heute Abend.«

»Nein, offenkundig nicht. Worüber willst du denn reden?«

»Etwas, das mir verloren gegangen ist.«

»Ist gebongt«, sagte Phelan leichthin. »Ich ruf dich morgen an, Joe. Glaubst du, du kannst dir das merken?«

Phelan erinnerte sich an das Rasthaus in Louisiana etwa fünf Meilen hinter der Staatsgrenze. Ein langes niedriges Gebäude, von dem der Regen die Farbe gewaschen hatte und dessen Parkplatz voller Schlaglöcher und Pfützen war. Das Geburtsdatum auf dem texanischen Führerschein hatte hier keine Bedeutung. Sobald man über den Tresen sehen und auf Englisch, Französisch oder in irgendeinem Kauderwelsch seine Bestellung aufgeben konnte, bekam man ein Jax-Bier. Hinter dem Gebäude war Beton auf den Boden gekippt worden, damit die Mülltonnen nicht im Schlamm versanken und die Köche eine rauchen konnten, ohne sich die Schlappen schmutzig zu machen. Dahinter lagen Wiesen und Wälder und dazwischen der Bayou.

An diesem Abend traten Tom Phelan und Joe Ford ins Freie. Narlan Pugh und zwei oder drei seiner Cousins folgten ihnen. Joe war mit seinen achtzehn ein Jahr älter als Tom und dürr wie ein Zaunpfahl. Aber immerhin maß er eins neunzig, und seine viel zu weite Collegejacke ließ ihn wie einen Preisboxer aussehen. Am Rand der Betonfläche stand eine Laterne, die das Rasthausschild – Louella's – beleuchtete und ein wenig Licht auf die Seite warf. Phelan baute sich zusammen mit Joe vor dem Laternenmast auf. Ihre schwarzen Schatten fielen auf die Pughs wie zwei riesige Kiefern kurz vorm Umfallen.

Narlan war ein schweinsgesichtiger fetter Ringer, der drohend die Schultern rollen ließ. Er stürzte sich auf Phelan, um ihn mit in den Dreck, sein natürliches Habitat, zu reißen. Auf diesem stinkenden Betonboden zu landen, Narlan auf ihm drauf wie ein durchgedrehter Oktopus, war das Letzte, was Phelan wollte. Er hatte im Sportunterricht genügend Ringkämpfe absolviert, um zu ahnen, dass er dann erledigt wäre. Tommy Phelan war ein Luftwesen. Beweglich, schnell, wendig. Diese Right-Fielder-Qualitäten brachten ihm allerdings nur dann was, wenn Narlan einen Baseball auf ihn warf.

Er duckte sich weg und verpasste Narlan einen harten Schlag aufs Ohr. Narlan grunzte, schüttelte den Kopf, dann warf er sich nach vorne und fiel mit wirbelnden Fäusten über Phelan her. Phelan ging hinter seinen Fäusten in Deckung, aber einstecken musste er trotzdem einiges. Seine Lippe schwoll an. Gerade mal einen Treffer konnte er landen, als Narlan nicht schnell genug reagierte. Narlan trat gegen Phelans Füße, um ihn zu Fall zu bringen. Er wollte ihn auf dem Beton haben, in der Pisse, zwischen den Fischgräten.

Phelan brachte sich kurz außer Reichweite und schoss sofort wieder vor, die Hände gehoben, um Narlans Aufmerksamkeit darauf zu lenken. Dann trat er ihm mit Schmackes gegen die Kniescheibe.

Narlan jaulte.

Aus dem Augenwinkel sah Tom Pughs Cousins und Joe Ford aufeinander zustürmen.

Narlan Pugh war den ganzen Abend auf der Suche nach Streit gewesen. Er hatte sich zum Tresen vorgedrängt, um sich einen Krug Bier zu holen, und dabei Tom unsanft zur Seite geschoben. Beim Weggehen war er ihm auf die Füße gestiegen. Auf den Dielenbrettern der Tanzfläche hatte er Tom zu den Klängen von »A Hundred Pounds of Clay« aus der Jukebox angeschnauzt, er solle sein Mädel nicht so anglotzen. Eine füllige Blondine, mit einem Schwarm Schleifchenclips in den Haaren.

Tom wirbelte seine langhaarige Tanzpartnerin herum und zog sie wieder an sich. Und lachte.

Wie nicht anders zu erwarten, baute sich Narlan als Nächstes vor dem Tisch auf, an dem Tom und Joe mit ihren Mädchen vor einem Krug Bier saßen. Er posaunte die Uraltgeschichten über Toms Familie hinaus. Über seinen älteren Bruder Fuller, der noch bei Mama wohnte. Mama, die nicht wusste, wer Toms Vater war, und ihn deshalb einem Alten im Veteranenheim unterschob.

Joes Mädchen setzte sich auf, bereit, Narlan anzufauchen, Toms Date hatte die Augenbrauen zusammengezogen und warf ihm einen mitleidigen Blick zu. Das gab den Ausschlag.

»War's das, Narlan? Weil für mich war's das jetzt.«

Dann waren sie rausgegangen. Und der sich unermüdlich duckende und angreifende Narlan hatte es irgendwann geschafft, Tom an den Hüften zu packen und zu Boden zu bringen. So viel zu flinken Füßen und Finten. Kurz bevor der Dickwanst seinen fleischigen Arm um Toms Kopf legen konnte, bohrte Tom seinen Daumen in eins von Narlans Nasenlöchern. Die Finger gegen den Nasenrücken gepresst, bog er die Nase mit aller Kraft zur Seite. Narlan gurgelte. Seine Hände schossen hoch und legten sich um seine Nase. Der Junge wog mindestens eine Tonne, und Tom wand sich und drückte und schob, um sich auf ihn zu wälzen. Als er es endlich geschafft hatte, schlug er Narlan zweimal mit spitzen Knöcheln auf den Adamsapfel. Dann packte er seine Haare und ließ seinen Kopf auf den Beton krachen. Wo er ja von Anfang an hingewollt hatte.

Joe und einer der Cousins zogen Phelan von Narlan weg. Als der Cousin ausholte, packte Joe sein Handgelenk. Er schlang den Arm um den Hals des Jungen und zerrte ihn von Tom weg. Die anderen Cousins knieten sich fluchend neben den blutenden Narlan.

»Du Arschloch!«, brüllte einer. »Soll das ein fairer Kampf gewesen sein?!«

Tom streckte eine Hand zu den stinkenden Abfalltonnen aus, zu dem trägen Bayou und seinen beißenden, schnappenden Bewohnern.

»Sieht das hier vielleicht wie eine Turnhalle aus? Ihr könnt mich mal.«

Sein rechtes Auge und die Unterlippe pochten. Er und Joe sammelten die Mädchen ein und zogen ab. Auf der kurzen Fahrt zurück nach Texas, den Kopf seines Mädchens an der Schulter, verzichtete er aufs Knutschen.

Er dachte an seinen Vater, was er normalerweise nicht tat. Normalerweise warf er diese Tür in seinem Kopf sofort wieder zu, wenn sie sich öffnete. Allerdings hatte er sich nicht zum ersten Mal seinetwegen geprügelt. Er hieß Roy, und auch wenn Phelan keinen Anspruch auf ihn erheben wollte, sollte doch keiner schlecht über ihn reden. Auf Phelans Bitte hin hatte Roy ihm gezeigt, wie man kämpfte. Dazu waren sie durch den Wald gelaufen – kurze Gespräche, die eine oder andere Erklärung und eine Menge Demonstrationen. Ein Kampf war ein Kampf. Da brauchte es keine Adjektive.

Sein Vater war eigentlich zu alt für den Einsatz gewesen, aber weil er schon einmal an einem Krieg teilgenommen hatte, zogen sie ihn schließlich doch ein. Das war Ende 1943. Er kehrte still zurück, womöglich ein bisschen wirr im Kopf, ganz sicher überrascht davon, einen kleinen Sohn zu haben. Aber er kam immer wieder vorbei, und im Laufe der Jahre verbrachten Tom und Roy viel Zeit miteinander.

Roy brachte ihm die Namen der Bäume und anderer Pflanzen bei, brachte ihm die Jagd auf alles, was ihren Weg kreuzte, bei – Eichhörnchen, Tauben, Wachteln, Kaninchen – und wie man sie rupfte oder häutete und ausnahm. Er kam immer pünktlich auf die Minute. Nicht ein einziges Mal verspätete er sich, auch wenn er ein echter Sonntagsfahrer war. Toms Mutter und sein Vater wechselten kein Wort miteinander, wenn er ihn zu Hause ablieferte.

Tom ließ ihr keine Ruhe, bis sie es bestätigte. Da war er ungefähr zehn. Ja, Roy sei sein Daddy und nicht Calvon Phelan, der sie verlassen und die Scheidung eingereicht hatte, als Tom noch klein gewesen war. Das erklärte, warum Calvon Jeff und Fuller gelegentlich mit zu einem Spiel nahm und Tom zu Hause ließ.

Langsam schwoll sein rechtes Auge zu, bis die Sterne nicht mehr groß und hell strahlten.

Am Morgen nach der Schlägerei floh er vor dem *Was zum Teufel hast du angestellt, Tom?* seiner Mutter und dem *Hat sich den Arsch versohlen lassen* seines Bruders Fuller und fuhr zu dem

Wohnheim, in dem Roy ein Zimmer gemietet hatte. Der Besitzer legte Wert darauf, nur an Ex-Soldaten zu vermieten. Das bescherte Phelan einen Spießrutenlauf an den herumhockenden und rauchenden Männern vorbei, einer mit kaputtem Fuß und Rollator, ein anderer mit amputiertem Bein auf Krücken. Sie alle sonderten launige Kommentare zu seinem samtlila Auge ab.

Roy schob sich seine Kappe auf den Kopf und schlug einen Spaziergang vor. Über Belanglosigkeiten redend liefen sie rissige Bürgersteige entlang, unter dem Blätterdach von Bäumen, an der vollgekritzelten Bank neben der Bushaltestelle vorbei. Hin und wieder warf Phelan einen Blick zu Roy, bemerkte, dass ihm die grauen Haare in die zerfurchte Stirn fielen, bemerkte die weißen Stoppeln an seinem kantigen Kinn. Auch Phelan fielen die Haare in die Stirn, wenn er sie nicht straff nach hinten kämmte.

Einige Male bogen sie ab. »Alles in Ordnung mit dir?«, fragte Roy schließlich.

Phelan nickte.

Roy kniff ihn an der Stelle, an der der Hals in die Schultern überging, und zog ihn an sich, sodass er ein, zwei Sekunden lang an die Seite seines Vaters gedrückt war. »Gut«, sagte er. Auf dem Rückweg blieben sie an einem kleinen Laden stehen, und Roy kaufte Phelan eine Schachtel Donuts mit Puderzucker.

14. Dezember 1973

Bei der Durchsicht der Zeitungen von 1937 entdeckte Delpha einen weiteren Artikel über Verena Lamb, die Frau, deren Ehemann von ihrem Liebhaber erschossen worden war. Delpha drückte einen Knopf an dem Mikrofichegerät, dann nahm sie das Blatt Papier aus dem Drucker und las.

»Na, schon wieder auf der Suche nach einem Mord?«

Delpha zuckte zusammen. Aber es war nur Angela, die ihr über die Schulter blickte. »Sagen Sie mal, mögen Sie Musicals?«

»Jedenfalls keine mit Elvis.« Delpha verstaute den Artikel in ihrer Handtasche.

»Sie haben was gegen den King? Ich glaub's nicht!«

»›That's All Right, Mama‹ fand ich in Ordnung. Und mit seinen langen Wimpern sieht er auf den Fotos ganz niedlich aus.«

»Find ich auch. Selbst seit er aus dem Leim gegangen ist. Ich wollte Sie fragen, ob Sie Lust haben, mit mir ins Kino zu gehen. Rick und ich haben gestern Schluss gemacht, und ich würde mir gerne diesen neuen Film ansehen, *Jesus Christ Superstar*. Ein singender Jesus. Ich kann mir überhaupt nicht vorstellen, wie man die Bibel singt.«

Angela wirkte auf Delpha kein bisschen traurig wegen der Trennung, aber sie wollte trotzdem nicht einfach darüber hinweggehen. »Das mit Rick tut mir leid. Wie lange waren Sie zusammen?«

»Ganze sechs Monate. Ich hatte die Schnauze gestrichen voll von Fernseh-Wrestling. Und ihm haben meine neuen Klamotten nicht gefallen. Die scharfen Sachen früher fand er besser.«

Angela trug ein knöchellanges sandfarbenes Kleid aus einem hübschen Stoff, auf den Blüten und Blätter in einem schimmernden Goldton gedruckt waren. Die weiten Ärmel setzten ungefähr auf Taillenhöhe an. Es sah aus wie ein Chorhemd, das man auf einer Party tragen konnte.

»Wie nennt man solche Kleider wie das, das Sie tragen?«

»Kaftan.« Angela hob die Arme und trat einen Schritt zurück. Die Ärmel verwandelten sich in Flügel und Angela in einen goldenen Schmetterling, der zwischen den Bücherstapeln in der Tyrrell Public Library gelandet war.

»Toll«, sagte Delpha. Aber noch toller war, dass Angela sie gefragt hatte, ob sie mit ihr ins Kino gehen wollte. Angela bezeichnete Delpha nicht nur als Freundin, sondern behandelte sie auch wie eine. Ohne sie anzusehen, sagte Delpha ja, sie würde den Film gerne sehen.

»Super!«, rief Angela. »Wie wär's mit Sonntagabend? Er fängt um sieben an. Ach, da fällt mir ein, dass ich was für Sie habe. Hätte ich beinah vergessen.« Die Bibliothekarin huschte auf Zehenspitzen zum Auskunftstresen.

Delpha wurde heiß. Sie hätte sich jeden Film angesehen, selbst einen mit Elvis Presley, wenn eine Freundin dabei war.

Angela kehrte mit einem kopierten Zeitungsartikel zurück.

»Danach haben Sie gefragt. Ich bin darüber gestolpert, als ich einer Highschool-Schülerin bei Recherchen zum Tod von Janis Joplin in diesem Hotelzimmer geholfen habe. War das nicht furchtbar? Sie hat wie ein wilder Engel gesungen. Was für ein Verlust.«

Angela reichte Delpha das Blatt und schwebte davon.

Delpha überflog den Nachruf auf Joplin, die bäuchlings auf dem Boden des Landmark Motor Hotel gefunden worden war. Offenbar eine Überdosis. Das Schwarz-Weiß-Foto einer Frau, die Delphas Ansicht nach nur in Technicolor gezeigt werden sollte: grinsend, Ringe an den Fingern, Federn in den Haaren. Darunter die Todesanzeige für einen Ornie Parsons, einen alten Schwarzen, danach die für Sid W. McKibben, einen alten Weißen, und schließlich noch eine letzte auf der Seite.

Delpha starrte darauf. Diese letzte Todesanzeige galt Shelly Maureen Petry, sechzehn Jahre alt. Dieselben Eltern und Großeltern, dasselbe Bestattungsarrangement.

Shelly Petry war schon einmal gestorben.

Delpha rannte die Stufen der Bücherei hinunter und über die Straße zu Phelan Investigations, wo sie, noch bevor sie den Mantel auszog, Phelan die Todesanzeige auf den Schreibtisch legte.

Phelan las sie. »Was zum ... Shelly ist mit sechzehn gestorben und dann noch mal mit einundzwanzig?«

»Es steht dieselbe Ankündigung da – dass die Trauerfeier später stattfinden wird. Nur dass Shellys Mitbewohnerinnen gesagt haben, dass sie nie etwas von einer Trauerfeier gehört haben, oder?«

»Ja. Wer setzt eigentlich eine Todesanzeige in die Zeitung? Das Bestattungsinstitut?«

Delpha ging zu ihrem Tisch, und Phelan hörte, wie sie eine Nummer wählte und kurz sprach. Dann kam sie zurück. »Die Zeitung sagt, dass das normalerweise die Familie macht. Nur manchmal das Bestattungsinstitut.« Sie sahen sich an. »Das werden wir Charlie gegenüber erst mal nicht erwähnen«, sagte Phelan und tippte mit dem Blatt auf den Metallschreibtisch. »Nicht, solange wir es nicht erklären können. Haben Sie eine Idee?«

»Nur dass die Frau vom Standesamt das erklären könnte.«

Phelan wartete, bis sie die neue Todesanzeige fein säuberlich auf die davor gelegt und die Akte von Charlie Benavidez zugeklappt hatte. »Ich will mit der Frau reden«, sagte er dann. »Ich komm mit meiner Mutter zwar nicht klar, aber für tot hat sie mich nie erklärt. Wie geht es einem, wenn man das eigene Foto auf der Seite mit den Todesanzeigen sieht? Mit sechzehn?«

»Vermutlich ist es ein Schock«, sagte Delpha. »Man ist gekränkt. Nach einem Riesenkrach mit den Eltern lassen sie ... lassen sie einen einfach sterben. Vielleicht damit man in Zukunft gleich kuscht.«

»Vielleicht«, sagte Phelan zweifelnd. »Ich ruf mal Joe an.« Joe Ford reagierte auf das erste Klingeln. Phelan stellte eine Frage, und nach kurzer Wartezeit bekam er eine Antwort. »Okay, dann sehen wir uns dort. Und glaub bloß nicht, das wäre schon der Gefallen, den du mir schuldest, mein Freund.« Er legte auf, sah Delpha an und sagte: »Nach Ihnen.«

Phelan musterte Vera Petry von seinem Stuhl an der Tür, wo er mit Delpha saß. Sie warf Delpha einen scharfen Blick zu, und ihre Unterlippe verzog sich leicht. Als er und Delpha gleichzeitig aufstanden, sah sie Phelan unsicher an.

Phelan erinnerte sich daran, wie sein Freund, der Anwalt Miles Blankenship, Esquire, das Polizeirevier in Beaumont in Besitz genommen hatte, kaum dass er durch die Tür getreten war. Ruhig, gelassen, höflich und völlig überzeugt davon, dass er jeden der Anwesenden niederringen konnte. Natürlich nicht mit Fäusten, nein, nein, das wäre ja grob gewesen. So was machte man nur auf Ölplattformen oder in Kneipen. Grob war Phelans Gebiet. Miles rang mit Paragrafen nieder. Phelan hielt es für an der Zeit, sein Repertoire zu erweitern, mit dem er bei null angefangen hatte, als er vor acht Monaten die Detektei eröffnet hatte. Was Miles' eleganten Anzug und edlen Kalbslederaktenkoffer anging, konnte er nicht mithalten, aber er konnte es mal mit dessen Auftreten probieren. Seine gut eins achtzig gerade aufgerichtet, die Schultern gestrafft, die Arme leicht abgespreizt, um sich Raum zu verschaffen, die Augen pfeilgerade aufs Ziel gerichtet. Kein Lächeln auf den Lippen. Nicht einmal die leiseste Andeutung – nein, Miles hatte nicht mehr als die Illusion eines Lächelns präsentiert. Diese Illusion verbarg sich in seinen Augen und besagte: *Ich gehöre hierher, und ich kriege, was ich will.*

Phelan versuchte es. Machte Spaß.

Neben ihm brachte Delpha erneut ihr Anliegen vor und legte einen Dollar und fünfundzwanzig Cent auf den Tresen.

Die Angestellte schenkte Delpha keinerlei Beachtung. »Wer sind Sie?«, zischte sie Phelan an.

»Tom Phelan von Phelan Investigations. Meine Partnerin hat Sie nach einer Sterbeurkunde gefragt.«

»Für wen arbeiten Sie?«

»Das geht Sie nichts an, Mrs Petry. Sie gehen nur die Akten hier etwas an.«

»Ich weiß genau, was mich was angeht!« Sie bedachte ihn mit einem extra grimmigen Blick, und als der ihn nicht von ihrem Tresen verjagte, verengten sich ihre Augen zu Schlitzen.

Bevor Phelan etwas erwidern konnte, sagte Delpha mit leiser Stimme: »Dann wissen Sie ja, dass es eine Straftat ist, eine Sterbeurkunde zu fälschen, und mit zwei bis zehn Jahren Gefängnis und einer Geldstrafe von zehntausend Dollar geahndet wird. Dank Ihrer langjährigen Berufstätigkeit sollten Sie darüber im Bilde sein.« Delpha schob das Geld ein wenig weiter zu der Frau hin.

Den hasserfüllten Blick, mit dem Petry Delpha bedachte, hatte sie Phelan erspart. Stattdessen schenkte sie ihm ein verkniffenes Lächeln.

Es war beinahe unheimlich, wie unterschiedlich sich die Frau ihnen beiden gegenüber verhielt, und während Phelan zwar seinen Spaß daran hatte, den Macker zu geben, war er sich bewusst, dass Delpha dadurch zur Seite gedrängt wurde. »Ich warte hinten«, flüsterte er ihr zu und zog sich wieder zu den Stühlen zurück.

Vera Petry drückte den Rücken durch, sparte sich das verkniffene Lächeln und forderte Delpha auf, mitzukommen.

Delpha folgte ihr in ihr Büro und setzte sich auf den Klappstuhl vor dem Schreibtisch, auf dem ein Stapel Papiere mit einer Schneekugel obendrauf lag.

»Ich weiß genau, wer Sie sind, Wade«, sagte die Petry. »Ich weiß, was Sie getan haben.«

Da war's. Darauf hatte Delpha schon seit Langem gewartet, und genau in dieser Form: mit Abscheu, anklagend. Charlie Benavidez hatte zwar etwas Ähnliches gesagt, aber ohne diese Schärfe. Überrascht stellte Delpha fest, dass sie nicht getroffen war, was ganz einfach daran lag, dass sie die Frau nicht ausstehen konnte.

»Und?«

»Und eine wie Sie, die zwei Männer umgebracht hat, kommt hierher und verlangt von mir die Sterbeurkunde meines kleinen Mädchens.«

»Was hat denn das eine mit dem anderen zu tun, Miz Petry?«

»Ich verstehe überhaupt nicht, wie man Sie frei rumlaufen lassen kann.«

Wut flackerte in Delpha auf. Sie ließ sie flackern. »Wenn Sie schon so viel wissen, dann wissen Sie bestimmt auch, dass es Notwehr war. Wie viele Jungen der Mann umgebracht hatte. Das haben Sie sicher auch gelesen, oder?«

Petry reckte die Nase in die Luft. »Ja, hab ich. Ich glaube nur nicht, dass es stimmt.«

»Wo haben Sie Ihre Tochter begraben? Im Silver Gardens nämlich nicht.«

Vera Petrys Stuhl quietschte über den Boden. »Wie bitte?«

»Mein Boss hat einen Mitarbeiter dort darum gebeten, die Gruft zu öffnen. Leer und schwarz, wie Ihr Herz.«

»Was fällt Ihnen ein? Sie ... Sie unverschämter Mensch.«

»Charlie Benavidez hat Ihre Tochter geliebt. Er wollte sie heiraten. Er will nur wissen, wo ihr Grab ist.«

»Charlie Benavidez.« Petry spuckte den Namen förmlich aus. Dann öffnete sie die mittlere Schreibtischschublade und zog ein Foto heraus. Darauf war Charlie zu sehen, lächelnd und eine Hand zu einem älteren Mann ausgestreckt, der ihm etwas Weißes entgegenhielt.

»Das ist mein Mann Mason. Wissen Sie, was er Charlie Benavidez da gibt?«

»Nein, keine Ahnung.«

»Er gibt ihm einen Umschlag mit tausend Dollar, damit er verschwindet und Shelly in Ruhe lässt. Schauen Sie, wie er sich freut.«

»Dieses Foto haben Sie Shelly gezeigt?«

»Selbstverständlich.«

»Und dann ist sie gestorben? Woran? Liebeskummer?«

Vera Petry ignorierte die Frage. Triumphierend klopfte sie mit dem Zeigefinger auf das Foto. »So einer ist dieser nichtsnutzige Charlie Benavidez.«

Die Frau hatte sich vorbereitet. Sie hatte Delpha in ihr Büro gelotst, um sie einzuschüchtern und ihr dieses Foto zu zeigen. Als wäre damit die Angelegenheit vom Tisch.

Aber nicht für Phelan Investigations, ganz sicher nicht.

»Miz Petry, ich verlange von Ihnen eine Kopie der Sterbeurkunde Ihrer Tochter. Sie ist nicht unter Verschluss, und Sie sind verpflichtet, mir eine Kopie davon aushändigen.«

Verbissen starrten sich die beiden Frauen an. Vera Petry hatte Erfahrung mit tödlichen Blicken und sparte aus irgendeinem Grund damit nicht. Auch Delpha hatte Erfahrung damit, nur war ihre frischer. Außerdem war sie neugierig und das immer mehr, je länger ihre Blicke sich ineinanderbohrten.

Warum führte die Frau sich so auf?

Delpha neigte den Kopf leicht zur Seite und musterte die harten Linien in Vera Petrys Gesicht.

»Mr Phelan kann natürlich auch im Büro des Bürgermeisters anrufen und sich über Sie beschweren. Ich verstehe nicht, was das soll, Miz Petry. Missbrauchen Sie Ihre Stellung vielleicht aus privaten Gründen?«

Vera Petrys harte Fassade bekam ein paar Risse, dann gruben sich die Linien in ihrem Gesicht noch tiefer ein.

Volltreffer. Delpha überlegte schnell. Vielleicht missbrauchte diese Frau ihre Stellung ja auch noch für etwas anderes. Was auch immer das sein könnte. Aber das konnte ihnen egal sein, solange es nichts mit Charlie Benavidez zu tun hatte. Delpha legte die Hand auf das Foto auf dem Schreibtisch, wischte es zu sich heran, erhob sich, fing es auf und drehte sich um. Petry wollte danach greifen und befahl sie mit schriller Stimme zurück, aber Delpha ging einfach weiter.

Phelan stand auf, als er Delpha aus dem Büro kommen sah. Er begleitete sie rasch an den neugierig gewordenen Wartenden vorbei, von denen einige Vera Petrys wutverzerrtes Gesicht anstarrten. Sie gingen über die glänzenden Steinfliesen an dem mit goldenen Kugeln und Lametta behängten Weihnachtsbaum vorbei und die Treppe hinunter zur Straße.

»Zeigen Sie mal«, sagte er, als sie im Auto saßen.

»Das ist nicht die Sterbeurkunde, Tom.« Delpha reichte ihm das Foto. »Es ist ein Foto von Charlie Benavidez, der von

Mason Petry Geld in Empfang nimmt, damit er Shelly in Ruhe lässt.«

Phelan musterte das Foto. »Mason Petry?«, wiederholte er.

Er trommelte auf das Foto. »Scheiße. Da werden wir wohl nachhaken müssen.« Er ließ die Chevelle an, legte einen Arm über die Rückenlehne und fing an zu kurbeln, um aus der Parklücke zu fahren. Delpha berührte ihn an der Schulter.

Phelan bremste.

Sie senkte den Blick auf die Konsole zwischen den beiden Schalensitzen. »Sie haben mich Ihre Partnerin genannt«, sagte sie.

Er holte tief Luft und stellte den Motor aus. Eigentlich hatte er noch nicht darüber reden wollen. Noch dazu in einer Parklücke in der Pearl Street neben einem kahlen Baum, im Schatten des großen Gebäudes mit den hellroten Ziegeln. Dreizehn Stockwerke? Von dort oben konnte man ameisengleiche Matrosen beim Deckschrubben auf den Schiffen im Hafen beobachten und die Fackelflammen der Mobil-Raffinerie zählen. Zum Glück war Dale nicht das Gerichtsgebäude hochgeklettert. Er hätte das Sprungtuch mit seinem Hintern glatt durchschlagen.

Rasch schob er den Gedanken an Dale Felton in ein hinteres Fach. »Ja, also, wahrscheinlich hab ich nur sagen wollen ... dass ... also, dass Sie nicht nur meine Sekretärin sind. Keine Ahnung. Klar, Sie stellen die Rechnungen, gehen ans Telefon und halten die Akten in Ordnung und so ... aber wissen Sie noch, wie Sie sich bei unserer allerersten Mandantin Mrs Toups eingeschaltet und gesagt haben, dass wir ihren Jungen finden werden? Und dass Sie sofort geschaltet haben, als ich der Bibliothekarin am Telefon gesagt habe, dass Sie meine Schwester sind, und Sie einfach den Hörer genommen und mich mit ›Hallo, Bruderherz‹ begrüßt haben? Und bei dem Rodney-Ball-Fall haben Sie mindestens die Hälfte der Recherchen übernommen. Und gefunden haben Sie ihn auch. Ja. Ehrlich gesagt, das vorhin ist mir nur so rausgerutscht, aber … Sie sind ein fester Bestandteil. Und das, also ich meine, die Detektei …«

Delpha sah die Anspannung in seinem Gesicht, sah die Löckchen, wo seine Haare über den Kragen gewachsen waren, stellte fest, dass sein Kinn wunderbar in eine Hand passen würde.

»Mit der Detektei habe ich mir einen Traum erfüllt …« Bei diesem vorsichtigen Geständnis lief Phelans Hals rot an. »Und ich weiß nicht genau, wie Sie da reinpassen, aber die Detektei … jedenfalls gehören Sie dazu, ich meine, wenn es Sie nicht gäbe … dann wäre es nicht … es würde auf jeden Fall ein Teil … ein Teil, an den ich zuerst gar nicht gedacht habe … der würde fehlen. Das steht schon mal fest.« Er kurbelte seine Scheibe runter und sog die kühle Dezemberluft ein.

»Wie klingt das?«

»Klingt gut.« Delpha wusste, dass sie ihn damit erlöste. Sie selbst war auch froh, es dabei zu belassen – selbst wenn sie sich später über das, was er gesagt hatte, sicher den Kopf zerbrechen würde.

Ein paar Querstraßen weiter fingen die Glocken von St. Anthony an zu läuten. Erleichtert ließ sich Phelan, immer noch errötet, von dem durchdringenden Gebimmel ablenken, das zu einer Trauerfeier rief – und von dem Gedanken, dass Shelly Petry keine solche Trauerfeier bekommen hatte. Anlässlich keines ihrer Tode.

Das Boondocks befand sich in Fannett, direkt am Bayou. Moosbärte baumelten hinab zur *Boondocks Queen*, dem schmalen Kabinenboot, das neben dem Lokal vor Anker lag.

Um sieben Uhr war es bereits dunkel, und die kühle Luft war feucht. Bei Phelans letztem Besuch war ein junger Alligator auf der Suche nach Essensresten den Kanal rauf und runter gepaddelt. Gäste, die das Boondocks mit ihren Doggybags verließen, warfen ihm Welsreste und Bratkartoffeln zu. Heute Abend lag das Wasser jedoch mit Ausnahme der reflektierten Lichter aus dem Lokal und der Weihnachtsbeleuchtung der *Queen* schwarz und still da.

Mr und Mrs Santa schmückten gerade den Tisch am Eingang, hinter dem eine lächelnde Empfangsdame stand, dazu schnulzte Andy Williams Weihnachtssongs, in die sich das Stimmengewirr aus dem vollbesetzten Lokal mischte. Joe winkte ihm von seinem Tisch aus zu, auf dem ein halber Krug Bier und ein Teller mit roten Flusskrebsen stand. Phelan rutschte gegenüber von ihm auf die Bank. Schenkte sich ein Glas ein.

»Okay, was ist los?«

»Warum sich mit Höflichkeiten aufhalten, wenn's auch anders geht?«

»Das sagt der Richtige.«

»Okay, okay. Sag mal ... kam ich dir jemals wie ein großer Bedenkenträger vor? Wie jemand, der etwas so lange im Kopf hin und her wälzt, bis er ganz kirre ist?«

»Nein. Du hast, ohne groß nachzudenken, deinen Job als Bewährungshelfer angetreten, Kathy geheiratet und angefangen, Kinder zu produzieren. Nur beim letzten bist du etwas ins Straucheln geraten, weil du eigentlich noch einen Jungen wolltest. Aber du hast dich schnell von dem Schock erholt. Inzwischen bist du so verknallt in deine Tochter, dass du nach ihrer Pfeife tanzt.« Phelan lächelte. »Kurz gesagt, nein, wie ein großer Bedenkenträger kommst du mir nicht vor.«

Joe nickte. Nickte noch mal. »Gut«, sagte er schließlich und seufzte. »Okay. Da ist eine ziemlich krumme Sache am Laufen. Lange Zeit habe ich mich nicht darum geschert. Weil es mich nichts anging. Aber dann, ohne dass ich dir sagen könnte, warum, dann auf einmal doch. Ist dir so was schon mal passiert?«

Nachdenklich leckte Phelan die Marinade von einem Krebs. »Vielleicht hattest du einfach die Schnauze voll?«

»Ja. Ja, so was in der Art. Aber irgendwie auch anders. Als würde mir etwas, das immer weit weg war, plötzlich direkt vor meiner Nase sein. Und ... na ja, jetzt frage ich mich, wie ist es so weit gekommen? Was hat sich verändert?«

»Vielleicht hast du vorher nur nicht darüber nachgedacht?«

»Doch, hab ich. Und auch nicht.«

»Das heißt, du wolltest nicht darüber nachdenken.«

Der Nachbartisch brach in schrilles Gelächter aus. Joe sah wie auf einer Eisscholle treibend zu ihnen hinüber, drehte sich wieder zurück, leerte sein Glas. Schenkte nach. »Ich weiß nicht. Es war eher so, als wäre es nicht meine Angelegenheit. Ist es eigentlich auch nicht. Aber es will mir trotzdem nicht aus dem Kopf.«

Phelan hob die Hand. »Das habe ich schon verstanden.«

»Na, ihr beiden Hübschen? Schon in Weihnachtsstimmung?« Eine Kellnerin kam angesegelt und nahm Phelans Bestellung auf. Gumbo mit Hühnchen, Wurst, Shrimps und Krebsfleisch, dazu ein Brötchen. Segelte wieder davon.

»Joe. Kannst du bitte mal zum Punkt kommen?«

»Okay, okay. Im Sommer vor einem Jahr habe ich in der Zeitung von einem Experiment an Schwarzen, die Syphilis hatten, gelesen. In Alabama. Die haben sie unter Beobachtung gehabt, aber nichts gegen die Krankheit unternommen, obwohl klar war, dass die Männer mit Penicillin geheilt werden könnten. Das ging über Jahre. Jahrzehnte. Vielleicht hast du die Geschichte ja mitgekriegt.«

Phelan nickte.

»Ich habe den Artikel mehrmals gelesen. Üble Sache. Ganz übel. Die haben die Männer nicht aufgeklärt. Sie haben sie angelogen. Sie haben ihnen keine Medikamente gegeben.«

»Ja, das war übel.«

»Bis sich einer, wenigstens einer von ihnen, gegen diese Leute gewandt hat, gegen die Ärzte und Wissenschaftler und wer da alles noch drinhing. Er hat sich bei einer Zeitung gemeldet und die ganze Geschichte erzählt. Die Zeitung hat sie gebracht, und dann hat sie eine größere Zeitung gebracht, und es kam zu einer Anhörung im Kongress, und irgendwann wusste das ganze Land davon. Das war der Moment, von dem an mir die Sache nicht mehr aus dem Kopf ging. Immerzu hab ich mir gesagt, dass es ja Schwarze waren, dass das was anderes war. So bin ich aufgewachsen, oder? Aber trotzdem, es hat nicht aufgehört, an mir zu nagen.«

Joe machte der Kellnerin ein Zeichen und deutete auf den leeren Krug. »Ich betreue ja schließlich Leute aller Hautfarben. Dann hab ich mir gesagt, dass das Alabama-Experiment nicht in einem Gefängnis stattgefunden hat und es mich deswegen nicht interessieren muss. Aber das hat auch nicht funktioniert. Dass meine Leute aus dem Gefängnis kommen, machte es nicht besser. Wobei der eine oder andere es ja aus genau dem Grund in Ordnung finden würde. Wer etwas Schlimmes getan hat, hat nichts Besseres verdient. Ich habe versucht, nicht daran zu denken, aber es hat mich nicht mehr losgelassen. Dann kamst du und hast mich nach einem Kontakt in Gatesville gefragt, weil es bei einem deiner Fälle um kranke Frauen geht.«

»Und?«

»Ich hab mich gefragt, ob es so was jetzt auch hier gibt. Ob sie so was auch mit Frauen machen. Ich musste an meine Kleine denken, verrückt. Und dass ... also, dass es ... ach, ich weiß nicht. Es ist doch so: Einige meiner Ex-Knackis sind Arschlöcher und werden bis zu ihrem letzten Atemzug Arschlöcher bleiben. Andere sind in Ordnung, aber komplett neben der Spur, und wieder andere sind eigentlich ganz anständig. Die haben es alle verdient, dass sie in den Bau gewandert sind. Aber keiner hat es verdient, dass man ihn behandelt wie, wie ... eine Laborratte. Selbst wenn er sein Einverständnis gegeben hat.«

Phelans Gumbo kam. Er ließ es ein wenig abkühlen. Ein hinterer Tisch übertönte mit einem falsch gesungenen »Happy Birthday« Andy Williams. Bis die Feiernden auch mit Kerzenausblasen und Klatschen fertig waren, dröhnte Clifton Chenier aus den Lautsprechern. Joe hatte sich unter den Tisch gebeugt.

Er tauchte mit einer Einkaufstüte wieder auf. Schob seinen Teller in die Tischmitte. In der Tüte waren Aktenmappen, die er eine nach der anderen herauszog.

Er breitete eine Reihe Polaroids von den betroffenen Männern vor Phelan aus. Weiß, schwarz, braun. Ein Mann, bei dem die Haut am Hals die darunterliegenden Muskeln freilegte. Einer mit einem Loch in der Wange. Einer mit eitrig roten Augen. Ein Mann, der sein T-Shirt angehoben hatte, um seine behaarte Brust zu zeigen, über die längs ein breiter Streifen nackter vernarbter Haut lief. Männer mit kahlen Stellen auf dem Kopf, die aussahen, als hätte ihnen ein Riese die Haare in großen Büscheln ausgerissen. Andere mit verschorfter Kopfhaut. Ein Mann mit einem Blick wie aus einer tiefen Höhle.

»Männer wie den letzten da hatte ich mehrere. Liegt schon

Jahre zurück. Sie hatten keine Verletzungen oder Narben, sondern standen einfach nur komplett neben sich, deshalb habe ich ein Foto von ihm gemacht. Das hier sind bloß die, die ich fotografiert habe. Was ich immer dann gemacht habe, wenn es in ihren Akten kein Entlassungsfoto gab.«

»Die Fotos stammen von dir, nicht vom Gefängnis? Sie sind also nicht offiziell?«

Als sich die Kellnerin mit dem frischen Krug näherte, klappten sie die Mappen schnell zu.

»Nein, natürlich nicht.« Joe sah weg. »Die habe ich gemacht. Mit meinem Apparat. Die Männer hatten nichts dagegen. Oft waren es nur Narben. Man konnte die Stelle sehen, wo irgendwas gemacht worden waren. Aber bis ich sie zu Gesicht bekam, war alles schon verheilt.«

»Waren sie in Huntsville? Oder wo waren sie eingebuchtet?«

Joe schüttelte heftig den Kopf. »McNaught. McNaught Unit. Nicht Huntsville. Aber als du das von den kranken Frauen in Gatesville erzählt hast, bin ich stutzig geworden. Ich sollte wohl noch dazusagen, dass die meisten der Männer kein Problem damit haben. Sie haben Geld dafür gekriegt. Ein paar sind auch früher entlassen worden. Außer Dale Felton hat sich eigentlich keiner bei mir beklagt. Aber ich hatte den Eindruck, dass sie mir alle ihre Narben zeigen wollten und sich bereitwillig haben fotografieren lassen. Ohne Ausnahme. Wahrscheinlich habe ich mir deswegen gesagt, dass es mich nicht jucken muss.«

Tom presste die Lippen aufeinander. »Ich will jetzt erst mal essen, bevor es kalt wird.«

Joe rauchte, während Phelan sein Gumbo aß und die Soße mit dem Brötchen auftunkte. Dann schob er den Teller von sich weg.

»Seit wann sind dir solche Fälle untergekommen?«

»Vom ersten Tag an. Wie gesagt, es betrifft Weiße, Schwarze, Mexikaner und alles zwischendrin. Ich hab keine Ahnung, seit wann das schon läuft. Es gibt einen alten Fall darunter. Nachdem ich ein paar von ihnen gesehen hatte, habe ich die Akte des Mannes rausgekramt. Ein Yankee aus Pennsylvania. Er ist hierhergezogen, um seine Brieffreundin aus der Zeit im Gefängnis zu heiraten. Du kennst diese Seelenretterinnen. Sie ist ein ganzes Stück älter als er und hat ihm einen Job besorgt, und er hat die Heiratserlaubnis und alle nötigen Papiere zusammengekriegt. War bis zum Ende der Bewährungszeit bei mir und hat die Kurve gekriegt, ehrlich. Aber.« Joe zog die zuunterst liegende Mappe hervor. Drehte sie um.

»Er hieß Aaron Philpott. Mein Alter. Wurde mit zweiundzwanzig wegen Autodiebstahl verknackt und weil er einen geistigen Tiefflieger als Anwalt hatte. Als er drei Jahre später rauskam, war er in einem erbärmlichen Zustand. Und hässlich wie die Nacht, was einer der Gründe ist, warum ich mich immer an Aaron erinnern werde. Er saß allerdings nicht in McNaught ein, sondern irgendwo in Pennsylvania.«

Phelan öffnete die Mappe und blickte auf eine Reihe von Fotos, die längs an den Aktendeckel geheftet waren. Es waren kleine Fotos, wie Ausweisbilder. Sie stammten nicht von Joe.

Das erkennungsdienstliche Foto eines traurigen kindlichen Gesichts mit flachsblonden Haaren. Dann ein Foto von demselben Mann mit einem Ausschlag und Eiterbeulen. Auf dem nächsten waren die Eiterbeulen an anderen Stellen. Schließlich ein Porträt von Aaron Philpott, der geradewegs aus der Hölle gekommen zu sein schien. Das Gesicht eine Lavamasse mit Klumpen darin.

Phelans Schläfen fingen an zu pochen. »Du warst sein Bewährungshelfer.«

»Ja. Er wurde mir in meiner ersten Woche zugeteilt. Nachdem er wegen seiner Frau hierhergezogen war. Ich glaube, die hieß –«

Phelan tippte auf das Foto. »Weißt du, was das ist?«

Joe hob den Kopf. »Nein, du?«

»Mann, das ist Agent Orange.«

»Das Zeug – das Zeug, mit dem sie den Dschungel vernichtet –«

»Genau das. Wir sollten uns vor den Flugzeugen in Acht nehmen, hatten sie uns gesagt. Den Fairchild C-123. Die Chemikalie heißt Dioxin. Der Mann hier war in der Army, oder? Muss so sein.« Phelan spürte, wie das Blut in seinen Hals, seine Wangen, seine Stirn stieg.

»Sicher nicht. Er hat seinen Dienst in einem Gefängnis in Philadelphia abgesessen.«

»Wann war das?«

»65 und 66.«

»Soll das heißen, er hat sich einverstanden erklärt, sich mit diesem Zeug traktieren zu lassen?«

»Ich kenn mich mit den Verfahren in Pennsylvania nicht aus. Vielleicht wurde die Einverständniserklärung erst später erforderlich.«

»Aber sie haben es an ihm getestet. An Leuten in Pennsylvania.« Phelan schlug mit der flachen Hand auf die Akte. »Nichts anderes kann das bedeuten. Sie haben gesehen, was es bei Menschen anrichtet, und dann haben sie Tonnen davon aus Flugzeugen über Vietnam ausgekippt. Egal was unter den Flugzeugen war. Zum Beispiel auch Freunde von mir.«

»Als was haben sie es euch denn verkauft?«

»Herbizide. Um den Dschungel zu entlauben. Wobei es natürlich auch die Felder der Bauern entlaubte, was ja Absicht war. Und ich sage dir, diesen Scheiß wolltest du nicht auf deiner Haut haben. Das war kein Geheimnis. Dabei ...« Phelan klappte Aaron Philpotts Akte erneut auf. »Dabei wussten sie genau, welche Schäden es beim Menschen anrichtet. Sie wussten es. Aaron hatte kein Problem damit. Genau solche Leute haben sie gesucht, oder?«

Joe zuckte mit den Schultern.

»Wer hat diese ... Experimente durchgeführt? Das war's doch, Experimente, oder nicht?«

»Tests.«

»Meinetwegen, Tests, wer hat die durchgeführt?«

»Ich schätze mal, irgendein Chemieunternehmen.«

»Mit dem Pentagon im Rücken, das ein paar Steuergelder loswerden wollte. Wetten?«

»Kann sein. In McNaught waren jedenfalls mehrere Firmen zugange. Vor einiger Zeit habe ich angefangen, die Männer, die von dort kamen, danach zu fragen. Einige wussten kaum was. Andere eine ganze Menge. Einer der Urgesteine sagte, dass fürchterliche Geschichten über die ersten Tests kursieren. Aus der Anfangszeit von McNaught, das muss 66 oder 67 gewesen sein. Die liefen ein paar Jahre, dann kam eine Firma namens, halt dich fest, Love Power. Das Unternehmen verkauft Make-up, Haarfärbemittel, Enthaarungszeug, Behaarungszeug.«

»Make-up?«

»Ich weiß. Klingt alles harmlos, was? Ist auch so, es sei denn, du lässt das Haarfärbemittel oder diese Dauerwellenflüssigkeit zu lange drauf, dann brennt dir das Zeug die Haut weg. Sie haben Proben von der Haut genommen, um sie zu analysieren. Der Typ mit dem Loch in der Wange. So sieht das danach aus. Biopsien. Sie schneiden Stückchen aus den Männern raus, um sie zu untersuchen. Für jede Biopsie kriegt der Insasse zwanzig Dollar. Ist eine Menge mehr als der Vierteldollar Lohn am Tag.«

»Hast du schon mal jemand davon erzählt?«

»Ja, meinem Vorgesetzten. Der hat das ziemlich locker gesehen und meinte nur, dass wir dann ja lauter Klienten mit Löckchen kriegen. Jedenfalls fand wieder ein Wechsel statt. Love Power ist vor ein paar Monaten weg von McNaught und hat ein eigenes Labor gegründet. Die sind aus dem Spiel. Dafür läuft da jetzt was ... Ich kann nicht ...« Joe schüttelte den Kopf.

»Was?«

»Diese neue Studie. Ich weiß nur, dass der Arzt eine große Nummer ist und bis vor ein paar Monaten im Staatsgefängnis von Oregon seine Forschung betrieben hat. Jetzt ist er mit dem ganzen Laden nach McNaught umgezogen. Er durchleuchtet die Hoden der Insassen mit einem Röntgengerät. Darüber hat sich Dale Felton bei mir ausgeheult.«

Phelans Augenbrauen wanderten fast bis zum Haaransatz. Dale, Röntgen, McNaught.

»Nein, kein Witz, mein Lieber.«

»Aber wozu?«

»Um zu sehen, welche Auswirkungen das Röntgen hat. Auf die Fortpflanzungsfähigkeit, die Hormonproduktion, was auch immer. Ist für Astronauten von Bedeutung. Und für Soldaten und Leute, die mit Nuklearstoffen hantieren.«

»Hoden röntgen.«

»Ja.«

»Hat die NASA damit zu tun?«

»Keine Ahnung. Dieser Wissenschaftler, dieser Arzt ist der Chef von dem Ganzen. Mag sein, dass er die Ergebnisse an die NASA verkauft. Oder an die CIA oder die Army, wer weiß. Ich jedenfalls nicht. Das Einzige, was mich im Moment interessiert, ist, ob ich da was falsch verstehe. Ob ich einfach meine Klappe halten soll.«

Die Kellnerin kam und bot ihnen Bananenpudding oder Pekannusskuchen zum Nachtisch an, was beide dankend ablehnten.

»Gefängnisinsassen wie Laborratten benutzen. Ich würde sagen, das verstehst du goldrichtig. Kann es eigentlich sein, dass du einen großen Bogen um ein bestimmtes Wort machst? Und das ›Informant‹ lautet?«

»Kathy und ich haben diesen Film gesehen, der gerade in die Kinos gekommen ist. *Serpico.*« Joe sank in seinem Stuhl zusammen. »Über einen verdeckten Ermittler in New York, der bestechliche Kollegen verpfeift. Seine eigenen Leute stellen ihm eine Falle, und er fängt sich eine Kugel ein, mitten ins Gesicht. Sie lassen ihn blutend liegen. Gehen einfach weg und rufen keine Hilfe. Seine eigenen Leute. Ist eine wahre Geschichte.«

Phelan verzog das Gesicht. »Was erwartest du von mir?«

»Ich weiß nicht. Wahrscheinlich wollte ich es nur jemandem erzählen. Aber wenn dir was einfällt, Mann, ich bin ganz Ohr.«

»Ich würde sagen, ich habe eine gute und eine schlechte Nachricht für dich.«

»Nämlich?«

»Das Gute ist, dass hier nicht jeder x-Beliebige seinen Schnitt machen kann. Bei der New Yorker Polizei arbeiten Tausende von Cops. McNaught ist dagegen nur eine kleine Strafanstalt in der texanischen Pampa.«

»Das ist nicht ganz richtig, Tom. McNaught hat einen privaten Betreiber. Ist also gewinnorientiert. Das texanische Justizministerium hat einen Vertrag mit CCT. CCT steht für Corporate Corrections of Texas oder Corrections Corporation of Texas, irgendwie so. Jedenfalls geht's um Profit. Irgendeine staatliche Aufsicht gibt es wahrscheinlich, aber in McNaught ist die sicher nicht so streng wie in Huntsville.«

Phelan dachte nach. »Wer ist der Direktor?«

»Ein Mann namens Walter Perry.«

»Und was ist das für einer, dieser Perry?«

Joe griff in seine Jackentasche und zog ein schmales Heftchen hervor, das *TDC Bulletin*, Mitteilungsblatt der texanischen Strafvollzugsbehörde. Er schob es über den Tisch. Ein Foto von zwei Männern. »Das links ist der Rechnungsprüfer von McNaught. Ein Autoliebhaber, ich habe mich einmal auf einer Autoschau mit ihm unterhalten. Ekliger Typ – hat was von 'ner Spinne, die aus deinem Stiefel krabbelt. Aber er kann dir alles über Autos erzählen, was du nie wissen wolltest.« Joe deutete auf den anderen Mann. »Das ist Perry – der dicke. Könnte ganz nett sein, wenn er nicht immer alles besser wissen würde.«

Phelan betrachtete die beiden. Der Staatsvertreter hatte eine wulstige Stirn und tief liegende Augen. Perry lächelte mit seinem wabbeligen Gesicht direkt in die Kamera. »Darf ich das behalten?« Als Joe nickte, schob Phelan das Heftchen in seine Tasche. »Gut, McNaught ist also nicht Huntsville und nicht Alcatraz. Das heißt, es gibt nur ein paar Leute, die Geld machen, indem sie Insassen verscherbeln. Eine nette kleine Nebeneinkunft. Die schlechte Nachricht ist, dass die Leitung beteiligt sein muss. Also höchstwahrscheinlich Perry. Das weißt du.«

»Ja.« Joe rieb sich über den Nacken. »Vielleicht kannst du ja in Erfahrung bringen, ob er in Geld schwimmt oder so. Ich besorge dir seine Adresse.«

»Kann ich machen. Übrigens: Es gibt immer noch Pseudonyme.«

»Ja ... aber wie lange hält so ein Pseudonym stand? Wie

lange dauert es, bis irgendein Reporter oder das TDC herausfindet, wer sich dahinter verbirgt?« Er sah auf seine Uhr. »Ach du Scheiße! Ich muss los. Die Rechnung geht auf mich. Danke, Kumpel, wir reden später weiter.« Ihre Blicke trafen sich. Dann warf Joe einen Zehner und einen Fünfer auf den Tisch und ging mit großen Schritten Richtung Ausgang.

Phelan trank sein Bier aus. Vorsorglich griff er sich ans Gemächt, ob noch alles da war. Dann seufzte er und nahm die Tüte mit den Aktenmappen, die von Aaron Philpott obenauf. Klemmte sie sich unter den Arm.

Draußen ließ er seinen Blick über das schwarze Bayou schweifen, ob ein Alligator auf Essensreste spechtete. Schloss bis auf einen Spalt die Augen, stellte sich vor, es wäre eine Woche nach dem Flug der C-123er. Die ihr Zaubermittel versprüht hatten, mit dem Dinge zum Verschwinden gebracht werden konnten.

Moos weg, Bäume gebeugt und ohne Blätter, Unterholzbewuchs verwelkt auf dem Boden. Mondlicht auf einem von einem Film bedeckten Wasserlauf. Tote Fische, die neben Singvögeln darin trieben. Er erschauerte. Dann öffnete er die Augen und kehrte ins Leben zurück, holte tief Luft, was hier und jetzt möglich war.

16. Dezember 1973

Phelan zog seine Stahlkappenstiefel an. Im Auto schob er eine 8-Spur-Kassette in das Abspielgerät, drehte »In-A-Gadda-Da-Vida« voll auf und bog auf die zweispurige Straße nach Norden Richtung Big Thicket. Lange ließ er die Kassette nicht laufen. Am Anfang hatte er die Bassline gemocht, die klang, als würde man sich an jemanden heranschleichen, aber der Song ließ ihn an Schweiß, Grillen und sandige Weinflaschen denken, und das konnte er an diesem knackig kalten Sonntagmorgen nicht brauchen. Deshalb tauschte er Iron Butterfly gegen die Temptations aus.

Das passte schon besser. Eine Fahrt ins Blaue. Ein schwer mit Baumstämmen beladener Holztransporter überholte ihn auf dem Weg zur Sägemühle, sodass er rechts und links von Kiefern eingeschlossen war.

Ein Baum mehr oder weniger interessierte niemanden. Er entschied sich für einen schmalen, roterdigen Forstweg und stellte die Chevelle am Rand ab. Ein strahlender Tag, elf Grad, der Boden noch feucht vom nächtlichen Regen. Gut, dass er seine Stiefel trug. Die Spitzen der Tennisschuhe wären durchgeweicht, kaum dass er drei Schritte vom Weg abgewichen und durch das feuchte Laub und die rostfarbenen Kiefernnadeln gewatet wäre. Der Nordwind fuhr in die Baumspitzen. Die Axt in der Hand saß er eine Weile auf einem Stamm, lauschte dem gelegentlichen Krachen und Knacken von Tieren, die um ihn herum zugange waren, den vielstimmigen Vogelrufen.

Das Pfeifen eines Rotkehlchens und das Zipzipzipzip eines unsichtbaren Rotkardinals konnte er ausmachen. Er genoss die aus dem Zwitschern, dem Wispern des Windes in den

Kiefern und dem jahreszeitlich bedingten Fehlen von Stechmücken zusammengesetzte Stille und blickte durch das grün gefärbte trübe Licht nach oben, wo die Baumwipfel endeten. Splitter von Himmel.

Er kannte Delpha Wade inzwischen mehr als sieben Monate. Sie war von einem Serienmörder, der in ihr Büro eingedrungen war, um sich sein Tagebuch zurückzuholen, schwer verletzt worden. Wäre die Todesstrafe in Texas nicht zeitweilig ausgesetzt worden, wäre er wegen dieses Dokuments des Schreckens sicher sechs- oder siebenmal zum Tode verurteilt worden. Delpha hatte sich in Notwehr verteidigt, und er, Phelan, war zu spät gekommen, um sich dem Mann zu stellen, ihr bei ihrem verzweifelten Kampf zu helfen. Als er endlich eingetroffen war, hatte sich ihm ein Anblick wie auf dem Blitzlichtfoto von einem Tatort geboten. Rasch hatte er den Notarzt gerufen, sich neben den Stuhl gekniet, auf dem Delpha mit dem Tagebuch auf dem blutbefleckten Rock saß, und hatte ihrer stockenden Stimme zugehört.

Delpha hatte sich für Phelan Investigations genauso sehr ins Zeug gelegt wie er, und gemeinsam hatten sie den Laden zum Laufen gebracht. Ihre Zusammenarbeit lief gut, und er wusste, was er Delpha zu verdanken hatte. Aber als er jetzt hier allein im Wald saß, in dieser tiefen Stille, die aus hundert kleinen Geräuschen bestand, musste er sich eingestehen, dass er etwas anderes wollte. Dass er mehr von ihr wollte. Unabhängig von der Arbeit. Er war sich zu fünfundneunzig Prozent sicher, dass er diese gefährlichen Gefühle für sie entwickelt hatte. Phelan wollte sich nichts vormachen – eine Beziehung mit Delpha Wade würde nicht leicht oder unkompliziert sein. Er dachte an die Geschichte mit dem Bügeleisen. Vierzehn Jahre im Gefängnis hinterließen Macken, Verletzungen und Demütigungen, die er sich nicht einmal vorstellen konnte. Wie ließe sich so etwas überwinden?

Schnell jedenfalls nicht. Vielleicht überhaupt nicht. Man war nur bis zu einem bestimmten Alter formbar. Wie würden sie miteinander zurechtkommen, wenn ihre Vergangenheit ständig im Hintergrund präsent wäre? Denn das wäre sie.

Nachdenklich saß er da.

Ja, bestimmt.

Ja, bestimmt wäre es so. Und was tat man, wenn sie sich in den Vordergrund drängte? Konnte man damit fertigwerden? Darüber reden? Und dann? Dann wäre sie immer noch da.

Ein Habicht kreischte. Phelan presste die Lippen aufeinander, stand auf und ging weiter, bis er einen möglichen Kandidaten entdeckte. Er packte den schlanken Stamm mit der Linken und hieb mit der Rechten zu. Dann schleifte er den Baum zum Auto und band ihn auf dem Dach der Chevelle fest, wobei er darauf achtete, keinen der schön gewachsenen Äste abzubrechen.

Er fuhr die gewundene Straße zurück nach Beaumont und dort zum Haus seines Onkels. E. E. Guidry, klein, dunkelhäutig, selbst ergraut gut aussehend, war der Polizeichef von Beaumont. Dass er diese Stellung innehatte, schlug nicht zum Nachteil von Phelan Investigations aus, allerdings wollte Tom es sich aus diesem Grund nicht mit ihm verscherzen. Im letzten Sommer hatten sie sich wegen Delpha Wade und eines Anwalts in die Wolle gekriegt. Tom hatte das zeitweilige Zerwürfnis fertiggemacht. Seit seiner Kindheit hatte Edouard Etienne Guidry ihm stets zur Seite gestanden. Auch wenn er ihm dabei mal auf die Finger geklopft hatte.

Er stellte den Baum neben sich ab und drückte die Klingel, die Zweige kratzten an seinem Hals und Gesicht. »Weihnachtsgeschenk«, sagte er zu E. E., der barfuß und mit einem Thermometer in der Hand an die Tür gekommen war.

»Wenn du willst, stell ich ihn für dich auf.«

»Hm«, sagte E. E. »Hm, lass mal sehen.« Phelan ließ den Baum los, damit sein Onkel ihn hin und her drehen konnte. Er hatte keine kahle Stelle, die zur Wand gedreht werden musste, sondern war rundherum schön.

»Deiner Tante wird er gefallen, ganz bestimmt. Die Kinder kommen Weihnachten heim. Danke, Tom. Ich würd dich ja reinbitten, aber Maryann hat die Grippe. Meinem Mädchen ging's gestern Nacht richtig schlecht, das kann ich dir sagen.«

»Richt ihr gute Besserung von mir aus. Kann ich noch kurz mit dir reden?«

E. E. machte die Tür ganz auf. »Okay. Aber atme bloß nicht zu tief ein.«

Vorsichtig lehnte Phelan den Baum in eine Ecke und folgte E. E. in die Küche, wo der ihm einen Santa-Claus-Becher mit Kaffee in die Hand drückte.

»Gehst du Weihnachten zu deiner Mama zum Essen?«

»Ich denk mal, dass sie und Fuller was bei Picadilly bestellen. Wie letztes Jahr.«

»Ach, dann komm doch lieber her und iss mit uns zusammen.«

»Sehr gerne.« Sie plauderten noch ein bisschen, dann sagte Phelan: »Sag mal, E. E., kennst du den Direktor von McNaught?«

»Klar kenn ich den. Walt Perry. Als ich mich auf den Posten des Polizeichefs beworben hab, hat Walt die Werbetrommel für mich gerührt. Hat so getan, als könnte ich über Wasser gehen. Ich steh in seiner Schuld.«

Das hörte Phelan nicht gern. »Verstehe. Ist er ein guter Mann?«

»Na ja, er kann ein ziemlich sturer Bock sein, wirklich. Mannomann. Außerdem trinkt er gern einen über den Durst, und dann wird er laut und redet zu viel. Aber wer tut das nicht, *mon amour*, wer nicht? Walt ist heute Abend bei einem Treffen, zu dem ich auch geh. Komm doch mit, da kannst du ihn kennenlernen. Warum fragst du?«

»Ach, sein Name fiel letztens mal in einem Gespräch. Aber vielleicht komm ich wirklich. Jetzt muss ich aber weiter. Danke für den Kaffee.«

»Einen Moment noch, Tom. Ich hol schnell den Christbaumständer, dann kannst du mir helfen, den hübschen Baum aufzustellen.« E. E. lächelte ihn unschuldig an.

Phelan trank einen letzten Schluck aus dem Santa Claus und krempelte die Ärmel hoch. E. E. würde den Baum halten, und er würde über den Boden kriechen, die Schrauben am Stamm festdrehen und sich die Pfoten mit Harz vollschmieren. Aber das war in Ordnung, er verbrachte gerne Zeit mit seinem Onkel.

Normalerweise nahm er eine Einschätzung von E. E. für bare Münze, aber es blieb ein nagendes Gefühl zurück, und so fuhr er am Nachmittag zum Haus des Direktors von McNaught. Nur um zu sehen, ob es verdächtig feudal war.

Perry wohnte in einer Straße mit hübschen, aber keineswegs herrschaftlichen Häusern. Eher bescheiden. Nichts im Vergleich zu den protzigen Villen in der Thomas Road mit ihren weißen Säulen und breiten Einfahrten. Das Ziegelhaus hatte vermutlich drei oder vier Schlafzimmer, zwei Bäder, eine Doppelgarage. Klar, drinnen konnte es mit Marmorwaschbecken und goldenen Wasserhähnen ausgestattet sein, aber das würde er nicht in Erfahrung bringen. Die Einfahrt glich allerdings einem öffentlichen Parkplatz: ein todschicker neuer Monte Carlo, das neueste Chevrolet-Modell und ein riesiger blank polierter Wohnwagen. Entweder hatte Perry Besuch oder der Fuhrpark war die Antwort auf die Frage, ob er reich war.

Den hinteren Garten umgab ein mannshoher Maschendrahtzaun. Phelan stellte das Auto so ab, dass er durch den Maschendraht in den Garten schauen konnte. Eigentlich sah er nur Büsche, mit einer Ausnahme. Und das war eine Rutsche. Eine Swimmingpool-Rutsche. Sollte es auch eine schicke Gartenbar mit eigens gemauertem Grill geben, konnte er sie nicht sehen. Jedenfalls nicht heute und von hier aus.

Okay. Pool plus Autos und Wohnmobil deuteten darauf hin, dass der Gefängnisdirektor neben seinem Gehalt eine weitere Einnahmequelle hatte. Aber Phelan sollte keine voreiligen Schlüsse ziehen. Vielleicht gehörte der Ehefrau ja die eine oder andere Ölquelle.

Als sich die Haustür öffnete, setzte Phelan die Astros-Kappe auf, die stets auf dem Beifahrersitz lag. Ein kleiner Mann trat heraus, gefolgt von einem Fettwanst, gefolgt von einem Dicken. Der Dicke war Perry, er erkannte ihn von Joes Heftchen. Gut eins neunzig, Glatze, mittleren Alters, Baumwollhose, Sporthemd. Ein Mordskerl. Der Kleine wirkte jünger. Dünne schwarze Haare, die vereinzelt vom Wind hochgeweht wurden. Große Brille mit einem schmalen Gestell. Grauer Anzug, Weste, ein zweiter Johnny Carson. Phelan sah genauer hin. Irgendwie ... irgendwie kam er ihm bekannt vor.

Den Fettwanst hatte er noch nie gesehen. Er trug einen schlichten Anzug, bewegte seine Pfunde aber mit der Lässigkeit des Mächtigen, ein Schlepper, der auf einen festsitzenden Lastkahn zusteuerte. Die Männer gaben sich die Hand. Perry ging zurück ins Haus, der Fettwanst pflanzte sich in den Chevrolet. Der Kleine spazierte zu dem Monte Carlo und startete ihn mit aufheulendem Motor.

Okay, das verkleinerte Perrys Fuhrpark natürlich erheblich. Vielleicht war der Gefängnisdirektor doch kein faules Ei. Der Kleine stieß rückwärts aus der Einfahrt und trat aufs Gas. Phelan drehte den Kopf, um einen Blick auf das Gesicht des Mannes werfen zu können, als er an ihm vorbeirauschte.

Der Mann griff gerade nach seinem Krawattenknoten, um ihn zu lockern. Phelan versuchte hinter die große Brille zu sehen. Sah das selbstgefällige Grinsen. Sah die im Gebläseluftzug wehenden Haare. Fähnchen im Wind. Miss Clairol, Mutter aller texanischen Blondinen, gab es auch in dunklen Tönen. Sogar schwarz. Schwarz wie die kürzeste Nacht des Jahres.

Ja klar, natürlich kannte er den kleinen Freund des Gefängnisdirektors. Es war Plato Willis, dem er beim zweiten Fall von Phelan Investigations begegnet war. Ein zwielichtiger Chemiker bei Daughtry Chemical, der sich das Protokollbuch des Chefchemikers unter den Nagel gerissen hatte. Phelan hielt bei Fertitta's, besorgte sich eine Muffuletta und eine Flasche Miller's High Life und ging zum Essen ins Büro hoch.

Was sich gut fügte, weil in dem Moment Helen anrief. Sie plauderten ein wenig über Geld, über die Zwillinge, über Verantwortung und Emeralds schlechten Gesundheitszustand, alles selbstverständlich verklausulierter. Helen verstummte, legte aber nicht auf. Aus dem Hintergrund hörte er eine Stimme, die sie aufforderte, das Telefon endlich frei zu machen. Dann: »Billy?«

»Ja.«

Sie fragte ihn, ob er ihr vielleicht noch eine Briefmarke schicken könnte.

Er sagte, er würde sich drum kümmern, und verabschiedete sich. Die auf seine Bemerkung über Emerald eingetretene kurze Stille ließ Phelan kurz nachdenken. Dann stand er auf und machte sich auf den Weg nach Hause.

Im letzten Moment überlegte er es sich anders und ging rüber zum Rosemont. Er musste jemanden das von Plato Willis erzählen.

Als er in der Lobby des Rosemont stand, verflog die Aufregung über seine Entdeckung, und an ihre Stelle trat Irritation.

Delpha hatte sich zum Ausgehen zurechtgemacht. Nichts Feines oder so. Sie trug Jeans und ein Oberteil, das er noch nie an ihr gesehen hatte: ein flauschiger Rollkragenpullover, den sie in den Hosenbund gesteckt hatte und der dasselbe Graublau wie ihre Augen hatte. Die auch anders wirkten. Schwarz umrandet, wenn er das richtig sah und nicht noch Plato Willis' schwarz gefärbte Haare vor Augen hatte. Nein, er sah richtig. Lange Wimpern und Lippenstift und rosige Wangen. Fürs Büro machte sie sich nie so zurecht.

»Aber ich will Sie nicht aufhalten.«

»Ich gehe nur ins Kino. Sind Sie sicher, dass es Plato Willis war? Der Chemiker?«

Phelan schlüpfte zurück in die Ermittlerrolle. »Ja. Allerdings mit einer anderen Brille und gefärbten Haaren. Und …«, er warf ihr einen vielsagenden Blick zu, »ziemlich schick. Im Anzug.« Auf einmal war er sich seiner verdreckten Stahlkappenstiefel und Jeans allzu bewusst.

»Was wollte der denn bei dem Gefängnisdirektor?«

Er schob die Finger in die Jeanstaschen. »Darüber kann ich nur spekulieren.«

»Chemiker. Chemieunternehmen. Männer mit Hautschäden.«

»Ja, in die Richtung würde ich auch denken.« Roch er etwa Parfüm? Etwas schwach Blumiges?

»Macht das Haus des Gefängnisdirektors den Eindruck, als würde er über seine Verhältnisse leben?«

»Eigentlich nicht. Aber er hat einen Swimmingpool und ein Wohnmobil.«

»Hm, viel verdienen tun die bestimmt nicht. Gefängnisdirektoren. Sicher keine Bankdirektorengehälter.«

»Kann gut sein. E. E. sagt, dass Perry laut wird, wenn er besoffen ist, aber sonst sei er ganz in Ordnung.«

»Für diese Sache bezahlt uns niemand, Tom. Wenn Sie nicht Plato Willis gesehen hätten, würde ich sagen, vergessen wir es. Aber Sie machen das für Joe, oder?«

Phelan nickte. Der glitzernde Weihnachtsbaum tauchte Delpha in ein gespenstisches Licht. Es färbte sie blau-silbern ein wie eine Frau in einem See unter einer Eisschicht. Eine Frau, die man nicht erreichen konnte.

»Ich will Sie nicht länger aufhalten. Sehen wir uns morgen?«

»Klar. Ich kann Willis' Telefonnummer ...«

Aber Phelan hatte sich bereits umgedreht und war aus dem blau-silbernen Schimmer getreten.

Angela wartete in der Kälte vor dem Jefferson Theatre auf sie und trat in ihren hohen Schnürstiefeln und mit verschränkten Armen auf der Stelle. »Hey, Delpha«, rief sie und winkte.

Delpha hob die Hand und ging eilig auf das beleuchtete Plakat eines Films mit dem Titel *Serpico* zu, vor dem Angela stand. Beide kauften eine Tüte überteuertes Popcorn, ließen die Vorschauen über sich ergehen, dann fing der Film an.

An den Filmabenden in Gatesville hatten sich Delpha und die anderen Insassinnen ihre Hintern auf den harten Klappstühlen platt gesessen, um Filme mit Lana Turner und Doris Day, Rock Hudson, John Wayne und Maureen O'Hara anzusehen. Western. Alte Gesellschaftskomödien, in denen die Frauen silbrige Abendkleider trugen, die sich an ihre Beine schmiegten, sodass sie wie Blumenvasen aussahen, die stark geschminkten Gesichter die dazugehörigen Blüten.

In dem Film jetzt gab es eine Wüstenlandschaft und alte Steinsäulen wie zu biblischen Zeiten, aber es fuhr auch ein moderner Bus herum. Einige Leute waren wie in der Antike angezogen. Persönlich kannte Delpha keine Hippies, aber ein paar von den Leuten sahen aus wie die auf den Fotos in Zeitschriften, die sie durchgeblättert hatte. Lange ungekämmte Haare, Schlaghosen.

Sie beugte sich zu Angela. »Reden die überhaupt nicht?«, flüsterte sie.

Angela zuckte mit den Schultern. Sie hatte keine Ahnung.

Die Songs waren nicht einfach ein Zusatz, sie erzählten die Story. Da war es hilfreich, dass die Kinobesucher mit der Geschichte vertraut waren.

Judas, ein Schwarzer, sang wie der Teufel und rannte dabei wie besessen herum, was seine Verzweiflung umso deutlicher machte. Er war von Misstrauen gequält, und seine Liebe zu Jesus machte ihn schwach. Nachdem er sich erhängt hatte, kehrte er als Engel in einem schimmernden weißen Fransenoutfit zurück, immer noch voller Schmerz. »Every time I look at you I don't understand …«

Maria Magdalena sah aus wie eine Angehörige des Alabama-Coushatta-Stamms, der in der Nähe von Livingstone lebte. Sie tat so, als wäre sie die Freundin von Jesus, aber als sie dann den Song über ihn sang, wurde deutlich, dass sie sich ihrer Gefühle nicht sicher war. Maria Magdalena spürte die Veränderung in sich und sang »What's it all about«? Vielleicht war das nicht das Hauptanliegen des Films, aber für Delpha war es die zentrale Aussage: Keiner blickte durch bei dem, was da passierte. Selbst Jesus nicht.

Das war das glatte Gegenteil von dem, was die Bibel ihrer Kindheit mit großer Autorität verkündete, und sie hatte immer gedacht, dass nur sie diese Wundergeschichte nicht kapierte.

Der Film erschlug einen fast mit Bildern: Aussätzige, die aus Höhlen krochen und Jesus unter ihren abgemagerten Leibern begruben. Und erst der Tempel! Jesus verwüstete ihn, schleuderte einen Postkartenständer in den Staub, stieß Töpfe um, ein Schnellfeuergewehr. Über Herodes, einen knuffigen Kerl, der Charleston tanzte, musste Delpha laut lachen. Petrus versprach, Jesus nie zu verleugnen, aber dann tat er es doch, behauptete aber, dass er es nicht getan habe. Delpha kniff die Augen zusammen. Sie hatte es schon immer für fahrlässig gehalten, dass Jesus Petrus vergeben hatte.

Gethsemane allerdings ... diese Bibelstelle hatte sie am meisten berührt ... als Jesus Gott fragte, warum er sterben musste, warum er nicht am Leben bleiben durfte. Der schmächtige junge Weiße, der Jesus spielte, schrie die Frage heraus und hielt dabei den gequälten hohen Ton so lange, bis Delpha eine Gänsehaut auf den Armen hatte, die ihren Nacken bis über die Narben hochkroch.

Whyyyyyyyyyyyyyyyyyy?

Als die Peitschenhiebe auf den blutenden Rücken trafen, zuckte sie zusammen, als Nägel durch seine Hände getrieben wurden, ballte sie ihre Hände im Reflex zu Fäusten. Fühlte mit Maria Magdalena mit, die sich im Staub wand.

Dann stand das Kreuz einsam auf einem Hügel und fing schimmernd die Sonne ein. Die Schauspieler gingen langsam zum Bus und stiegen ein. Delpha suchte die Gesichter ab, ob sie den jungen Mann, der Jesus gespielt hatte, entdecken konnte, aber er war nicht unter ihnen.

»Was für ein Klamauk«, sagte Angela, als der Abspann lief. »Haben Sie mitgekriegt, wie viele Leute empört rausgegangen sind?«

Hatte Delpha nicht. Sie hatte gebannt auf die Leinwand gesehen.

»Gehen wir was trinken?«, fragte Angela, als sie sich aus ihrer Sitzreihe schoben und zum Eingang gingen. »Hat der Film Ihnen gefallen?«

»Ihnen etwa nicht?«

»Mir war ein bisschen zu durchgeknallt. Wohin wollen wir gehen?«

Delpha stand auf dem glitzernden Bürgersteig vor dem Jefferson und wollte nicht sagen, dass ihre Bewährungsauflagen ihr verboten, in eine Bar zu gehen. Angela wusste nicht über sie Bescheid. »Nur kurz«, sagte sie stattdessen.

Sie fuhren in Angelas Auto die Crockett Street entlang zum Spindletop, einem Restaurant mit Bar. Dielenboden, langer Tresen, Tische, Jukebox, Neon, Lärm. Angela bestellte einen Whiskey sour und Delpha eine Cola.

»Trinken Sie nicht?«, fragte Angela.

»Wenig.«

»Sind Sie Baptistin?«

»Noch weniger.«

»Okay. Gut. Jetzt erzählen Sie mir mal von Ihrem Chef ... wie sind Sie denn an den Job gekommen?«

Delpha berichtete ihr, dass Phelan mit der Entschädigung für einen Unfall auf einer Ölplattform, bei dem er einen Finger verloren hatte, die Detektei eröffnet hatte. Sie berichtete von ihrem letzten Fall. Natürlich ohne Namen zu nennen. Normalerweise war Angela diejenige, die Fragen beantwortete – in der Bücherei –, daher war es etwas ganz Neues für Delpha, als Angela ihr neugierig zuhörte und sogar ... bewundernd, wie sie überrascht feststellte. Zuerst fühlte sie sich unbehaglich, bis sie merkte, dass es Spaß machte. Allerdings wusste sie mit ihrer Freude nichts anzufangen. Es kam ihr wie ein überflüssiger Luxus vor. Wie ein Stück Lavendelseife, für das man keinen Platz hatte.

Sie hatten sich eine Weile unterhalten, als sie plötzlich einen Mann am Tresen bemerkte, der zu ihrem Tisch sah. Ein zerknitterter, verlebter Mann Mitte fünfzig mit strohigen Haaren, die schon länger keinen Kamm gesehen hatten, und trüben Augen. Angst durchzuckte sie. Old Parker hatte den Schreibtisch neben Joe Ford. Von ihr stammte der Spitzname Old Parker nicht, der kam von Joe. Jedenfalls wusste Mr Parker, dass sie in einer Bar nichts zu suchen hatte.

Und schon steuerte er mit seinem Drink in der Hand auf sie zu.

»Hallo, Delpha.« Old Parkers Blick durchbohrte Angela, dann kehrte er zu Delphas starrem Gesicht zurück.

»Hallo, Mr Parker.«

»Was machen Sie hier?«

Delpha deutete auf ihr Glas. »Eine Cola trinken.«

Er hob sein Glas. »Ihre Cola sollte nicht im selben Raum wie mein Gin sein.«

Delpha legte ihre Hand auf Angelas Arm und drückte ihn, damit Angela ihr den Kopf zudrehte. Aufgebracht sah Angela sie an, mit der stummen Frage, was der penetrante alte Sack von ihr wollte.

»Ich weiß, Mr Parker. Ich wollte sowieso gleich gehen.«

»Dann ist ja gut.« Er kehrte zum Tresen zurück und setzte sich, sah aber nach wie vor unverwandt zu ihnen rüber.

»Was ist los, Delpha? Wie kommt dieser Stinkstiefel dazu, so mit Ihnen zu reden?«

Delpha trank ihr Glas aus und stellte es ab. Sie würde den aufmerksamen Blick vermissen, mit dem Angela sie angesehen hatte. Eine gute Viertelstunde lang hatte sie erfahren, wie toll das war, wie ein Wunder – wenn einen jemand ansah und mochte. Einen nicht verurteilte oder verachtete, obwohl er einen nicht mal kannte. Für sie war Angela immer so jemand gewesen, jemand, der einem so viel schenken konnte. Leidenschaft und Temperament. All das Wissen und die Geheimnisse in der Bücherei. Sie holte tief Luft. Das Trink-Pearl-Bier-Plakat an der Wand verschwamm vor ihren Augen, dann wurde es wieder gestochen scharf.

»Er ist Bewährungshelfer, Angela. Ich bin auf Bewährung draußen.«

Angelas sorgfältig gezupfte Augenbrauen schossen in die Höhe. »Warum waren Sie denn im Gefängnis?«

Delpha wusste, dass Angela das in den ersten fünf Minuten ihres nächsten Arbeitstags herausfinden könnte.

»Totschlag. Ich glaube, ich geh jetzt lieber. Bis zum Rosemont ist es nicht weit.«

»Totschlag ... aber was ... wann ...«, stotterte Angela. Hatte sie bemerkt, dass sie sich aufgerichtet hatte und zurückgewichen war? Delpha jedenfalls hatte es bemerkt.

»Danke, dass Sie mich eingeladen haben, mit ins Kino zu kommen.« Gegen ihre Absicht klangen die paar Worte bewegt.

Ihre Schritte dröhnten auf dem Dielenboden, als sie das Restaurant verließ.

Zurück in ihrem Zimmer, steckte sie die Lichterkette ihres Weihnachtsbaums ein und legte sich in dem bunten Schimmer aufs Bett. Sie bedeckte ihre Augen, presste die Hände auf die Ohren – aber immer noch hörte sie Angela sagen: »Warum waren Sie denn im Gefängnis?« Dann zwang sie ihre Gedanken in eine andere Richtung und rief einzelne Szenen des Films zurück. »Let the world turn without you tonight«, hatte Maria gesungen, als Jesus müde war. »Everything's all right.«

Aber es war nicht alles in Ordnung.

Charlie Benavidez konnte noch immer nicht am Grab seiner geliebten Freundin trauern. Die McClung-Zwillinge mochten wiedervereint sein, aber es wartete eine harte Zeit auf sie. Und Delpha mochte eine Freundin gehabt haben, aber sie hatte es vermasselt.

Phelan rief bei E. E. zu Hause an, und Tante Maryann sagte, er sei auf der Weihnachtsfeier von irgendeinem Männerverein im Ridgewood Motel. Mehr hatte er nicht wissen wollen, aber dann kamen sie ins Plaudern, redeten über ihre Erkältung und dass er Weihnachten mit ihnen essen würde. Sie freute sich, weil die Kinder nach Hause kommen würden, Marie von der Louisiana State University und Edouard Etienne jun. bzw. Eddie von der University of Texas.

»Möchtest du jemanden mitbringen, Tom?«

»Was, zum Essen?«

»Schinken, Soße, Süßkartoffeln, Maisbrot, Pekannusskuchen. Ja, dazu.«

»Ich werd's mir überlegen.«

Warum hatte er das gesagt? Er würde garantiert nicht überlegen, was ihm durch den Kopf ging – also nicht in Zusammenhang mit einem Essen bei seinem Onkel und seiner Tante.

Phelan schlüpfte in den Saal des Ridgewood Motel und setzte sich sofort auf einen der zusätzlich aufgestellten Klappstühle an der Tür, um nicht weiter aufzufallen. Es gab zwar keine Einlasskontrolle, aber weil es eine private Weihnachtsfeier war, würden alle möglichen Leute von den Freigetränken angelockt werden. Der Geräuschpegel war hoch. Der Bühnenvorhang war geschlossen, weil heute Abend keine Reden gehalten werden würden, und die langen Tische waren mit roten Tischdecken, Kerzen in Sturmlampen, Stechpalmendeko aus Plastik, Wasserkrügen, Gläsern und Tellern eingedeckt. Kellner in weißen Jacken, die meisten junge Schwarze, und zwei Frauen sammelten das benutzte Geschirr ein. Andere schenkten Kaffee ein, der nach dem Zustand der Gäste – weiße Männer, die ihre Jacketts ausgezogen und die Krawatten gelockert hatten – keines Blickes gewürdigt wurde. Tom hatte E. E. sofort an einem Tisch bei den Fenstern entdeckt, wollte aber an der Tür auf ihn warten.

»Wissen Sie, wann hier Schluss ist?«, fragte er einen vorbeilaufenden Kellner, der in jeder Hand einen Silberkrug trug.

»Wenn sie besoffen genug sind«, sagte der junge Mann. Er kehrte mit einem Tablett voll schmutzigem Geschirr zurück. »Der Saal ist bis elf gemietet. Gehören Sie dazu?«

»Ich warte nur auf jemand.«

Er wartete nicht lange, weil E. E. ihn entdeckte. Er winkte ihn zu sich und erkundigte sich, ob er mit ihm reden wolle oder ob Maryann ihn geschickt habe. Der gehe es gut, versicherte ihm Phelan, er habe gerade mit ihr gesprochen. Ein Stuhl wurde herbeigeschafft, und man nötigte ihn, sich zu setzen und etwas zu trinken, dann stellte E. E. ihn den anderen Männern am Tisch vor, an dessen Kopfende E. E.s Freund Walter Perry saß.

Phelan war offenbar mitten in die Ardennenoffensive geplatzt. Einige der Anwesenden hatten daran teilgenommen, und der Rest hatte eine feste Meinung. Außer E. E., von dem Tom wusste, dass er im Südpazifik gekämpft hatte, und der nur zuhörte. Sie sprachen von dem Eisregen, von einer Kälte, wie keiner von ihnen sie jemals erlebt hatte. Einer sagte, der Wind habe wie Feuer in seinem Gesicht gebrannt.

»Ich bin in eine Schneeverwehung getreten«, erzählte ein anderer, »bis zur Brust bin ich eingesunken. Mann, bevor ich da rüber bin, hatte ich erst einmal im Leben Schnee gesehen.«

»Ja, und wir waren mit Leuten unterwegs, die entweder blutige Anfänger waren oder schon so lange kämpften, dass sie dorthin geschickt wurden, damit sie mal durchschnaufen konnten.«

»Durchschnaufen«, sagte Walter Perry und lachte bellend. »Auf die Art durchschnaufen konnte man gut verzichten. Nächstes Jahr im Dezember ist's dreißig Jahre her. Kaum zu glauben, was? Das war noch ein Krieg. Nicht wie der heute. Die Jungs haben doch nicht viel mehr getan, als ein bisschen durch Reisfelder zu spazieren und dann wieder heimzufliegen.«

Der Kellner, der gerade die Dessertteller aufeinanderstapelte, neigte den Kopf.

»Ach, sei doch still, Walt«, sagte ein anderer. »Hast du nicht die Helis am Hafen gesehen? Komplett zerschossen. Ein Picknickausflug kann das nicht gewesen sein.«

»Jetzt mal ernsthaft, vor der Veteranenvereinigung würde ich das vielleicht nicht sagen, aber wir waren doch alle mal im Krieg ...« Als Perrys Blick Phelan streifte, der kein Weltkriegsveteran sein konnte, rümpfte er unwillkürlich die Nase.

»Die Jungs haben den Krieg verloren. Verloren! Nach der Normandie, nach den Ardennen, nach Iwo Jima, nach all den großen Schlachten. Die sind nur ein bisschen durch den Dschungel gestolpert. Haben den Feind nicht mal zu Gesicht gekriegt.«

»Moment, Moment«, sagte der Mann, der vorhin die Hubschrauber zur Sprache gebracht hatte. »Mein Sohn war dort drüben. Er ist genauso sehr Soldat, wie ich's mal war.«

»Mal ehrlich, Jim, wir haben sie verhätschelt.« Mit angewidertem Ausdruck bediente sich Perry an der Flasche. »Wir sind heimgekommen, und sie haben alles von uns gekriegt, was sie wollten. Davon hätten wir in ihrem Alter nur träumen können. Nach Strich und Faden haben wir sie verwöhnt. Und sie haben's vergeigt, die ersten Amerikaner, die's vergeigt haben.«

Zähneknirschend hatte Phelan bisher zugehört. Jetzt machte er den Mund auf.

Er spürte eine schwere Hand auf der Schulter. »Immer mit der Ruhe«, sagte E. E. leise.

»Sir, Entschuldigung, wenn ich mich einmische, aber ich könnte Ihnen ein paar Namen nennen.«

Der Kellner, ein kräftiger Schwarzer, stellte den Tellerstapel ab. »Zum Beispiel Jackson und Porter. Ein Sanitäter namens Fuzzy Schmitz. Ein Lieutenant namens Stuckey. Die haben Hue in Leichensäcken verlassen. Sie können ja viel erzählen, aber Ihre Leute am Omaha Beach ... die waren auch nicht toter als meine.«

Der Kellner ging weiter.

Perry lief rot an und sprang auf. Die Gläser auf dem Tisch klirrten. »Komm sofort zurück, du ...«

»Er hat völlig recht«, sagte Phelan. E. E.s Hand grub sich in seine Schulter.

»Vietnam ist anders als Ihr Krieg. Wir sind nicht dorthin geschickt worden, weil es einen hinterhältigen Angriff auf Pearl Harbor gab. Sondern weil unsere Politiker das so entschieden haben. Es ist auch nicht die ganze Welt daran beteiligt. Nur ein paar Aussies und die USA gegen den Vietcong auf dessen Heimatboden. Das ist eine ganz andere Nummer. Gibt keinen Grund, schlecht über die Männer dort zu reden.«

Walter Perry bekam einen dicken Hals. »Sie reden hier mit einem Mann mit zwei Purple Hearts.«

Phelan nickte. »Und Sie reden mit einem Sanitäter, der einen ganzen Haufen Purple Hearts zusammengeflickt hat.«

Perry funkelte E. E. an. »Ist das der Neffe, der eine verurteilte Mörderin eingestellt hat?«

»Ja, genau der bin ich.«

»Mit so einem Abschaum gibst du dich ab?«

Phelan erhob sich. Perry hatte zwanzig Kilo mehr auf den Rippen, war aber auch zwanzig Jahre älter.

»Ich mach Schluss für heute, meine Herren.« Auch E. E. stand auf, und sein Stuhl quietschte laut über den Boden. Er klang leutselig und ließ sein Cajun deutlich durchklingen. Phelan kannte diesen Kniff schon.

»Wenn ich zu spät heimkomm, zieht meine Holde mir mit dem Nudelholz eins über statt dem Plätzchenteig.« E. E. erntete den erwarteten Lacher. »Außerdem haben mein Neffe und ich noch was Familiäres zu besprechen. Walt, Jungs … ich wünsch euch allen eine frohe Weihnacht!«

Phelan folgte seinem Onkel aus dem Ridgewood.

»Netten Freund hast du da«, sagte er zu E. E., als sie im Auto saßen.

»Hab dir doch gesagt, dass er zum Dummschwätzer wird, wenn er was über den Durst getrunken hat.«

»Das ist es nicht allein.« Phelan berichtete, was Joe über Dale Felton erzählt hatte, wobei er Joe als »ein Bekannter von mir« bezeichnete. »Die Sache ist die, dass dieser Bekannte nicht weiß, ob es illegal ist, Experimente mit Gefängnisinsassen zu machen. Aber vielleicht weißt du das?«

»Helfen die Ärzte nach?«

»Die Firmen wissen nicht, was das Zeug anrichtet. Deshalb machen sie ja die Versuche.«

»Nein, ich meine, ob sie die Männer zwingen, gegen ihren Willen Tabletten zu schlucken.«

»Die Häftlinge unterzeichnen irgendeine Erklärung. Und kriegen ein bisschen Geld.«

»Dann passt es doch für alle.«

»Nicht für Dale.«

»Tja, dann ist das vielleicht einer von diesen Graubereichen, Tom.«

»Graubereich, eins meiner Lieblingswörter. Und was, wenn dein Freund, der Gefängnisdirektor, von der Firma geschmiert wird dafür, dass er seine Insassen an sie verschachert?«

E. E.s Kopf reckte sich Phelan entgegen. »Wie bitte?«

»Du hast schon richtig gehört.«

»Woher willst du wissen, dass er das macht?«

»Tu ich nicht. Aber ich werde es rausfinden, E. E.«

»Und wie?«

Phelan sah seinen Onkel an. »Du kennst mich, seit du Maryann geheiratet hast und ich ... wie alt war ich? Sechs? Ich bin mir sehr wohl bewusst, dass ich nicht die Polizei bin. Und auch, dass ich noch nicht lange im Geschäft bin. Vor einem Jahr habe ich mir noch auf einer Ölplattform den Arsch aufgerissen. Aber ich bin Privatdetektiv, E. E. Ich mach das nicht zum Zeitvertreib.«

E. E. zog seinen Kopf wieder ein Stück zurück. Er sah Tom ruhig in die Augen. Von der Leutseligkeit, mit der er im Ridgewood gerade die Wogen geglättet hatte, war nichts mehr zu spüren. Sein Gesicht hatte sich in Falten gelegt.

»Okay, okay, schon verstanden. Du bist ein Mann und tust, was du tun musst. Aber ich hab dir ja schon gesagt, dass Walt meine Bewerbung beim Bürgermeister unterstützt hat. Das hat er nun mal. Und noch was, Walt hat Beziehungen ... nicht zu wenige. Also egal, was du hier vorhast, Tom ... du solltest besser recht haben, verstanden?«

»Verstanden.« Phelan öffnete die Beifahrertür und stieg aus. Wie sollte er herauskriegen, ob Perry sich schmieren ließ? Die Luft war nicht besonders kalt, aber als Tom die Chevelle anließ, zitterte er am ganzen Leib.

17. Dezember 1973

Montagmorgen, acht Uhr. Delpha rief bei der Telefonauskunft an, machte sich eine Notiz und tätigte einen weiteren Anruf. Beim Betreten des Büros rieb Phelan die Hände aneinander.

»Kein Eintrag für einen Plato Willis«, begrüßte Delpha ihn. »Ich habe die Frau von der Auskunft nach neueren Einträgen zu diesem Nachnamen gefragt. Es gibt einen Peter Willis. Aber da hat niemand abgehoben.«

»Haben Sie die Adresse? Ach, und suchen Sie bitte eine Firma namens Love Power raus.«

Delpha gab ihm die Adresse, dann schlug sie Telefonnummer und Adresse von Love Power nach und gab auch das an Phelan weiter. Wenn Peter Willis der Mann war, für den er ihn hielt, würde Phelan einen Bekannten aufsuchen müssen, den er am liebsten nie wieder gesehen hätte.

Lautes Klopfen an der Tür, gleichzeitig fing das Telefon an zu klingeln.

Delpha hob ab und reichte Phelan den Hörer. Dann ging sie zur Tür, um Ben hereinzulassen, einen Jungen mit zotteligen Haaren und Nickelbrille.

»Hey, Charlie«, sagte Phelan in den Apparat. Er reichte Ben das Foto von Vera Petry und bedeckte die Sprechmuschel, um sich mit Delpha zu beraten, ob sie Charlie Benavidez schon etwas geben konnten.

»Was Belastbares haben wir noch nicht, oder?«, sagte Phelan leise.

Die Information, dass die Sargnische von Charlies geliebter Freundin leer war, würde bestimmt zu einem Ausraster führen. »Nein, was Belastbares haben wir nicht«, wiederholte Delpha, der diese geschäftsmäßige Vokabel gefiel.

Charlie sagte, dass er um vier im Haus seiner Eltern sein würde. Phelan erwiderte, dass sie dorthin kommen würden, jetzt aber erst mal an seinem Fall weiterarbeiten müssten.

Und das taten sie.

Ben hielt das Foto, das Delpha von Vera Petry mitgenommen hatte, am Rand in die Höhe. Das Foto, auf dem man Charlie Benavidez mit ausgestreckter Hand sah, wie ihm ein Mann, den Vera Petry als ihren Ehemann bezeichnet hatte, einen Umschlag reichte.

»Ach nö«, sagte Ben. Phelan hatte den jungen Fotografen, einen Collegestudenten, schon bei einer früheren Ermittlung angeheuert. »Das ist so offensichtlich, das sieht ja ein Blinder mit Krückstock.«

»Vielen Dank, aber ich kann nichts erkennen. Genau deshalb habe ich Sie ja kommen lassen.«

»Okay, schauen Sie. Der Fotograf hat beide Männer im Dreiviertelprofil eingefangen, was man gerne so macht. Die Größenverhältnisse sind okay, aber nicht perfekt. Der Kopf von dem Alten ist ein bisschen klein. Aber schauen Sie sich mal die Gesichter genauer an, Tom. Fällt Ihnen da nichts auf?«

Phelan musterte die Gesichter. Charlie lächelte, der andere, ein Weißer mit schütteren Haaren und schmaler Nase, schaute ernst. »Keine Ahnung, der Schatten vielleicht?«, sagte er schließlich.

»Bingo! Der Schatten befindet sich auf verschiedenen Seiten der Gesichter. Es muss demnach zwei Lichtquellen geben. Aber vielleicht gibt's ja in der Welt, in der diese Aufnahme entstanden ist, zwei Sonnen. Verstehen Sie, wovon ich rede?«

»Ja, Schatten und Licht sollten jeweils auf derselben Seite der Gesichter sein.«

»Was allerdings noch seltsamer ist, ist der Schatten des Umschlags.«

»Da ist keiner.«

»Doch, aber er ist schwer zu erkennen. Hier, sehen Sie? Höher und schmaler als ein Umschlag. Er stammt von etwas, das nicht im Bild ist.«

»Jetzt seh ich's. Dann hat der Fotograf ...«

»Er hat einen Abzug von zwei Negativen gemacht. Uralter Trick. Das haben Fotografen schon im letzten Jahrhundert gemacht.«

»Ach.«

Jugendliche Begeisterung ließ Ben das mühsam antrainierte Erwachsenengehabe vergessen. »Ja. Das nennt man Komposit-Fotografie. War mal Thema in einem Kurs. Es gibt ein berühmtes Foto, auf dem man ein sterbendes Mädchen in einem weißen Hemd sieht. Hinter ihr steht ein anderes Mädchen, vielleicht die Schwester, nur dass sie gesund und wie zum Ausgehen angezogen ist, was schon von den Klamotten her einen super Kontrast ergibt. Gegenüber von den beiden ist eine alte Frau. Das können Sie sich vorstellen, oder? Gesagt werden soll damit, dass das Mädchen in Weiß niemals eine alte Frau werden wird. Und dann ist da noch der Mann am Fenster, der ist echt klasse. Könnte der Vater sein. Er steht mit dem Rücken zum Betrachter da und schaut zum Fenster raus. Er hat so einen langen schwarzen Umhang an, und es wirkt so, als würde er den Anblick des sterbenden Mädchens nicht ertragen, vor allem aber ... sieht er total wie der Tod aus. Der Tod am Fenster.«

Ben hob die Arme zu einer Dracula-Pose, die starren Finger gespreizt. »Klasse, was?«

»Dann hat der Fotograf, der dieses Foto hier gemacht hat, also mehr als zwei Negative verwendet?«

»Genau. Dieser Fotograf ...« Ben hob Petrys Bild hoch. »Er hatte ein gutes Auge für die Komposition, aber bei den Details hat er komplett versagt.«

»Das heißt also, dass derjenige, der das gemacht hat, kein Experte war. Und auch nicht versucht hat, etwas zu liefern, das einen Experten überzeugt.«

Ben lachte das Lachen der Jungen und Selbstbewussten. Er gab Phelan das Foto zurück. »Worum geht's hier eigentlich?«

»Der junge Mann ist ein Baseballspieler. Fällt Ihnen dazu was ein?«

»Mit dem Umschlag – und diesem Grinsen im Gesicht? Vielleicht hat er gerade ein Angebot von einem Ligaverein gekriegt? So was in der Art?«

Phelan schüttelte den Kopf. »Das darf ich nicht sagen.«

»Oh, okay, gut«, sagte Ben wieder ernst. »Klar. Der Fall ist vertraulich. Haben Sie vielleicht einen Auftrag für mich?«, fragte er hoffnungsvoll.

»Noch nicht. Aber für heute haben Sie was gut.«

Ben winkte ab. »Nein, nein, das geht aufs Haus. Nennt man Kundenpflege.« Er grinste.

»Wir denken dran«, sagte Phelan und gab dem jungen Mann die Hand. »Ben, Sie behalten das alles für sich, ja?«

Ben fuhr sich mit den Fingern über den Mund, als würde er einen Reißverschluss schließen. »Logisch. Frohe Weihnachten!« Er wirbelte durch die Tür. Nach dem Rumsen zu urteilen rannte er die Treppe drei Stufen auf einmal nehmend hinunter.

Charlie würde erst gegen vier Uhr im Haus seiner Eltern anzutreffen sein. Um die Zeit bis dahin totzuschlagen, hatten sie es sich gerade hinter ihren Schreibtischen gemütlich gemacht, als das Telefon klingelte. Es war Peg, die Hausmutter in dem Übergangswohnheim. Sie wollte wissen, ob Delpha über das Spielchen im Bilde sei, das die McClungs im Gefängnis inszeniert hätten – dass Emerald in Wahrheit Ruby sei. Zögernd gab Delpha zu, dass sie es gewusst hatte.

Peg schnaubte. Wie dem auch war, der echten Emerald ging es mies. Ruby verlor bestimmt bald ihre Stelle, weil sie sich nur noch um ihre Schwester kümmerte. Konnte Delpha vorbeikommen und Ruby warnen, dass sie besser zur Arbeit gehen sollte? Vielleicht sogar Emerald besuchen? Ruby würde Mr Phelan mögen. Es wäre nett, wenn er auch mal vorbeisehen würde, wenn er Zeit hatte.

Warum nicht?

Mit finsterem Gesicht öffnete Peg die Tür und brummelte, dass man die Leute in Gefängnissen nicht so behandeln sollte. Es sei ihr egal, was sie verbrochen hätten. Gut, vielleicht wenn sie einen Haufen Leute niedergestochen oder Kindern wehgetan hatten. Aber trotzdem. Jemand Krankes und Hilfloses einfach in die Wüste zu schicken, nur damit man ihn los war und sich jemand anderes um ihn kümmerte, das war ganz und gar unchristlich vom Staat Texas.

Phelan sprach kurz mit Peg. »Klar, von mir aus«, erwiderte sie. »Aber hier, nehmen Sie Stühle mit. Ist nur einer im Zimmer. Und passen Sie auf, dass Em sich nicht zu sehr anstrengt, ja?«

Phelan nickte und nahm zwei Klappstühle. Sie folgten der hustenden Peg zum Zimmer der Schwestern, vor dem er die Stühle an die Wand lehnte.

Ruby stand am Kopfende des Betts und machte sich an ihrer Schwester zu schaffen. Offensichtlich war sie überrascht, sie zu sehen, sagte aber nur: »Hey, Mr Phelan. Sie soll aufrecht sitzen, damit sich nicht irgendwelches Zeug in ihrer Lunge sammelt.«

»Darf ich?«, sagte Phelan. »Wenn Sie nichts dagegen haben.«

Ruby machte Platz, und Phelan trat ans Bett, schob die Hände unter Emerald Arme, zog sie hoch und lehnte sie gegen die Kissen.

»Danke«, sagten Ruby und Emerald wie aus einem Mund, nur dass Emerald flüsterte.

Die Haare klebten ihr am Kopf und mussten gewaschen werden. Sie trug das stechpalmengrüne Nachthemd. Ruby in roter Bluse mit schwarzen Punkten trippelte um das Bett, ein Marienkäfer auf einem stacheligen Blatt.

»Heute geht's ihr gar nicht gut«, sagte Ruby. »Sie ist schwach. Hat Kopfweh. Seit sie hier ist, hat sie nicht einen Bissen gegessen.«

Phelan erklärte Ruby, dass er sich kurz mit Peg unterhalten wolle. Ruby erwiderte nichts, und er überließ seinen Platz Delpha, die sich vorbeugte und ihren Handrücken an Emeralds Stirn legte. Feucht. Kein Fieber. »Wie geht's dir?«

»Nicht so gut«, sagte Emerald. »Ich glaub, das wird nichts mehr mit mir.«

»Unsinn«, sagte Ruby grob. »Du musst nur wollen.«

»Braucht ihr irgendetwas?«, fragte Delpha.

»Ich hab keinen Hunger«, sagte Emerald flüsternd, »aber ich weiß, dass Ruby Lust auf Kirschen hat.«

»Es ist Dezember, Schwesterchen«, sagte Ruby. »Kirschen gibt's grad nur aus der Dose.«

»Wie wär's mit einem Kuchen?« Delpha sah von einer zur anderen. »Morgen könnte ich euch einen bringen.«

Freude zuckte über ihre Gesichter, Emeralds das hohlwangige Spiegelbild von Rubys.

»Willst du einen Kaffee?«, fragte Ruby Delpha, die ablehnte. »Na schön, aber ich werd einen für Em holen. Wird sie munterer machen.« Sie verließ das Zimmer.

»Macht Kaffee dich munterer, Emerald?«, fragte Delpha.

»Das glaubt sie.« Sie schloss die Augen. »Sie ist die beste Schwester, die man sich wünschen kann.« Ihre trockenen Lippen verzogen sich zu einem Lächeln, das gleich darauf von einem Hustenanfall zerstört wurde.

Delpha nahm ein Kleenex und ließ sie hineinspucken. Sie hatte sich schon auf der Krankenstation in Gatesville als Krankenschwester betätigt. »Wir würden dir gerne ein paar Fragen zu Helen stellen, der Frau, die es auf dich abgesehen hatte«, sagte sie nach einer Weile. »Aber wenn das Reden dich zu sehr anstrengt, lassen wir es.«

Emerald öffnete die Augen. »Es geht schon. Helen. Ich hab immer geglaubt, dass sie einfach traurig ist. Kanntest du sie?«

»Nur flüchtig. Warum traurig?«

»Weil sie niemanden hat. Weil keiner sie leiden kann. Einmal hab ich mitgekriegt, wie andere sie geärgert haben. Helen hatte ein Buch auf dem Schoß, so ein Album mit Fächern für Briefmarken. Jedenfalls hat sie sich ganz friedlich die Marken angeschaut, ohne jemanden zu stören. Dann kommen diese beiden dummen Hühner, und sie sehen das Album und fangen an, sie zu veräppeln. Eine Weile hat Helen sich das angehört, und dann ist sie plötzlich ausgeflippt und hat beiden gleichzeitig eine gescheuert – das hättest du sehen sollen, Delpha. Mit einem Schlag, so wie Sheriff Matt Dillon. Sie hat sich das Album unter den Arm geklemmt, damit ihm nichts passiert, und mit der anderen Hand die beiden umgehauen. Wie zwei Bowlingkegel sind sie umgefallen. Wir haben uns einen Ast gelacht, Ruby und ich. Aber eigentlich hat mir Helen leidgetan. Verstehst du?«

»Ja, klar.« Delpha kannte dieses seltsam peinliche Gefühl, das man für einen vermeintlichen Sieger empfinden konnte. »Weißt du, was ihr an Briefmarken so gefiel? Also abgesehen davon, dass sie sie eintauschen konnte?«

»Keine Ahnung, vielleicht, dass die Marken klein sind? Vielleicht wollte sie ja auch klein sein. Mann, jedenfalls war Ruby mächtig sauer auf sie. Einmal hat sie meinen Kopf gegen die Wand geschlagen, nicht dass mir der Schädel geplatzt wäre oder so, aber es hat wehgetan. Ruby hat gewartet, bis Helen im Speisesaal mit einem vollen Tablett an unserem Tisch vorbeikam, und hat ihr ein Bein gestellt. Mit dem Gesicht voran ist Helen im Hackbraten gelandet. Alle haben gelacht.«

Emerald grinste, was ihre Wangenknochen noch deutlicher hervortreten ließ. »So Zeug wie Ruby hab ich zwar nicht gemacht, aber ich hab auch nichts dagegen unternommen. Wir waren immer schon ein Team, mein Schwesterchen und ich.«

»Was glaubt ihr eigentlich, seit wann sie Arsen in eurer Essen gemischt hat? Und wenn sie es getan hat, hat sie das für sich oder für jemand anderes getan?«

»Na ja. Ruby ... also Ruby ist in die Bücherei und hat alles darüber gelesen. Weißt du, Ruby glaubt, wir sind immer einer Meinung, nur stimmt das überhaupt nicht. Aber das macht nichts. Ich würde nie mit ihr wegen so was streiten.«

Phelan kehrte ins Zimmer zurück. »Ruby kommt gleich. Sie muss erst noch den Kaffee kochen.«

»Wir haben gerade über Helen gesprochen«, sagte Delpha.

Emerald strich ihre strähnigen Haare zurück. »Gerade vorhin hab ich zu meiner Schwester gesagt, dass Sie ein ziemlich hübscher Kerl sind. Wissen Sie das? Na, deswegen muss man doch nicht rot werden.« Sie sah Delpha an. »Geht ihr beiden miteinander?«

»Er ist nur mein Boss.«

Emerald sah von Phelan zu Delpha und wieder zurück. »Wer's glaubt. Ich ... ich spür da so was.« Ihr Lachen ging in ein Husten über, und sie hustete, bis ihr die Tränen kamen. Delpha beugte sich vor und wischte sie weg.

Emerald hob den Kopf. »Genug gelacht«, sagte sie mit heiserer Stimme. »Zurück zu Helen. Ja, sie ist ein Brocken und nicht gerade nett, aber vor allem ist sie ein armes Schwein. Verstehst du, was ich meine? Nein, verstehst du nicht. Okay. Sie hat mir wehgetan, mir einen Besenstiel in die Rippen gestoßen und alles Mögliche andere gemacht, und ich bin wegen ihr auf der Krankenstation gelandet. Aber sie hatte immer diesen verlorenen Blick in den Augen.« Emerald zog ihre fast unsichtbaren Augenbrauen hoch und ließ sie wieder sinken.

»Ihr kapiert immer noch nicht, was ich meine, oder? Helen hat das alles nicht getan, weil sie ein böser Mensch ist. Sie war einfach wütend, weil sie ihre Freundin weggeschafft haben. Nicht die große Alte, sondern die andere, die über meine Schwester hergefallen ist. Die hat Helen richtig gerngehabt. Justine. Die, die immer vor sich hin gesungen hat. Sie war nicht ganz helle. Jedenfalls dachte ich das. Aber Ruby dachte, dass was Schlimmeres im Gang war. Puh, jetzt wird mir wieder ganz anders. Ganz schwummrig.«

Sie legte beide Hände an den Kopf, dann ließ sie sie wieder sinken. »Von der vielen Liegerei werd ich noch fett. Schaut euch mal meine Knöchel an. Das ist doch gemein.«

Emerald schob einen geschwollenen nackten Fuß unter der Bettdecke vor und sank keuchend in die Kissen zurück. Ein kurzes Lächeln erschien auf ihrem Gesicht. »Ach, danke, Schätzchen.«

Ruby war mit der hübschesten Tasse, die die Wohnheimküche zu bieten hatte, zurückgekommen, rosa mit einem zierlichen goldenen Henkel. Vorsichtig drückte sie sie ihrer Schwester in die Hand.

»Ah, das tut sooo gut«, sagte Emerald, nachdem sie ein Schlückchen getrunken hatte. Sie zwinkerte Ruby zu. »Findest du nicht, dass er wie dieser Schauspieler in dem Gefangenenlagerfilm aussieht, der, der mit dem Motorrad über den Zaun gesprungen ist?«

»Wie hieß der Film noch mal?«

»Hab ich vergessen.«

Ruby drehte sich um und betrachtete Phelan. »Vom Gesicht her vielleicht. Aber er hat dunkle Haare. Und viel längere als der Typ auf dem Motorrad.«

»Stimmt.« Emerald grinste. Dann verschwand das Grinsen, und ihre Augen wurden zu großen Silberscheiben. »O nein.« Mit einer Hand hielt sie die Tasse an ihr knochiges Brustbein, während sie mit der anderen auf etwas deutete. »Schau, da.«

Sie sahen zum Fußende des Betts. Ruby kniete sich auf den Boden. Phelan und Delpha wechselten einen Blick.

Ruby legte die verschränkten Hände auf die Bettdecke und drückte die Stirn darauf. Gedämpfte Worte drangen hervor. »Jesus, verlass meine geliebte Schwester nicht. Schick deine Engel, lieber Gott, aber hol sie noch nicht zu dir, lass sie bei mir. Ich bitte dich, allmächtiger Gott, der du bist im Himmel.«

Emerald streckte ihre Hand nach Ruby aus, und die drückte sie. »Amen«, sagten sie.

»Wir lassen Sie beide jetzt besser allein.« Phelan nickte der Frau im Bett zu. »Ruhen Sie sich aus, Miss McClung.«

»War sie mal beim Arzt?«, fragte Delpha Ruby auf dem Flur. Am anderen Ende des Flurs stand eine Frau am Wandtelefon und telefonierte.

»In acht Tagen hat sie einen Termin.«

»Kann man den nicht vorverlegen?«

Ruby schien sie nicht gehört zu haben. »Emmie …«, sagte Ruby und ging ihnen rasch voraus zu einem Türbogen, hinter dem sich eine Art Wohnraum mit Couch und Sesseln befand. Keiner der drei setzte sich.

»Emmie hat den blauen Hund gesehen.« Rubys Kinn zitterte.

Phelan beugte den Kopf vor.

»Den gab es schon immer in unserer Familie.«

»Das müssen Sie mir erklären. Ein blauer Hund?«

»Na ja, vielleicht eher grau, aber Mama ... Mama hat uns erzählt, dass er bei Mondlicht blau aussieht. So eine Art Hütehund.« Ihre Mutter hatte den Hund gesehen, bevor ihr kleiner Sohn an der Staublunge gestorben war. »Das war vor unserer Geburt, aber ...« Ihre Mutter hatte den Hund wiedererkannt. Als der Traktor ihren Bruder überrollt hatte, war er schon einmal aufgetaucht. Die Männer, die den Bruder gefunden hatten, trugen ihn zum Haus, und hinter ihnen trottete der Hund her. Zwei Tage lang blieb er im Hof vor dem Haus. Dann starb der Bruder, und der Hund verschwand.

Am Ende der Geschichte hatte Ruby die Arme fest vor der Brust verschränkt. »Sie müssen uns helfen«, sagte sie und richtete ihren Blick auf Phelan. »Sie müssen den blauen Hund verjagen.«

»Haben Sie einen Hund gesehen?«, fragte Phelan, als er und Delpha zum Auto gingen.

Sie schüttelte den Kopf.

»Gut, steigen Sie ein.« Er seufzte. »Da sind wir schon zwei. Ich will die Geister anderer Leute eigentlich auch gar nicht sehen.«

Sie trafen Charlie Benavidez im Haus seiner Eltern, einem kleinen Ranchhouse mit Carport in der El Paso Street. Mrs Benavidez führte sie an einem unbeleuchteten Weihnachtsbaum, einer plastikbedeckten Couch und einem Beistelltisch mit Krippe vorbei hinein. Sie stellte Kaffee auf den Küchentisch, dazu einen Teller mit blassen, zimtbestreuten Plätzchen, und versicherte ihnen mit schwerem Akzent, dass Charlie bald kommen werde.

»Wollen Sie sich nicht zu uns setzen, Ma'am?«, sagte Phelan, weil sie offenbar vorhatte, in der Küche ihres eigenen Hauses stehen zu bleiben. »Erzählen Sie, wie geht es Ihrem Sohn?«

Mrs Benavidez war mittelgroß und hatte noch kein einziges graues Haar. Über einem gemusterten Kleid trug sie eine Schürze. Auf dem Küchentresen standen Pappteller mit weiteren blassen Plätzchen, mit Frischhaltefolie abgedeckt, rotes Geschenkband darum geschlungen.

Kopfschüttelnd setzte sie sich. »Schlimm«, sagte sie. »Schlimm, wie traurig er ist. Shelly war nettes Mädchen, aber ... wir haben große Sorge, ich und Carlos' Vater. Und ...« Sie hob eine Schulter. »Und es hat gestimmt. Ihre Eltern wollen Carlos nicht.« Mrs Benavidez' Augen blitzten aufgebracht. »Sie nicht sehen, dass er ein guter Junge ist. Ich glaube, weil sie gar nicht schauen.«

»Ein guter Junge und ein toller Baseballspieler. Charlie hat Ihnen die Todesanzeige von Shelly gezeigt, oder?«

»Nein, nein.« Mrs Benavidez winkte ab. »Wir ihm. So schlimm, wir konnten zuerst nicht glauben. Aber wir haben ihm gezeigt. Mr Phelan ...« sie sah ihn verzweifelt an, »was will Carlos mit Ihnen?«

»Er hat Fragen, Mrs Benavidez. Er will sicher sein.«

Sie blickte zu Boden, und ihre Augenbrauen hoben und senkten sich.

»Die Plätzchen schmecken großartig«, sagte Delpha.

Ein trauriges Lächeln huschte über das Gesicht der Mutter. »Danke.«

Dann kam Charlie, küsste seine Mutter, sagte, die Prüfung sei gut gelaufen, und zog sich einen Stuhl an den Tisch. Ihre besorgte Miene hellte sich auf.

»Was haben Sie herausgefunden?«, fragte Charlie.

»Verschiedenes.«

Phelan berichtete, dass Vera Petry Delphas Bitte um eine Ausfertigung der Sterbeurkunde abgeschmettert hatte. Dass die Gruft – bei dem Wort verzog Charlie das Gesicht – auf dem Friedhof leer war, dessen war Phelan sich sicher.

Warum?

Phelan beschränkte sich auf eine sehr knappe Kurzfassung.

Charlie sah von ihm zu Delpha. Dann sprang er auf. »Leer. Heißt das ... heißt das, dass sie irgendwo anders begraben ist? Aber warum hat mir dieser Friedhofsmensch dort dann die Gruft mit der Tafel gezeigt? Ich versteh das nicht ... mir wird schlecht.«

Delpha reichte ihm das Foto.

Er blinzelte und kniff die Augen zusammen. »Wo kommt das her?«

»Vera Petry.«

Charlie tippte darauf. »Das ist Shellys Dad. Aber ... Mann, ich hab keine Ahnung, wo ... oder wann das aufgenommen wurde. Außerdem hab ich nie von ihm irgendeinen Umschlag gekriegt.« Er reichte seiner Mutter das Foto weiter.

»Nie? Sind Sie sicher?«, fragte Phelan.

»Ich hab mit Mr Petry kaum ein Wort gewechselt.« Charlies Stimme war ausdruckslos geworden. Er tigerte zwischen Tisch und Küchenschrank hin und her.

»Wir sollten überlegen, wo wir jetzt stehen«, sagte Phelan.

Aber Charlie tigerte immer nur weiter auf und ab, bis seine Mutter, die die Küche verlassen hatte, mit einem gerahmten Bild zurückkehrte und es ihm zeigte. Charlie starrte es an, dann ging er zum Tisch und legte es zwischen Phelan und Delpha. Das Foto zeigte ihn, wie er lächelnd eine Siegestrophäe entgegennahm. Die beiden Charlies waren identisch, aber der Mann, der ihm die Trophäe reichte, war ein Mann mittleren Alters mit einer Baseballkappe und einer Lamar-Cardinals-Windjacke.

»Das ist Brenner, der Coach. Mit dem MVP Award.«

»Hatte Shelly einen Abzug davon?«

»Ja, sie hat mich mal drum gebeten. Mein Dad hatte ein paar Abzüge machen lassen, um sie an Verwandte zu schicken und ...« Charlie blickte zu seiner Mutter, die verwirrt und betroffen dreinsah.

»Apropos Verwandte«, sagte Delpha. »Gibt es einen Verwandten, zu dem Shelly ein enges Verhältnis hatte? Jemand, dem sie vertraut hat, bei dem sie vielleicht mal übernachtet hat?«

»Nicht dass ich wüsste. Nur ihre Collegefreundinnen. Warum?«

»War nur eine Frage.« Delpha sah Phelan an.

Charlie setzte sich. Mit wenigen nüchternen Worten erklärte ihm Phelan, dass das Foto eine Fälschung war, dass er glaubte, die Eltern wollten die Begegnung nach einer Bestechung aussehen lassen. Dass sie Shelly das Foto unter die Nase gehalten hatten und sie glauben ließen, dass Charlie sie gegen Geld aufgegeben habe. Ein alter Trick. Dann erklärte Phelan, was Ben ihnen über Komposit-Fotos und ihre Herstellung erzählt hatte, wies ihn auf die Unstimmigkeiten in dem Foto hin. Die Trophäe war wegretuschiert und durch den Umschlag ersetzt worden, den Umschlag mit dem falschen Schatten.

Charlies Gesicht fiel in sich zusammen, als er begriff.

»Das haben sie ihr gezeigt? Und ihr gesagt, dass ich Geld

genommen habe? Wie – Mann, ich ... ich hab sie geliebt. Warum haben sie so was Gemeines gemacht? Warum haben sie mir und Shelly das angetan?« Er sah seine Mutter an, und sein Gesichtsausdruck veränderte sich. »Oder ... haben sie es nur mir angetan?«

Mrs Benavidez legte ihre Hand auf seinen Arm. Stille hallte durch die Küche.

»Hassen sie uns so sehr?«, fragte Charlie schließlich seine Mutter.

»Sollen wir die Suche fortsetzen, Charlie?«, fragte Phelan. »Oder es dabei bewenden lassen?«

Der junge Mann drehte sich ihm zu. »Ich weiß nicht, Mr Phelan. Ich will nur ...« Er verstummte.

»Rufen Sie uns einfach an, wenn Sie uns brauchen. Wir sind für Sie da.« Phelan gab ihm die Hand und nickte Mrs Benavidez zum Abschied zu.

Delpha berührte kurz Charlies Schulter. Dann sah sie der Mutter in die Augen, und ihr war sofort klar, was darin stand. Wut. Hilflosigkeit. Und kein bisschen Überraschung.

Schon fast wieder am Büro erwähnte Phelan, dass er sich in den Gemeinschaftsräumen des Übergangswohnheims umgesehen hatte.

»Ich dachte, Sie sind raus, damit ich allein mit Emerald reden kann.«

»Ja, bin ich auch. Aber dann dachte ich, ich schau mich mal um, vielleicht entdecke ich was. Ruby hat mich gesehen, als sie den Kaffee für ihre Schwester holen ging. Ich sagte ihr, dass ich mich nur kurz nach etwas umschauen wollte, was sie krank machen könnte. Zum Beispiel könnte Gas am Herd austreten oder so. Ich weiß schon, nicht besonders überzeugend, und sie ist nicht blöd.« Phelan legte die Stirn in Falten und wandte den Blick ab. »Aber irgendwie kam sie mir … dankbar vor.«

»Ein gut aussehender Mann, der sich um sie sorgt. Das haben die beiden schon Ewigkeiten nicht mehr gehabt. Sie haben also kein Fläschchen mit weißem Pulver gefunden?«

Phelan lächelte. »Mit einem Totenschädel und zwei überkreuzten Knochen darauf? Nein. Nirgends.« Er lenkte das Auto auf seinen Parkplatz und stellte den Motor aus. Sagte, er habe noch im Büro zu tun.

Gerade als Phelan aussteigen wollte, merkte er, dass sich seine Finger wie von selbst mit denen von Delpha verschränkten. Er hatte das nicht vorgehabt, es einfach gemacht. Es kam ihm ganz natürlich vor, und es fühlte sich so stark an. Sie zog ihre Hand nicht weg. So saßen sie vielleicht zehn Sekunden da, und Tom Phelan wurde klar, dass er gerade die Mauer um sich herum übersprungen hatte.

Delpha entdeckte in der Speisekammer eine Dose mit Kirschkuchenfüllung, gab Oscar fünfzig Cent und fragte ihn, ob sie nach dem Abendessen einen Kuchen backen dürfe.

»Meinetwegen«, sagte er und wendete die in zischendem Öl schwimmenden Lachskroketten. Er sah sie an. »Wann hast du das letzte Mal einen Kuchen gebacken?«

»Dürfte fünfzehn Jahre her sein.«

Er zog die Augenbrauen zusammen.

Oscar wusste von ihrer Gefängnisstrafe – er las regelmäßig die Zeitung –, aber geredet hatten sie nie darüber. Auf so vertrautem Fuß waren sie nicht. Aber sie gingen höflich und freundlich miteinander um.

Dann wandte Oscar seine Aufmerksamkeit wieder den goldrosa Lachskroketten zu, die er auf eine mit Zitronenschnitzen garnierte Platte schaufelte.

Nachdem die Rosemont-Bewohner das Abendessen vernichtet hatten, kehrten sie in die Küche zurück und Delpha stellte den Ofen auf die erforderliche Temperatur ein. Dann nahm sie eine Schüssel, Mehl, Butter, Salz, Backfett und Maisstärke und stellte alles auf den Holztisch in der Mitte der Küche. Oscar holte den Zucker und einen Dosenöffner und deponierte beides neben den Kirschen, dazu noch ein paar Zitronenschnitze, die vom Abendessen übrig geblieben waren. »Weißt du überhaupt noch, wie man Teig macht?«

Sie vermischte Mehl und Salz und arbeitete mit einer Gabel Butterstückchen unter. Dazu kam das Backfett und noch mal etwas Butter. Erinnerte sie sich? Nicht genau. Aber jahrelang hatte sie sich vorgestellt, wie sie in einer stillen Küche einen Kuchen buk, mit einem Fenster über der Spüle, durch das sie auf Bäume und Vögel schauen konnte. In der sie vor allem nicht gestört wurde von einem Dutzend quatschender Frauen in weißer Häftlingskleidung, die ihr bei jedem Handgriff zusahen. Jetzt störte nur Oscar, der sich bereits ausgehfein gemacht hatte: modisches Hemd, Schlaghose mit Bügelfalte.

Nur machte er keine Anstalten zu gehen.

»Willst du mir etwa die ganze Zeit über die Schulter schauen?«, stichelte sie. »Du bist bestimmt einer von den Männern, die sich automatisch hinters Lenkrad klemmen, wenn man mit ihnen wohin fahren will.« Sie hob eine Augenbraue. »Und wenn man mit ihnen in der Küche steht, müssen sie den Kochlöffel schwingen.«

Oscar grinste. »Und Frauen reden ständig.«

»Kommt drauf an. Sagst du Calinda, dass du nach einer neuen Stelle suchst? Das tust du doch, oder?«

Zuerst tat er überrascht, gab es aber schnell wieder auf. »Ja. Sie weiß es.«

»Bestimmt hat sie dich gebeten, dass du bleiben sollst.«

»Ja. Moselle hat mir die Stelle hier besorgt. Kennst du Miss Moselle, die sich um Miss Calindas Tante Jessie gekümmert hat? Sie ist die Schwester von meiner Nana. Sie und Miss Calinda kennen sich ewig. Eeewig.«

Er hatte die Augenbrauen gehoben. Was genau wollte er damit sagen? Delpha kannte Moselle. Sie war die Tagespflegerin von Jessie gewesen, Calindas hundertjähriger Tante, bei der sie eine Zeit lang die Nachtschicht übernommen hatte.

»Ja, Moselle und Calinda kennen sich echt 'ne Ewigkeit. Als Moselle noch jung war, hat sie gesungen. Und Klavier gespielt.«

»Das wusste ich nicht.«

»Ja, sie hat in Vinton und Umgebung gespielt. Kannte in der Depressionszeit Blind Willie Johnson, sagte, er hätte schöner summen können, als die meisten singen. Auch Hattie Jackson und den jungen Gatemouth Brown kannte Moselle.«

»Gibt es Aufnahmen von ihr? Dann würde ich mir eine Platte kaufen.«

Der junge Koch nickte. »Ich richt's ihr aus. Sie hat viel Zeug von früher. Keine Ahnung, was alles …«

»Singt sie immer noch?«

Oscar schüttelte den Kopf.

»Warum hat sie aufgehört?«

»Weil sie sich nichts mehr vormachen wollte, schätz ich mal. Mir hat sie ja auch die Stelle hier verschafft.«

»Und? Machst du dir was vor, Oscar?«

»Nee, tu ich nicht.«

Delpha nickte, weil er so feierlich klang. Sie glaubte ihm. Auch sie hatte bestimmte Dinge tun müssen, und es gab immer noch welche, die so überlebenswichtig wie Luft und Wasser waren und derentwegen sie sich nichts vormachen durfte. Derentwegen sie realistisch sein musste. Sie nahm einen Becher und wollte gerade ein paar Teelöffel Wasser in die Schüssel geben, aber er hielt sie auf. »Nein, nein, nicht so schnell«, sagte er und ging zum Kühlschrank. Er kam mit ein paar Eiswürfeln zurück und warf sie in den Becher. »Das Wasser muss richtig kalt sein. Am besten nimmt man Eiswasser.«

Delpha sah auf. »Hab ich's nicht gesagt? Besserwisser.«

Oscar legte den Kopf auf die Seite. »Ich hab das nun mal gelernt«, sagte er. »Kann ich auch nichts gegen machen. Bevor du den Teig ausrollst, sollte er ein paar Stunden im Kühlschrank ruhen. Dann ist er viel leichter zu verarbeiten.«

»Keine Zeit. Ich brauche den Kuchen morgen für einen Krankenbesuch.«

Nachdem sie das kalte Wasser hinzugefügt hatte und den Teig durchgeknetet und ausgewellt hatte, legte sie mit der Hälfte davon eine Kuchenform aus und drückte ihn fest.

»Der Boden soll schön knusprig sein.« Oscar schnappte sich die Kuchenform und stellte sie in den Ofen. »Mach weiter und bereite schon mal die Füllung zu. Das dauert nur ein paar Minuten.«

Delpha schüttelte den Kopf. Sie rührte Zucker und ein wenig Maisstärke unter die Kirschen, quetschte auf Oscars Vorschlag hin zwei Zitronenschnitze aus und gab den Saft und etwas Vanilleextrakt dazu, ebenfalls eine Empfehlung von Oscar, auf die sie nie gekommen wäre. Während sie damit beschäftigt war, hatte Oscar den restlichen Teig genommen, ausgewellt und mit raschen Bewegungen in Streifen geschnitten. Sie goss die Kirschfüllung auf den vorgebackenen Boden, und er legte die Streifen darauf, flocht sie zu einem hübschen Gitter und drückte es am Rand fest.

Delpha trat einen Schritt von dem Kuchen weg und begutachtete ihn. »Also, das nenn ich mal eine Schönheit. Meine Güte. Danke. Du hast übrigens ein bisschen Mehl an der Hose.«

Oscar klopfte die Hose ab, dann hob er den Zeigefinger. »Du musst das Gitter noch mit Eiweiß bepinseln. Und den Rand würde ich mit Alufolie bedecken, damit er nicht verbrennt.« Nach ein paar Worten mit Serafin, dem Spüler, verschwand er durch die Tür, kam im Eilschritt zurück, schnappte sich seine Jacke und war endgültig weg.

Delpha stellte den Kuchen in den heißen Ofen. Bis er fertig gebacken war, ging sie in die Lobby und setzte sich zu Mrs Bibbo und Mr Finn, die ein Charlie-Brown-Weihnachtsspecial ansahen. Delpha kannte es in- und auswendig. Insgesamt achtmal hatte sie es zusammen mit einem Haufen anderer Frauen im Tagesraum gesehen. Es gefiel ihr trotzdem. Charlie Brown und seine jämmerliche Krücke von Weihnachtsbaum. Nach einer Weile ging sie in die Küche und holte den Kuchen aus dem Ofen. Stellte ihn auf den Tresen und bewunderte das Gitterwerk. Dann legte sie ein sauberes Geschirrtuch darüber.

Die ganze Zeit über, während sie den Teig machte, ausrollte, Oscar das Gitter legen ließ und fernsah, spürte sie Tom Phelans Hand. Spürte, wie sich ihre Finger verschränkten. Sie stieg die Treppe zu ihrem Zimmer hoch, und noch immer spürte sie es.

18. Dezember 1973

Delpha wickelte den Kuchen in das Geschirrtuch und fuhr damit zum Wohnheim. In der Küche schnitt sie ihn in Stücke. Peg, noch im Bademantel, holte Pappteller und Gabeln, und zusammen trugen sie alles in Rubys und Emeralds Zimmer.

Emerald wirkte erleichtert, dass sie die Spielkarten, die sie in der Hand hielt, ablegen konnte. Ruby sprang auf, nahm Peg die Teller ab und warf ihr die Tür vor der Nase zu. Dann nahm sie Delpha den Kuchen ab, trug ihn zum Tisch, forderte sie auf, sich zu setzen, verteilte sorgsam die Stücke und brachte jeder einen Teller.

Nach dem ersten Bissen verdrehte Ruby die Augen zur Decke. »Oh, ist der gut«, sagte sie.

»Siehst du«, sagte die bleiche Emerald zu ihrer Schwester. »Ich hab doch gesagt, dass du Lust auf Kirschen hast.«

»Der Kuchen schmeckt nach Weihnachten.«

»Bis dahin dauert es noch eine Woche.« Emerald lachte, dann hustete sie und nahm selbst einen Bissen. Ihre silbrigen Augen schlossen sich. »Mmmh, danke, Delpha.«

»Gern geschehen. Ich muss gleich wieder los.«

»Ach nein, iss doch ein Stückchen mit uns«, sagte Emerald. »Mir geht's schon besser. Heute Morgen fühle ich mich plötzlich viel kräftiger.«

Sie aßen. »Und was spielt ihr so früh am Morgen?«

»Gin Rummy«, sagte Ruby und drohte ihrer Schwester mit dem Zeigefinger. »Ich pass auf, dass sie nicht schummelt.«

»Ach, halt die Klappe«, murmelte Emerald, aber es klang liebevoll.

»Zeig's ihr.«

Emeralds Blick huschte an Ruby vorbei zu Delpha.

»Mach schon«, sagte Ruby und aß noch einen Bissen von dem Kuchen. »Keine falsche Scham unter Ex-Knackis.«

Em stellte den Pappteller ab und nahm die Karten auf. Zum Mischen ließ sie die Karten mit Daumen und Mittelfinger der Rechten in die Linke gleiten, dann wechselte sie und wiederholte das Ganze von der Linken in die Rechte. Sie war mit beiden Händen schnell – allerdings hatte Delpha den Eindruck, dass Em nur eine Sparversion ihres Könnens zeigte. Sie bog die gemischten Karten durch und ließ sie mit dem Geräusch einer Maschinengewehrsalve zurückschnellen, dann breitete sie sie mit dem Gesicht nach unten aus. »Such dir eine aus.«

Delpha zeigte Ruby die Karte, eine Pik Sechs.

Em nahm die Karte, schob sie zurück in den Stapel und mischte neu. Dann teilte sie den Stapel mit ihren knochigen, sehnigen Händen und ließ die eine Hälfte von einer Hand in die andere gleiten. Zum Schluss riffelte sie sie ineinander und legte sie ab. Eine Karte ragte heraus. Delpha drehte die Pik Sechs um.

»Ist sie das?«

»Wow! Ja, das ist sie.«

Em nahm die Karten wieder, ließ Delpha eine neue Karte wählen, dann mischte sie. Dieses Mal entglitten ihr welche und entwischten aus dem Stapel. Sie legte die Karten ab. »Mann, ich bin auf einmal hundemüde.«

»Zeig mir mal deinen Fuß, Emerald«, sagte Delpha. »Schieb ihn einfach raus.« Delpha hielt ihn, drückte leicht darauf, bemerkte die tiefe Delle, die ihr Daumen an dem geschwollenen Knöchel hinterließ. Dann breitete sie wieder die Decke über den Fuß. »Wo hast du diese Tricks gelernt?«

»Sollen wir es ihr verraten?«, fragte Ruby mit verschlagenem Grinsen.

»Wie du gesagt hast, keine falsche Scham.« Emerald kicherte schrill, und Ruby fiel ein. Ihr Lachen klang, als würden Scherben auf den Boden fallen.

»Wir sind mit dem Zirkus aus Texas weg. Das war …« Ruby sah Emerald an.

»Am 11. Juni 1949«, sagten die Schwestern wie aus einem Mund.

Delpha musste lächeln. »Was hat euch am Zirkus so gefallen?«

»Alles. Einfach alles, oder, Em?«

Sie hatten die Käfige gereinigt. Selbst diese Drecksarbeit machten sie gerne, weil sie dadurch bei den Elefanten Gladys und Betty sein konnten, die wie sie waren, zwei Schwestern. Sobald die beiden ihren Auftritt hinter sich gebracht hatten, nicht mehr auf Tonnen balancierten und Trapeztänzerinnen herumtrugen, standen sie beieinander und verschränkten ihre Rüssel. Die Zwillinge verkauften Eintrittskarten, Popcorn, Zuckerwatte und Luftballons. Sie arbeiteten in den Buden, stellten für die untere Reihe der Pyramide bleibeschwerte Milchflaschen auf und gaben munter viel zu weiche Bälle aus, Wurfringe, die kaum über die Stäbe passten, viel zu stark aufgepumpte Basketballbälle und stumpfe Pfeile.

Anfangs erhielten sie keinen Lohn, nur Essen. Und wie sie gespachtelt hatten. Drei Mahlzeiten am Tag, reichhaltig und nahrhaft. Pancakes und Eier, Schinken, Speck, Makkaroni, Rindfleischeintopf, freitags Fisch, Kuchen und Brötchen. Zwei magere kleine Farmerstöchter, die sich bald am Zirkustisch herausgefuttert hatten.

Auf einer nächtlichen Zugfahrt von Stillwater zeigte ihnen der Messerwerfer Kartentricks. Er hatte schlechte Laune, weil seine Assistentin weggelaufen war. Sie übten so lange, bis sie die wenigen Tricks beherrschten. In der Hoffnung, dass er eine von ihnen bezirzen könnte, seine Assistentin zu werden, brachte er ihnen auch noch das Hütchenspiel mit drei Walnussschalen und einer kleinen Bohne bei. Die Mädchen spielten, bis ihnen die Augen zufielen, und am Schluss waren sie so schnell, dass sie sich gegenseitig reinlegen konnten.

»Hat er eine von euch dazu gebracht, seine Assistentin zu werden?«

»Das heißt Zielmädchen.« Emeralds Zeigefinger deutete auf Ruby.

Delpha wandte sich der Schwester zu. »Wie kriegen die das eigentlich hin, dass die Messer jedes Mal stecken bleiben?«

»Dazu muss man einfach in einer bestimmten Entfernung stehen.« Ruby winkte ab. »Em und ich haben jede Arbeit übernommen. Wir waren echt für alles zu haben. Die schönste Zeit unseres Lebens. Den Rückwärtssalto von einem Pferd könnte ich vielleicht immer noch. Was meinst du, Schwesterchen?«

Ruby reckte ihr spitzes Kinn, und ihre Silberaugen strahlten ansteckend. Delpha glaubte sofort, dass Ruby den Salto schaffen würde – sie war zwar dünn, aber immer noch muskulös. Allerdings war es leichter, sich die beiden als Teenager beim Zirkus vorzustellen – blass, hübsch, zart wie die Elfen.

Der Messerwerfer verhalf ihnen gegen einen Anteil an den Einnahmen auch zu den nächsten Tricks. Er führte sie in die hohe Kunst des Taschendiebstahls ein und erklärte ihnen, dass es für zwei identisch aussehende Mädchen ein Leichtes war, in einer Menschenmenge in unterschiedliche Richtungen abzuhauen.

Das war das fehlende Puzzlesteinchen in Rubys Geschichte, dachte Delpha. Taschendiebstahl. Genau die Kragenweite der beiden. Es erklärte das Selbstvertrauen der McClungs in Gatesville, ihr gelegentlicher Zank mit anderen Insassinnen über vermisste Gegenstände. Es passte zu der engen Bindung, die die Schwestern hatten.

Die Fröhlichkeit in Rubys Gesicht verlor sich, als sie berichtete, dass sie den Zirkus verlassen mussten. Einer der Bosse hatte mitgekriegt, wie sie einen Farmer um seine Brieftasche erleichtert hatte, und das konnte der Zirkus nicht zulassen. Die Schwestern weinten, aber es half nichts, und weil es nichts half, weinten sie umso mehr. Ruby und Emerald waren zwanzig und von da an in der großen, unerbittlichen Welt ganz auf sich allein gestellt.

Mit vier Händen schnell wie Sternschnuppen, dachte Delpha.

Sie fragte sie, was sie danach getan hatten. Ruby sagte, sie hätten auf der Texas State Fair in Dallas gearbeitet, auf der Kansas State Fair und auf Jahrmärkten in St. Louis und Omaha. Delpha verzichtete darauf, sich zu erkundigen, was sie mit »arbeiten« meinte. Nach einer Weile besorgten sich die Zwillinge Abendkleider und arbeiteten in Konzerthallen und auf Galas in Dallas und Houston.

Ruby ließ den Kopf sinken. »Du darfst nicht schlecht über uns denken, Delpha. Egal wo wir waren, wir sind immer in die Kirche. Wir sind zwar nicht katholisch erzogen worden, aber wir sind trotzdem hin, um uns unsere Sünden vergeben zu lassen. Wir haben gebeichtet, und dann haben wir dem Waisenhaus was gespendet. Wir haben einfach an der Tür geklopft und ein paar Scheine dagelassen. Stimmt doch, Schwesterchen, oder?«

»Zeig ihr die Kleider«, flüsterte Emerald.

Sofort fing Rubys Gesicht wieder an zu leuchten. Rasch ging sie zum Schrank und streckte die Hand nach dem obersten Fach aus. Dort standen mehrere Schachteln. Ruby zog eine lange heraus. »Aunt Marjorie hat die Sachen für uns aufgehoben, und jetzt haben wir sie wieder geholt.« Sie hievte die Schachtel herunter, trug sie zum Bett und öffnete sie. Obenauf lag eine Art Badeanzug, den sie beiseitelegte. »Federschmuck habe ich auch getragen«, sagte sie verträumt und strich sich über die Haare. Als Nächstes kam eine Lederschürze zum Vorschein, die am unteren Ende Fransen und leere Schlaufen hatte, dazu ein fest zusammengebundenes Bündel ... Stecken? Ein Paar hochhackige beige Pumps, die von den Jahren in der Schachtel zerknautscht waren. Fotos der jungen Schwestern, die links und rechts von einem hünenhaften Mann mit Zylinder standen. Zusammen mit einem Mann mit Schnurrbart und aufgekrempelten Ärmeln. Verschiedenen Frauen in Paillettenkleidern. Am glücklichsten sahen die Zwillinge auf dem Rücken von zwei Elefanten aus, Gladys und Betty, die ihre riesigen Köpfe einander zuneigten.

Das alles legte Ruby beiseite, hob ein zerknittertes rosenrotes Abendkleid mit einem Schößchen aus der Schachtel und schüttelte es aus. Das Schößchen setzte in der Taille an und fiel über die Hüften des schmal geschnittenen Kleids. Der Rock war hoch geschlitzt, damit die Trägerin überhaupt darin gehen konnte. Ruby zeigte die Vorder- und die Rückseite und legte es über Emeralds Beine, dann zog sie ein zweites Kleid heraus.

»Du meine Güte«, sagte Delpha. »Für den Rock allein wurden sicher fünf Meter Stoff verwendet.«

Das Kleid war aus jadegrünem Chiffon. Es hatte einen Carmenausschnitt und schmale Spitzenärmel. »Du solltest Em mal darin sehen«, sagte Ruby.

Sie zog weitere Kleider heraus, ein gelbes Satinkleid mit einer Strassschnalle an der Taille und ein schwarzes Kleid mit einer großen weißen Schleife an der Schulter, die platt gedrückt war.

»Ist das nicht toll? Wie auf einer Party.« Ruby ließ bewundernd die Hände über die Kleider gleiten.

»Ihr habt bestimmt umwerfend ausgesehen«, sagte Delpha leise.

»Mussten wir ja auch. Dallas Symphony Orchestra. Houston Grand Opera.«

Nüchtern erzählte Ruby beim Einpacken, wie sie zu den Kleidern gekommen waren. Sie hatten sich identisch angezogen und waren dann getrennt voneinander in die Damenabteilung eines großen Nobelkaufhauses gegangen, zum Beispiel Neiman Marcus. Wenn sie ein Kleid entdeckten, das ihnen gefiel, achteten sie darauf, dass es zweimal in ihrer Größe vorhanden war. Eine von ihnen bezahlte es. Bevor sie den Laden verließ, nahm sie das Kleid aus der Tüte, rollte es zusammen und gab der anderen die Quittung und die Tüte. Die Schwester steckte das zweite Kleid in die Tüte, lief ein wenig im Laden herum und ging schließlich zur Kasse, wo sie der Verkäuferin bedauernd erklärte, dass sie es sich anders überlegt habe. Die Verkäuferin erstattete den Preis und nahm das zweite Kleid wieder an sich. Auf diese Weise besaßen sie ein Kleid, ohne dafür bezahlt zu haben, und organisierten so nach und nach ihre gesamte Garderobe.

Ruby lächelte stolz. »Willst du noch ein Stück Kuchen, Emmie?«

Emerald schüttelte den Kopf.

»Delpha?«

»Ich muss jetzt wirklich ins Büro.«

»Also, ich nehm noch eins!« Ruby legte ein zweites Stück auf ihren Teller.

Delpha stand auf, sagte zu Emerald, sie solle sich ein wenig ausruhen, und verabschiedete sich. Zusammengesunken lag Emerald in den Kissen. Ein leises Pfeifen drang aus ihrer

Brust. Rubys Mund war kirschrot verschmiert, und sie fuhr sich mit der Zunge über die Mundwinkel.

Phelan arbeitete nicht gerne für lau, aber der heutige Job ging in Ordnung, weil er ihn für Joe machte. Der Morgenhimmel war so klar, dass der abnehmende Mond zu sehen war und kein Wölkchen das Strahlen trüben konnte.

Er fand die Adresse sofort. Ein zweistöckiges weiß verputztes Gebäude, das am Rand des Gewerbegebiets der Stadt lag und mit einem quietschrosa-goldenen Schild, auf dem Love Power stand, aufgepeppt war. Derselbe Schriftzug zierte zwei Lieferwagen. Am Empfang saß eine weißblond gefärbte Frau, die einen rosa Kittel trug, Phelan fröhlich begrüßte und ihm erklärte, dass das Büro seines Freundes Dr. Willis sich neben dem Labor im ersten Stock befinde. Ob Dr. Willis ihn erwarte?

Na ja, ja und nein, erwiderte Phelan. Sie hätten keinen Termin vereinbart, aber Dr. Willis habe ihn eingeladen, ihn wann immer er wolle in seinem Labor zu besuchen. Sie hätten früher einmal zusammengearbeitet. »Ist die Firma neu?«

»Nein, nein, Love ist nicht neu«, sagte die Frau, »nur der Firmensitz. Wissen Sie, die Firma hat nämlich festgestellt, dass sie Geld spart, wenn sie nichts auslagert, sondern alles im Haus macht.«

Phelan wusste es nicht. *Im Haus*. Er fragte sich, ob sie damit meinte, dass sie keinem Gefängnisdirektor mehr einen gehörigen Batzen dafür zahlten, damit er ihnen die Haut, die Haare und den Skalp seiner Häftlinge verkaufte.

Die Empfangsdame drückte ein paar Knöpfe auf ihrem Prinzessinnentelefon und wickelte die rosa Telefonschnur um ihr Handgelenk, während sie Phelan anlächelte. Halbherzig erwiderte er ihr Lächeln. Sie schien für die Firmenprodukte Werbung zu laufen: die Wangen bronzefarben, die Lippen lila, die Augenlider lavendelblau, die Lidränder schwarz. Parfüm umgab sie wie eine radioaktive Wolke.

»Er geht nicht dran. Wahrscheinlich hat er gerade im Labor zu tun. Gehen Sie doch einfach rauf und warten Sie in seinem Büro auf ihn.« Sie kräuselte die Nase, eine Miene, die Phelan nicht verstand, und kicherte.

Phelan sah im Büro nach: niemand. Schnell wanderte sein Blick über den Schreibtisch. Aktenmappen, Schreibmaschine, Taschenrechner, Kaffeebecher. Im Posteingangskorb lagen Briefe von mehreren Tierfutterhändlern und einer von einem Dr. Randolph Chalfont. Er nahm den offenen Umschlag und schüttelte den Brief heraus. Adressat war Dr. Peter Willis, gefolgt von der Adresse von Love Power, allerdings ohne den Firmennamen. Vielleicht hatte Plato also mehr als einen Job, und er benutzte diesen hier als Clearingstelle. Oder wollte er sich nur nichts entgehen lassen?

In dem Anschreiben bat Dr. Chalfont Dr. Willis darum, sich in der letzten Januarwoche um die Häftlinge in McNaught zu kümmern, während er an einer Konferenz an einer Universität in Washington, D. C., teilnahm. Die Konferenz sei wichtig, deshalb möge Willis sich doch bitte bereithalten. Darüber hinaus stand in dem Schreiben, dass Chalfonts Projekt jetzt im siebten und vorletzten Jahr war. Die folgende Information dürfte Joe noch nicht kennen: Nach Abschluss der Studie würde an den Teilnehmern, die das wünschten, eine Vasektomie durchgeführt werden, damit sie keine durch die Röntgenstrahlen missgebildeten Kinder zeugen konnten.

Was im Umkehrschluss bedeutete, dachte Phelan, dass Teilnehmer, die keine Vasektomie vornehmen lassen wollten, nach Lust und Laune Kinder produzieren konnten. Phelan lief ein Schauer über den Rücken. Wussten die Häftlinge davon? Hatten sie sich geweigert, an sich herumschnippeln zu lassen? Wussten sie, was durch einen solchen Eingriff verhindert wurde?

Bis letzten Sommer hatte Plato Willis für Daughtry Chemical gearbeitet und war daher relativ neu bei Love Power. Und er würde auch neu in McNaught sein – als Vertretung für diesen Dr. Chalfont mit seinem Röntgenapparat. Die Aushilfe. Jemand, der keine Probleme damit hatte, Männer mit Röntgenstrahlen zu durchleuchten und Samenleiter zu durchtrennen. Soweit er Plato Willis kannte, traf das auf ihn zu.

Jemand ging am Büro vorbei, und Phelan flüchtete sich in eine Ecke. Nachdem die Schritte verklungen waren, ging er zum Schreibtisch, um den Umschlag wieder zurückzulegen. Dann stand ihm plötzlich das Bild des weinenden Dale vor Augen, wie er rittlings auf dem Geländer der Feuertreppe saß. Joes Fotos, die Wunden und Narben seiner Klienten. Selbst Aaron Philpott, ein hübscher Junge, dessen Gesicht in Haferbrei verwandelt worden war. Was soll's, sagte sich Phelan, steckte Chalfonts Brief in seine Jackentasche und legte den leeren Umschlag zurück.

Dann trat er wieder auf den Flur. Nach ein paar Schritten intensivierte sich ein unangenehmer Fäkaliengeruch. Phelan sah durch ein kleines viereckiges Fenster, das an der Stirntür eingelassen war.

Das Labor.

Er blickte auf drei Reihen von ... er hatte keine Ahnung, was das sein sollte. Die Dinger sahen aus wie die Pranger, an denen die Puritaner Gesetzesbrecher zur Schau gestellt hatten. Holzkonstruktionen mit einem Loch für den Kopf des armen Sünders. Nur gab es in diesem Fall eine Menge Löcher und eine Menge Köpfe, und es waren ausschließlich Kaninchenköpfe.

Sie starrten an ihm vorbei. Riesige Ohren, innen rosa und außen weißes Fell. Phelan schlüpfte in den Raum und schloss leise die Tür. Der Geruch warf ihn fast um. Die Kaninchen sahen ihn nicht an.

Einige hatten verstört dreinblickende gerötete Augen. Die Augen anderer waren eitrig, und das Fell um die Augen war gelblich. Bei wieder anderen sah das Fell rostig oder verbrannt aus. Er machte ein paar Schritte zur Seite und sah die buckligen Rücken der Tiere in den offenen Holzkisten. Einige waren weiß. Viele waren nackt, blanke rosa Haut. Sehr, sehr rosa Haut mit offenen Wunden, rund wie Zielscheiben, in der Mitte ein trockener schwarzroter Fleck. Zwei Kaninchen mit Wunden drängten sich an die Seite ihrer Kisten und versuchten, sich mit den Nasen zu berühren.

Hinter den Kaninchen befanden sich aufeinandergestapelte Käfige, die überwiegend von weißen und grauen Mäusen bevölkert waren. Phelan ging an einer Käfigreihe entlang. Einige der Mäuse sahen mit ihren roten Beulen und Kratzern aus, als hätten sie miteinander gekämpft, so wie damals er und Narlan Pugh. Andere hatten dieselben Zielscheibenmarkierungen wie die Kaninchen, nur kleiner. Wieder andere waren vollständig rasiert. Oder sahen aus, als hätte sie sich jemand in den Mund gesteckt, ein bisschen darauf herumgekaut und sie dann zurück in den Käfig gespuckt. Als Phelan an ihnen vorbeiging, flohen sie. Eine Ratte mit einer eitrigen Wunde zwischen den Ohren stand aufrecht da, zwei rosa Pfoten umklammerten das Käfiggitter, als würde sie gleich mit einem winzigen Becher gegen die Stäbe schlagen. An der hinteren Wand des kalten Raums befanden sich große Käfige, in denen noch mehr Tiere waren, vor allem Katzen, mit kahlen Stellen und Geschwüren an den Augen. Eine rote Katze mit einem triefenden Auge miaute und rieb sich an den Gitterstaben. Ein heller Mischlingshund lag auf der Seite, das Rückgrat und der Hals mit fleischigen, nackten Geschwülsten bedeckt. Seine Augen folgten Phelan, ohne dass er den Kopf hob.

Gerade der Anblick des Hundes war kaum zu ertragen.

Tom Phelan mochte Ratten nicht besonders – zwei auf einem Haufen jagten ihm einen Schauer über die Haut. Kaninchen kannte er nicht näher. Als Kind hatte er jedoch nacheinander zwei heiß geliebte Mischlingshunde gehabt, Whitey und Pee Wee, und eine taube Katze namens Aunt Pearl. Er neigte zu der Anschauung, dass alle Lebewesen unterm Himmelszelt eine Familie waren, mit Ausnahme von Stechmücken. Der Magen drehte sich ihm um.

Hier war er richtig. Jetzt wusste er, was Plato machte. Grausam, aber legal. Love Power hatte in ein paar Mäuse und größere Tiere investiert und die kostspieligeren Forschungsbereiche in Gefängnisse ausgelagert. So war es doch, oder? Platos Korrespondenz legte nahe, dass er nur hin und wieder Menschenversuche übernahm. Wenn Chalfont weg war, überwachte er dessen Röntgenexperiment. Phelan würde sich bei Joe nach der Vereinbarung erkundigen, die die Häftlinge unterzeichneten, wenn sie sich mit den Experimenten einverstanden erklärten. Vielleicht wurden darin ja die Risiken und Folgen inklusive der Vasektomie als krönender Abschluss offen angesprochen. Vielleicht fanden die Häftlinge sie sogar nützlich, weil sie schon neun Kinder hatten, keine Kinder wollten, zu alt waren oder sonst was. Noch hatte er nicht mehr als Dale Feltons löchrige Geschichte über McNaught. Dale Felton, Kleinkrimineller, Versagertyp. Klar. Aber die Bereitschaft, sich von einem zehnstöckigen Gebäude zu stürzen, bezeugte die Wahrheit deutlicher als ein Eid mit der Hand auf der Bibel.

Nicht allzu weit entfernt war eine Klospülung zu hören.

Kurz darauf öffnete sich eine Tür an der Längswand, und Plato Willis erschien in einem weißen Laborkittel, in der Hand eine Zeitschrift. Er sah Phelan überrascht an.

»Wer sind Sie – haben Sie eine Erlaubnis, sich hier aufzuhalten?« Der Mann mit den zerzausten schwarzen Haaren warf die Zeitschrift auf einen Arbeitstisch.

»Plato Willis? Dr. Plato Willis?«

»Ja, ich bin Dr. Willis. Aber ich heiße Peter. Peter Willis. Tut mir leid, aber ich kenne Sie nicht.«

»Sie kennen mich nicht ... Peter? Das kränkt mich aber.«

Willis kniff die Augen zusammen. »Phelan«, sagte er. »Ausgerechnet.«

»Ja, ich bin's. Freut mich, Sie bei guter Gesundheit anzutreffen. Bei unserer letzten Zusammenkunft ging's Ihnen ein bisschen mau.«

Als sie sich das letzte Mal gesehen hatten, hatte Plato Willis ständig seine Hände mit Alkohol abgerieben, völlig panisch, dass er in Kontakt mit einem Bakterium gekommen sein könnte, das in der Lage wäre, das Pentagon zu entvölkern.

Unvermittelt marschierte Willis zur Labortür und baute sich daneben auf. »Wie kommen Sie auf die hirnrissige Idee, dass ich mit Ihnen rede?«

»Weil Ihr neuer Arbeitgeber keine Ahnung von Ihrer Vergangenheit hat und ich ... tja, ich schon.«

Plato Willis schloss die Labortür mit einem gezielten Tritt und sah ihn finster an.

»Regen Sie sich ab, Plato. Dieses Mal habe ich es nicht auf Sie abgesehen. Sie sind nur Statist. Sie könnten also durchaus freundlicher sein. Mich interessiert nämlich nur, welches Experiment da gerade in McNaught läuft, und ich weiß, dass Sie den Mann, der es durchführt, kennen.«

Schwer atmend setzte sich Willis. Während er sich wieder fing, nahm er einen wachsamen Ausdruck an. »Ich habe ihn nur ein paarmal getroffen. Reden Sie doch selbst mit ihm.«

Phelan konnte regelrecht sehen, wie erleichtert Plato Willis war, dass nicht er die Zielscheibe war. »Was ist das für ein Mann?«

»Dr. Chalfont ist Endokrinologe, er führt gerade eine Forschungsstudie durch – deshalb braucht es keine Genehmigung von der FDA. In der Studie geht es um die Effekte von Röntgenstrahlung auf die männlichen Fortpflanzungsorgane, aber das wissen Sie vermutlich schon, das hat Sie wahrscheinlich überhaupt erst auf mich gebracht. Die Studie ist sehr großzügig ausgestattet. Zumindest war sie das. Er ist damit hierhergezogen, weil es in Texas keine … na ja, weil die Behörden hier nicht darauf bestehen, dass einem ständig irgendein Wichtigtuer bei der Arbeit über die Schulter schaut. Oder kaum.«

»Und zuletzt war er in …«

»Oregon.«

»In Oregon rücken einem diese Wichtigtuer also auf die Pelle?«

»Ich glaube, die Gesetzeslage dort hat sich irgendwann geändert.«

»Ach ja? Haben Sie eine Ahnung, warum?«

»Nein.«

»Ist bei dieser Studie mal jemand zu Schaden gekommen?«

Platos Stimme verlor ihre Beiläufigkeit. »Wenn, dann wird Chalfont es Ihnen sicher nicht erzählen.«

»Wer dann?«

»Ich jedenfalls auch nicht.«

»Okay. Hat Chalfont eine spezielle Vereinbarung mit dem Gefängnisdirektor?«

»Geben Sie mir eine Zigarette.«

Phelan tat ihm den Gefallen. »Darf man hier drin rauchen?«

»Das ist mein Labor.« Auf einmal wirkte Willis wieder ganz in seinem Element. Er zündete die Zigarette an und stieß eine Rauchwolke aus. »Ich glaube, der Gefängnisdirektor kriegt sämtliche administrativen und personellen Kosten erstattet, die durch die Studie entstehen. Auch seinen persönlichen zeitlichen Aufwand.«

»Gilt das auch für Love Power, wenn es die Insassen von McNaught benutzt?«

»Was mein momentaner Arbeitgeber tut und nicht tut, geht Sie nichts an, Phelan.«

»Verstehe. Wissen Sie irgendetwas über Walt Perry?«

Plato bedachte ihn mit einem verschlagenen Blick. »Perry wird hier in der Gegend mal eine ganz große Nummer.«

»Was meinen Sie damit?«

»McNaught ist erst der Anfang.«

»Anfang von was? Weiteren Experimenten?«

Willis zog an der Zigarette. Griff in eine Schublade hinter dem Tresen und holte einen Messingaschenbecher heraus. Streifte die Zigarettenasche ab, lehnte sich zurück. Genussvoll dehnte er den Moment aus.

»Die Privatisierung des Strafvollzugssystems. Stellen Sie sich ein Spinnennetz vor, Phelan. Es reicht von einer Ecke zur nächsten und übernächsten, und der gute Walt Parry hockt mittendrin. Das ist die Zukunft – privat betriebene Gefängnisse werden zum großen Geschäft.«

»Wenn Sie meinen.«

»McNaught schreibt schwarze Zahlen.«

»Und Chalfont?«

Ärger huschte über Willis' Gesicht. »Er ist ziemlich arrogant. Wenn man bedenkt, was für ein Schwachkopf er ist.«

»Wissen Sie, warum er McNaught ausgesucht hat?«

»Warum nicht McNaught? Jedes Gefängnis ist mehr oder weniger so was wie ein … ein Menschenreservoir. McNaught ist privatisiert, das heißt, die Aufsicht ist weniger streng. Es ist groß genug, damit nicht auffällt, wenn der eine oder andere Insasse verloren geht, und klein genug, dass die Behörden und Zeitungen nicht allzu genau hinschauen.«

»Ach ja? Erzählen Sie mir von den Leuten, die verloren gegangen sind.«

Willis drückte die Zigarette aus und warf einen Blick auf sein nacktes Handgelenk. »Das war eine äußerst interessante Begegnung, Phelan, aber es wäre mir lieb, wenn wir uns nie wiedersehen würden. Und zwar von jetzt an.«

»In Ordnung. Sie haben mir sowieso alles gesagt, was ich wissen wollte. Machen Sie's gut, Dr. Plato.« Phelan tippte an eine imaginäre Hutkrempe. »Ich meine, Dr. Peter.«

Willis grinste. Dann nahm er den Hörer des Telefons auf seinem Schreibtisch und brüllte »Sicherheitsdienst!« hinein.

Phelan hob die Hand, aber in dem Moment platzte bereits ein bulliger Mann durch die Tür und begleitete ihn grob aus Love Power, Inc., hinaus. Als Phelan an der wild bemalten Empfangsdame vorbeikam, funkelte sie ihn an, die Lippen zu einem auf dem Kopf stehenden Lächeln verzogen. Sie sah aus wie ein Clown, über den die Geschworenen gerade ein Todesurteil gefällt hatten.

Delpha stellte das Auto ab und ging ins Rosemont, um Kaffee zu holen, bevor sie die Straße zu Phelan Investigations überquerte. Der Mikrofiche-Artikel, der eine Verbindung zu Verena Lamb, der Sängerin der Goree Sweethearts, herstellte, steckte immer noch in ihrer Handtasche. Nachdem Angela sie ins Kino eingeladen hatte, hatte sie ihn vergessen. Sie hatte ihn Phelan zeigen wollen. Der Artikel war interessant, vielleicht sogar wichtig.

Das Wetter lenkte sie ab. Über Nacht war es richtig kalt geworden. Auf dem Weg ins Büro riss ein scharfer Nordwind an Delphas Mantel, fuhr durch ihre Haare und biss ihr in den Nacken, und mit den zwei Kaffeebechern in den Händen konnte sie den obersten Knopf des Mantels nicht schließen.

Phelan war nicht da. Sie stellte einen Becher auf seinen Schreibtisch und einen auf ihren. Und wartete.

Nach einer halben Stunde kam er. »Tut die Heizung ihren Dienst?«

»Könnte besser sein.«

Er ging in sein Büro und hielt die Hände über den lauwarmen Heizkörper. »Stimmt.« Er dankte ihr für den Kaffee und nahm einen Schluck. »Warm ist was anderes, aber der Zucker hilft. Hey, wir sollten uns auf den neuesten Stand bringen. Wie wär's mit einer kleinen Konferenz?«

Delpha folgte ihm in sein Büro, sie fühlte sich noch ein bisschen verkehrter als sonst. Sie erzählte ihm, dass sie morgens mit dem Kuchen Emerald besucht hatte, die sehr müde gewesen war, ihr aber ein paar Kartentricks vorgeführt hatte. Und von der Vergangenheit der beiden als Taschendiebinnen.

Phelans Kopf fuhr herum. »Taschendiebinnen. Ernsthaft?«

»Jep. Bevor sie bei der Bank angefangen haben. Der Fall wird immer verworrener. Soll ich Ihren Mantel aufhängen?«

Phelan schlüpfte aus dem Mantel und reichte ihn ihr, dann setzte er sich.

»Ach ... wie war eigentlich Ihr Film am Sonntag?«

Delpha hängte die beiden Mäntel auf, holte den Artikel aus ihrer Handtasche und kehrte damit zurück in Phelans Büro. Sie hätte gerne mit jemandem über *Jesus Christ Superstar* gesprochen, aber jetzt war nicht die Zeit, nicht an diesem eiskalten Dienstagmorgen mitten in der Arbeit.

»Sehr interessant«, sagte sie. »Danach war's nicht mehr ganz so schön.«

Er wartete.

Wem sonst konnte sie davon erzählen? Bestimmt kannte er Parker, weil Parker den Schreibtisch neben Joe hatte. Sie berichtete ihm, was Angela und ihr in der Bar passiert war, und ihre Stimme verriet Phelan, wie schrecklich sie sich fühlte.

Den Bruchteil einer Sekunde zeigte sich Freude auf Phelans Gesicht, und er lehnte sich entspannt zurück. Aber gleich darauf war er wieder ganz bei ihr. Er schüttelte den Kopf, als ihm klar wurde, was geschehen war, als er die Scham und Enttäuschung an ihren gebeugten Schultern ablas.

»Joe ist Ihr Bewährungshelfer. Nicht Parker. Das war mies, so was vor Ihrer Freundin zu machen.«

Die Szene stand ihr wieder lebhaft vor Augen. Es war so ziemlich das Gegenteil dessen, was sie mit ihrer Heimlichtuerei gegenüber Angela hatte erreichen wollen. Das Fenster klapperte im Wind. Delpha erschauerte in dem kalten Luftzug.

»Hey.« Phelan streckte die Hand aus. »Setzen Sie sich doch. Es tut mir leid, dass er Sie so behandelt hat.«

»Tja, ich schätze mal, das ist sein Job, ob er nun für mich zuständig ist oder nicht.« Delpha ließ sich auf den hohen Mandantenstuhl aus Leder sinken.

»Quatsch, Parker ist einfach ein Kotzbrocken, und wahrscheinlich ist ihm einer dabei abgegangen.« Er dachte an ihre Vorfreude, als sie in der Lobby des Rosemont gestanden hatte, das Make-up, der neue Pullover. Vorfreude bestand vor allem aus Hoffnung, oder? Er drückte ihre Hand.

»Danke«, sagte sie leise.

War da noch etwas an diesem Filmabend passiert? Er war still, wartete, dass sie es ansprach.

»Haben Sie eigentlich Plato Willis gefunden?«, fragte sie.

Er wechselte in einen geschäftsmäßigen Ton. »Hab ich. Raten Sie mal, was er jetzt macht.« Phelan beschrieb das Labor, die Tiere, den Brief, den er in Platos Büro geklaut hatte, seinen eigenen unsanften Abgang. Dann deutete er auf sie. »Was haben Sie da eigentlich?«

Bei der Beschreibung des Labors verzog Delpha das Gesicht. Sie hob das Blatt Papier. »In dem Artikel geht es um eine Frau, die in der Gefängnisband gesungen hat, den Goree Sweethearts, und das Verbrechen, wegen dem sie einsaß. Vera Petrys Stimme hat mich an sie erinnert. War nur so ein Einfall, als ich in Erinnerungen schwelgte. Diese Stimme. Vielleicht ist es nichts.« Sie reichte Phelan das Blatt.

Es war ein Meinungsartikel des Herausgebers der Zeitung, den er nach dem Prozess geschrieben hatte. Details des Mordes kamen zur Sprache. Asa Lamb, 63, war vom Liebhaber seiner Frau, einem Harold Martinez, 24, durch das Wohnzimmerfenster erschossen worden. Mrs Verena Lamb, 29, hatte jegliche Mittäterschaft geleugnet, und Martinez hatte ihre Aussage bestätigt und geschworen, auf eigene Faust gehandelt zu haben. Der Autor verstieg sich zu Spekulationen über das Scheitern der Lamb'schen Ehe. Wie bekannt war, hatte Asa Lamb sich bereit erklärt, einmal im Monat mit seiner Frau Verkehr zu haben, aber nicht ungeschützt. Unterstützt vom Pastor ihrer Kirchengemeinde hatte die Frau erklärt, dass es, wie der frömmelnde Autor schrieb, »das Recht und Ziel jeder Frau ist, Mutter zu sein«. Im weiteren Fortgang des Artikels konnte man den Eindruck gewinnen, alle hätten Verständnis für diese Haltung gehabt. Bis zu Mord reichte dieses Verständnis jedoch nicht. Dass Mrs Lamb zu sechs Jahren verurteilt wurde und Harold Martinez, der Schütze, zu lebenslänglich, war gerecht. So jedenfalls der Richterspruch des Herausgebers.

»Ist Ihnen der Name aufgefallen?«, fragte Delpha leise.

»Ja. Verena. Vera. Und was stellen wir damit an?«

Delpha zuckte mit den Schultern. »Legen wir's zu den Akten.«

»Na gut. Eine Sache noch – Helen hat Sonntagnachmittag angerufen.«

»Helen! Was wollte sie denn?«

»Sie wollte wissen, wann sie ihre nächsten zwanzig Dollar kriegt.«

»Aber ... sie muss doch wissen, dass beide Zwillinge auf freiem Fuß sind. Wie kommt sie auf die Idee, dass sie noch Geld dafür kriegt, jemanden in Ruhe zu lassen, dem sie sowieso nichts mehr anhaben kann?«

»Probieren kann man's ja mal. Ich habe ihr gesagt, dass Emerald ernsthaft krank ist und dass sie was damit zu tun hat.«

»Hat sie darauf reagiert?«

»Kann man so sagen.« Phelan nickte zufrieden.

Sie lehnte sich zurück, und Phelan tat es ihr nach. »Helen«, fuhr er fort, »also ich hatte ihr ja gesagt, dass es zwei eng verwandte Gründe gibt, praktisch Zwillinge, wegen denen ich was auf ihr Ladenkonto einzahle, und dass einer darin besteht, dass es allen in ihrer Nähe gut gehen soll. Ich hab ihr mehr oder weniger noch mal das Gleiche erzählt und sie noch mal gefragt, ob sie das versteht. Hat eine Weile gedauert, bis sie geantwortet hat, aber dann sagte sie, ja, sie würde verstehen. Daraufhin habe ich gesagt, dass sie dafür verantwortlich ist. ›Helen‹, sagte ich, ›das ist dir klar, oder?‹«

»Was hat sie geantwortet?«

Phelan zog die Augenbrauen zusammen. »Nichts. Hören Sie, wir sind da vielleicht nicht einer Meinung. Helen mag nicht die Schöne sein, aber für mich klang sie auch nicht wie das Biest. Ihrer Aussage nach hat Ruby die Streitereien angezettelt. Besser gesagt, einer der Zwillinge. Eine der ›kleinen Zecken‹, so nannte sie sie, habe auf ihr rumgehackt. Wollen Sie wissen, worum sie mich gebeten hat?«

Delpha hob den Kopf und sah ihn an.

»Sie will noch eine Marke. Hat mich immer noch Billy genannt.«

Delpha lächelte. »Alles klar, Mr Phelan. Sie haben Mitleid mit ihr.«

Den Schuh wollte Phelan sich nicht anziehen und erwiderte: »Sie hörte mir beim ersten Mal die meiste Zeit einfach nur zu. Kann sein, dass Helen bloß sehen wollte, was sie aus mir rausleiern kann. Zwanzig Dollar und eine kleine Plauderei am Telefon.«

»Rausleiern«, sagte Delpha trocken. »Na gut.« Sie ging in ihr Büro, zog die oberste flache Schublade ihres Schreibtischs auf und nahm die Hülle mit den Marken heraus, die sie von Mrs Singer bekommen hatte und aus der sie eine gestrenge Martha Washington ansah. Damit kehrte sie zu Phelan zurück und fragte, ob er noch die Spindletop-Postkarte hatte, die sie besorgt hatte.

Phelan kramte sie aus seinem Schreibtisch. Delpha klebte Martha darauf. »Fehlt noch eine 5-Cent-Marke, dann können Sie sie Ihrer Freundin Helen schicken.«

Dann grinste sie. »Schreiben Sie ihr was Nettes, Billy.«

19. Dezember 1973

Das Telefon weckte ihn. Dass ein Arzt dran war, versetzte ihn augenblicklich in Alarmzustand. Als er das letzte Mal von einem Arzt angerufen worden war, hatte der Mann ihm gesagt, dass zwei Cops Delpha Wade aus dem Krankenhaus zu einer Vernehmung abgeholt hatten. Der Anruf jetzt war nicht weniger alarmierend, nur dass es um Ruby McClung ging. Er habe Toms Karte in ihrer Handtasche gefunden. Sie brauchten Hilfe von einem Bekannten oder Verwandten, sonst wäre das Krankenhaus verpflichtet, die Polizei zu rufen.

»Hilfe wobei?« Tom zog den Wecker näher zu sich und sah, dass es halb fünf Uhr morgens war.

Nach einem Moment des Zögerns sagte der Arzt, so genau könne er das nicht sagen. Wisse Mr Phelan vielleicht, wo sie wohne?

»Ja.«

»Das Wichtigste ist, dass sie nach Hause gebracht wird.«

»Okay, aber warum …«

»Entschuldigen Sie bitte, aber ich habe jetzt zu tun.«

Phelan kletterte aus dem Bett, fuhr sich mit einem Waschlappen über Gesicht und Achseln, zog sich an und steckte sein Feuerzeug in die eine Jackentasche und das fast leere Zigarettenpäckchen in die andere. In der feuchtkalten Dämmerung fuhr er zum Krankenhaus, an Vorgärten mit dunklen Santas und Rentieren vorbei, die nur schwarze Umrisse waren. Unter Vogelgeschnatter stellte er sein Auto ab und ging zum Eingang. Hinter den roten Ziegelgebäuden mit den weißen Säulen floss der braune Neches dahin. Er hatte gehört, dass die Tage des Krankenhauses mit dem Martin-de-Porres-Anbau für Farbige gezählt waren und die Patienten in ein neues

Krankenhaus verlegt werden sollten. Dann würde die große Abrissbirne anrücken und vier gemauerte Stockwerke und fünfundsiebzig Jahre Heilen und Sterben wären Geschichte.

Am Empfang wurde er zu einem Raum geschickt, an dessen Tür sich mehrere Schwestern versammelt hatten. Als sie ihn kommen sahen, wichen sie zur Seite.

Von den beiden Betten in dem Zimmer war eines unberührt, das andere belegt. Ruby McClung saß gebeugt am Kopfende, nicht viel anders als das letzte Mal, als er sie gesehen hatte. Sie stützte ihre Schwester, um ihr das Atmen zu erleichtern, und hatte die Arme unter Emeralds Achseln geschoben. Emerald lehnte gegen ihre Brust, Rubys Wange lag auf dem Kopf ihrer Schwester. Ihre Lippen bewegten sich, und sie hatte die Augen geschlossen. Die von Emerald waren schmale Schlitze, und das matte Silber war auf das Fußende des Betts gerichtet. Ihr Mund stand offen.

Das von Ben beschriebene Komposit-Foto kam Phelan in den Sinn: das sterbende Mädchen, die Schwester, der Vater, der dem Zimmer den Rücken zukehrte. Die Szene hier erinnerte ihn daran. Nur war es ein späterer Zeitpunkt, nachdem die Kranke gestorben und der Vater in dem schwarzen Umhang aus dem Zimmer geflohen war.

»Ruby«, sagte Phelan. »Ruby.«

Sie rührte sich nicht.

Er holte einen Stuhl, setzte sich, lauschte ihrem leisen Beten. Ein Räuspern ließ ihn zur Tür blicken, wo ein Mann in weißem Kittel zwischen den Krankenschwestern stand. Der Arzt wollte etwas sagen, aber Phelan hob die Hand, damit er schwieg. Dann drehte er sich wieder zu den Schwestern.

Das leise Beten ging unaufhörlich weiter. *Lieber Gott, steh mir bei in der Not ... hilf mir, mach sie gesund. Meine Schwester ist kostbar in deinen Augen, Gott, mach sie gesund, allmächtiger*

Jesus Christus. Dazwischen Bruchstücke einer Geschichte, die vermutlich der Erinnerung entstammten: »dann nach Dallas«, »Dreck fressen«, weitere Bruchstücke, die er nicht verstand.

Phelan überlegte gar nicht erst, warum er sich nicht fehl am Platz fühlte, er akzeptierte einfach die Rolle des Wächters. Gebete hüllten ihn ein. Nur die verzweifelten Seufzer, das eindringliche Flehen gingen ihm durch und durch. »O Em, geh nicht. Verlass mich nicht, Schwesterchen.«

Er tat nichts, um sie zu unterbrechen.

Kurz nach halb sechs fing Ruby an, ihre Schwester zu wiegen. Er versuchte es wieder. »Ruby«, sagte er sanft. »Wir müssen jetzt gehen. Die Ärzte werden sich um Emerald kümmern, ja?«

Ihr Gesicht verschloss sich. Sie wiegte Emerald weiter.

Phelan ließ sie gewähren, bis er schließlich mit einem stummen Seufzer aufstand und die Schwester fragte, ob er telefonieren dürfe. Er rief im Rosemont an, ließ es lange klingeln, damit Delpha Zeit hatte, zum Flurtelefon zu kommen. Zwanzig Minuten später glaubte er in der Ferne das tiefe Röhren des Dart zu hören, dann sah er sie den Flur entlangkommen. Quietschende flache schwarze Schuhe, keine Strumpfhose, kein Lippenstift. Eine blonde Schwester stand mit verschränkten Armen da. »Ich versteh echt nicht, warum manche Patienten sich so aufführen müssen«, sagte sie.

Phelan und Delpha traten in den Raum und sahen sich an.

Ohne nachzudenken, strich Delpha Phelan über den Rücken. »Ich übernehme das«, flüsterte sie ihm zu.

Sie hatte es schon einmal mit angesehen, und es war nicht schön gewesen. Jemanden wegzubringen von dem Ort, an dem es weder Geben noch Nehmen gab. Für manche war die

Vorstellung beängstigend, dass ein geliebter Mensch dorthin gegangen war, und sie nie mehr anhören, nie mehr ansehen würde. Egal wie sehr der Zurückgelassene auch danach griff, die Hände griffen ins Leere. Egal in welche Richtung er taumelte, er konnte nicht entfliehen, und genauso wenig konnte er finden, wonach er suchte. Er konnte heulen und klagen, aber die Stille brach immer wieder über ihn herein, legte sich drückend auf seine Brust. Sie ließ sich nicht abwehren und nicht vertreiben. Egal wie sehr man es versuchte, dieser finstere Ort ließ sich nicht zerstören, er entzog sich, blieb unversehrt, unzerstörbar.

Agnes Trayne, 47, hatte ihren Vater ermordet und saß in derselben Zelle wie Polly Chisholm, 22, die mit geringen Mengen von Marihuana, Speed und Benzedrin gedealt hatte. Nachdem sie sich die ersten sechs Monate entweder gezofft oder ignoriert hatten, fing das seltsame Paar an, sich zu mögen. Nach wie vor brach Polly gerne kleinere Streitereien vom Zaun, aber nur um zu spüren, dass Agnes sich nicht von ihr abwandte. Dass sie immer noch im Speisesaal nach ihr Ausschau hielt, dass sie ihr immer noch Gute Nacht wünschte.

Es gefiel ihr, dass Agnes ihre Differenzen auszuräumen versuchte – staunte über ihre Schlauheit und die Bereitschaft, die Verantwortung zu übernehmen. Polly war nie jemandem begegnet, der sich so verhielt. Immer den ersten Schlag austeilen. Wissen, wem man die Schuld anhängen konnte. Die Schlauberger lächerlich machen, damit sie einen in Ruhe ließen. Die Schwächen anderer rauskriegen und keine Angst haben, sie auszunutzen, aus Selbstschutz oder auch nur zum Spaß. Nach dieser Devise verfuhr Polly.

Nach Pollys Schwächen musste Agnes gar nicht erst suchen. Die lagen auf der Hand. Sie war gemein und ein Großmaul. Leicht zu kränken, schwer von Begriff. Als einige Frauen aufgefordert wurden, ihren Zeigefinger für eine Riechprüfung auszustrecken, mit der festgestellt werden sollte, ob sie in der Kapelle geraucht hatten, musste der Wärter kurz raus, um einen Stift zu holen. Drei der Frauen bohrten sich den Finger in den Hintern, bevor sie ihn für die Riechprüfung ausstreckten. Polly rannte derweil zum Klavier, um die restlichen Fluppen auf die Tasten zu werfen und die Klappe zu schließen, sodass sie spät dran war. Sie hatte gerade ihren Rock hochgeschoben, als der Wärter mit dem Kugelschreiber zurückkehrte. Die anderen Frauen kamen mit einer Beschimpfung davon, aber Polly mit ihrem Nikotinfinger bekam einen Eintrag.

Als Agnes Trayne hörte, dass Polly Chisholm diesen kleinen Trick, der eigentlich genau ihre Kragenweite gewesen war, vermasselt hatte, schnaubte sie. Es war kein richtiges Lachen, nicht dieses höhnische Losprusten, das Polly so gut konnte. Trotzdem kletterte die junge Frau auf ihre Pritsche und beschimpfte die Zellenkollegin wegen ihrer vergilbten Haare und dem Schmerbauch. Wurde noch wütender, als sie nach ein paar Minuten das Schnarchen von Agnes hörte.

Dennoch brachte Agnes Polly dazu, ihren Highschool-Abschluss zu machen. Sagte ihr, dass sie es schaffen würde. Dass sie was aus ihrem Leben machen konnte, wenn sie rauskam – wollte sie das etwa nicht? Wollte sie sich wirklich wieder nur treiben lassen? Polly schnauzte sie an, verteidigte das Lotterleben, das sie hierhergebracht hatte, aber sie war ja nicht blöd und trug sich natürlich auf der Anmeldeliste für den Unterricht ein. Als Polly die Lust an dem Lese-Schreib-Kurs verlor, den sie vor der Aufnahmeprüfung belegen musste, rechtfertigte Agnes erst gar nicht, dass er stellenweise langweilig oder überflüssig war. Stattdessen stellte sie ihr Fragen: Was hatte Polly an diesem Tag gelernt? Konnte sie es Agnes beibringen? Konnte sie es erklären? Polly schnaubte und rieb sich über die Stirn, manchmal ächzte sie oder schlug auf ein Kissen. Dann gab sie ihr eine Antwort. Das war etwas Neues für sie, auf Fragen zu antworten.

Agnes saß im Tagesraum, knetete ihre Hände und wartete darauf, dass Polly mit ihren Prüfungsergebnissen zurückkam. Als Abschlussgeschenk hatte sie per Post ein Stifteset aus Füller und Bleistift bestellt. Polly tat so, als würde es ihr nicht viel bedeuten. Aber es bedeutete ihr viel.

Eines Morgens verschlief Agnes und drohte den Zählappell zu versäumen. Polly beugte sich zu ihr hinunter und stieß sich den Kopf am Bettgestell an, als sie zurückzuckte. Agnes war kalt. Polly war zwar ungehobelt und etwas schwer von Begriff. Aber das war sogar ihr klar: Agnes würde ihr nicht mehr aus der Klemme helfen können oder sie dazu bringen, etwas zu einem erfolgreichen Abschluss zu bringen. Agnes würde ihr keine Gesellschaft mehr im Speisesaal leisten. Oder ihr ihren Kuchen schenken. Sie würde Agnes nie mehr das alberne, insgeheim aber geliebte *Gute Nacht, Polly Wolly* sagen hören. Sie schob sich auf die Pritsche und drückte das Gesicht an den Rücken der Frau.

Der Zählappell wurde ausgesetzt, während zwei Wärter zuerst versuchten, Polly Chisholm von der unteren Pritsche zu locken, und sie dann gewaltsam herunterzogen. Delpha und ein paar andere standen dabei. Als weitere Wärter mit einer Tragbahre kamen, traten sie beiseite. Sie rissen das Laken von Agnes' Pritsche, um sie damit zu bedecken.

Delpha kniete neben dem Bett. »Die Krankenhausleute brauchen das Zimmer, Ruby. Wir müssen gehen. Aber ich verspreche dir, dass du sie wiedersehen wirst. Das steht doch so in der Bibel, oder? Du weißt es.«

Aus Rubys Brust drang ein Laut.

Delpha strich der Lebenden die hellen Haare aus der Stirn. Hielt sie fest, damit sie nicht wieder zurückfielen, und redete von der Zeit, als sie Ruby und Emerald aneinandergedrückt hatte dasitzen sehen, so eng, dass man nicht wusste, wo die weiße Uniform der einen anfing und die der anderen aufhörte. Erzählte, was eine andere Insassin über sie beide gesagt hatte: Wenn man die Zwillinge sah, hatte man die Goldene Regel vor Augen.

»›Behandle andere so‹ ... meine Schwester war aber keine andere. Du hast keine Ahnung, wie das ist. Manchmal überfiel uns beide dieses Gefühl, dass wir nicht mal mehr den kleinen Finger rühren konnten, und dann saßen wir einfach nur dicht nebeneinander da. Ich wette, du bist einsam in dem Hotel. Dieses mickrige Zimmer und du ganz allein darin.«

Delpha dachte daran, wie froh sie jedes Mal war, wenn sie dieses Zimmer allein betrat. Weit weg von dem vollen Speisesaal, weit weg von dem Gequatsche, dem Heulen oder Streiten in den Zellen, von den Duschen mit lauter nackten Frauen. Das konnte Ruby nicht verstehen.

Sanft nahm sie Rubys Kopf und drehte ihr verzweifeltes Gesicht zu sich. »Wir bringen dich heim, dort suchst du ein paar Kleider für sie raus. Tu das für Emerald. Ja? ... Ja?«

Ein Flüstern. »Okay.«

Phelan schob seine Arme zwischen Ruby und das Kissen. Ruby wehrte sich nicht, als er sie sanft von Emerald wegzog und sie auf die Füße stellte. Eine Krankenschwester kam herein und stützte sie auf der anderen Seite. Sie gingen hinaus in den Flur, wo eine andere Krankenschwester mit einem Rollstuhl wartete. »Kommen Sie, meine Liebe«, sagte sie. Ruby ließ sich in den Rollstuhl helfen. Phelan blieb am Stationszimmer stehen, um die Adresse des Wohnheims zu hinterlassen, dann lief er der Schwester mit dem Rollstuhl nach. Sie gingen auf den Vorplatz mit der Zufahrt. Phelan sagte der Schwester, dass er das Auto holen würde, und kehrte damit zurück.

Endlich drehte Ruby den Kopf und sah ihn an. »Emmie hat den Hund gesehen, seine alte Zunge baumelte ihm aus dem Maul. Sie haben sich nicht um ihn gekümmert.«

»Es tut mir leid, Ruby. Es tut mir ehrlich leid.«

Zusammengesackt saß sie in dem Rollstuhl und hatte die Arme um sich gelegt. Über der zerknitterten rot-schwarzen Bluse trug sie keine Jacke, auf ihren blassen Armen war Gänsehaut zu sehen. Phelan hob sie aus dem Rollstuhl auf den Beifahrersitz und schloss vorsichtig die Tür. Als er hinter das Lenkrad rutschte, hörte er ein Knipsen und sah nach rechts. Ruby rauchte.

»Eine ist noch übrig«, sagte sie und hielt ihm das platt gedrückte Päckchen hin, das er in seiner Jackentasche verstaut hatte.

Phelan zog die Zigarette heraus und knüllte das Päckchen zusammen. Warf einen Blick auf seine Tasche, als hätte sie ihn verraten. »Sie haben flinke Finger, Ruby.«

»Nein, die hatte Em. Emmie war die mit den flinken Fingern.« Ruby nahm zwei Züge, dann heulte sie los.

Phelan wollte ihr über die Hand streichen, ließ es aber bleiben. Stattdessen nahm er sein eigenes Feuerzeug und zündete die letzte Zigarette an. Irgendwo auf dem Krankenhausparkplatz wurde röhrend der Dodge Dart angelassen. Sie würden mit Delpha am Wohnheim zusammentreffen.

Die Haustür ging auf sein erstes Klopfen auf. Peg in einem Flanellhausmantel sah Rubys hängenden Kopf und riss die Tür ganz auf. Delpha begleitete Ruby durch den Flur.

»Können Sie veranlassen, dass an Emerald eine Autopsie vorgenommen wird?«, fragte Delpha, als die Kellnerin bei Denny's den Teller mit Eiern, Speck und Brötchen vor sie stellte. Das Restaurant neben dem Freeway war braun und gelb, es war laut und stickig, und man tat gut daran, der Kellnerin nicht im Weg zu stehen.

»Ich?« Phelans Pancakes tauchten vor ihm auf, und sein bis auf den letzten Tropfen ausgetrunkener Kaffeebecher wurde wieder aufgefüllt.

»Oder jemand anderes. Normalerweise würde man das nicht machen, oder? Ex-Knacki, die keine Beziehungen hat, niemand, der sich dafür interessiert, woran sie gestorben ist. Außer ihrer Schwester. Aber wenn sie vergiftet wurde, sollten wir das wissen. Jemand sollte dafür zahlen.«

Phelan nickte. Er wusste, wen er fragen konnte. »Einen Moment«, sagte er, ging zu dem Münztelefon bei der Eingangstür und rief E. E. zu Hause an. Er hielt sich sein freies Ohr mit der Hand zu, um ihn besser zu verstehen, und berichtete ihm von Emerald McClung. Dann bat er ihn, eine Autopsie zu veranlassen.

»Keine Familie?«

»Eine Schwester.«

»Okay. Sie soll beim Rechtsmediziner anrufen und um eine Autopsie bitten. Sie wird hinkommen und eine Genehmigung unterzeichnen müssen. Du sagst, die Frau ist heute Morgen gestorben?«

»Frühmorgens.«

»Dann soll sie gleich anrufen und nicht damit warten. Wenn etwas faul daran ist, sprechen wir uns wieder. Ich muss jetzt los.«

Phelan dankte seinem Onkel und wich auf dem Rückweg zum Tisch der Kellnerin aus, die mit einer Hand ein großes ovales Tablett trug und mit der anderen einen Stapel Teller. »Ich soll Ruby in die Rechtsmedizin bringen«, sagte er. »Sagen Sie mal, kann es sein, dass Sie heute Morgen diesen Hund im Flur gesehen haben. Ruby sagte, Emerald hat ihn gesehen.«

Delpha blickte ihn an, dann nahm sie das kleine silberne Kännchen und goss Kondensmilch in ihren Kaffee, »Ich hab keinen Hund gesehen.«

»Da bin ich froh. Darf ich Sie noch was fragen? Was ganz anderes. Haben Sie im Gefängnis jemals an einer medizinischen Studie teilgenommen oder von einer gehört?«

Delphas Augenbrauen zogen sich zusammen. »Medizinische Studie.«

»Ja, man kriegt zum Beispiel was auf die Haut geschmiert, um zu sehen, welche Reaktionen es hervorruft. Oder die eine Hälfte der Leute kriegt eine Pille und die andere nicht, und dann wartet man ab, was passiert.«

»Wie bei dieser Syphilis-Studie in Tuskegee ...«

»Genau so was. Die haben im Sommer eine Sammelklage eingereicht, hab ich gelesen. Damit jemand dafür zahlt. Nur dass es leider für ein paar von den Männern zu spät ist. Haben Sie jemals etwas von einer Studie an den Gefängnisinsassinnen in Gatesville gehört?«

»Nein. Warum?«

»Joe hat was in der Richtung gesagt.«

Nach dem Frühstück fuhr Phelan zum Wohnheim, um Ruby abzuholen, die still und völlig kraftlos war, und mit ihr zusammen zur Rechtsmedizin zu fahren. Runtergekühlte Luft, Linoleumboden, Papierstapel auf dem Schreibtisch und eine ältere Sekretärin, die abwechselnd an einer Zigarette zog und sich schnäuzte. Die Sekretärin schob ihnen ein Formular zu, dass Ruby unterschreiben sollte, und holte ein weiteres Taschentuch aus der Packung, trompetete hinein, zog an der

Zigarette. Phelan stützte Ruby, die ihren Namen unter jedes Dokument gekritzelt hätte, das man ihr vorlegte, und wenn es die Anordnung zur Abspaltung des Staates Texas oder zu ihrer eigenen Hinrichtung gewesen wäre.

20. Dezember 1973

Am nächsten Tag, einem Donnerstag, fünf Tage vor Weihnachten, stand im Rosemont ein Ersatzkoch am Herd. Angeblich hatte Oscar über Weihnachten freigenommen, aber Delpha wusste, dass er Größeres vorhatte. Sie selbst sah noch immer Emeralds halb geöffnete Augen vor sich.

Delpha setzte sich zu Mrs Bibbo, die bester Laune war, weil sie jede Minute von ihrer Tochter aus Dallas abgeholt werden würde. Zwei Wochen würde Mrs Bibbo bei ihr bleiben. Zu ihren Füßen standen ein Koffer und zwei Einkaufstüten mit sorgfältig verpackten Geschenken, die sie im Lauf des Jahres besorgt hatte, wenn ihr etwas Schönes ins Auge gefallen war, das im Preis heruntergesetzt war und mit dem sie jemanden beglücken konnte. Statt zum Fernseher, in dem gerade der um die Augen stark geschminkte Perry Mason in seinem Rollstuhl herumfuhr, sah Delpha auf die grünen und roten Schleifen, und ein beunruhigender Gedanke befiel sie.

Weihnachtsgeschenke. Die Leute kauften Weihnachtsgeschenke. Sollte sie auch welche kaufen? Und für wen?

Als hätte sie ihre Gedanken gelesen, lehnte Roberta Bibbo sich zu ihr. »Wollen Sie den Rest von meinem Geschenkpapier, Schätzchen? Ich hab noch einen Bogen mit Engeln darauf.«

Delpha sagte, ja, vielleicht.

Etwas verlegen griff Mrs Bibbo an ihre Seite. »Hier«, sagte sie und hielt ihr eine kleine Schachtel hin, die in Hirsche und Füchse, Eulen, Kaninchen und grüne Tannen gewickelt war.

O nein. Delpha nahm die Schachtel mit einem verlegenen Lächeln. »Danke schön. Ich hab leider meine Weihnachtseinkäufe noch nicht gemacht.«

Die alte Frau winkte ab. »Ich brauch nichts mehr«, sagte sie. »Ich hab schon alles. Wollen Sie es nicht aufmachen?«

»Ich … ich glaube, ich warte noch damit und lege es unter den Weihnachtsbaum in meinem Zimmer.«

»Wie Sie meinen, Schätzchen.« Sie drehten sich wieder zum Fernseher. Delpha wusste, dass es nicht Perry Mason war, aber es war derselbe Schauspieler, nur im Rollstuhl. Perry Mason war allerdings lustiger. Wenn sich der einen armen, sich windenden Schauspieler im Zeugenstand vorknöpfte und ihn zum Weinen und einem herausgewürgten Geständnis brachte, hatte es im Tagesraum in Gatesville oft lautes Gelächter und immer ein paar Rechtstipps gegeben.

Mr Finn schlurfte in Hausschuhen und mit einer Flasche in jeder Hand herein. »Für die Ladys«, sagte er mit einer Verbeugung. Es waren grüne Champagnerflaschen, und bei näherem Hinsehen entdeckte Delpha, dass sie mit Jelly Bellies gefüllt waren. Alle Farben. Mrs Bibbo dankte ihm und verstaute ihre Flasche in einer der Tüten. Delpha öffnete ihre und reichte sie herum. Dann sagte Mr Finn, er habe Lust auf *Kung Fu*, er mochte die Action, und sie wechselten den Sender.

Männer brachen in ein Gefängnis ein und holten Caine und eine lockige Frau aus ihren Zellen. Der Älteste richtete eine Waffe auf die beiden und fragte, wo der Mörder sei.

»Gerade rechtzeitig«, sagte Mr Finn und machte es sich zwischen Delpha und Mrs Bibbo bequem. »Da, schaut!«

Caine verdrehte dem Mann den Arm, nahm ihm die Waffe ab und brachte zwei andere Männer zu Boden. Aber die nächsten beiden packten ihn und stießen ihn mit dem Gesicht nach unten auf den Schreibtisch des Sheriffs. Caine machte einen Salto, der alle drei zurückstolpern ließ. Noch ein Mann sprang herbei, versetzte ihm einen Schlag, und

Caine wirbelte mit gummiartigen Gliedmaßen herum, erwischte eine Deckenleuchte, schwang sich durch die Luft und versetzte zwei Männern einen gezielten Tritt. Alle lagen benommen auf dem Gefängnisboden, die Deckenlampe schwang quietschend hin und her. Man hörte das Zirpen von Grillen. Die lockige Frau starrte Caine sprachlos an: *Wow, wer ist das denn?* Wie durch ein Wunder hatte Caine immer noch den Revolver in der Hand. Untermalt von Quietschen und Zirpen ging er barfuß zu dem Schreibtisch und legte die Waffe ganz langsam und bedächtig darauf ab. Das geschah völlig geräuschlos. Caine seufzte.

Mr Finn seufzte. Delpha und Mrs Bibbo sahen ihn an.

»Ja, es ist Quark«, sagte er, »aber toller Quark.«

Sie wechselten wieder den Sender. In dem Moment platzte Mrs Bibbos Tochter Rosalie ins Rosemont, um ihre Mutter abzuholen. Wild durcheinanderredend umarmten sich alle und verabschiedeten sich mit Fröhliche-Weihnachten-Rufen, dann verschwanden die beiden lachend durch die Tür. Der Sprecher der Zehn-Uhr-Nachrichten erschien auf dem Bildschirm, hinter seiner Schulter ragte Richard Nixon auf. »Nicht schon wieder der«, stöhnte Mr Finn.

Es saßen noch einige Bewohner herum, unterhielten sich und rauchten, und einer sah durch das Fenster auf die dunkle Straße. Delpha war allein auf der Couch zurückgeblieben und dachte wieder an Emeralds halb geschlossene Augen. Rubys fruchtlose Gebete.

Wie wirst du ohne deine Schwester zurechtkommen?

Delpha stellte sich die McClungs hinter einem Bankschalter vor, jung, herausgeputzt in Rot und Grün. Wie sie mit ihren Freunden Frank und Carl ausgingen, an ihren Highballs mit Cocktailkirsche nippten. Sie versuchte sich die Zeit vorzustellen, als sie mit dem Zirkus weggelaufen waren und

Dollarscheine so schnell zählen konnten, dass sie vor den Augen verschwammen, und die Jahre, in denen sie von Taschendiebstahl gelebt hatten. Alte Herren im Abendanzug, die ihre flinken Finger nicht bemerkten, elegante Damen, die ihr Perlentäschchen einen achtlosen Moment ablegten. Schließlich erklang aus dem Fernseher »Hiiiiier kommt Johnny«. Als Carson mit einer breiten roten Krawatte zwischen den Vorhängen hervortrat und strahlend den Applaus des Publikums entgegennahm, hörte sie plötzlich eine Stimme: »Hey, erinnerst du dich an mich?«

Delpha drehte sich um. Eine junge Schwarze in königsblauem Hosenanzug – Samt? –, mit Paisley-Schal und riesigen goldenen Kreolen.

»Shayla«, sagte Delpha. »Das ist ja eine nette Überraschung. Wie bist du reingekommen?« Jedenfalls nicht durch die Eingangstür.

»Durch die Küche. Der Spüler hat mich reingelassen. Wie früher, wenn ich Oscar besucht habe.«

»Ich hatte einen Freund, der auch immer auf dem Weg reingekommen ist.«

Shaylas lebhaftes Gesicht munterte Delpha auf. Außerdem dachte sie gerne an ihren jungen Freund Isaac an der Küchentür zurück. »Wie geht's dir?«

»Jedenfalls muss ich keine gefüllten Eier und Waldorfsalat mehr machen.«

Shayla, eine Freundin von Oscar, hatte am Tag der Beerdigung von Calindas Tante ausgeholfen. Unter dem Kommando von Oscar hatten Delpha und Shayla gehackt und gerührt und Eier gefüllt und zu dritt ein Büfett für die Trauergesellschaft gezaubert, das die beiden Frauen dann auf dem Esstisch aufgebaut hatten.

»Willst du dich setzen? Magst du Jelly Bellies? Ich habe hier in der Flasche welche.«

»Nein, danke, ich muss gleich wieder los.« Shayla setzte sich auf die Armlehne der Couch und übergab Delpha eine braune Tüte.

»Hier, von Oscar. Er sagte, du sollst gut darauf aufpassen und wenn du sie nicht mehr brauchst, mich anrufen. Meine Nummer steht auf der Tüte.«

Verwundert warf Delpha einen Blick hinein. Platten. Delpha zog eine Single in einer braunen Papierhülle heraus und sah zu Shayla.

Shayla zuckte mit den Schultern. »Ich weiß nur, dass sie seiner Tante gehören und dass die sie hütet wie ihren Augapfel. Oscar lässt dir ausrichten, dass sie die Platte aufgenommen hat, bevor sie aufgehört hat, sich was vorzumachen. Keine Ahnung, was er damit meint.«

»Ihr beiden seid nicht ...«

»Nee, nicht mehr. Nur noch Freunde.«

»Hat er schon seinen neuen Job angefangen?«

Shaylas presste die Lippen aufeinander. »Das alte Lied ... Erst sagen sie ihm, dass er die Stelle kriegt, und dann kommt er und da steht schon ein Weißer. Aber Oscar gibt nicht auf, will jetzt die Runde machen.«

»Das ist gut. Er war immer nett. Und hilfsbereit.«

»Stimmt. Das muss man ihm lassen.«

»Weißt du, was er einmal zu mir gesagt hat? ›Stolpern ist nicht fallen‹, das hätte ein weiser Mann gesagt. Ich muss oft darüber nachdenken.«

Die Frau sah Delpha forschend an. *Oscar muss ihr erzählt haben, dass ich im Gefängnis war*, dachte Delpha.

»Tja, im Moment stolpert Oscar ziemlich. Ich muss wieder los.« Shayla stand auf und schob sich ihre Tasche über die Schulter. Auch Delpha stand auf. »Danke. Ich werde dir die Tüte zurückbringen«, sagte sie und schob ein »Fröhliche Weihnachten« hinterher.

»Dir auch.« Shayla schenkte ihr ein strahlendes Lächeln, und damit war sie zur Tür hinaus.

Am nächsten Morgen warf Delpha einen Blick in die Küche, wo ein großer Weißer Eier briet. Sie begrüßte ihn, aber er drehte sich nicht einmal um.

22. Dezember 1973

Wer auch immer Emerald McClungs Beerdigung organisiert hatte, hatte seine Aufgabe gut gemacht. Der Trauergottesdienst fand samstags in einer Kapelle gegenüber vom Friedhof statt. Delpha hatte in einem Trödelladen ein Kleid gefunden. Ein bisschen spannte es am Hintern, aber die Preise im Kaufhaus waren verbrecherisch. Eine Feinstrumpfhose besaß sie schon. Neu waren nur die Schuhe, schlichte, weit ausgeschnittene schwarze Pumps. Es wäre schön gewesen, wenn sie ihre Perlenohrringe dazu hätte tragen können, aber die hatte sie noch nicht abbezahlt.

Phelans dunkler Anzug passte zu ihrem Kleid. Als sie ihn so feingemacht sah und er sie am Ellbogen nahm, um ihr auf den Beifahrersitz zu helfen, löste sich etwas in ihrer Brust und ihr Herz wurde überschwemmt. Dann ertappte sie sich bei einem typischen Knastgedanken: In diesem Anzug gehörte Tom Phelan zu einer Welt, in der Menschen sich zu gesellschaftlichen Ritualen trafen, zu denen er ungefragt Zutritt erhielt. Sie würde immer eine Einladung brauchen.

Ruby trug ein weites burgunderrotes Kleid mit einer Schleife an der Schulter. Auf ihre Bitte hin setzten Phelan und Delpha sich zu ihr auf die Bank für die nächsten Angehörigen. Links von Ruby saß eine ältere Frau, die ihren Arm hielt. Peg hatte eine Reihe hinter ihnen Platz genommen, und als sich ihre Blicke trafen, sah Peg Delpha besorgt an. Delpha erwiderte den Blick. In den hinteren Reihen saßen verteilt drei Männer. Mehr Trauergäste gab es nicht. Einer der drei war Joe Ford. Die beiden anderen waren womöglich Angestellte des Bestattungsinstituts. Einer war es sogar ziemlich sicher, weil er zwischendurch aufstand, und bevor er wieder auf seinem Platz war, setzte die Musik ein. »It Is Well With My Soul«.

Das konnte man von Ruby nicht behaupten. Ihr Kopf saß schief auf ihren Schultern, als hätte ihn dort jemand nachlässig abgesetzt und dann vergessen.

Vor ihnen lag Emerald aufgebahrt in einem weißen Sarg wie eine Eisprinzessin. Blass wie Raureif. Hochfrisierte bleiche Haare, geschlossene Augen mit getuschten Wimpern, rosa schillernde unbewegte Lippen. Keines der weit ausgeschnittenen alten Kleider aus der Schachtel hätte sich für die Aufbahrung geeignet, weil man die Autopsieschnitte gesehen hätte. Deshalb trug Emerald das dunkelgrüne Nachthemd, das spiegelglatt gebügelt worden war. Beide Hälften des Sargdeckels waren geöffnet, und man sah das Grün bis zu ihren zierlichen mintfarbenen Schuhen fließen. Ein Mann im Anzug – der Prediger oder der Bestatter – hielt eine feierliche kurze Rede, aber er hatte Emerald nicht gekannt und konnte nichts Persönliches über sie sagen. Er schloss mit den Worten: »Selig sind die Trauernden, denn sie werden getröstet werden.«

»Amen.«

Phelan deutete mit dem Kinn zu Ruby und schüttelte den Kopf.

Andere Männer im Anzug, unter ihnen Joe Ford, traten im Mittelgang zusammen und gingen zu »What a Friend We Have in Jesus« nach vorne, wo Phelan sich zu ihnen gesellte. Gemeinsam trugen sie den Sarg zum Leichenwagen. Peg und Delpha schlüpften in ihre Mäntel, halfen Ruby in ihren puderblauen Mantel und hakten sie auf beiden Seiten unter. Sie ließ sich von ihnen zu dem schwarzen Mietauto führen und stieg zusammen mit der älteren Frau, die neben ihr gesessen hatte, ein. Der kurze Zug mit Delpha und Phelan in der Chevelle und Peg in ihrem eigenen Auto fuhr langsam die Straßen entlang, die durch den grünen Friedhof führten, und hielt hinter dem Leichenwagen. Mittlerweile war der Sarg geschlossen worden, und ein Gesteck von Phelan Investigations, weiße Rosen und Schleierkraut, lag darauf. Der Bestatter sagte noch ein paar Worte und sprach Ruby, die er ohne Probleme als die Haupttrauernde ausfindig gemacht hatte, mit einem Kalenderspruch Mut zu – »Der Herr ist nahe denen, deren Herzen gebrochen sind, und hilft denen, deren Geist zerschlagen ist«. Delpha hoffte, dass er wenigstens damit recht hatte.

Die Männer des Bestattungsunternehmens senkten den Sarg in die Grube. Rubys Begleiterin fasste sie am Oberarm und führte sie zum Grab, dann warf sie eine weiße Rose hinein. Ruby brach laut schreiend zusammen.

Nein, Gott, bitte, bitte, bitte, bitte!

Delpha trat schnell vor und fing sie auf, legte den Arm um Rubys bebende Schultern. Ungerührt flüsterte der Bestatter Rubys Begleitung etwas zu, und die alte Frau kehrte mit Ruby zur Straße zurück, wo die drei Autos standen.

Sobald Ruby im Auto saß, war ihr Heulen nur noch gedämpft zu hören. Die Beerdigung war vorbei. Niemand hatte ein persönliches Wort über die Verstorbene gesagt, niemand war getröstet. Die wenigen Leute, die noch am Grab standen, wandten sich zum Gehen. Peg weinte unverhohlen. Phelan blickte traurig drein. Delpha wischte sich die Tränen weg und bemerkte bei den Sargträgern einen Mann, dessen Augenausdruck abrupt von verzweifelt zu bohrend wechselte. Ihre Blicke trafen sich. Der Mann drehte sich um und marschierte an den Autos vorbei, ging auf dem muschelbedeckten Weg weiter Richtung Zaun und Straße.

»Tom«, sagte sie zu Phelan.

»Ja?« Er drückte ihre Schulter, sah sie aber nicht an.

Sie deutete auf den weggehenden Mann. »Wer das wohl ist?«

»Hab ich mich auch gerade gefragt«, sagte er.

Die Trauerfeier fand im Wohnheim statt. Die Frauen hatten Makronen und einen Schokoladenkuchen mit Schokoladenglasur gebacken. Der Bereich, der als Wohnraum diente, war gewischt und abgestaubt worden, und auf einem Tisch stand eine Kanne Kaffee, die Peg beigesteuert hatte. Linkisch standen die Bewohnerinnen, Phelan, Delpha und Joe Ford herum, unterhielten sich und warfen hin und wieder einen mitfühlenden Blick zu Ruby in ihrem roten Kleid, die zusammengesunken auf der Couch saß. Phelan hatte sich zu ihr gebeugt und ein paar Worte gesagt, die Ruby einsilbig beantwortete. Er tätschelte ihre Schulter.

»Ich bin Rubys Tante Marjorie Newsom«, sagte Rubys Begleiterin. »Sie müssen Mr Phelan sein.«

»Ja, Ma'am.« Phelan schüttelte ihre Hand und stellte Delpha vor. »Unser Beileid.« Sie unterhielten sich kurz, dann entschuldigte er sich, weil er noch mit Joe Ford reden wollte. Damit war sie Delpha überlassen.

»Haben Sie sich um Emeralds Beerdigung gekümmert, Mrs Newsom?«

»Ja. Die Grabstelle im Magnolia hatte ich schon. Ich hatte sogar zwei, eine für meinen Mann und eine für mich, aber wir haben uns getrennt.« Mrs Newsom war eine kleine Frau um die sechzig. Sie hatte die Art Falten, die man erbt und die sich dann der Sonne ausgesetzt so tief eingraben, dass sie wie geschnitzt aussehen. »Emmie musste so bald wie möglich unter die Erde, damit Ruby wieder zu Sinnen kommen kann. Ich musste das Mädchen gestern Abend aus dem Bestattungsinstitut regelrecht rausschleifen. Die ganze Zeit hing sie über dem Sarg und streichelte sie. Dabei hatten die Bestatter sie so hübsch hergerichtet. Ich habe eine Hand auf Ems Brust gelegt. Hat sich wie Blei angefühlt.« Die Frau schüttelte sich wie ein nasser Hund.

Delpha sah sie mitfühlend an. »Das tut mir so leid. Sie müssen die Tante sein, die Ruby eine Stelle besorgt hat, als sie hierherkam.«

»Ja, ich kenne den Geschäftsführer vom Holiday Inn, war mal mein Nachbar. Ich konnte ihm die Wahrheit sagen über … na, Sie wissen ja, wo sie herkam.«

»Das war sehr freundlich von Ihnen. Sie musste ja von irgendetwas ihren Lebensunterhalt bestreiten, bis der Verkauf der Farm unter Dach und Fach war.«

»Was? Welche Farm?«

Delpha legte den Kopf schief. »Die ihrer Eltern. Auf der sie aufgewachsen sind.«

Marjorie Newsom sah sie mit zusammengekniffenen Augen an. »Die Farm ging schon vor Jahren an die Bank. Mein Bruder hat sie während der Depressionszeit gehalten, keine Ahnung, wie er das geschafft hat. Aber nachdem Eula … das war die Mutter der Mädchen …, nachdem Eula gestorben war, fing mein Bruder an zu trinken, obwohl er vorher nie einen Tropfen angerührt hatte. Hat die Farm beliehen. Dann … na ja, Sie sind alt genug, um zu wissen, wohin so was führt.«

»Ja, Ma'am, das bin ich. Dann hat Ruby uns also … auf den Arm genommen, als sie gesagt hat, sie würde die Farm verkaufen?«

Das Gesicht der älteren Frau nahm einen seltsam wissenden, müden Ausdruck an. »Vermutlich. Die beiden … verstehen Sie mich nicht falsch, ich liebe die Mädchen, habe sie immer geliebt.« Ihre Augen fingen an zu glänzen. »Zwei Engel, das sind sie. Aber auch ein wenig eigenwillig.« Ihre Mundwinkel gingen nach unten. »Waren sie, meine ich. Die beiden waren unzertrennlich. Ich weiß gar nicht, was Ruby jetzt machen wird.«

»Darf ich Ihnen ein Stück Kuchen bringen, Mrs Newsom?«, fragte Delpha und führte sie zu einem Stuhl, der abseits von der Couch stand, auf der Ruby immer noch reglos saß.

Marjorie nahm den Kuchen entgegen, und sie setzten ihre Unterhaltung fort. Als sie sich verabschiedete, wusste Delpha, dass die McClungs ihre Farm Ende der 1940er Jahre hatten aufgeben müssen. Die Mutter war schon eine Weile kränklich gewesen, ohne dass Mrs Newsom sagen konnte, was genau sie hatte, nur dass es seltsam war. Eula schien einfach immer mehr zu verfallen. Zuerst hatte sie dieses, dann jenes. Als sie schließlich auch noch eine beidseitige Lungenentzündung bekam, gab ihr Herz auf. Der Vater von Emerald und Ruby starb in einem Straßengraben, sein Auto war von der Fahrbahn abgekommen. Damit waren die damals vierzehn Jahre alten Schwestern auf sich allein gestellt. Sie verließen die Schule und liefen mit dem Zirkus weg, erzählte die Tante, nicht ohne hinzuzufügen, dass das kein Witz sei. Sie hätte sie gerne bei sich aufgenommen, aber sie hatte fünf eigene Kinder.

»Also packten sie ihre kleinen Pappkoffer und zogen los«, sagte sie kopfschüttelnd. Die Mädchen schrieben regelmäßig Postkarten, und außerdem hatten sie ihr versprochen, zur Kirche zu gehen, egal wohin sie kamen. Daher glaubte ihre Tante, dass es ihnen gut ging, bis sie auf einmal im Gefängnis landeten. Sie bewahrte die abgestoßenen kleinen Koffer für sie auf, bis sie wieder draußen waren, dazu einige Schachteln mit Kleidung und Krimskrams. Aber Mrs Newsom wollte über diese Zeit eigentlich nicht sprechen.

»Darf ich Ihnen noch Kaffee nachschenken?«, fragte Delpha, aber die Frau lehnte dankend ab. Sie ging zu Ruby, nahm ihr Gesicht in beide Hände, küsste sie auf die Wange, flüsterte ihr etwas zu, zog einen Geldschein aus der Handtasche und drückte ihn ihr in die Hand. Delpha begleitete die Frau hinaus. Aus einem Impuls heraus fragte sie sie nach dem blauen Hund.

»O Gott«, Mrs Newsom wirkte alarmiert, »sie haben den Hund gesehen? Dann hatte Emmie keine Chance.«

Delpha bat die Frau um ihre Telefonnummer und kehrte ins Wohnzimmer zurück. Unter anderen Umständen hätte die kleine Zusammenkunft in einer Party münden können, aber so gingen alle auseinander. Die Bewohnerinnen des Wohnheims kehrten auf ihre Zimmer zurück, Joe Ford brach auf, und Phelan wartete draußen auf Delpha. Sie begleitete Ruby auf ihr Zimmer und brachte sie dazu, sich hinzulegen. Zog ihr die Schuhe aus und deckte sie zu. Es war, als würde sie sie begraben.

Auf dem Weg zurück zum Büro gab Delpha Phelan eine Zusammenfassung dessen, was Mrs Newsom ihr erzählt hatte.

»Die McClungs haben gar keine Farm?«

»Nein.«

»Woher hatte Ruby dann das viele Geld, das sie auf meinen Schreibtisch gelegt hat?«

»Darüber könnten wir uns natürlich den Kopf zerbrechen, aber der Fall ist abgeschlossen, Tom. Phelan Investigations hat sich jedenfalls sein Geld verdient.«

Sie stiegen die Treppe hinauf. »Ja, gut, aber …«, fing Phelan erneut an. Aus reiner Neugier hatte er Joe, während sie vor dem Wohnheim gestanden hatten, darum gebeten, Erkundigungen über Carl Allred einzuholen, der bis vor Kurzem in Huntsville inhaftiert gewesen war. Den Nachnamen hatte er von Ruby. Es sei ein anstrengender Vormittag gewesen, fügte er hinzu, außerdem sollten sie am Wochenende eigentlich nicht im Büro sitzen. Delpha sollte für heute auch Schluss machen.

»Danke. Hören Sie, Tom, ich weiß, dass Joe Ihr Freund ist. Und er ist ein netter Kerl. Aber in dieser Willis-Sache verdienen Sie nichts.«

Phelan kratzte sich am Ohr. Er hatte die Stirn in Falten gelegt. »Das stimmt nicht ganz.«

»Sondern?«

»Joe hat mir einen Deal angeboten.«

Delpha wartete.

»Das Auto.«

»Welches Auto?«

»Der Dart. Mit dem Sie rumfahren.« Seine Miene hellte sich auf. »Joes Schwiegervater Arthur hat ihn ziemlich hergenommen. Deshalb hat er so viele Schrammen und Dellen, und bei jeder einzelnen hat der gute Arthur geschwindelt. Beim Rückwärtsfahren gegen einen Betonmischer gerumst, ich lach mich tot.« Phelan grinste.

»Der Mann ist zweiundsiebzig und hat sich mit den Teenies jeden Samstagabend Wettrennen geliefert. Joe sagte, ich hätte Kathys Gesicht sehen sollen, als ihr Dad das gestanden hat. Sie hat sofort Arthurs Ersatzschlüssel konfisziert. Sie meinte, Opas auf heißen Rädern seien nicht lustig.«

Delpha fand die Geschichte nicht so amüsant wie er. Sie erinnerte sich an den jungen Mann vor dem Steak and Ale, und wie versessen er darauf gewesen war, den Dart zu kaufen. »Wie viel ist das Auto wert?«

»Na ja, Sie wissen selbst, was für eine Schönheit es ist. Ich habe Joe gesagt, wenn er für eine neue Lackierung sorgt, sind wir im Geschäft.« Phelan grinste. »Ach, da fällt mir noch was ein. Joe sagte, ich soll Ihnen was ausrichten, über einen früheren Insassen von Huntsville, nach dem Sie sich erkundigt haben. Harold Martinez. Woher kenne ich den Namen eigentlich?«

»Aus dem Zeitungsartikel, den ich Ihnen gezeigt habe. Über diese Verena Lamb, die wegen des Mordes an ihrem Mann vor Gericht stand. Martinez war derjenige, der den Abzug gedrückt hat. Ich wollte wissen, was mit ihm passiert ist.«

»Er ist 63 gestorben. Hepatitis.«

»Aha.«

»In der Akte war ein interessanter Vermerk, laut Joe. Er ist bei einem Rodeo in die Kabine des Ansagers eingedrungen, hat sich das Mikrofon geschnappt und wie ein Bekloppter reingebrüllt. Es spielte gerade eine Frauenband, und Martinez hat einer von ihnen ewige Liebe geschworen. Dann …«

»Haben sie sich auf ihn gestürzt.«

»Steht zu vermuten.«

Phelan war gegangen, und Delpha saß mit aufgestütztem Kopf da. Abwechselnd dachte sie an Harold Martinez, der auf einem Rodeo der singenden Verena Lamb ewige Liebe schwor, und an die trauernde Ruby McClung, die allein mit ihrem halben Schatten war.

In ihrem Hinterkopf lauerte außerdem der Gedanke, dass sie sich endlich um die Geschenke kümmern musste.

Für Mrs Bibbo und Mr Finn sollte sie eine Kleinigkeit besorgen. Oscar war nicht mehr da. Joe Ford bekam auch nichts. Privates hatte in ihrer Beziehung nichts verloren. Damit blieb noch Tom Phelan. Sie hatte keine Ahnung, was sie ihm schenken sollte. Würde sie ihn mit einem Geschenk verlegen machen, wenn er keines für sie hatte? Oder wenn er eines hatte – und sie stand mit leeren Händen vor ihm?

Zu Delphas Erleichterung klingelte in dem Moment das Telefon. »Phelan Investigations. Was kann ich für Sie tun?«

»Ich glaube, ich kann etwas für Sie tun«, sagte eine Stimme und klang dabei fast gekränkt.

»All-ma. Danke, dass Sie anrufen. Haben Sie sich noch an etwas zu Shellys Beisetzung erinnert?«

»Ja. Wo man sie findet.«

Delpha setzte sich aufrecht hin und wartete.

»Ungefähr eine Viertelmeile von Taylor's Bayou entfernt steht ein kleines Haus. Auf der linken Seite. Ein Stück zurückgesetzt. Auf dem Grundstück stehen ein Hühnerhaus, ein paar Kaninchenställe und ein Hundezwinger. Mehr werde ich nicht sagen, aber ...«

»Aber was?«

»Hat sich Charlie wirklich Sorgen gemacht?«

»Haben Sie jemals jemanden geliebt?«

»Ich hatte schon mehrmals was mit jemand. Oft.«

»Allma.«

»Okay ... nein. In der Highschool habe ich einen Jungen ganz gern gehabt ... und dann war da auch ein Mädchen, aber das dürfen Sie niemand erzählen. Das ging irgendwie schief, also komplett, und jetzt liebe ich wieder nur meine Mama und meinen Hund Poco.«

»Stimmt, Sie mögen Tiere.«

»Nein, Lady, ich liebe Tiere. Die sind zehnmal besser als Menschen.«

»Was wäre also, wenn Poco stirbt und Sie ihn nie wiedersehen würden?«

»Sie, Poco ist eine Sie. Und ja klar! Also, das habe ich mir natürlich schon überlegt. Poco ist zehn. Wenn ich mir vorstelle, dass sie ihren Kopf auf den Boden legt und ihre braunen Augen ganz starr werden ... dann ... dann würde ich ...«

Nach einer Weile hakte Delpha vorsichtig nach. »Würden Sie was?«

Piepsige Stimme. »Auch sterben wollen.«

»Gut. Und jetzt stellen Sie sich vor, Sie wären Charlie und würden Shelly lieben …«

»Das habe ich doch! Deshalb ruf ich ja an. Als ich es unter dem Blickwinkel gesehen hab … da konnte ich es kaum glauben. Verstehen Sie?«

Es. Was meinte sie?

»Alma. Was ist mit dem kleinen Haus?«, fragte Delpha.

Aber das Mädchen war mit seiner Beichte noch nicht fertig. »Ich hab überhaupt nicht nachgedacht. Jetzt tut es mir so furchtbar leid, wegen Charlie.«

»Das Haus.«

»Also … Sie werden's sehen, ja? Mehr sag ich nicht.«

Delpha bedankte sich. Als Alma sie fragte, was sie jetzt tun werde, erwiderte Delpha unbestimmt, dass das eine Entscheidung sei, die sie und ihr … sie und Mr Phelan treffen würden.

Was ja auch stimmte. Sie würden das besprechen.

Delpha erwischte den Bus, der zum Einkaufszentrum Gaylynn in der 11th Street fuhr, und ging ins Bealls. Das Kaufhaus war einschüchternd groß, Kleider, Hemden, Hosen, Jacken, die an runden Ständern hingen, Glasvitrinen mit Armbanduhren und Ohrringen, herumstreichende Kunden. Wer sollte dieses ganze Zeug kaufen? Alle paar Meter stand auf einer Vitrine ein Engel mit Trompete, ein Santa oder ein glitzernder Schlitten mit Rentier, und mittendrin erhob sich bis zur Decke ein blinkender Weihnachtsbaum.

»We Three Kings of Orient Are« folgten ihr auf Schritt und Tritt, als sie ans Ende der Gänge lief, wo normalerweise die günstigeren Waren zu finden waren. Schließlich entdeckte sie Taschentücher in Dreierpacks, die einen schlicht weiß und die anderen weiß mit Spitzenrand. Damit wären Mr Finn und Mrs Bibbo erledigt. Für Phelan fand sie nichts Passendes. Ein Gürtel? An dem Ständer hingen sicher vierzig Stück – da würde sie nie den richtigen finden. Sie stieg wieder in den Bus nach Downtown. Dort angekommen kaufte sie sich einen Schokoriegel und aß ihn auf dem Weg zu Wertman's. Ihr war eine Idee gekommen.

Freundlich hob Mrs Singer zur Begrüßung die Hand, als Delpha an ein paar Kunden vorbei durch den Trödelladen zur Theke ging. Auf dem Weg betrachtete sie die Säbel, Gewehre, Landkarten und Gemälde an der Wand, schenkte den blitzblanken Vitrinen mit Schmuck und Münzen jedoch keine Beachtung.

»Hallo, Miss Wade. Freuen Sie sich schon auf Weihnachten?«

»So langsam. Sie verkaufen doch Gemälde und so, und da habe ich mich gefragt, ob Sie auch lose Bilderrahmen verkaufen.«

»Lose?«

»Ich meine Rahmen ohne Bilder. Ich bräuchte einen hübschen Rahmen, der ungefähr so groß ist.« Sie hielt die Hände ein Stück auseinander.

»So etwas haben wir bestimmt.« Mrs Singer lächelte. »Kommen Sie mit ins Lager. Herschel! Herschel, übernimm bitte die Kasse.«

Mr Wertman erschien in seiner grünen Schürze und winkte Delpha mit einem Finger zu. Sie und Mrs Singer gingen in die Schatzkammer. Jedenfalls kam sie Delpha so vor. Gemälde und Karten und ein Gestell mit alten Gewehren hingen an den Wänden. Es gab ein hohes Bücherregal und Schubladenschränke, zwei sahen aus wie normale Aktenschränke, einer hatte viele flache Laden. In einer Ecke lehnte ein Stapel Bilder. Daneben stand eine Holzkiste, die Mrs Singer hervorzog. Sie griff hinein und holte einen großen Goldrahmen heraus. »Der hat die falsche Größe, ich weiß schon.« Sie bückte sich erneut und kramte in der Kiste, dabei summte sie ein Lied, das Delpha nicht kannte. Dann hielt sie einen kleineren Rahmen hoch, der wie aus Efeuranken geflochten aussah.

»Der ist zu verschnörkelt«, sagte Delpha.

Auf dem nächsten waren auch Schnörkel, aber sie waren wenigstens mit einer schlichten Leiste eingefasst.

»Gold kann ich mir nicht leisten, Ma'am.«

»Das ist vergoldeter Gips, Miss Wade. Allerdings ist er ziemlich alt und in einem guten Zustand. Sagen wir ... acht Dollar?«

Der kleine Rahmen hatte genau die richtige Größe für Phelans Lizenz, die im Moment noch in Plastikwalnuss an der Wand hing. Er war kein glänzendes Gold, sondern matt und in den Vertiefungen geschwärzt, aufwendig, aber gediegen. Delpha fand, dass ein Rahmen für eine Detektivlizenz seriös wirken sollte.

Ihre Laune hob sich. »Acht könnte ich zusammenkratzen.«

Die beiden Frauen lächelten sich an.

Das kleine Glöckchen bimmelte, als Delpha den Laden verließ.

Es war kalt, sie schlang die Arme um sich. Mit einer gewissen Verwunderung wurde ihr klar, dass sie alle Weihnachtsgeschenke besorgt hatte. Sie kam sich sehr effizient und erfolgreich vor, vielleicht so wie alle Menschen in Freiheit. Als hätte sie eine Prüfung bestanden und wäre doch nicht so anders als die anderen. Auch wenn sie der Sache nicht ganz traute, so als könnte sie noch schiefgehen. Auf dem Weg zurück zum Büro schwang sie zufrieden die Tüte und bewunderte die mit roten und grünen Schleifen geschmückten Straßenlampen.

Sie wartete bis neun Uhr abends, dann rief sie Phelan an, der gespannt zuhörte, als sie von Almas Anruf erzählte.

»Ein Haus beim Taylor's Bayou. Die Frage ist also ...«

»Wir kundschaften es aus, dann rufen wir Charlie an und erzählen ihm davon, damit er es sich anschauen kann. Oder wir fahren alle zusammen hin, wenn ihm das lieber ist.«

»Ich käme mir ein bisschen lächerlich vor, wenn wir unseren Mandanten dorthin schleifen und dann wartet da nur ein Hühnerstall.«

»Mag sein. Aber sind Sie nicht neugierig?«

Und wie neugierig Phelan war.

23. Dezember 1973

Sie erreichten Charlie Benavidez im Haus seiner Eltern, wo er das Wochenende verbrachte, und berichteten ihm von Almas Anruf. Er stand mit seiner Mutter und seinem Vater an der Haustür, als sie ihn abholen kamen. Für die Fahrt zu Taylor's Bayou nahm Charlie im Fond Platz. Er konnte nicht stillsitzen. Beugte sich vor, warf sich zurück, starrte aus dem Fenster, auf den Boden, und alles wieder von vorn.

»Shelly und ich haben Alma einmal nach Hause gefahren«, sagte er. »Ich erinnere mich daran. Wenn ich mich nicht täusche, war es allerdings nicht das Haus ihrer Mutter, sondern das von ihrem Onkel. Der Onkel ist regelmäßig nach Mexiko gefahren, um der Familie dort zu helfen. Alma hat in dem Haus gewohnt, weil es näher an Lamar ist, und wenn der Onkel nicht da war, hat sie die Versorgung seiner …«

»Tiere übernommen«, sagte Delpha.

»Genau«, sagte Charlie.

Je weiter sie fuhren, desto enger rückten die Bäume zusammen, breiteten ihre Kronen über die Straße, tauchten sie in Dämmerlicht. Bündelgras wucherte am Straßenrand. Wie ein alter Richter mit gebeugten Schultern stand ein Reiher in einem Graben, richtete sich auf und flatterte davon, als sie vorbeifuhren. Nach einer Weile waren nur noch Zypressen zu sehen, aber direkt vor ihnen stand eine von den Holzfällern übersehene riesige Kiefer und dahinter ein kleines Haus. An der Seite befand sich ein Gehege aus Maschendraht, in dem irgendwo Hühner sein mussten, aber nicht im vorderen Teil, wo gescheckte Hunde ihre Schnauzen an den Maschendraht drückten, mit dem Schwanz wedelten oder bellend auf und ab liefen.

Charlie sprang aus dem Auto, noch bevor es zum Stehen gekommen war, und sah zu dem Haus hinüber. Delpha und Tom blieben, wo sie waren. Als sich auch nach einer Weile hinter den Fenstern nichts regte und die Hunde immer noch bellten, stieg Charlie die Stufen zur Haustür hoch. Er drehte sich um und sah zu ihnen. Dann klopfte er und trat ein.

Um das Auto herum wurde es leiser. Die Hunde hörten auf zu bellen und jaulend um Knochen zu betteln. Stattdessen waren auf einmal die Tiraden von Vögeln zu hören, ein rhythmisches, geradezu monotones *Tschert, Tschert, Tschert* oder ein beharrliches *Tschierietschierietschierietschierie*. Sie hörten den Wind flüstern, der die Blätter hierhin und dorthin drehte, das Platzen von Bläschen, eine Libelle, die auf einem Zweig landete, paddelnde Entenfüße, einen Schlangenhalsvogel, der an seinem Gefieder zupfte. Einen Alligator, der durch den Schlamm stapfte und seinen gepanzerten Schwanz durch das Ufergras schleifte.

Phelan sah auf die Uhr. Knapp zehn Minuten. Genug Zeit, um sich in einem verlassenen Haus umzusehen, auf die Couch eines Fremden zu sinken und den Kopf in die Hände zu stützen. Oder gegen ein Tischbein zu treten, mit der Faust gegen eine Wand zu schlagen. Mehr als genug Zeit, um sich umzudrehen und ein verwaistes Haus zu verlassen. Aber die Haustür blieb geschlossen.

»Tja«, sagte er, »da wären wir.«

»Ja. Und sie sind dort.«

»Glauben Sie wirklich, dass sie da drin ist? Es sich die ganze Zeit dort gemütlich gemacht hat?«

»Was denn sonst? Alma wird uns nicht umsonst hierhergeschickt haben.«

»Aber … okay, Shelly und ihre Mutter. Die Todesanzeigen. Sagen Sie mir bitte, was der Mist soll.«

Delpha schüttelte den Kopf. »Ich vermute, Mrs Petry hat die erste aufgegeben. Stellen Sie sich nur mal vor, Sie lesen in der Zeitung, dass Sie tot sind. Ihr eigenes Bild starrt Sie von der Seite an. Und Sie wissen, dass Ihre eigene Mutter die Todesanzeige reinsetzen ließ. Shelly war sechzehn. Nach so was muckt man nicht mehr auf.«

»Aber was ist mit der Gruft in dem Mausoleum? Ihr Name steht auf der Liste im Silver Gardens Memory Park. Und in der zweiten Todesanzeige ...« Phelan senkte den Kopf zu dem Feuerzeug in seiner Hand. Zündete die Zigarette an und nahm einen Zug. Lehnte sich zurück, ein Ellbogen in den Fensterrahmen gestützt. »Wenn die Mutter auch die zweite Todesanzeige in die Zeitung setzen ließ, hat sie ihre Wirkung verfehlt. Die kleine Shelly hat sich quergestellt.«

»Oder ... Shelly hat sie selbst aufgegeben. Sie hat nur das Datum und ihr Alter verändert. Und sich dann versteckt. Der Zeitpunkt wäre perfekt gewählt ... so kurz vor Weihnachten abhauen. Aber eigentlich ist es egal, wer's war. Letztlich ist es einfach der Kampf von zwei Frauen um das Leben der einen.«

»Und Charlie?«, sagte Phelan. »Es geht auch um sein Leben.«

»Stimmt.«

»Was in dem Haus wohl gerade passiert?«

»Eine große Knutscherei?« Delphas und Phelans Lächeln verschränkten sich kurz. Bilder tauchten vor ihnen auf, dann sahen sie weg.

Nachdem die Hunde sich hingelegt hatten, war das zänkische Gegacker der Hühner zu hören. Sie waren hinter dem Hundezwinger aufgetaucht und scharrten um eine Hühnerleiter herum. Die Kaninchenställe, von denen Alma gesprochen hatte, standen vermutlich hinter dem Haus.

Delpha holte tief Luft. Es roch nach Rauch und Bayou.

Charlie musste es bei ihrem Anblick die Sprache verschlagen haben, ganz bestimmt. So stellte Delpha es sich vor. Shelly Petry gesund und munter. Vielleicht stand sie gerade in T-Shirt und Jeans-Shorts oder einem Nachthemd verträumt an der Spüle, das Licht vom Küchenfenster fiel auf ihre blasse Haut und die roten Haare. War Shelly überrascht, Charlie zu sehen? Froh? Lief sie auf ihn zu und schlang die Arme um seinen Hals? Stellte sich auf Zehenspitzen und fuhr ihm mit den Fingern durch die schwarzen Haare? Und dann? Am einfachsten war, sich vorzustellen, dass Shelly und Charlie auf ein Bett fielen und sich für die schrecklichen Wochen entschädigten, die sie voneinander getrennt gewesen waren.

Phelan rauchte und überlegte, ob Shelly Charlie hatte abservieren wollen und gleich zwei Fliegen mit einer Klappe geschlagen hatte. Sich an ihrer Mutter rächen. Ihren Freund im Ungewissen lassen, sodass er den Eltern auf die Pelle rückte. Wenn selbst Charlie nicht wusste, wo sie war, mussten sich doch die Petrys umso mehr um ihre Tochter sorgen, die nicht heimkam und sich den Kopf zurechtrücken ließ.

Vielleicht lag er ja falsch, aber Phelan glaubte, dass die Petrys ziemlich alt aussahen. Die Zimmergenossinnen mochten Charlie. Alma Ballard mochte Charlie. Der Trainer war begeistert von ihm. Phelan dachte plötzlich an seinen Kameraden Alvarez, der aus dem abstürzenden Hubschrauber sprang und dabei die M-60 zärtlich wie ein Neugeborenes im Arm hielt. Das erste Mal blitzte ein solches einzelnes Erinnerungsbild in ihm auf, das Bild eines Mannes, der sich in den Kampf stürzte, und er rief in Gedanken: *Los, Alvarez.*

Und Shelly? Die war letztlich der Dreh- und Angelpunkt. Er würde gerne glauben, dass Shelly Charlie angerufen hätte, um ihn einzuweihen, dass sie ihn nicht hängen gelassen hätte. Morgen war Weihnachten. Der gute alte Santa würde den Kamin runterrutschen, wenn man einen hatte, was hier in der Gegend selten zutraf. Würden Shelly und Charlie auf der Couch seiner Mutter sitzen, Händchen halten und sich gegenseitig mit Weihnachtsplätzchen füttern?

Ein lautes Klappern. Delpha und Phelan zuckten auf ihren Sitzen zusammen, sahen zur Haustür. Charlie Benavidez trat mit verkniffenem Gesicht auf die Veranda. Auf halbem Weg zum Auto straffte er die Schultern und setzte sich wortlos in den Fond.

Phelan wartete kurz, dann ließ er den Motor der Chevelle an. Delpha blickte geradeaus. Sie fuhren los, ließen den summenden grün-braunen Bayou hinter sich, bogen auf den Highway 82, dann den 96. Delpha hatte sich vorgenommen, kein Wort zu sagen, egal wie sehr sie darauf brannte, zu erfahren, was los war. Bis sie die Ausfahrt zum Washington Boulevard erreichten, sagte auch Phelan nichts, dann fragte er Charlie, ob er einen Kaffee trinken wolle. Oder ein Bier.

»Ich dachte, ich fall tot um, als ich sie gesehen hab«, erwiderte Charlie zögernd. »Erst wurde mir heiß, dann kalt. Da stand sie. Kein bisschen krank. Sie sah aus wie immer. Hübsch, so hübsch, dass es mir in der Brust wehgetan hat. Und dann ... hat sie sich in meine Arme geworfen. Ich habe sie festgehalten, wie in all meinen Träumen, seit ich ihr Gesicht in der Zeitung gesehen habe. Ich hielt sie fest und drückte sie wie irre. Es war der Himmel. Bis sie sagte, dass wir es ihrer Mutter gezeigt hätten. Dass wir ihrer Mutter eine Lektion erteilt hätten. Nie wieder würde ihre Mutter ihre Todesanzeige in die Zeitung setzen lassen.« Einen Moment lang bedeckte Charlie sein verletztes Auge mit der Hand.

»Das war wie eine kalte Dusche.«

Wir?, hatte Charlie gesagt und war einen Schritt von Shelly

zurückgetreten. Sie hatte ihm nicht Bescheid gesagt. Sie hatte ihn in den drei Wochen, die sie verschwunden gewesen war, nicht einmal angerufen. Hatten ihre Eltern ihr dieses getürkte Foto von ihm gezeigt und diesen Schwachsinn über ihn erzählt? Hatte sie eigentlich eine Ahnung, wie es ihm deswegen ging? Und schlimmer noch, wie es ihm gegangen war, als er sie für tot gehalten hatte? Ob sie darüber mal nachgedacht hatte?

Denn sie war nicht tot, sie stand quicklebendig im Haus von Almas Onkel und fütterte die Hunde. Sie hatte gesagt, es sei blöd von ihr gewesen, dass sie ihn nicht angerufen hatte – dabei war sie nervös auf und ab gegangen –, aber jetzt sei doch alles gut. Ihre Eltern würden sie nie mehr nerven. Das sei doch super. Er fände es doch bestimmt auch super, dass sie gesiegt hätten. Und dass es das wert gewesen sei.

Gesiegt. Für wen ist es das denn wert gewesen? Das hat doch alles auch mit mir zu tun. Und meine Eltern haben sich Sorgen gemacht. Meine Mutter hat geweint, Shelly. Und ich auch.

Wieder wollte sie ihn umarmen, aber obwohl er sich das alles so sehr gewünscht hatte, bis er meinte, es nicht mehr aushalten zu können, verkrampfte sich plötzlich alles in ihm. Er wich einen Schritt zurück.

Vielleicht hatte sie da begriffen, was ihr ... Trick bei ihm angerichtet hatte. Vielleicht. Wieder ließ er sich zurücksinken und bedeckte sein Auge mit der Hand.

Schweigend fuhr Phelan weiter in Richtung von Charlies Elternhaus. Er warf Delpha einen bittenden Blick zu, und sie zündete eine Zigarette für ihn an. Er umfasste ihre Hand und führte sie an seine Lippen. Ihre Finger brannten.

Kurz dachte sie an das Mädchen am Bayou, daran, dass die Erkenntnis Shelly Petry wie ein Schlag getroffen haben musste, ihr das Blut in den Adern gerinnen ließ und sich wie Feuer in ihrem Strohkopf ausbreitete. Der hübsche Charlie Benavidez. Mit seinem Gangster-Schnurrbart und den verletzten Rehaugen.

Der sich aus ihren Armen befreite.

Als sie vor seinem Elternhaus hielten, beugte sich Charlie vor, streckte einen Hunderter nach vorne und sagte, dass er für diesen Tag seine Schuld sofort begleichen wolle und wenn sie noch mehr von ihm bekämen, sollten sie die Rechnung an seine Houstoner Adresse schicken. Ob das in Ordnung sei?

Delpha nahm das Geld. »Selbstverständlich«, sagte sie. »Ich schicke Ihnen sowieso eine Rechnung, in dem die geleisteten Stunden und Spesen aufgeführt sind. Spesen sind nicht viele angefallen. Nur das Benzin für die Fahrt nach Houston zu Alma.«

»Charlie«, sagte Phelan, drehte den Kopf und sah seinen Mandanten an, »was arbeitet Shellys Vater eigentlich?«

Charlie sah ihn überrascht an. »Er leitet zwei Friedhöfe in Groves. Der, den ich besucht habe, Silver Gardens – wobei ich extra am späten Nachmittag hin bin, wenn er schon Feierabend hat –, und den direkt dahinter. Der für Farbige. Ich schätze mal, wenn's nach ihnen ginge, würden mich ihre Eltern dort begraben.«

Sie sahen ihm nach, wie er mit gebeugten Schultern und dem leichten Trippelschritt, den manche Sportler hatten, ins Haus ging.

Sie kehrten ins Büro zurück. Dort schlug Delpha Charlies Akte auf und las noch einmal die Todesanzeigen. Ja – Vera und Mason Petry. Sie reichte Phelan die Akte. »Wenn sich jemand beim Friedhof nach Shelly erkundigt, kann er irgendwas erzählen.«

Phelan gab ihr die Akte zurück. »Der Fototrickser höchstpersönlich. Glauben Sie, dass Shelly Charlie abservieren wollte? Könnte man fast glauben.«

»Nach dem, was Charlie von der Begegnung eben erzählt hat, klingt es nicht danach.«

»Stimmt. Dann hat Shelly – wie kann man bloß so einen Bock schießen?«

»Vielleicht wenn man sich komplett auf sein Ziel konzentriert und alles darum herum vergisst.«

»Möglich. Was für ein Ende für ein über beide Ohren verliebtes Pärchen. Manchmal führt wahre Liebe geradewegs in den Abgrund, was? Aber Sie sollten jetzt heimgehen. Es gibt keinen Grund, noch hierzubleiben. Danke für Ihre Hilfe.«

»Das ist mein Job. Dann sehen wir uns morgen«, sagte Delpha.

Tom begleitete sie zur Tür und kehrte an seinen Schreibtisch zurück. Die Heizung tickte. Eine halbe Ewigkeit saß er nur da und schob Papierstapel hin und her. Charlies Geschichte hatte ihm endgültig die Laune verdorben. Das Labor mit den Versuchstieren. Platos Brief fiel ihm ein, und er zog ihn aus der Jackentasche, um ihn noch einmal zu lesen. Dann fiel ihm Emerald ein. Ruby. Walter Perry. Die Stille im Büro war anders als die am Bayou. Nicht das ständige Summen und Rascheln von Flora und Fauna, sondern das gelegentliche Knarren eines alten Gebäudes, das täglich noch älter wurde. Hin und wieder ein Knacken. Das Ticken der Heizung, die Fehlzündung eines Autos von der Straße unten. Als das Telefon klingelte, sah Phelan es nur an.

Schließlich hob er ab. »Ja?«

»Tom?«

»Hallo, Joe.«

»Ich dachte, ich probier's mal im Büro, nachdem du zu Hause nicht zu erreichen warst.«

»Jetzt hast du mich ja erreicht.«

»Stimmt. Freitag habe ich einen neuen Schützling gekriegt. Er heißt Claude Sample. Er sagt, er kennt Dale Felton. Erinnerst du dich an Dale?«

»Klar. Ist er noch im Krankenhaus?«

»Er war schon wieder draußen, aber sie haben ihn wieder eingeliefert, keine Ahnung, warum. Dieser Sample sagt jedenfalls, dass der Arzt, der für das Röntgenexperiment verantwortlich ist, die Männer nicht über die Risiken aufgeklärt hat. Außerdem sagt er, dass in McNaught immer irgendeine Studie am Laufen ist, das wüsste jeder. Experimente, Medikamentenregimes. Dieses Wort hat Sample benutzt, Tom, er wusste, was es bedeutet. Verdammt, bis gestern hätte ich nicht mal gewusst, was ein ›Medikamentenregime‹ ist, wenn es in meinen Cornflakes rumgekrochen wäre.«

»Hat der Arzt den Insassen die Medikamente persönlich verabreicht? Oder sie mit den Schönheitsmittelchen behandelt?«

»Soweit ich weiß, führt Chalfont nur die Röntgensache durch. Wenn er mal nicht kann, hat er seit Neuestem einen Vertreter. Aber er führt jedenfalls die Aufsicht.«

»Kennst du den Namen von dem Vertreter?«

»Willet. Williams. Irgendwie so. Sample hat Andeutungen gemacht, dass da einige üble Sachen passieren. Er hat mich gefragt, ob ich etwas dagegen unternehmen will.«

»Was könntest du denn unternehmen?«

»Das ist ja das Problem. Ich könnte einen Häftling besuchen. Viel mehr nicht. Aber über den Kopf des Gefängnisdirektors hinweg kann ich nicht mal das machen.«

Sie hatten eine Vereinbarung getroffen, Arbeitsstunden gegen Auto. Phelan hatte nur immer noch keine Idee, wie er seinen Teil der Vereinbarung angehen sollte. »Hast du einen Vorschlag?«

»Vielleicht kannst du deinen Onkel anspitzen, dass er mal nachfragt, was in McNaught so vor sich geht.«

»Er wird garantiert nicht vor jemand anderes Ranchtor kehren, das kann ich dir gleich sagen.«

Joe fluchte. »Das habe ich befürchtet. Bei meinem Vorgesetzten ist es dasselbe.«

»Dann bleibst also nur du.«

»Du weißt, wie das läuft.«

»Kann's mir vorstellen.«

»Nämlich so, dass ich eine Beschwerde einreiche, und dann hole ich meinen letzten Gehaltsscheck ab. Oder ich reiche anonym eine Beschwerde ein. Dann knöpfen sich die Chefs sämtliche Kollegen vor, und nach ein paar Tagen hole ich meinen letzten Gehaltsscheck ab.«

Sie schwiegen eine Weile.

Phelan räusperte sich. »Wenn du damit andeuten willst, dass ich die Beschwerde einreichen soll, weil ich ja ein Unbeteiligter bin, solltest du bedenken, wie viele Leute wissen, dass wir befreundet sind.«

»Ja, klar. Nicht zu vergessen, dass außerdem ein paar Leute wissen, dass du mit Dale Felton geredet hast. Ungefähr hundert Schaulustige von der Straße und die gesamte Feuerwehr von Beaumont. Die Feuerwehrleute machen sich gut als Zeugen, falls es so weit kommt.«

Phelan dachte an Feltons verängstigtes bleiches Gesicht.

»Da ist noch was.«

»Was denn?«

»Ich habe mir Parkers Fälle angesehen. Und die von Tim Watson.«

»Und?«

»Ich kriege bei Weitem die meisten Fälle aus McNaught.«

Phelan runzelte die Stirn. »Wie kann das sein?«

»Das würde ich auch gerne wissen.«

»Wer teilt die Fälle zu?«

»McNaught. Und die Häuptlinge in meiner Abteilung.«

»Und wer in McNaught?«

»Irgendjemand aus der Leitung.«

»Du hast diesen Häftlingen nichts getan, Joe. McNaught kann dir nichts anhaben.«

»Was Ersteres angeht, natürlich nicht, aber was das andere angeht, da würde ich keinen Penny drauf setzen. Die wollen mich vielleicht als Sündenbock in der Hinterhand haben. Verstehst du, was ich meine? Ich würde mich prima eignen und wäre genau an der richtigen Stelle. Derjenige, der Monat um Monat immer neue Männer mit ihren Wunden und Narben und entzündeten Augen gesehen und nichts gesagt hat. Die würden schon eine Möglichkeit finden, mir das anzuhängen. Du weißt, wie die vorgehen. Die Chefs sind nie schuld an was. Nie. Das ist immer einer vom Fußvolk. Tom? Der alte Dart reicht längst nicht als Lohn für deine Hilfe. Ich bin echt am Arsch.« Joe stieß die Luft aus. »Entschuldige. Ich will dich zu nichts drängen. Aber ich hab ein ganz übles Gefühl.«

»Glaubst du, dass dieser Sample bereit wäre, mit mir zu reden?«

Er war es, wie sich zeigte. Zu dritt saßen sie in Samples plastikgetäfeltem Zimmer im Dogwood Motel, wo Joe ihm einen Hausmeisterjob vermittelt hatte. An diesem Morgen hatte er schon ein verstopftes Klo und zwei tropfende Wasserhähne repariert. Zum Dank hatte der Geschäftsführer ihm eine zusätzliche Decke gebracht. Die Geste schien Claude Sample zu amüsieren. Er war um die fünfzig und drahtig, in seine Stirn waren vier Falten eingegraben. Ein Weißer in einem neuen leichten Jeanshemd und starren Jeans.

»Wollen Sie über die Experimente reden?«, fragte Joe.

Über das schmale Gesicht huschte ein Ausdruck, der bei einem jüngeren Mann in gespannte Erwartung, sogar Vorfreude hätte kippen können. Claude hatte dreizehneinhalb Jahre wegen Totschlags gesessen, davon die ersten sieben Jahre im Staatsgefängnis von Huntsville, 1966 war er ins neu eröffnete McNaught verlegt worden. Damals hätten die Experimente an Häftlingen angefangen, sagte er. Die in jüngerer Zeit hätten einem die Kopfhaut angeätzt, so dass eine Glatze zurückgeblieben sei. Oder man habe die Scheißerei gekriegt. Claude grinste mit Stummelzähnen. Die Röntgenstudie sei das Neueste. War von irgendwo anders hier nach Texas verlagert worden. Der Leiter fragte die Leute nicht, ob sie Diabetes oder Herzprobleme oder sonst was in der Art hätten, sondern ließ sie schnell unterschreiben, so als hätte er es eilig.

»Aus der Nummer kommst du nicht mehr raus«, sagte Sample. »Also wenn du erst mal unterschrieben hast. Du unterschreibst, und das war's dann. Wenn du das nächste Mal fällig bist, kann's dir noch so dreckig gehen, die ziehen's durch. Du wirst durch eine Maschine gejagt. Ich hab aber gehört, dass es nicht wehtut.«

»Joe hat berichtet, dass einige Männer bei solchen Studien schwere Schäden erlitten haben. Wissen Sie was darüber?«

Sample saß einen Moment nur da, dann nahm er sich eine Zigarette. »Nur von der ersten.« Er holte sich eine leere Colaflasche als Aschenbecher.

»1967. Er hieß Wannamaker, Bill, vielleicht auch Bob. Ich erinner mich an ihn, weil er die grünsten Augen hatte, die ich je gesehen hab. Billardtischgrün. Als er wieder in seiner Zelle war, hat er gezuckt, als würde er immer noch Schocks kriegen. Aber da war nichts mehr, das kam ganz von allein. Sein Kopf hat gezuckt. Seine Armmuskeln. Wenn es erst mal angefangen hatte, konnte er nicht mehr aufhören.«

»Wie meinen Sie das?«, fragte Phelan.

»Wie bei einem Wackelkontakt. Das Zucken kam immer wieder. Sein Zellengenosse hat gebrüllt, bis ihn endlich zwei Wärter abgeholt haben.«

»Kam er zurück?«

Sample schüttelte den Kopf.

»Was haben sie an dem Mann getestet, dass er so durchgedreht ist?«

»Was Übles. Was ganz Übles.«

Was sollte das bedeuten? Sample war zwar bereit, zu reden, aber es sprudelte nicht gerade aus ihm heraus. Phelan beschloss, ihm auf die Sprünge zu helfen. »Wie viele Männer kennen Sie, die an der aktuellen Studie teilnehmen?«

»Der Testikeltest.« Sample grinste schief. »Ziemlich viele. Sie kriegen gutes Geld dafür.«

»Haben sie keine Angst, dass ihre Geschlechtsorgane Schaden nehmen? Keine Kinder, schlimmer noch, kein Vögeln mehr.«

»Die wollen eben die Kohle.« Er klopfte die Asche in der Flasche ab.

»Wollten Sie die auch?«

»Bei der ersten Studie schon. 1966. Danach nie wieder.« Bei dem Testikeltest war bislang niemand zu Schaden gekommen oder gar gestorben, aber bei früheren Versuchen war das anders gewesen. Sample war sicher, dass auf dem Friedhof von McNaught neben Wannamaker noch andere lagen, deren Grabstelle nicht markiert war. Und bevor Phelan ihn fragte, nein, er hatte niemanden begraben. Er hatte keinen der Jungs mitten in der Nacht in einem Sack nach draußen geschleppt und in ein Loch plumpsen lassen. Aber er kannte einen, der genau das getan hatte. Bei vielleicht drei oder sogar noch mehr. Zwei andere Häftlinge hatten ihm davon erzählt.

»Wie heißt er?«

Sample schüttelte den Kopf.

»Na kommen Sie schon, Claude.«

Das ausdruckslose Gesicht versteinerte.

»Gut, dann frage ich was anderes. War der Direktor bei dem ›früher‹ beteiligt?«

»Ja.« Samples Stimme war kaum mehr als ein Hauch. »Aber ...«

Schweigend saßen sie da. In Samples winzigem Zimmer war es eisig.

»Aber Perry war nur Zuschauer. Dwyer hat alles organisiert.«

Phelan sah ihn an. »Wer zum Teufel ist Dwyer?«

»Der Rechnungsprüfer. Der den Laden am Laufen hält.«

»Und Perry hat nur zugesehen?«

»Am Anfang. Aber der Mann ist eine Memme. Nach einer Weile kam er nicht mehr.«

»Woher wissen Sie das?«

»Ich war Vertrauensmann. Mein Zellengenosse gehörte zu den Putzleuten. Wir wussten, wer sich alles in dem Raum aufhielt.«

»Um was ging's da, Mr Sample? Bei diesen Versuchen? Wer war der Auftraggeber?«

»Die Regierung.«

»Was wurde getestet?«

Sample ließ die Zigarettenkippe in die Flasche fallen und verschloss sie mit dem Kronkorken. Er sah sie nicht an. »Sie wollten rauskriegen, wie lange man durchhielt.«

»Was durchhielt?«

»Was sie mit einem machen.«

Phelan wusste, auf welchem Terrain sie sich jetzt bewegten, und Aaron Philpotts Gesicht tauchte vor ihm auf. »Haben Sie Chemikalien auf die Haut der Häftlinge aufgetragen? Sie ihnen zu trinken gegeben?«

»Da nicht. Da wurd's handgreiflich. Haben Wasser auf dich draufgeschüttet, während du auf einem Tisch gelegen hast. Dir Elektroschocks verpasst. Das haben sie bei Bill Wannamaker gemacht. Oder sie haben dir die Arme hinterm Rücken gefesselt und dich dran aufgehängt. Dich in völliger Dunkelheit 'ne Weile so hängen lassen. Solche Sachen.« Sample sah aus, als würde er am liebsten mit der rauchgefüllten Colaflasche in seiner Hand weit ausholen und sie gegen die Wand donnern. Aber dann stellte er sie nur ab.

»Wie lange lief diese Studie?«

»Bis Dezember 1969.«

»Für die Regierung.«

»Für die Regierung. Das hab ich jedenfalls gehört.«

»Das war Folter, Mr Sample.«

»Ja, Sir, genau das war's.«

»Und Sie sagen, Walter Perry habe mit diesen Folterversuchen nichts zu tun gehabt.«

»Nein, nichts hab ich nicht gesagt. Aber es war Dwyers Baby. O Mann«, Claude Samples Stimme wurde tonlos, und er zog die Augenbrauen zusammen, »haben Sie mal einen strahlen sehen, wenn er was tut, was ihm so richtig Spaß macht? Zum Beispiel übern See schippern und angeln ... O Mann, genauso hat Dwyer ausgesehen.«

Phelan und Joe Ford sahen sich an.

»Sind Sie sicher, dass von den Männern welche gestorben sind?«

Samples Kopf drehte sich weg, als wollte er sich von einem ekelhaften Geruch abwenden. »Ja.«

»Und das ist wahr, was Sie uns hier erzählen, Mr Sample, ja? Es ist die Wahrheit, und Sie würden es auch anderen sagen, wenn man Sie fragt?«

»Das ist die reine Wahrheit und nichts als die Wahrheit.«

»Gibt es einen oder mehrere Häftlinge, die Ihre Geschichte über diese Experimente im Auftrag der Regierung bestätigen können?«

»Ist nicht nötig.«

»Warum?«

Sample griff in seine Hemdtasche und hielt Phelan ein Foto hin.

Das Foto eines Mannes auf einer Tragbahre, die in die Höhe gereckten Handgelenke zerrten an Fesseln. Dadurch war klar, dass er lebte. Sonst hätte man es nicht zu sagen gewusst. Ein Handtuch um den Kopf gewickelt. Die Beine angehoben und festgeschnallt. Am anderen Ende der Bahre stand ein Mann mit dicken Augenbrauen und hielt einen großen Krug in die Höhe. Es machte fast den Eindruck, als würde der Mann dem Fotografen zuzwinkern.

Phelan sah Sample an. »Ist das Dwyer?«

Er nickte. »Ja, das ist er.«

»Wie sind Sie an das Foto gekommen?«

»Er hat's mir selbst gegeben. Das war ich. Sie haben ständig Fotos gemacht – die mussten sie zusammen mit den Berichten an die Regierung schicken. Dwyer haben die Fotos gefallen. Er hat sie in einer braunen Metallkiste aufgehoben, mit einem Gummiband drum wie Baseballkarten.«

»Wie oft wurde der Versuch an Ihnen durchgeführt?«

»Zweimal. Dann war ich durch.«

»Befindet sich diese braune Kiste noch in McNaught?«

Sample zuckte mit den Schultern. »Chalfont macht keine Fotos.«

»Und wo sind die alten Fotos jetzt?«

Die Muskeln um Samples Augen und seine Oberlippe zuckten. »Wahrscheinlich hat der Dreckskerl sie sich unter sein Kissen gelegt.«

»Dwyer? Glauben Sie das wirklich?«

Sample zuckte mit den Schultern. »Ich wette meinen Arsch drauf, dass er sie aufgehoben hat.«

»Dürfte ich mir dieses Foto ausleihen, Mr Sample? Damit ich mir eine Kopie davon machen lassen kann?«

Sample sah ihn einen Moment lang an. Dann sagte er, er habe das Foto aufgehoben, falls er es einmal brauche. Wozu, sagte er nicht. Aber Phelan könne es haben, weil er seine Entlassungspapiere habe, fein säuberlich abgestempelt. Er wolle es nicht mehr.

Sonntagabend, die Geschenke waren verpackt und Mrs Bibbo schon weg. Delpha hatte keine große Lust, Ruby zu treffen, deshalb schlüpfte sie in ihr dunkelblaues Beerdigungskleid und ging zu St. Anthony, wo der Gottesdienst bereits angefangen hatte und die Bankreihen voll besetzt waren. Die Kirche sah hübsch aus. In jeder Richtung bot sich dem Auge etwas: ein Engel, ein Lüster, Statuen, Gold und Grün. Sie setzte sich in die letzte Bankreihe, hob den Kopf und sah sich um. Über dem Altar war ein riesiger Baldachin mit einer Kuppel und auf der Kuppel stand Jesus Christus mit erhobenen Armen. Die Leute erhoben sich, knieten nieder, erhoben sich wieder, schließlich schoben sie sich aus den Bänken und reihten sich im Mittelgang auf, um sich direkt vor dem Altar hinzuknien. Dann gingen sie zu ihren Plätzen zurück.

»This Little Light of Mine« würde sie hier nicht zu hören bekommen. Aber das Priestergewand gefiel ihr, genau wie die Unmengen von roten Weihnachtssternen. Wegen all dieser schönen Dinge war sie froh, in die Kirche gegangen zu sein, aber jetzt war sie auch froh, wieder rauszukommen. Sie ging gerade die Stufen hinunter, als sie eine Stimme hörte.

»Delpha? Sind Sie das?«

Sie drehte sich um, und augenblicklich schoss ihr das Blut ins Gesicht. »Angela.«

»Ich wusste nicht, dass Sie katholisch sind.«

»Ich wollte mir nur mal den Gottesdienst anhören.«

»Ach so. Ja, schön. Das ist übrigens meine Meemaw.«

Delpha begrüßte eine grau gelockte alte Frau mit einer modisch gerahmten Brille.

»Willst du nicht schon zum Auto gehen, Meemaw, während ich noch kurz mit meiner Freundin rede?«

Delpha stockte der Atem bei dem Wort »Freundin«. Sie lächelte der alten Frau zu, aber es war nur ein zaghaftes Lächeln.

»Hey«, sagte Angela. »Es tut mir leid, wie der Abend in der Bar zu Ende ging. Ich war einfach ... überrascht.«

»Ich hätte es Ihnen sagen sollen. Normalerweise gehe ich nicht in ... Bars.«

»Ja, hab ich mitbekommen.«

Delpha sah sie an, das hübsche Make-up, den cremefarbenen Hosenanzug. Sie sah zu Boden. »Parker muss Ihnen einen Schrecken eingejagt haben. Es tut mir leid, Angela.«

»Na ja ... ein bisschen. Ich habe Ihre Fälle recherchiert, auch den ersten. Schlimm. Wollen Sie wissen, was ich denke?«

Delpha zwang sich, wieder aufzusehen.

»Ich glaube, Sie hatten echt übles Pech.«

»So könnte man es nennen.«

»Ja.« Der offene Blick von Angela war irgendwie einschüchternd.

Delpha zwang sich, ihm nicht auszuweichen. Der Blick war

nicht unbedingt ermutigend, aber auch nicht ablehnend. Angela musterte sie neugierig, forschend, fragend. »Wollen Sie … würden Sie mir irgendwann mal davon erzählen?«

Delpha zögerte. »Ich weiß nicht, Angela«, sagte sie dann.

»Klar, ganz wie Sie wollen.« Angela atmete tief aus. »Frohe Weihnachten.«

»Ihnen auch.«

Delpha sah der Bibliothekarin nach. Sie wusste nicht, was sie denken sollte.

Unter lautem Glockengeläut kehrte sie zum Rosemont zurück. Ein Diakon, dem sie einmal an der Bushaltestelle gegenüber der Kirche begegnet war, hatte ihr gesagt, dass der heilige Antonius der Schutzheilige verlorener Sachen war. Delpha fragte sich, ob diese Freundschaft verloren war oder nicht.

24. Dezember 1973

Sie wollte sie nicht bedrängen, aber sie würde die Gelegenheit auch nicht verstreichen lassen. Schon bevor sie das Gefängnis verlassen hatte, hatte sie gewusst, dass sie um alles würde kämpfen müssen. Es hing von ihr ab. Sie konnte nicht dasitzen, träumen und darauf warten, dass ein neues Leben für sie vom Himmel fiel.

Montagmorgen rief Delpha Angela an und bat sie, einen Namen, den sie für Phelan Investigations brauchte, zu recherchieren. Sie würde rüberkommen. Es sei jedoch nicht dringend. Schließlich sei Heiligabend. Die Angestellten der Tyrrell Public Library hätten sicher noch alle Hände voll zu tun: letzte Geschenke einpacken, einen Spielturm für den Garten oder ein Barbie-Traumhaus zusammenbauen. Die Bücherei schloss um zwei.

Sie ging über den Dielenboden und drehte wie immer den Kopf zu den Fenstern. Am Empfang saß Angela und trug eine große rote Schleife in den Haaren, und Delpha musste daran denken, wie sie sich früher angezogen hatte. Wichtiger war jedoch, dass Angela ihr entgegenlächelte.

»Da ist er«, sagte sie, »da ist der Name, um den Sie mich gebeten haben.«

»Vielen Dank.« Delpha erwiderte das Lächeln, versuchte das richtige Maß zu finden. Bloß nicht zu freundlich, das wäre peinlich, aber auch nicht kühl, was desinteressiert gewirkt hätte.

Sie standen immer noch da. Keine wagte den nächsten Schritt, das Treffen war schließlich rein beruflicher Natur. Was ja auch stimmte. Aber weiter stumm dastehen konnte sie auch nicht. Sie wollte es nicht verderben.

»Ja, also dann, noch mal frohe Weihnachten.« Mit einem breiten Lächeln und einem strahlenden Blick versuchte sie zu unterstreichen, dass sie es genau so meinte.

»Bis zum nächsten Jahr!« Angela schenkte ihr ein ebenso breites Lächeln.

Erleichtert wandte Delpha sich ab. Von den obersten Fenstern fielen leuchtende Farbbänder auf sie herab.

Sie machte den kleinen Umweg übers Rosemont, um zwei Becher Kaffee zu holen. Ging an dem blau glitzernden Baum vorbei, der bei Tageslicht weit weniger beeindruckend war, und legte zwei 10-Cent-Stücke neben die Kaffeekannen. Dann steckte sie den Kopf durch die Küchentür ... und da stand Oscar. »Hey«, rief sie fröhlich. Oscar drehte sich um, sah sie mit ausdrucksloser Miene an und hob eine Hand. Als sie sagte, sie würde sich darauf freuen, die Platten seiner Tante anzuhören, hellte sich sein Gesicht kurz auf. Dann fiel Delpha ein, was Shayla berichtet hatte, dass das Restaurant die ihm versprochene Stelle einem Weißen gegeben hatte, und sie beschloss, ihn in ein paar Tagen danach zu fragen.

Im Büro dankte Phelan ihr für den Kaffee. »Ich habe gestern übrigens länger mit Joe geredet und ihn über Carl Allred ausgefragt, den Bankräuber, der die McClungs laut ihrer Aussage ins Gefängnis gebracht hat. Der Idiot ist draußen.«

»Allred. So heißt er also?«

»Jep. Habe ich Ihnen das nicht schon erzählt? Nach der Beerdigung habe ich mit Ruby über ihn gesprochen.«

»Ja, stimmt. Warum ist er draußen?«

»Das ist das Merkwürdige. Offenbar hat er sich im Gefängnis zum Missionar gemausert. Hat kleine Versammlungen organisiert, die im Lauf der Zeit immer größer wurden. Er hat gepredigt, alle haben gesungen, und dann hat er sogar seine Mithäftlinge gesegnet. Das Segenspenden scheint gut angekommen zu sein. Jedenfalls ist er eines Abends dazwischengegangen, als ein Häftling mit einem Kamm über einen Wärter hergefallen ist …«

»Mit einer Klinge darin.«

»Ja. Eine Rasierklinge war zwischen die Zinken geflochten und mit einem Schnürsenkel befestigt. Angeblich hatte der Wärter die Frau des Häftlings angebaggert, als sie zu Besuch war. Jetzt hatte der Häftling den Arm um den Hals des Wärters geschlungen und ihm ein Karomuster in die Brust geritzt. Das Hemd hing in Fetzen an ihm runter.«

»Und was hat Carl gemacht?«

»Wie gesagt, Carl ging dazwischen. Hat sich selbst ein paar Schnitte eingefangen. Blutend hob er zu einer Predigt an, bis der Häftling die Klinge fallen ließ. Und ta-da!«

»Und schon kam er früher raus.«

»Ja, dank der Betkreise und seines Heldenmuts. Vorzeitige Entlassung auf Bewährung. Schon im Herbst.«

Passte haarscharf. »Dann könnte er der Mann gewesen sein, der bei Emeralds Beerdigung war. Sollen wir seinetwegen etwas unternehmen?«

Sie sahen sich an. »Nicht, solange er sich um seinen Kram kümmert«, sagte Phelan.

Eine Bewährungsanhörung konnte kaum schlechter laufen als Delphas erste im Jahr 1969. Selbst damals wusste sie schon, dass ihre einzige Aufgabe darin bestand, zuzuhören, alle Fragen brav zu beantworten und ein trauriges Gesicht zu machen.

Der Ausschuss befragte sie nach ihrem Leben vor der Haft, so kurz es gewesen war. Ein kleines Häuschen in der Nähe von Livingstone am Rand des Big Thicket, Schule, ihre Mutter. Der Vater zumeist abwesend. Ihr Onkel Lafayette, der die Familie unterstützte, der ihr sogar noch nach Gatesville schrieb. Sie fragten sie nach dem genauen Tathergang. Sie war damals noch minderjährig gewesen und hatte in einer Kneipe am Rand von Beaumont bedient, die einem Freund ihres Onkels gehörte. Der Barmann war nach Hause gegangen, er hatte sich nicht gut gefühlt. Sie wartete darauf, dass der Besitzer kam, um die Tageseinnahmen abzuholen, die Kneipe zuzusperren und sie zu ihrem Onkel zu fahren.

Zwei Männer drängten in die Kneipe, die sie vorher hinausgeworfen hatte. Sie machten sich beide über sie her, dann trat der Alte einen Schritt beiseite, während der Junge sie zu Boden warf, vergewaltigte und mit einem Messer verletzte. Als er kurz von ihr abließ, bekam sie das Messer zu fassen und stach damit zu, bevor der Junge sie umbringen konnte. Notwehr. Das hatte sie in dem Prozess ausgesagt und sagte es in der Anhörung wieder, ruhig.

Tags zuvor hatte Delpha Naomi, die Schlafwandlerin, um einen Vers gebeten, um einen Hinweis, wie die Anhörung ausgehen würde. Dafür hatte sie ihr fünf Tüten Kartoffelchips gegeben. Die Frau versenkte sich in sich selbst, bis ihre Lider anfingen zu flattern, dann krakelte sie mit einem Bleistiftstummel quer über ein Papier-Platzset: *Es wird lange dauern / bis sich öffnen die Mauern / Die Natur erlebt ihre Blütezeit / aber dir widerfährt keine Gerechtigkeit.*

»Reicht dir das, Schätzchen?«, hatte die Frau gefragt, ohne die Zeilen gelesen zu haben.

Wie es ihm zustand, war auch der Vater des Getöteten an diesem Tag erschienen, um etwas zu sagen. Er besaß einen Angelladen am Bayou und trug seine Arbeitsklamotten, eine Baumwollhose und eine fleckige Jagdweste mit aufgesetzten Taschen. Seine Haare waren so fettig, dass man die Furchen des Kamms sah. Taxierend huschten seine kleinen Augen ununterbrochen von einem Ausschussmitglied zum anderen – der Ausschuss bestand aus zwei Männern und einer Frau –, und er schob grimmig die Unterlippe vor.

Sie hätten nur was trinken wollen, er und sein Sohn, mehr nicht. Sie hätten nicht gewusst, dass die Kneipe gar nicht mehr offen hatte.

Das ist eine Lüge. Die Lichter waren alle aus, Sie wollten das Geld klauen, und ich wette den Rest meines Lebens drauf, dass es Ihre Idee war, Mister.

Sie seien reingekommen und hätten das Mädchen gefragt, ob die Kneipe noch offen habe. Völlig grundlos habe sie ihnen eine freche Antwort gegeben.

Ich habe gesagt, dass die Kneipe schon zuhat.

Sein Sohn, ein junger Kerl, man wisse ja, wie diese jungen Kerle seien, hätte sich das nicht gefallen lassen und der frechen Göre Bescheid gestoßen.

Er hat mich beschimpft und geschlagen, dann hat er mich getreten und auf den Boden gestoßen. Er war bestimmt fünfzig Kilo schwerer als ich.

Und sie – der alte Mann deutete mit dem Kinn auf Delpha in ihrer weißen Sträflingsuniform –, sie habe ihn getötet. Sie habe ein Messer genommen und seinen Jungen getötet.

Vor Delphas Augen flirrte alles wie bei einer Fata Morgana.

Es war sein Messer, er hat mich damit angegriffen. Er hat zugestochen, und Sie haben zugeschaut. Haben darauf gewartet, dass Sie an die Reihe kommen.

Sie sei eine gemeine Mörderin und sollte niemals mehr das Tageslicht sehen. Sterben sollte sie im Gefängnis, so wie sein Sohn gestorben sei. Er sei den ganzen Weg hierhergefahren, fast dreihundert Meilen, um zu sagen, dass sie nie mehr freikommen dürfe.

Quälend langsam drehte er sich zu Delpha um und deutete mit seinem krummen Zeigefinger auf sie. »Auf den elektrischen Stuhl hättest du gehört. Ich versteh gar nicht, warum diese nichtsnutzigen Geschworenen dich nicht auf den elektrischen Stuhl geschickt haben!«

»Es war Notwehr«, schrie Delpha. »Sie wissen ganz genau, dass es Notwehr war, Sie Dreckschwein.«

Die Ausschussmitglieder wiesen sie scharf zurecht, und der Wärter riss sie hoch und schaffte sie aus dem Saal. Das Letzte, was sie sah, war das verkniffene Grinsen des Alten und seine blitzenden Augen.

Delphas Antrag wurde abgelehnt. 71 stellte sie den nächsten Antrag. Ihre Zuversicht wuchs merklich, als sie feststellte, dass der Vater nicht gekommen war. Ihr Blick traf den von Ausschussmitglied Shirley Blivins, der Ex-Frau eines Vizegouverneurs.

Mrs Blivins hatte eine Himmelfahrtsnase, eine hohe, gewölbte Stirn und die kompakte Figur einer Robbe. Wenn sie einem Häftling gegenübersaß, den sie gebrochen hatten und der eine Winde gebraucht hätte, um den Kopf zu den ehrbaren Menschen auf der anderen Tischseite zu heben, quoll sie über vor Mitleid. Bei jüngeren Frauen und allgemein Frauen, die nicht mit Tränen und gebeugten Schultern jämmerliche Reue zeigten, war sie weniger gnädig. Sie sollten die volle Strafe absitzen, so ihre Überzeugung, um Gelegenheit zu haben, gründlich über ihr Verbrechen nachzudenken.

Die beiden Männer nickten Delpha aufmunternd zu. Sie waren bereit, ihr zu glauben, als sie erklärte, dass sie nach zwölf Jahren Haft in der Lage sei, ein gesetzestreues Leben in Freiheit zu führen. Dass sie ihren Beitrag zum Wohl des Staates Texas leisten wolle. Shirley Blivins unterbrach sie barsch.

»Aber tut es Ihnen auch leid? Empfinden Sie Reue, einem

jungen Mann, der noch seine ganze Zukunft vor sich hatte, das Leben geraubt zu haben?«

Delpha Wade senkte den Kopf. Mrs Blivins war zufrieden. In Erwartung ihrer Antwort lehnte sie sich zurück.

Delpha wusste, was sie nicht sagen sollte: *Es tut mir leid, dass ich allein in der Kneipe war, als dieser junge Mann und sein Vater hereingeplatzt kamen. Es tut mir leid, dass sie beschlossen hatten, den Geldsack zu klauen, den ich in der Hand hielt. Und es tut mir leid, dass der junge Mann mich vergewaltigt und verletzt hat.* Laut der Broschüre »Wie Sie sich auf Ihre Bewährungsanhörung vorbereiten« durfte sie nichts dergleichen sagen. Die Broschüre gab eigentlich nur einen Rat: Senken Sie den Kopf und sagen Sie zu allem Ja. Ihr war klar, dass den Ausschussmitgliedern diejenigen Häftlinge die liebsten waren, die nicht den geringsten Anlass zu der Vermutung gaben, dass sie die Entscheidung, die sie heute treffen würden, bereuen könnten. Aber ihre Version des Geschehens nicht darlegen zu können, brachte sie in einen schweren Konflikt, den sie schon zwei Jahre zuvor nicht hatte lösen können.

»Ich bedaure zutiefst, was geschehen ist«, sagte Delpha und wusste, dass das keine richtige Entschuldigung war, hoffte aber, dass das tief empfundene Gefühl, mit dem sie es vorbrachte, reichte.

Die beiden Männer, Mr Dunphy und Mr Miller, wirkten etwas unzufrieden. Mrs Blivins wiederum rief: »Was geschehen ist? Es ist nicht einfach etwas geschehen. Sie haben aus freien Stücken sein Messer genommen und ihn damit erstochen.«

Delpha wusste, dass sie besser nicht sagte, dass der Griff des Vergewaltigers um das Messer sich gelockert hatte, als er in ihr kam – und dass sie es ihm nur deswegen entwinden konnte. Sie sollte den Ausschuss nicht daran erinnern, dass der kräftige junge Mann erst rittlings auf ihr gesessen und ihr aus reinem Spaß den Nacken aufgeschlitzt hatte, bevor er sie auf den Rücken zwang. Sie sah ihm ins Gesicht, sah, dass seine Augen zu glitzern begannen. Er sog ihren Schmerz ein wie den Duft eines Parfüms. In den folgenden Jahren war sie zu der Überzeugung gelangt, dass sie mit angesehen hatte, wie ein Mann sein wahres Ich entdeckte. In dem Moment aber war sie überzeugt gewesen, dass er ihr die Kehle aufschlitzen würde.

Das alles konnte sie nicht sagen. Sie hatte gesagt, dass sie um ihr Leben gefürchtet hatte, wie sie es schon einmal vor so langer Zeit vorgebracht hatte, und was hatte es ihr genutzt? Genauso wenig durfte sie ihre Haare heben und den Kopf drehen, um den dreien die mittlerweile weißen Narben an ihrem Nacken zu zeigen.

Einer der Männer, Mr Dunphy, ein pensionierter Polizist, hustete. »Das kam schon im Prozess zur Sprache, Shirley. Darüber haben wir hier nicht zu entscheiden. Und Delpha, wir erwarten bei dieser Anhörung mehr von Ihnen.«

»Das verstehe ich, Sir. Die letzten sieben Jahre in Gatesville habe ich keinen einzigen Eintrag bekommen. Da war nichts. Ich mache meine Arbeit und komme mit allen zurecht. Ich habe in der Küche, im Garten und in der Wäscherei gearbeitet, die meiste Zeit jedoch in der Krankenstation. Manchmal sitze ich die ganze Nacht bei den Kranken am Bett. Ich habe sämtliche Betriebswirtschaftskurse bei Mr Wally abgeschlossen, und ich kann tippen und Kalkulationen aufstellen. Ich bin mir sicher, dass ich meinen Lebensunterhalt verdienen kann. Ich könnte als Bürokraft arbeiten, als Sekretärin oder Buchhalterin. Dank Mr Wally.«

»Ja, das wissen wir, wir haben hier Ihre Zeugnisse vorliegen. Die Fortbildungskurse sprechen natürlich für Sie, genau wie ihr Betragen seit 1964 und ...«

Ausschussmitglied Blivins mischte sich ein. »Aber ich sehe nicht die Spur von Reue.«

»Ich übernehme die Verantwortung für mein Handeln, Ma'am. Ich übernehme sie, Mr Dunphy, Mr Miller. Ich werde niemals vergessen, dass ich dieses Verbrechen begangen habe.«

»Es war *Mord*.« Mrs Blivins beugte sich vor. Die Ellbogen auf den Tisch gestützt, Hände verschränkt, Diamantring glitzernd. »Warum sind Sie nicht einfach weggelaufen?«

Totschlag, korrigierte Delpha im Kopf. Sie biss sich auf die Zunge, um dann doch, höflich, zu sagen: »Weil er auf mir drauf lag.«

»Genug«, sagte Miller.

Sagte er es zu ihr oder zu Shirley Blivins, die verächtlich schnaubte? Delpha wusste es nicht. Wenn dieser Vergewaltiger das Recht gehabt hatte, an seinem Leben zu hängen, warum hatte sie dann nicht das Recht, an ihrem zu hängen? Galt das nicht für jeden? Sie öffnete den Mund.

»Aber ... Entschuldigung, aber wäre es besser gewesen, still dazuliegen und sich umbringen zu lassen? Wollen Sie das hören ... dass ich es bereue, am Leben geblieben zu sein?«

Dunphy und Miller wechselten einen Blick. Blivins' zorniger Blick galt ihr und war Botschaft genug: *Ja. Bereuen Sie es, am Leben geblieben zu sein.*

Antrag für weitere zwei Jahre abgelehnt.

Im Februar 73, ein Jahr bevor sie ihre Gefängnisstrafe abgesessen hätte, trat sie erneut vor Dunphy und Miller. Sie hatte einen Brief der Familie von Wilma MacAdoo dabei, in dem diese sich für die aufopferungsvolle Pflege ihrer Schwester in deren letzten Tagen bedankte. Und auch eine Bestätigung der Leiterin der Krankenstation desselben Inhalts. Blivins war in ihrer Küche gestürzt und hatte sich die Hüfte gebrochen, und ihr Stellvertreter war ein junger Mann aus der Justizverwaltung, der blind den alten Hasen folgte. Delpha achtete auf ihre Worte. Als so vorhersehbar wie das 12-Uhr-Läuten die Frage kam, ob sie Reue empfinde, wich sie den nüchternen Gesichtern ihrer Richter aus.

Sie sah auf ihre Hände, rissig vom Wäschewaschen, und sagte: *Selbstverständlich*.

Sie sah auf ihre Hände, inzwischen wieder glatt, die sich um den Styroporbecher schlossen. Nur mit Schaudern erinnerte sie sich an ihre Bewährungsanhörungen. *Komm schon*, dachte sie, *reiß dich zusammen*. Sie stellte den Becher ab, schob das in Engelspapier gewickelte Geschenk über ihren Schreibtisch und machte eine unbestimmte Geste. Phelan hatte sie offenbar verstanden und trug das Geschenk in sein Büro. Er hatte kein Geschenk für sie, was ihr recht war. Besser als umgekehrt.

»Muss ich bis heute Abend warten?«, rief er.

»Machen Sie's auf«, sagte Delpha, aber zu leise, deshalb wiederholte sie es. »Nur zu, machen Sie es auf.«

Das Reißen von Papier, dann: »Hey, der ist wirklich hübsch. Ist der für die Lizenz?«

»Ja.«

»Er hat genau die richtige Größe. Schauen Sie mal.«

Delpha ging in sein Büro. Er löste gerade die Lizenz aus ihrem alten Rahmen. Dann hob er sie mit dem neuen Rahmen in die Höhe. »Edel.« Phelan lächelte. »Danke.«

Er wirkte ehrlich erfreut, und das freute sie – mit dem Rahmen hatte sie einen guten Griff getan. Sie atmete wieder leichter. »Wir haben gerade über Ruby gesprochen.«

»Stimmt. Wie war das noch mal, wann ist sie rausgekommen?«

»Irgendwann im November. Allerdings kam sie erst am ersten oder zweiten Dezember zu mir.«

»Da hatte sie schon das Geld, um uns zu bezahlen.«

»Ja.«

»Und keine Farm.«

»Keine Farm. Mrs Newsom, die Tante, sieht auch nicht gerade so aus, als würde sie in Geld schwimmen.«

»Nein, tut sie nicht. So ein wundersamer Geldregen, das kann doch nur …«

»Da muss sie in einem Affenzahn eine ganze Menge Taschen ausgeräumt haben. Oder … es ist das Geld von der Bank.«

»Wäre möglich«, sagte Phelan.

»Wenn Carl und Frank nicht alles auf den Kopf gehauen haben.«

»Also in dem Fall müssten sie sich ziemlich beeilt haben, wenn ich die Daten richtig im Kopf habe.«

»Stimmt. Dann haben sie es also versteckt.«

»Carl ist vor den Zwillingen eingebuchtet worden. Er und Frank müssen es vorher beiseitegeschafft haben. Wo versteckt man so einen Haufen Geld?«

»Es muss ja nicht nur an einem Ort gewesen sein. Jemand könnte es immer wieder neu versteckt haben. Bei seiner Familie. Bei einem Freund.«

»Todsichere Methode, einen Freund zu verlieren.«

»Was ist mit diesem Haus am Strand, das sie gebaut haben …«

»Sie könnten auch ein verdammtes Bankschließfach gemietet und das Geld wieder auf die Bank gebracht haben. Das Strandhaus kommt mir unwahrscheinlich vor, Delpha. Zumindest nicht über diesen langen Zeitraum. Ein Orkan hätte es wegblasen können. Aber …«

»Irgendwoher hatte Ruby das Geld, um uns zu bezahlen, Tom.«

»Ja, das ist wahr. Gehen Sie heute auf eine Weihnachtsfeier oder so?«

Na ja, nein, es wartete keine Feier auf sie.

»Meiner Meinung nach ist es Zeitverschwendung, aber Joe sagte, dass Carl mit Sicherheit in Crystal Beach wohnt. Vielleicht sollte man doch mal hinfahren. Wollen Sie mitkommen?«

Die Köpfe wegen der Kälte eingezogen, gingen sie zum Parkplatz, wo Phelan einen Blick unter die Motorhaube des Dart warf. Er brach in Lachen aus und strich sich übers Gesicht. »Ich fass es nicht. Was für eine Schrottkarre.« Er drehte sich zu Delpha. »Funktioniert die Heizung?«

Sie schüttelte den Kopf.

Also nahmen sie sein Auto und fuhren los.

Der Anblick des Golfs raubte ihr den Atem, wie schon damals, als sie das erste Mal über den Hügelkamm gefahren war und er vor ihr gelegen hatte: das abfallende schilfbewachsene Land, das einer völlig anderen Welt Platz machte, blaugrau und ständig in Bewegung, heranrauschende Brecher, Luft aus Salz und Wind.

Was Delpha am Strand am meisten erstaunte, war nicht, wie sehr das Meer das Herz dehnte und beruhigte, sondern wie kümmerlich der Mensch war. Wie kam der Mensch auf die Idee, auf der Welt so viel zu sagen zu haben? Sollte er doch herumkommandieren, bis er blau im Gesicht war, sollte er doch herumschubsen und einbuchten und töten, sollte er doch alles und jeden erfassen – das Meer würde seine Akten und Schlösser und Waffen und Gesetze verschlingen. Es folgte seinem eigenen Gesetz. In ihm schwamm der Mensch zwischen dessen Wächtern, den Meeräschen, die mit ihren schwarz-goldene Augen in den Wellenkämmen aufmerksam umherblickten. Unter den Wellen verbarg sich eine eigene Welt. Der Mensch war ein Sandkorn. Das Meer würde sich niemals von ihm einsperren lassen.

»Sie sehen aus, als würde Jesus Ihnen gerade ein Glas Wein reichen«, sagte Phelan, und sie grinste ihn breit an.

Bei einem Maklerbüro in Crystal Beach hielten sie kurz, um sich nach dem Weg zu erkundigen, hatten jedoch Pech. Das Büro war geschlossen, Weihnachtsferien. Also gingen sie in einen kleinen Laden, um sich Kaffee zu holen und nach einem blauen Haus namens Wolke Neun zu fragen. Die Kassiererin kannte es nicht, aber ein Mann mit einem Besen hatte das Gespräch mitbekommen, er mischte sich ein und sagte, er glaube es zu kennen. Er erklärte ihnen, in welche Straße sie einbiegen mussten und wie viele Häuserzeilen vom Strand entfernt es ungefähr lag.

»Da gibt's mehrere Wolkenhäuser«, sagte er und kehrte weiter.

Die Chevelle knirschte über eine schmale Muschelschalenstraße, eigentlich nicht viel mehr als ein Pfad, vorbei an pastellfarbenen Häusern, die auf Stelzen standen. Unter jedem war eine kleine Betonfläche, auf der ein Auto geparkt werden konnte und Platz war für eine Wäscheleine für die nasse Badekleidung und eine vor Blicken geschützte Dusche, um sich den Sand abzuwaschen. Langsam rollten sie den Pfad hinunter und lasen die Häusernamen, Meeresblick, Meeresbrise, Sandburg, Muschelheim. Rosa, hellgrün, pfirsichfarben, zartlila und himmelblau. Nur wenige Autos. Es waren Wochenendhäuser für die Sommermonate. Jetzt, im Dezember, waren die Panoramafenster, die zum Meer hinaussahen, mit Läden verrammelt.

Wolke Neun stand neben Wolke Zehn und gegenüber von Wolkenschloss, einem weiß gestrichenen Häuschen, Fenster und Tür blau eingefasst. Ein glatzköpfiger, haselnussbrauner Mann trat auf die Veranda und sah zu ihnen herüber, als sie anhielten. Wolke Neun war schon etwas älter und verwittert, die weiße Farbe an den Läden blätterte ab. Sie gingen die Stufen hinauf. Phelan rüttelte an der Tür und öffnete sie dann mit einem der Dietriche aus dem Set, das er bei einem Pfandleiher entdeckt und sich zu Weihnachten spendiert hatte. Drinnen empfing sie ein großer Raum, in dem es modrig roch, vier Betten mit nackten Matratzen, auf einer ein Haufen Männerklamotten, ein fünftes mit verkrumpeltem Bettzeug, eine Küchenzeile mit einem Tresen und ein kleines Badezimmer. Sie teilten den großen Raum untereinander auf und begannen mit der Suche.

Phelan strich über die Matratzen, fuhr mit der Hand darunter. Unter dem bezogenen Bett fand er eine Schachtel mit Munition für einen .38 Special, fünfzig Schuss. Er hielt sie in die Höhe. »Er ist bewaffnet«, sagte er.

Sie wechselten einen Blick. Phelan schob die Schachtel zurück und tastete dann den Boden ab, ob eines der Dielenbretter lose oder gekürzt war.

Delpha ging nacheinander die Küchenschränke durch. Sie steckte die Hand in die beiden Dosen auf der Arbeitsfläche. Mehl und verklumpter Zucker, den jemand, vermutlich Carl, zerhackt hatte. Die Besteckschublade mit verbogenen Messern und fünf Flaschenöffnern, das Regalbrett mit den Töpfen und Pfannen, der verrostete Herd, das alles erbrachte nichts. Im Kühlschrank befand sich ein Zwölferpack Bier, Brot, Eier, Fleischwurst und Senf. Sie reckte sich, um einen Blick hinter den Kühlschrank und den Herd zu werfen. Sand und Staub. In der Schublade unter dem Backofen waren jedoch keine Pfannen, sondern ein alter, flacher Turnbeutel, in dem Teile eines Monopoly-Spiels steckten. Karten, Spielfiguren und rosa, gelbe, orange, blaue und grüne Geldscheine.

»Schauen Sie mal.«

Phelan besah sich die Sachen. »Vielleicht war in dem Beutel mal echtes Geld.«

Im Badezimmerschränkchen befanden sich Aspirin und eine Haarbürste. Ein Rasierer und Rasierschaum von Gillette. Am Badewannenrand ein Seifenstück. Die Wände klangen nicht hohl. Unter der Bademattе verbarg sich keine Falltür.

Delpha durchsuchte die große Kommode, die an der Rückwand des Häuschens stand. Beinahe die Hälfte bestand aus Fächern, in denen sich Laken, Handtücher, Decken und Kissen stapelten. In einer Schublade steckten zerknautschte Badehosen. Dazwischen lagen eine Taschenlampe und eine aufgerissene Packung Batterien und zwei gesprungene Plastikschachteln mit Spielkarten. In der mittleren Schublade fanden sich Souvenirschnapsgläser aus Galveston und eine wilde Mischung aus Salatbesteck, Nähfaden, Büroklammern, Postkarten, Gummis, Pennys und einer Box mit roten, weißen und blauen Pokerchips. Das unterste Kommodenfach hatte klapprige Türen, deren winzige Griffe mit Gummibändern zusammengehalten waren.

»Was wohl da drinsteckt?«, fragte Delpha.

Tom warf einen Blick über ihre Schulter. »Vielleicht kam während Carls Haftzeit seine Familie hierher und hat das Haus genutzt. Oder sie haben es vermietet, das machen viele. Dann könnte es gut sein, dass da drin etwas ist, was sich nicht für Kinderaugen eignet.«

»Ja, da ist ein Schloss.« Ein Schloss für einen kleinen Schlüssel. Aber den brauchte es nicht, die Gummibänder hielten die Türen ja zu. Was war dahinter? Schnaps? Eine Pistole und Munition? Delpha fummelte die Gummibänder ab, die Türen schwangen auf, und was sah sie …

Brettspiele. Sie standen übereinander- und nebeneinandergestapelt, eine quietschbunte Pappwand. Delpha kniete sich davor und las die Aufschriften: Monopoly, Candyland, Scrabble, Uncle Wiggly.

Phelan kniete sich neben sie. »Nur Spiele. Besonders oft scheinen sie allerdings nicht benutzt worden zu sein.«

Beide griffen gleichzeitig hinein. Delpha fummelte das zuoberst liegende Monopoly-Spiel heraus. Überrascht wog sie es in den Händen. Jetzt ließen sich die anderen Schachteln leichter herausholen, und sie legten sie auf den Dielenboden um sie herum. Das Fach war leer. Phelan setzte sich.

»Müssen wir?«, fragte er Delpha.

»Ja, ich schätz schon.«

Sie nahmen von jeder Schachtel den Deckel ab und zum Vorschein kam, was sie bereits vermutet hatten. Die Schachteln waren leer.

»Ganz neu sehen sie nicht aus, aber auch nicht abgenutzt«, sagte sie. »Nicht so, als wären sie oft rausgezogen worden oder hätten länger offen gestanden.«

»Wenn man Geldscheine ordentlich darin verstaut, behalten sie ihre Form. Zumindest haben sie das bis Ende November. So viel zu meinen Spekulationen über Orkane und Strandhäuser.«

Delpha schob die Schachteln zurück in das Fach und wickelte die Gummibänder wieder um die Griffe. Dann folgte sie Phelan aus dem Haus.

Phelan rief dem Mann auf der Veranda, der mittlerweile auf seinem Beobachterposten rauchte, etwas zu. Delpha konnte den Blick nicht von dem anbrandenden Meer losreißen. »Hallo Sie, wissen Sie, seit wann dieses Haus hier steht?«

»War schon da, als wir kamen. Die Stürme haben es ziemlich mitgenommen. Celia, der von 1970, hat es glatt von den Stelzen geweht. Die haben aber alles wieder schön gemacht. Und wer sind Sie?«

»Wir überlegen, ob wir das Haus eine Zeit lang mieten. Wollten es uns nur mal ansehen. Wer sind denn ›die‹?«

Der Mann trat ans Verandageländer und stützte sich darauf. »Ein Trupp, den die Schwester vom Besitzer angeheuert hat. Keine Ahnung, warum er nicht selbst gekommen ist. Bei unserm Haus war gar nichts, ich hab die Stelzen extra tief gesetzt. Meine Frau hat damals rumgejammert, dass das so lange dauert, aber nach Celia war sie still. Das war schon ein Mordssturm. Unser Haus kann man übrigens im Frühling mieten.«

»Sehr hübsch«, sagte Phelan und ließ den Blick darüberschweifen. »Und wie ist es mit dem hier – wohnt der Besitzer gerade hier? Kennen Sie ihn?«

»Ja. Unfreundlich bis zum Gehtnichtmehr. Wundert mich ja, dass er Ihnen den Schlüssel überlassen hat.«

»Den haben wir vom Makler. Wissen Sie, wo er arbeitet?«

»Klar. An der Fähre.«

»Wohnt er allein hier?«

»Soweit ich weiß. Also bis auf das Gespenst.«

»Gespenst.«

Der Mann deutete mit dem Daumen hinter sich. »Ja. Sie hat's mit eigenen Augen gesehen.«

»Wer?«

»Meine Frau. Hat gesagt, es war ganz weiß, weiße Haare, weißes wehendes Kleid. Ist die Stufen hoch und im Haus rumgegeistert. Dann ist es mit einem Sack rausgekommen. Meine Frau hat rumkrakeelt, und da ist es verschwunden. Hat sich einfach in Luft aufgelöst, sagt meine Frau.«

»Haben Sie dem Mann, der hier wohnt, davon erzählt?«

»Klar. Er ist komplett durchgedreht. Hat eine Bierdose durch die Scheibe von dem großen Fenster da geschmissen.«

»Wann war das?«

»Hmm ... muss so um Thanksgiving rum gewesen sein. Was um den Dreh. Er hat es repariert. Fehlt nur ein bisschen Farbe.«

»Verstehe. Dann glaubt Ihr Nachbar also an Gespenster.«

Der Mann nickte. »Ich mag sie auch nicht.«

Phelan verabschiedete sich mit einem Winken, und er und Delpha gingen zum Auto. »O Ruby«, sagte er und ließ den Motor an.

25. Dezember 1973

Am späten Vormittag holte Phelan eine Schokoladentorte bei Rao's ab und brachte sie seiner Mutter vorbei. Dolores fand noch ein Plätzchen dafür in ihrem Kühlschrank und sagte, sie würde ihn ja gerne zum Abendessen einladen, aber Cal wolle vorbeischauen und Phelan würde ihn immer auf die Palme bringen. Bedauernd schüttelte sie den Kopf. »Ich weiß nicht, warum das so sein muss.«

Phelan wusste es. Nachdem Calvin Phelan erfahren hatte, dass er nicht Toms leiblicher Vater war, brachte ihn allein schon Toms Existenz auf die Palme. Tom ärgerte daran vor allem, dass Dolores das wusste, aber ahnungslos tat.

Fuller kam in Jogginghose und Flip-Flops hereingelatscht. »Hey, Tom, hast du immer noch neun Finger oder sind's inzwischen nur noch acht?«

»Es sind neun, und alle sind fleißig am Arbeiten, was man von deinen nicht sagen kann. Ich hab euch eine Torte vorbeigebracht, Fuller. Schöne Weihnachten allerseits.«

»Komm uns bald mal wieder besuchen, Tom«, sagte Dolores.

Phelan nickte und bedachte den säuerlich dreinblickenden Fuller mit einem Lächeln. Als er wieder im Auto saß, sinnierte er kurz darüber nach, wie es sein konnte, dass er seine Vorstellungen vom Leben von den beiden hatte. Egal was sie machten, wenn er das Gegenteil tat, war er auf dem richtigen Weg.

Die Atmosphäre während des Weihnachtsessens bei E. E. war ein wenig frostig. Zwischen den beiden Männern stand das Gespräch über Walter Perry. Dafür genoss Tom es, sich mit E. E.s meinungsstarken Kindern zu unterhalten. Marie,

Studentin an der LSU, glaubte, die Watergate-Einbrecher hätten auf eigene Faust gehandelt, aber Eddie, ausgestattet mit dem linksliberalen Rüstzeug seiner Universität in Austin, argumentierte absolut überzeugend gegen Nixon. Es sei doch mehr als verdächtig, dass über achtzehneinhalb Minuten auf einer Tonbandaufnahme von einem Geheimtreffen zwischen Nixon und Haldemann fehlten. Die ganze Sache sei ein Riesenschwindel, da könne sie ihren süßen Arsch drauf wetten. Die US-Regierung handle komplett gegen die Interessen des eigenen Volks, erklärte Eddie. Er nickte mit finsterer Miene und sah dabei genau wie sein Vater aus.

Phelan aß seinen Schinken und die Süßkartoffeln und beobachtete amüsiert, wie Eddie langsam, aber sicher seinen Vater auf die Palme brachte. Auf dem Revier führte E. E. ein strenges Regiment. Eigentlich führte er überall ein strenges Regiment, es sei denn, er hielt es aus strategischen Gründen für angebracht, seinen Charme spielen zu lassen. Während Eddie genüsslich Nixons Schwur, kein Lügner und Betrüger zu sein, auseinandernahm, pressten sich E. E.s Kiefer immer fester aufeinander, aber er brüllte ihn nicht nieder. Nein, Vaterliebe bezwang ihn.

Maryanne hatte den Baum über und über mit roten Kugeln, Schleifen und blinkenden Lichterketten geschmückt und bedankte sich bei Phelan mit einem Kuss für den Baum. Und mit einem zusätzlichen Stück Pekannusskuchen. Und mit einer Krawatte mit Autos darauf. Zufrieden mit ihrer Wahl sah Marie zu, wie er die Pink-Floyd-Platte von ihr auspackte. Von Eddie bekam er eine von Lynyrd Skynyrd. Phelan bedachte jeden mit teuren Pralinenschachteln. An der Tür tätschelte E. E. seine Schulter. Keine Umarmung. Seine Augen verrieten, dass es immer noch in ihm gärte.

An seinem zerstückelten Weihnachtstag musste Phelan

noch zwei Zwischenstopps einlegen. Er meldete sich im Pine Haven an, einem bescheidenen Altersheim mit Vierbettzimmern, in denen die Betten durch Vorhänge voneinander getrennt waren. Für die Kosten kamen die Behindertenrente des alten Mannes und die Sozialhilfe auf, aber Phelan brachte ihm immer noch etwas mit, für gewöhnlich Geld. Am heutigen Tag gab es obendrein einen Früchtekuchen, der so fest war, dass er als Sandsack bei einer Überschwemmung dienen konnte. Der Alte liebte Früchtekuchen. Er ließ die Plastikgabel liegen und aß ein mächtiges Stück aus der Hand. Phelan zog sich einen Stuhl heran und quetschte ihn zwischen zwei Betten. »Hey, Tom«, sagte der magere Alte im Bett daneben. »Gibt Roy mir was ab?«

»Schwer zu sagen, Leonard. Das musst du ihn selbst fragen.«

»Nee. Frag du.«

»Roy«, sagte Phelan. Der Alte sah auf. »Gibst du Leonard ein Stück von deinem Kuchen ab?«

Kauend warf Roy Leonard einen kritischen Blick zu. »Dem da?«

»Ja, dem da.« Phelan deutete mit dem Daumen zum Nachbarbett.

»Der ist ganz in Ordnung«, sagte Roy. Phelan schnitt ein weiteres Stück Kuchen mit dem Taschenmesser ab und reichte es Leonard.

Dann nahm er Roy die verschmierte Brille ab, ging ins Bad, hielt sie unter heißes Wasser und rieb sie beim Zurückkommen mit seinem Taschentuch trocken. Setzte sie ihm wieder auf.

»Ach«, sagte Roy und sah sich im Zimmer um. Er hatte immer noch dichte graue Haare, eine beeindruckende Gestalt im Bett, aber wenn er aufstand, schleppte er sich wie eine lahme Schildkröte herum.

»Woher hast du denn den blauen Fleck?« Phelan hatte einen schwärzlichen Bluterguss unter der papiernen Haut an Roys Unterarm bemerkt.

Roy sah darauf. »Keine Ahnung.«

»Geht's dir gut? Brauchst du was?«

Roy pickte ein Stückchen kandierte Ananas aus dem Kuchen und steckte es sich in den Mund. »Hm, lecker«, sagte er. »Wartest du auch auf den Bus?«

»Ja«, sagte Phelan.

Das Zimmer war eng und einer der Männer, wahrscheinlich Leonard, hatte die ohnehin miefige Luft mit einem Furz garniert. Manchmal erkannte Roy Phelan, an diesem Abend eindeutig nicht. Wenigstens mochte er den Früchtekuchen, aber der kam immer an. Nach einer Weile stand Phelan auf und tätschelte Roys Knie. »Bis zum nächsten Mal«, sagte er, und Roy nickte freundlich.

»Morgens ist er immer klarer im Kopf«, erklärte Leonard.

»Ja. Dann komm ich bald mal am Morgen.«

Gegen neun hielt er vor Joes Haus, der ihn eingeladen hatte, und trank ein Bier. Die Jungs waren zu müde, um weiter aufeinander zu schießen, und das Baby grinste feucht. Joes besorgter Gesichtsausdruck erinnerte Phelan an die großen traurigen Augen von Wile E. Coyote, als ihm klar wurde, dass er den Roadrunner über die Klippe und auf eine Wolke gejagt hatte.

Nachdem der leichte Regen aufgehört hatte, nahm Delpha ihren Kaffeebecher mit nach draußen und stellte ihn auf einen kleinen Tisch. Sie sah zu, wie die Morgensonne sich hervordrängte. Die Wolken teilten sich, auf der leeren Straße glänzten Pfützen. Tags zuvor war sie bei Ruby vorbeigefahren, aber Peg sagte, die Tante habe sie schon abgeholt und mit zu sich nach Hause genommen. Dann lud sie Delpha zur Silvesterparty im Wohnheim ein.

»Die Mädchen wollen sich schick machen. Ich werd ein paar Kröten zusammenkratzen und alles für Kalte Ente besorgen. Komm doch. Wird bestimmt lustig.«

Mittags gab es im Rosemont das im Picadilly vorbestellte Weihnachtsessen, weil der Koch wie immer über die Feiertage freihatte. Oscar ließ sich nicht blicken. Weihnachten bestand aus Truthahn, Soße und den Alten, die nirgends sonst eingeladen waren.

Delpha machte einen Spaziergang durch das stille Downtown und hörte Vögel statt Verkehr. In St. Anthony würde es einen Ansturm geben, auch wenn nicht alle Bürger von Beaumont die freudige Geburt feierten. Vor dem Jefferson hatte sich eine lange Schlange gebildet. Es lief ein Film mit dem Titel *Der Clou*, mit Paul Newman und Robert Redford in 1930er-Jahre-Klamotten. Delpha genoss den Gedanken, dass sie den Film jederzeit ansehen könnte. Jetzt, wo sie frei war.

Aber nicht am Weihnachtsabend, weil erstens wieder Regen drohte und sie zweitens etwas vorhatte. In dem Schrank, in dem Calinda Dominosteine, Spielkarten und Brettspiele aufbewahrte, befand sich auch ein tragbarer Plattenspieler. Delpha nahm ihn mit in ihr Zimmer. Dort stellte sie ihn auf den Fußboden und steckte den Stecker ein. Sie zog Shaylas Tüte unter ihrem Bäumchen hervor und holte eine der Singles aus ihrer Hülle. Auf den selbst gebastelten Labels stand *Hattie* auf der einen Seite und *Moselle* auf der anderen.

Zuerst legte Delpha die *Moselle*-Seite auf. Sie hatte mit Moselle telefoniert und sich einige Male mit ihr unterhalten, wenn ihre Schichten in Miss Jessies Haus sich überschnitten. Sie war eine kleine, dunkelhäutige Frau, deren Gesicht mit schwarzen Sommersprossen und Leberflecken übersät war, und ihre hochgesteckten Haare waren von Grau durchzogen. Delpha stellte sie sich mit einem Glockenhut vor, die Haut frisch wie ein Samstagmorgen, die Sommersprossen neu und keck. Jede alte Frau war einmal jung gewesen.

Knisternd setzte ein klirrendes Klavier ein. Dann folgte Moselles tiefe und samtige Stimme, die spielend durch die Oktaven kletterte. Sie sang klangvoll, was manche Leute vielleicht melodisch nennen würden, und schien mit Lust zu singen, auch wenn es ein todtrauriger Blues war.

I'm going away, it won't be long
I know you'll miss me from singing this lonesome song

Dann kam ein Stück Gesang ohne Text, aber nicht das Jodeln, das Delpha vom Folk kannte, es war eher wie ein abgehacktes *hee a hee, ee a yee.*

Als Nächstes legte sie *Hattie* auf. Eine gezupfte Gitarre, die Sängerin war ebenfalls eine Schwarze. Die Stimme klang wie von weit her, aber ihr lief trotzdem ein Schauer über den Rücken. Delpha griff hinter sich und legte sich die Tagesdecke um die Schultern. Auf dem Boden war es kühl. Und die Stimme war auch kühl.

I'm gonna walk, I'm gonna ride, I'm gonna dive in that deep blue sea
Ooh hoo goodbye
If you see my baby just tell him I had to go

Delpha spielte es noch zweimal ab. So fröhlich ihr Weihnachtsbaum leuchtete, gegen den Song kam er nicht an.

Auf der nächsten Platte stand *M. D.* Darauf war ein Klavier zu hören, lebhafter und kraftvoller als die Gitarre. Die Frauenstimme war hoch, durchdringend, und wenn sie eine Note dehnte, hörte man die Spannung darin, hörte man sie flattern und beben.

I ask him how bout it
He said all right
I asked him how long
And he said all night

Sie spielte zwei weitere Platten ab, beide von schwarzen Sängerinnen, beide mit Abschiedssongs, voller Einsamkeit und vorwurfsvoll. Die letzte Single sah wie ein Spielzeug aus. Sonnengelb, auf dem Label stand *Verena*. Dieselbe gezupfte Gitarre, dasselbe Hintergrundrauschen wie auf der von Hattie. Wie sie wohl aufgenommen worden war? Wann – und warum war sie gelb? Sie glaubte eine Männerstimme »und vier« zählen zu hören. Eine Weiße fing an zu singen.

Nicht ganz so bluesig. So schlicht wie Mother Maybelle Carter, aber der Song hatte eine Kraft und eine Tiefe, die geradezu das Gegenteil von schlicht waren. Am Ende der Strophe kam ein *yodel-lay-hee-oh lady-oh lady-oh-hee*. Die Stimme glitt und sprang beim Jodeln, als hätten sich die Klänge verselbstständigt. Es gab drei Strophen. Delpha hörte sich den Song zweimal an und merkte bei der dritten beide Male auf.

Well, I'm charged with stealing
But murder is my crime
I'm charged with stealing
But murder is my crime
I'm gonna kill my baby
Less he changes his mind

Dann ging die Stimme sofort ins Jodeln über, diese klangvollen *lady-ohs*.

Am Ende wurde die Gitarre noch zweimal gezupft, pling, pling, und damit war Schluss. Das waren alle Platten aus Moselles Sammlung. Delpha wickelte sich fester in die Decke und stellte sich vor, die Sängerinnen würden auf ihrem Bett, auf dem Stuhl, im Schneidersitz auf dem Boden sitzen. Sie sah den Trupp vor sich: helle oder dunkle Haut oder etwas dazwischen, glänzende Seidenstrümpfe, Hüte mit Federn, Hüte mit Schleifen und schwarzem Schleier. Lackierte Fingernägel, Parfüm. Geöffnete Flaschen, in der Hand eine Zigarette. Plaudernd, lachend, erzählend. Die Energie im Zimmer würde das Dach des alten Hotels wegsprengen.

In der Zwischenzeit hatte der Regen eingesetzt und trommelte aufs Dach des Rosemont, und Delpha war froh, dass es noch fest darauf saß. Sie schob die gelbe Single wieder in ihre Hülle und steckte sie zurück in die Tüte. Dann sagte sie aus Spaß und um ein wenig Gesellschaft zu haben: »Gute Nacht Moselle und Hattie, M. D. und ihr alle. Gute Nacht, Vera Petry.«

Denn die Stimme von Verena auf der gelben Single war die der Frau vom Standesamt. Hundertprozentig.

Was Delpha zunächst bei Rubys Auftauchen empfunden hatte – möglichst schnell den Auftrag erledigen, weil Ruby sie an ihre Haft erinnerte, an die erste Zeit als frisch auf Bewährung Entlassene –, das empfand Vera Petry jetzt durch sie. Es war Jahrzehnte her, dass Petry hinter Gittern gewesen war. Sie hatte das Singen aufgegeben, diesen Teil von ihr, weil sie sich nichts mehr vormachen wollte, eine ganz normale verheiratete Frau sein wollte. Beziehungsweise Mutter. Davor aber hatte sie diese Platte aufgenommen. Oder aufnehmen lassen. Dann hatte sie ihr Talent für immer begraben, weil es sie als ehemalige Gefängnisinsassin identifizierbar machte.

Nach all den Jahren hielten Petry und ihr Mann sich sogar für dermaßen weißgewaschen gediegen, dass sie einen Collegestudenten, einen Sportler wie Charlie Benavidez, von ihrer Haustür verwiesen hatten. Einen jungen Mexikaner. Vielleicht hatte ihre Verachtung mit einem gewissen Harold Martinez zu tun? Der Liebhaber, der die Drecksarbeit für

Verena erledigt und ihren Mann durchs Wohnzimmerfenster erschossen hatte. Ihr über eine Lautsprecheranlage während eines Gefängnisrodeos seine ewige Liebe gestanden hatte.

Nachdem sie ihre Strafe verbüßt hatte, spazierte sie aus dem Gefängnis, in dem Wissen, dass ihr mexikanischer Geliebter vermutlich im Gefängnis sterben würde. Was er dann auch tat. Hatte sie sich je nach ihm gesehnt? Oder wollte sie vergessen, dass sie überhaupt seinen Namen kannte? In diesem Fall hätte Charlie Benavidez sie überdeutlich an ihn erinnert.

Für kurze Zeit war Delphas schier unersättliche Neugier befriedigt. Was auch immer jetzt geschah – ob Shelly Petry schlau genug war, sich Charlie vor die Füße zu werfen, oder ob sie sich einfach davonschlich, Phelan Investigations ging das nichts mehr an.

Delpha stülpte den Deckel über den kleinen Plattenspieler und verriegelte ihn. Legte sich mit der Tagesdecke ins Bett, knipste die Lampe aus und ließ stille Lichter das Zimmer zum Schimmern bringen. An diesem Abend hatte sich bestätigt, was sie schon einmal gespürt hatte, als sie einen alten Mann suchten: wie gerne sie Dingen auf den Grund ging, wie befriedigend sich eine Entdeckung anfühlte, besser als ein knisternder neuer 20-Dollar-Schein. Sie war eine Privatdetektivin, ganz klar, oder? Zum ersten Mal wagte sie das ihrem strengsten Richter zu sagen, sich selbst. Sie strich sich über den Kopf, eine zärtliche Geste, die sie sich vor langer Zeit angewöhnt hatte: »Fröhliche Weihnachten, liebe Delpha«, flüsterte sie.

26. Dezember 1973

Es war Mittwoch, die Banken hatten geöffnet. Um acht war Phelan im Büro. Er hatte überlegt, wie er an Perry rankommen könnte, aber ihm waren nur Möglichkeiten eingefallen, bei denen er sich zum Idioten machte.

Also fischte er im Halbtrüben. Seit Jahren hatte er nicht mit ihr gesprochen und hätte auch in Zukunft gut darauf verzichten können. Jetzt wappnete er sich, abgewiesen zu werden, dass sie ihm nicht glauben würde und nicht mit ihm reden wollte. Was er jedoch auf keinen Fall hinnehmen würde, war Mitleid, ganz bestimmt nicht. Phelan nannte der Frau bei der Bank seinen Namen, um mit einer alten Freundin zu sprechen, die ihm Unrecht getan hatte.

Dann hörte er eine unsichere Frauenstimme. »Tom Phelan? Echt?«

»Ja, Donna, ich bin's.«

Sie fragte, wie es ihm gehe.

»Gut. Wir haben ewig nicht miteinander gesprochen, aber neulich habe ich an dich gedacht.«

Schweigen.

»Bestimmt nichts Gutes«, sagte sie schließlich.

Toll war's nicht, dachte er. »Nein, nein, ich habe nur mit einem Kumpel geplaudert.« Auf einer Feuertreppe in zehn Stockwerk Höhe. »Und du? Wie geht's dir?«

Er vermutete, schlecht, weil sie in Tränen ausbrach und in den Hörer heulte. Phelan murmelte ein paarmal *na, na* und wartete.

»Ging schon mal besser. Du, Tom, also wenn du nicht mehr sauer auf mich bist, würde ich dich gern was fragen.«

»Begraben und vergessen, Donna. Schieß los.«

»Ich hab gehört, dass du jetzt Privatdetektiv bist. Stimmt das?«

»Jep.«

»Okay. Ich will Jackie beschatten lassen.«

»Jackie?«

»Das ist mein Mann. Er betrügt mich.«

»Das tut mir leid. Nur ist unser Terminkalender gerade leider ziemlich voll.«

»Ach bitte, Tom. Bitte. Trotz der alten Zeiten. Ich muss es wissen.«

Die alten Zeiten bestanden aus Abenden auf dem Rücksitz seines Autos, sirrenden Stechmücken, dem Radio, das lief, bis die Batterie leer war. Einem tränenreichen Versprechen, als er eingezogen wurde, und einem Brief, der feucht war von der dampfigen Luft in Vietnam und in dem sie ihm mitteilte, sie habe einen anderen kennengelernt. Die Erinnerung daran, wie er sich vor Schmerz gekrümmt hatte, weil sein Herz gegen sein Rückgrat donnerte.

Donna erzählte ihm, dass ihr Mann bei den Kolumbusrittern war und von den Versammlungen normalerweise recht früh nach Hause kam, aber dass sie seit kurzer Zeit ein komisches Gefühl hatte. Letzten Donnerstag war sie zu dem Versammlungshaus gegangen und Jacks Auto hatte nicht auf dem Parkplatz gestanden.

»Hm. Sind die Versammlungen jeden Donnerstag? Also … morgen? Ich könnte mir das ja mal ansehen, allerdings … allerdings möchte ich dafür etwas von dir im Tausch.«

Sie erklärte sich sofort einverstanden, ohne auch nur zu fragen, warum er überhaupt angerufen hatte. Also sagte er, was er wollte, und sie sagte Ja. Dann gab sie ihm ihre Adresse und versprach, ihn Freitagmorgen zurückzurufen.

Sein nächster Anruf galt seinem alten Kumpel Miles Blankenship, der ihm zum x-ten Mal erklärte, er sei auf Scheidungsrecht spezialisiert, nicht auf Strafrecht.

»Ich weiß, aber dieser Fall könnte landesweit Aufmerksamkeit erregen«, sagte Phelan und weihte ihn ein.

»Die Tuskegee-Syphilis-Studie. Herrgott, du hast recht, das war eine Riesensache im Sommer. Anhörungen, Sammelklage. Willst du etwa andeuten, dass es hier in der Gegend was Vergleichbares gibt?«

»So weit würde ich nicht gehen. Und ich würde auch nicht von über vierzig Jahren brutaler Folter reden, Miles, sondern bloß von stinknormaler Profitgier, die mit der einen oder anderen kleineren Grausamkeit verbunden ist. Nur dass die Versuchsratten Gefängnisinsassen sind. Hast du eine Ahnung, wie dazu die Gesetzeslage ist?«

»Auf die Schnelle fällt mir dazu bloß eins ein. Nürnberg. Die Prozesse damals führten zu einem Kodex, nach dem die Versuchsteilnehmer aufgeklärt werden und ihr Einverständnis geben müssen und ... noch andere Bestimmungen, an die ich mich nicht erinnere. Diesen Horror-Arzt haben sie nie gefunden, oder?«

»Mengele? Wenn, dann habe ich nichts davon mitgekriegt. Aber Nürnberg ist in Deutschland. Was ist mit den USA?«

»Lass mal überlegen. Wenn ich mich recht erinnere, hat vor ungefähr zehn Jahren der gute alte Estes Kefauver ein Gesetz durchgebracht, das der FDA die Befugnis erteilt, solche Versuche genau zu prüfen. Es hatte was mit Contergan zu tun, diesem Medikament, das zu Stummelärmchen bei Babys führte. Schrecklich. Aber ich erinnere mich nicht, dass mal von Gefängnisinsassen die Rede war. Schau doch mal in den FDA-Regularien nach, Tom. Ach, noch was. Da gibt's diese Einmannkanzlei, die pro bono für Häftlinge arbeitet. Der Anwalt heißt Tevis Marshall, ein Schwarzer. Der reißt sich echt ein Bein aus. Kümmert sich vor allem um Haftbedingungen, aber vielleicht weiß er was. Und wenn bei alldem nichts rauskommt, dann hat du es mit etwas zu tun, was man im Recht Graubereich nennt.«

»Graubereich, das Wort habe ich doch schon mal gehört. Trotzdem danke. Du weißt, dass du auf mich zählen kannst, wenn du mal einen Schnüffler brauchst, oder?«

Nach einem kurzen Informationsaustausch im Büro ging Delpha zur Bücherei, wo sie recherchierte und Angela begrüßte. Eine Stunde später kehrte sie mit einer Kopie der entsprechenden FDA-Regularien zurück. Die Überschrift lautete *Schutz von Menschen*, darunter kamen lauter kleingedruckte Paragrafen. Sie teilten die Seiten untereinander auf und ackerten sie durch, bis sie mehrere Abschnitte gefunden hatten, die für ihren Fall von Belang sein könnten. »Forschung, die von einer Bundesbehörde durchgeführt oder gefördert wird, unabhängig davon, ob sie den Bestimmungen von § 46.102 (e) unterliegt oder nicht, muss sämtliche Abschnitte dieser Richtlinie erfüllen.« Phelan wusste von Joe, dass McNaught privatisiert worden war und der texanischen Strafvollzugsbehörde unterstand, vielleicht auch den Bundesbehörden. Sämtliche Menschenversuche mussten von einer Ethikkommission überwacht werden. Die Bestimmungen hinsichtlich Schwangeren, Föten und Kindern waren gesondert geregelt.

Phelan warf seinen Stift auf den Tisch. »Kein Wort über Häftlinge. Wie hat Mike gesagt? Es ist ein Graubereich.«

»Häftlinge sind allerdings auch Menschen«, sagte Delpha.

Nachdem sie ihr Honorar berechnet hatte und wie viel sie von Rubys Vorschuss zurückerstatten mussten, rief Delpha in dem Übergangswohnheim an. Peg berichtete, dass Ruby sich komisch verhielt.

»Ich vermute mal, nicht komisch im Sinne von lustig.«

»Nachts wandert sie durchs Haus«, sagte Peg. »Späht ständig aus den Fenstern, behauptet, jemand würde reinschauen. Ich hab aber nie jemand gesehen. Die Kleine macht alle nervös.«

Solange Ruby in ihrem Zimmer war, war alles okay. Zumindest für die anderen Bewohner, weil sie dann ruhig war und niemanden störte. Man durfte nur nicht zu ihr reinschauen. Dann sah man sie im Dunkeln auf dem Bett sitzen, stocksteif und still. Die Hand zur Seite gestreckt, als würde sie eine andere Hand halten, und sie reagierte auch nicht, wenn man ihren Namen rief. Sie kam nicht zum Essen und ging nicht mehr zur Arbeit, und »dann sieht's irgendwann düster aus«.

Gegen halb fünf besorgte Delpha zwei Cheeseburger, Pommes und Cola und fuhr etwas widerstrebend zu dem Wohnheim. Peg ließ sie hinein.

Delpha klopfte an Rubys Tür. Keine Reaktion. Langsam öffnete sie die Tür. Die Lampe war nicht eingeschaltet, und durch das Fenster drang nur wenig trübes Licht. Ruby lag auf Emeralds Bett, die Hände über der Brust gefaltet, den Blick an die Decke gerichtet. »Ruby?«, sagte Delpha und ging hinein.

»Ruby.«

Delpha schaltete das Licht ein.

Ruby richtete sich auf und blinzelte.

»Hey. Ich bin's, Delpha. Ich hab ein bisschen was zum Essen mitgebracht. Komm, lass uns essen.«

Delpha zog einen Stuhl heran, setzte sich und drückte Ruby den Cheeseburger in die Hand. Ruby, die vollständig bekleidet auf dem Bett gelegen hatte, breitete die Verpackung über ihren Schoß und fiel über den Cheeseburger her, als würde sie auf einmal merken, dass sie halb verhungert war. Delpha berichtete ihr von dem Weihnachtsessen im Rosemont. Sie erzählte, dass eine der Bewohnerinnen, eine alte Lady namens Mrs Bibbo, ihr ein Regenkopftuch geschenkt hatte, eine dieser akkordeonartigen Plastikkopfbedeckungen, die sich in ihre Hülle zurückfalten ließen, und ein anderer Bewohner, Mr Finn, eine mit Jelly Bellies gefüllte Champagnerflasche. Sie erzählte alles, was ihr gerade in den Sinn kam. Dann fiel ihr ein, dass sie Ruby nach dem Gedicht, das ihr die Schlafwandlerin vor ihrer Entlassung aus Gatesville geschrieben hatte, hatte fragen wollen. Midnight hatte Delpha erzählt, dass es gut war. »Was hat sie geschrieben?«, fragte Delpha.

Ruby warf die Hamburgerverpackung in den Papierkorb und stand auf, wischte mit schlafwandlerischen Bewegungen die Krümel von ihrem Schoß und suchte ihre verzierte Lederhandtasche. »Sie hat was von Weihnachten geschrieben. Und Kindern. Und Em« – unvermittelt rollten Tränen über Rubys Gesicht –, »hier ist es.« Sie gab Delpha ein zigmal auseinander- und wieder zusammengefaltetes Blatt, das aus einem Notizbuch herausgerissen worden war. Es war mit einem schmierenden Kuli vollgekritzelt. Einige der Zeilen zeigten nach oben, andere nach unten.

Raus aus der Zelle zur Weihnachtszeit
Die eine für immer von Mauern befreit
Die andere macht einen kostbaren Fund
Kinder tun froh ihren Namen kund

Fragend sah Delpha Ruby an. »Mit den Mauern ist bestimmt Em gemeint«, sagte Ruby. »Oder? Weil's im Himmel keine Mauern gibt.«

»Wahrscheinlich. Aber was bedeutet der kostbare Fund?«

Ruby wandte den Blick ab, hob die Schultern, ließ sie wieder sinken. »Oder die Kinder. Meine Schwester und ich, wir wollten Kinder haben. Dass unsere Kinder zusammen spielen, so wie wir früher. Klar, manchmal hatten wir Hunger, aber« – ihre Stimme verlor sich – »wir waren immer fröhlich.«

Ihr Kopf senkte sich. Unvermittelt schlug sie sich auf die tränennasse Wange, dann schlug sie sich auf beide Wangen, schlug auf sich ein, bis Delpha ihre Hände umklammerte und wegzog.

Zitternd saß Ruby da. »Können wir zu Em auf den Friedhof fahren?«, fragte sie schließlich.

»Es wird gleich dunkel.«

»Bitte.«

Sie brachen auf. Im Auto wirkte Ruby ein bisschen klarer und rauchte mit flatternden Fingern. Je näher sie Magnolia Cemetery kamen, desto aufrechter saß sie da, und sie beugte sich vor, als Delpha durch das Tor zu den Grabstätten der weißen Christen bog – Juden lagen nebenan, Schwarze auf der anderen Straßenseite. Delpha fuhr auf der Muschelstraße zu dem frischen Grab. Kaum hatte das Auto angehalten, sprang Ruby hinaus. »Ich bin da«, rief sie, setzte sich an den Grabstein und strich über die verwelkten weißen Rosen.

Delpha setzte sich auf die andere Seite, zwischen ihnen die stille Emerald. Bevor Ruby wieder einen Weinkrampf bekommen oder sich schlagen konnte, fragte Delpha sie nach ihrer Zirkuszeit. Sobald Ruby verstummte, bohrte Delpha nach: das Pferd, das sie in der Manege geritten hatte. *Buck, es hieß Buck.* Die Elefanten. *Ach, das waren zwei kluge, freundliche Elefantendamen. Betty hat mal mit ihrem Rüssel Em den Hut geklaut und mir aufgesetzt. Emmie und ich haben sie gestreichelt, ihre Haut hat sich wie Leder angefühlt. Die beiden wussten, dass wir sie lieben. Sie wussten, dass wir genauso eng miteinander waren wie sie.*

Dann sprach Ruby mit ihrer Schwester, sagte ihr, wie sehr sie sie vermisse, bat sie darum, sie im Traum zu besuchen. Wenigstens konnte ihr niemand wehtun oder sie rumschubsen, wo sie jetzt war, und es waren keine Mauern um sie herum. Das machte Ruby froh. »Wir beide wissen, dass es in dieser Welt Leid gibt und böse Menschen, und im Himmel nicht.«

Die Sonne verschwand zwischen den Bäumen. Die wenigen Bäume im Magnolia waren hohe Kiefern oder Eichen, die in großen Abständen über den Friedhof verteilt wuchsen. Er war nicht in bestimmte Bereiche unterteilt, große Marmorfiguren standen neben brüchigen Betonquadern, die sich nur knapp über den Boden erhoben, gelegentlich ein Mausoleum in der Größe eines Spielzeughauses, mächtige Kreuze, ein einsamer Engel. Plastikblumen in allen Farben, so weit das Auge über das unebene Gelände reichte. Die Stille, als würde eine Glasglocke darüber liegen.

Delpha spürte, wie die Kälte des harten, feuchten Grases durch ihren Rockstoff drang. Ruby musste es genauso gehen, aber sie rührte sich nicht. Sanft strich sie über das Grab und sprach mit Emerald über ihre Spenden für Waisenhäuser und welches Glück es war, dass sie selbst nie ins Waisenhaus gemusst hatten, weil die Zirkusleute sich ihrer angenommen hatten. Im Zirkus hatte man ihnen hundert Tricks beigebracht, und sie hatten arbeiten gelernt. Sie beide hatten nie aufgehört, das Leben dort zu vermissen. Über Rubys Gesicht legte sich ein tiefer Schatten.

»Weißt du, Delpha, wenn wir nicht ins Gefängnis gekommen wären, hätte Emmie noch lange leben können. Sehr, sehr lange.«

»Womöglich.«

»Delpha …«

»Ja?«

»Wie ist es, jemanden umzubringen?«

Delpha sah Ruby über das Grab hinweg direkt in die Augen, beinahe fühlte sie sich gekränkt. Dann setzte der gewohnte Gefängnismechanismus ein, und sie zog sich in sich selbst zurück und musterte Ruby über die abgestorbenen weißen Rosen hinweg. »Warum fragst du?«

Rubys Stimme war ganz leise. »Das weißt du.«

»Glaubst du, ich schulde dir eine Antwort?«

Ruby sah auf. »Das habe ich nicht gesagt. Ich weiß, dass wir dir was schulden. Dir und Mr Phelan.«

»Dafür hast du uns bezahlt.«

»Aber nur mit Geld.« Ruby lachte bitter. »Pfarrer reiten doch gerne auf dieser Bibelstelle mit dem Kamel und dem Nadelöhr rum. Ich kann dir gar nicht sagen, in wie vielen Predigten wir das gehört haben, von Lubbock bis Dallas und Abilene. In jeder noch so kleinen Kirche. ›Eher geht ein Kamel durch ein Nadelöhr, als dass ein Reicher in das Reich Gottes gelangt.‹ Aber es ist wahr. Wenn du immer nur Geld anhäufst, baust du auf Sand.«

Delpha dachte kurz nach. »Aber habt ihr nicht mal davon gelebt, andere Leute um ihr Geld zu bringen?«

»Ja, Delpha, aber bloß für unseren Lebensunterhalt. Liebend gern wären wir beim Zirkus geblieben, aber das durften wir ja nicht. Und sonst konnten wir nichts außer Stehlen. Bis wir bei der Bank landeten. Fünf Jahre haben Em und ich dort gearbeitet. Tante Marjorie war stolz auf uns. Wir haben gut gegessen und schöne Kleider gekauft, unsere Arbeit gemacht und niemandem Scherereien bereitet. Niemandem.«

»Hat jemand das Gegenteil behauptet?«

Rubys Gesicht verschwand wieder im Schatten. »Es gibt Leute, denen muss man übel mitspielen, wenn sie einem übel mitspielen. Am besten gibt man's ihnen doppelt zurück.«

»Von wem redest du?«

»Ach … ist doch egal, schnurzpiepegal. Lass mich noch ein bisschen hier bei ihr sitzen.«

Sie saßen da, und mit leiser Stimme erzählte Ruby Emerald dies und das und auch von dem Grabstein, den sie bekommen würde, sobald der Steinmetz damit fertig war. Delpha zog den Mantel enger um sich.

Auf dem Grab zwischen ihnen sammelte sich Tau.

Schließlich sagte Delpha leise, dass sie jetzt besser gehen sollten. Ruby regte sich und strich zärtlich über die Erde. »Um die Jahreszeit wird es so früh dunkel, was, Schwesterchen? Die ersten Sterne sind schon zu sehen, der Große Wagen. Hörst du das ferne Rauschen der Kiefern?«

Sie gingen.

Im Auto zündete Ruby sich eine Zigarette an. Während sie an den Häuserreihen entlangfuhren, verdüsterte sich ihr Gesicht zunehmend. Vielleicht versenkte sie sich ja immer tiefer in die Vergangenheit, wo schöne Erinnerungen warteten, aber Delpha ahnte, dass Ruby sich mit versteinerter Miene auf die Zukunft vorbereitete.

27. Dezember 1973

Am späten Donnerstagnachmittag fuhr Delpha zu dem Haus des Anwalts, der für Gefängnisreformen eintrat. Phelan hatte ihr nach seinem Gespräch mit Miles von ihm erzählt, und sie hatte im *Beaumont Enterprise* einen wenig schmeichelhaften Kommentar über Tevis Marshall gelesen. Um ihnen bei der Lösung von Joe Fords Problem zu helfen, brauchten sie Informationen, und sie hoffte, sie bei Marshall zu finden.

Das Haus lag in nicht allzu großer Entfernung von dem alten Friedhof in der Pine Street. In der Einfahrt stand ein Chevrolet neuester Bauart. Auf der Veranda ein Autorücksitz, von dem aus man die Nachbarn und vorbeifahrenden Autos beobachten konnte. Im Fenster ein Weihnachtsbaum. Eine kräftige junge Schwarze kam an die Tür und musterte sie durch das Fliegengitter hindurch.

»Guten Tag, Ma'am. Wohnt hier Mr Tevis Marshall, der Anwalt?«

Die Frau hob ihr Kinn. »Ja, der wohnt hier. Was wollen Sie?«

»Ich würde gerne kurz mit ihm reden.«

»Weswegen?«

Hinter der Frau erschien ein Mann, und sie trat einen Schritt zurück.

»Worum geht's?«

»Um die Arbeit, die Sie für Häftlinge machen.«

»Warum interessiert Sie das?«

»Entschuldigen Sie, Mr Marshall, ich habe mich noch gar nicht vorgestellt. Ich heiße Delpha Wade und arbeite für Phelan Investigations, das ist eine Detektei. Einer unserer Fälle steht in Zusammenhang mit Gefängnissen. Ich habe gelesen, dass Sie Häftlingen helfen, und wüsste gerne, was genau Sie da machen.«

Tevis Marshalls gestreifte Krawatte baumelte lose vom Kragen seines weißen Hemdes. Er sah auf die Uhr. »Gaynelle, hol mir bitte die Zeitung, die auf dem Tisch liegt.« Die Frau verschwand, und Marshall fragte: »Was ist das für ein Fall und was hat er mit meiner Arbeit zu tun?«

»Experimente an Gefängnisinsassen. In McNaught.«

»Ich arbeite vor allem mit Männern im Angola zusammen. Und ein paar in Huntsville«, sagte er und nahm der Frau die Zeitung ab. Er trat auf die Veranda, sodass Delpha einen Schritt zurücktreten musste, schloss die Fliegengittertür hinter sich und gab ihr die Zeitung.

Delpha las den Artikel, in dem stand, wogegen er kämpfte: unhygienische Zustände in den Gemeinschaftsbereichen, schlechte medizinische Versorgung. Nach wie vor bestehende Segregation, ungerechtfertigte Anordnung von Einzelhaft, Gewalt vonseiten des Wachpersonals.

Tevis Marshall war ein kräftiger Mann mit Ziegenbart, beginnender Glatze und einem offenen Blick aus großen braunen Augen. »Also. Was sollen das für Experimente sein?«

Delpha dachte, dass er womöglich schon Bescheid darüber wusste, sagte aber: »Der Gefängnisdirektor kriegt Geld von Firmen, damit sie Experimente an den Insassen durchführen können. Ziemlich viel Geld. Den Insassen bezahlen die Firmen ziemlich wenig. Das stößt einigen Leuten auf.«

»Kommen Insassen dabei zu Schaden?«

»Einige schon, andere nicht. Im Moment wird eine Studie durchgeführt, bei der sich das erst in einiger Zeit herausstellen wird.«

»Erst in einiger Zeit, hm?« Marshall sah sie düster an. »Dazu bräuchte ich die Aussage der Insassen. Nicht Ihre.«

»Ich werde dran denken. Darf ich Sie fragen, was das …« Delpha hielt die Zeitung in die Höhe und gab sie ihm zurück, »… für die Insassen geändert hat?«

»Wir sind noch dran. Aber ändern wird sich etwas.«

»Sie wissen nur nicht, wann.«

Marshall verlagerte sein Gewicht. »Haben Sie etwa eine Wahrsagekugel, Miss …?«

»Wade. Nein, hab ich nicht.«

»Dann erwarten Sie von mir auch keine Antwort. Ich arbeite dran … vor allem aber die Männer in den Haftanstalten.«

»Was kümmert Sie das eigentlich?« Die kräftige Frau war wieder hinter der Fliegengittertür aufgetaucht. »Sie sind ja wohl kaum im Angola gewesen. Und werden auch nie hinkommen.«

Delpha erkannte sofort, wenn sie es mit einer eifersüchtigen Frau zu tun hatte. Und einer besorgten. Auf Gaynelle traf beides zu. Wäre da nicht die Besorgnis gewesen, dann hätte Delpha auf ihre Bemerkung überhaupt nicht reagiert.

»Wie Sie wissen, ist Angola ein Männergefängnis, Miz Marshall. Ich war in Gatesville.«

Die Anspannung wich aus Gaynelles Blick, und Tevis Marshall sah Delpha das erste Mal richtig an.

Sie hatte den Argwohn in seinem Blick längst bemerkt, aber auch die Aufrichtigkeit, und nickte. »Danke, dass Sie mit mir geredet haben, Mr Marshall, ich wünsche Ihnen viel Erfolg.«

Er erwiderte ihr Nicken, und sie ging die Verandastufen hinunter. Mit einem Knarzen fiel die Fliegengittertür zu.

Sie war überzeugt, dass Tevis Marshall sein Ziel erreichen würde. Nur nicht morgen. Und auch nicht nächstes Jahr. Damit blieb ein Name, um einen weiteren Versuch zu starten. Nämlich der, den Angela für sie gefunden hatte.

Phelan folgte Donnas Mann Jackie McIntyre von der Einfahrt seines Hauses in der LeBleu Street zum Castle Motor Hotel in der 11th Street. Ein mittelgroßer Mann mit längeren blonden Haaren, die er sich vor dem Rückspiegel zurechtstrich, bevor er an der Tür von Zimmer Nr. 118 klopfte. In der 11th Street tummelte sich gerne die Jugend von Beaumont. Außerdem führte sie zur I-10. Massenhaft Leute, massenhaft Autos, die in unterschiedliche Viertel der Stadt wollten, über die I-10 West direkt nach Houston oder in einem weiten Bogen über die I-10 East nach Louisiana. Jackie hatte sich kein besonders gutes Versteck gesucht, wenn er sich denn verstecken wollte.

Phelan machte es sich auf dem Fahrersitz bequem. Er hatte einen Block herausgeholt, um die Autokennzeichen zu notieren. Neben ihm auf dem Beifahrersitz lag ein Schinkensandwich und auf dem Armaturenbrett stand ein Kaffee mit Milch. Auf dem Rücksitz war eine leere Flasche deponiert, falls er pinkeln musste.

Um das Dach des Motels waren Lichterketten befestigt. Der Türrahmen zum Büro war mit Lametta behängt. Autos und Menschen kamen und gingen. Ein endloser Strom von Scheinwerfern rauschte die Straße entlang. Phelan notierte sich die Marken und Kennzeichen der Autos auf dem Parkplatz. Dann wickelte er sein Sandwich aus und aß es, ohne dabei den Blick vom Parkplatz zu wenden. Irgendwann schaltete er das Radio ein, hörte »Pa rum pa pum pum« und schaltete es wieder aus.

Um neun ging die Tür von Nr. 118 einen Spaltbreit auf, und Phelan setzte sich aufrecht. Der blonde Schopf eines Mannes tauchte auf und drehte sich nach links und rechts, was Phelan automatisch mitmachte. Ein altes Paar mit einem Koffer und einem Bündel ging auf ein Zimmer zu. Das Bündel in den Armen der Frau bellte, und der alte Mann lief eilig zur Tür und winkte sie hinein.

Die Tür von Nr. 118 schloss sich.

Zehn Minuten später öffnete sie sich wieder. Sollte der Mann den Parkplatz absuchen, dann würde er nichts Interessantes entdecken. Nur parkende Autos. Keine Menschen. Jackie McIntyre schlüpfte heraus und stieg in seinen Impala. Phelan sah zu, wie er wegfuhr. Würde die Frau in Nr. 118 auch bald aufbrechen oder die ganze Nacht bleiben? Phelan hatte jedenfalls keine Lust, die Nacht auf einem Parkplatz zu verbringen. Bis zehn würde er ihr geben und dann an die Tür klopfen. Er entschied sich dafür, den Besoffenen zu mimen, der sich in der Tür geirrt hatte, der Klassiker.

Dazu kam es allerdings nicht. Kurz vor halb zehn sah ein Mann im dunklen Anzug zur Tür raus nach rechts und links und verließ das Zimmer. Er schloss einen Lieferwagen auf, der vor der Nr. 118 parkte. Aber statt einzusteigen, stand er wie versteinert da, als hätte ihm jemand befohlen, sich nicht zu rühren. Sein Kopf hing nach unten.

Phelan betrachtete ihn genau. Schlank, die schwarzen Haare kurz geschnitten, frisch rasiert, ungefähr eins fünfundsiebzig. Der Mann tippte sich mit der Hand an die Stirn, ans Brustbein und links und rechts an die Brust, hob den Kopf, stieg ein und stieß rückwärts aus der Parklücke. Phelan ringelte das Kennzeichen auf dem Block ein. Flüchtig sah der Mann nach links, zu Phelan, und zuckte zusammen, als sich ihre Blicke trafen. Rasch kurbelte er am Lenkrad und rauschte davon.

Aha.

Phelan ließ den Motor an, schaltete das Radio ein, und dann zuckte er zusammen, als Stevie Wonders Mundharmonika *Ave Maria* trötete. Er beschloss, dass er bei dem Telefonat mit Donna die Katze erst aus dem Sack lassen würde, wenn sie ihm die gewünschten Informationen gegeben hatte.

28. Dezember 1973

Als Erstes am Freitagmorgen bat Phelan Joe darum, anhand des Kennzeichens den Besitzer des Lieferwagens herauszufinden. Bei dem Namen hob er die Augenbrauen. Delpha hatte ein mit EINGÄNGE überschriebenes Tabellenblatt vom Boden aufgehoben, das unter der Tür durchgeschoben worden war. Fein säuberlich getippt. Phelan und sie studierten es und zogen ihre Schlüsse. Um eins nach neun stellte sie Donna zu Phelan durch, und er erfuhr, dass Walter Perry, der Gefängnisdirektor, kein Kunde bei Donnas Bank war, sondern bei der Neches Credit Union, wo viele Beschäftigte des öffentlichen Dienstes ihre Konten hatten. Auf Mr Perrys Konto gab es zwei regelmäßige Eingänge im Monat. Oder hatte es gegeben. Der eine kam vom Staat Texas, genauer gesagt vom TDC.

»Das ist der Mann aus dem Gefängnis, oder?«

»Ja«, sagte Phelan.

Okay, dann dürften das seine Gehaltszahlungen sein. Der andere belief sich jeweils auf genau zweitausend Dollar und kam von einer Firma namens Love Power, Inc. Jedenfalls bis vor fünf Monaten. Die Angestellte der Genossenschaftsbank hatte sich auch die Kontobewegungen für 1972 angeschaut, in dem Jahr war ihm diese Summe regelmäßig überwiesen worden. Am 17. September war eine Zahlung von R.C. verbucht worden, fünftausend Mäuse. Weiter zurück war sie nicht gegangen, schließlich warteten zu Hause Kinder auf sie. Aber sie hatte eine Liste der Überweisungen im Jahr 1973 getippt. Dazu hatte sie die Schreibmaschine der Sekretärin des Zweigstellenleiters benutzt, nachdem die anderen Feierabend gemacht hatten, dann war sie zu Phelan Investigations gefahren und hatte das Blatt unter der Tür durchgeschoben, damit sie es gleich morgens hatten.

Donna fragte, ob sie es gefunden hatten.

»Haben wir, danke. Wie hast du die Frau dazu gebracht, das für dich zu tun?«

»Ich habe sie letztes Jahr angerufen und ihr gesagt, dass ihr Mann gerade ihre Ersparnisse abgehoben und versucht hatte, die Sparverträge der Kinder aufzulösen. Die Frau kam wie der Blitz zu mir in die Bank. Wie Blitz und Donner. Seither sind wir befreundet.«

»Verstehe. Also, Donna ...«

»Spuck's einfach aus, ja?«

Phelan räusperte sich. »Okay. Ich bin deinem Mann zum Castle gefolgt, vielleicht kennst du das Motel auf der ...«

»11th.« Ihre Stimme brach. »Wie sieht sie aus?«

»Wie ein Mann. Ein Mann in dunklem Anzug, schwarze Haare, gepflegt. Hat einen Lieferwagen gefahren.« Er beschloss, ihr nicht zu sagen, dass er auf die Diözese von Beaumont zugelassen war.

»Wie bitte?«, flüsterte sie.

»Tut mir leid, aber so ist es.«

»Also dann ... könnte es ein Freund sein, und sie waren verabredet, weil ... na ja, es ist Weihnachten ... waren sie zusammen in dem Zimmer?«

»Ja.«

»Ein Mann?«

»Ein Mann.«

Phelan hörte einen lauten Rumms.

»Donna. Alles in Ordnung mit dir?«

»Nein. Ist es nicht.« Ihre Stimme wurde schlagartig lauter. »Und auch nicht mit der Schreibmaschine.«

Klick. Tut-tut-tut.

Phelan seufzte, dann legte er den Hörer auf die Gabel. Wenigstens wusste er jetzt sicher, dass E. E.s guter Freund, der Gefängnisdirektor, Geld dafür bekam, dass er die Insassen von McNaught als Versuchskarnickel verschacherte. Vielleicht teilte er es sich mit Dwyer, den Claude Sample beschuldigt hatte, vielleicht auch nicht – jedenfalls ließ er sich bezahlen.

Er rief Joe an und berichtete ihm davon. Dann schlug er ihm ein weiteres Vorgehen vor. Bombensicher war es nicht, aber auch kein Schuss ins Blaue. Vermutlich. Er sagte, welche Informationen aus Joes Akten er brauchte. Und aus den Akten der anderen Bewährungshelfer, die Männer aus McNaught betrafen, um Joe aus der Schusslinie zu bringen, wenn es hart auf hart kam. Die Polaroids brauchte er auch. Außerdem brannte es ihm unter den Nägeln, sich in Dwyers Haus umzusehen, dessen Adresse er sich noch besorgen musste, und nach der braunen Kiste mit Fotos zu suchen, von der Sample ihnen erzählt hatte.

»Aber … okay. Okay, ich verstehe. Wir werden das also echt durchziehen«, sagte Joe zögernd.

Das bremste Phelan in seinem Tatendrang abrupt aus. »Was soll das heißen? Willst du einen Rückzieher machen?«

»Ich muss nachdenken. Es ist doch so, sie bezahlen die Insassen, und die haben sich vertraglich …«

»Glaubst du, dass diese Männer, wenn sie in Freiheit wären, sich für die paar Kröten ihre Eier braten lassen würden? Glaubst du das wirklich?«

»Na ja, wahrscheinlich nicht.«

»Hör mal, Joe, du wusstest, dass du Stress kriegen kannst. Ich kann übrigens auch Stress kriegen. Nimm nur mal an, dass der Gefängnisdirektor seinen Job verliert. Dann unterstützt er vielleicht jemand anderen bei der Wahl zum Polizeichef und verbreitet Lügenmärchen über E. E., sodass der seine Stelle verliert. Vielleicht schafft es der Gefängnisdirektor ja auch, die Zweifel an seiner Person auszuräumen. Und stärkt damit seine Position sogar noch – und dann schwärzt er Joe Ford und E. E. Guidrys Neffen an, weil die ihm auf die Zehen gestiegen sind. Walt Perry kommt mir vor wie einer, der Politik mit dem Flammenwerfer macht. Und du musst noch was wissen.«

»Reicht das nicht?«

»Laut dem Mann, der Chalfont bei seinen Röntgenexperimenten hilft, wird es in Zukunft noch mehr privatisierte Gefängnisse geben. Da winkt das ganz große Geschäft. Und der Chef von dem Ganzen wird Walter Perry werden, meint er.«

Eine Weile sagte keiner was.

»Joe. Ist das eine Nummer zu groß für dich?«

»Ja, Scheiße noch mal, ja.«

»Na, dann hock dich einfach wieder hinter deinen Schreibtisch und vergiss ...«

»Lass mich einfach nachdenken!«

Phelan hörte nur noch ein Klicken.

Als Joe zurückrief, war Phelan nicht mehr im Büro. Er war mit Kamera, Dietrich und Louis Dwyers Privatadresse losgezogen. Joe erzählte Delpha, dass Dwyer und Perry gerade eine Besprechung mit ein paar hohen Tieren aus der Bewährungshilfe hatten. Er wusste nicht genau, worum es ging, aber laut Old Parker lautete das Motto »Scheißt auf Rehabilitation – holt die Fußfesseln wieder raus«.

»Sind Sie bald fertig, Mr Ford?«

»Ja, warum?«

»Weil Tom zum Haus von Dwyer ist, um es zu durchsuchen.«

Joes Stimme wurde zu einem heiseren Flüstern. »Wie bitte? Tom ist in seinem Haus?«

Genau dort war Phelan. Im Wohnzimmer standen eine Ledercouch und Sessel, die aussahen, als hätte noch nie jemand darauf gesessen, ein polierter Couchtisch aus Holz und Glas, der nicht dazu einlud, seine Füße daraufzulegen. Dwyer saß offenbar immer in dem unförmigen Fernsehsessel mit der riesigen Fernsehtruhe davor. Die Küche war pieksauber, über dem Wasserhahn hing ein feuchter Lappen. Die Schubladen waren mit dem üblichen Zeug bestückt, ebenso die Regale in der Speisekammer und der Kühlschrank. Keine braune Metallkiste.

Zwei große mit Teppichboden ausgelegte Schlafzimmer. Nur in einem stand ein Bett, und weder in der Kommode dort noch auf dem Regalbrett des Schranks oder in den Jackentaschen irgendetwas Interessantes. In dem zweiten Zimmer standen ein Stuhl und ein Schreibtisch mit Schreibmaschine und Taschenrechner, eine Wand war mit Autobildern gepflastert. Star der Sammlung war der Werbekalender eines Händlers mit Plymouth Barracudas in sämtlichen Bonbonfarben. Mit einer verstörenden Korrektur: Der Bikinischönheit, die neben einem der Barracudas stand, waren mit Bleistift leere Augenhöhlen verpasst worden.

Phelan riss sich von dem Anblick los. Er löste die Klammer von einem Papierstapel auf dem Schreibtisch und blätterte ihn durch: Firmennamen wie *Institutional Foods* – die Gefängnisse belieferten – und Telefonnummern, Zahlen, Berechnungen. Waren das die Kalkulationen, die dafür sorgten, dass McNaught Profit machte und die Insassen satt wurden durch … oh, lecker, Eipulver, vorgekochte Kartoffeln und Fleischreste. Hier wurde offenbar mit spitzem Stift gerechnet, um Preise und Kosten zu reduzieren. In der Schreibtischschublade lagen Kulis und Bleistifte, Gummis, Klebeband und zwei polierte Schlagringe.

Ganz hinten in die Schublade waren mehrere Magazine geschoben worden, fein säuberlich aufeinandergestapelt. Phelan nahm eines heraus, besah sich verwundert das Cover, blätterte es durch. Comicartig kolorierte Zeichnungen, eine gequälte Frau in Kleiderfetzen oder in einer bis zur Taille aufgerissenen Bluse. An einen Baum gekettet. Von einem Mann ausgepeitscht, von einer Männerfaust zusammengeschlagen, auf dem Boden liegend, das Papiergesicht in Tränen und Blut. Dwyer hatte einen widerlichen Geschmack, aber das war nicht verboten. Phelan schob das Magazin zurück. Er musste einen Blick in die Garage werfen. Auf dem Weg dorthin kam er an einer Lamellentür vorbei, hinter der sich vermutlich die Abstellkammer mit einem Boiler oder einer Therme befand. Sie war verschlossen, und er ging weiter zu der offenen Waschküche, sah in sämtlichen Schränken und hinter den Geräten nach. Dann machte er sich auf den Weg in die Garage, drehte sich aber noch einmal um. Wer schloss seinen Boiler ein?

Es dauerte eine Weile, aber irgendwann gab das Schloss nach, und die Tür öffnete sich und gab ein gähnend schwarzes Loch frei. Beim Eintreten stieß er mit der Nase an eine Kette und zog daran, und die Dunkelheit verschwand.

Ein kleiner Raum, in dem sich tatsächlich ein Boiler und eine Therme befanden, dazu ein alter Schreibtischstuhl aus Holz. Er hatte Armlehnen und Rollen, die an den Sprossen der Rückenlehne und auf dem Sitz befestigten Kissen waren mit kariertem Stoff bezogen. Daneben stand ein kleiner Tisch mit Wasserringen und einem halb vollen Aschenbecher. An die Wände waren mit Reißzwecken Fotos geheftet. Große, von Nikotin vergilbte unscharfe Schwarz-Weiß-Aufnahmen.

Ein dünner Mann, der den Kopf in die Höhe reckte, seine Arme waren hinter dem Rücken an einer Kette befestigt, die von einer Stange unter der Decke hing. Ein Mann auf einem Stuhl, Handgelenke und Fußknöchel gefesselt, weiß um die Augen, aus seinem Mund ragten Drähte. Ein Mann, der auf seine nackte Brust blickte, an die Drähte geklemmt waren. Ein Mann in weißer Unterhose, aus deren Beinausschnitten sich Drähte wanden, ein Seil um den Hals, der Mund weit aufgerissen, die Haare vor Wasser oder Schweiß triefend. Ein auf eine Bahre geschnallter Mann, auf dem Gesicht ein Handtuch, hinter ihm ein Mann, der einen Wasserschlauch in der Hand hielt. Das war das letzte Foto. Der weiße Rand war nur leicht vergilbt, offenbar war es nicht das Lieblingsfoto. Phelan hatte auch eine Ahnung, warum: Das Gesicht des Mannes war verdeckt, sodass seine Angst und seine Schmerzen nicht zu erkennen waren.

Phelan machte Fotos von den Fotos. Gut würden sie nicht werden. Aber zusammen würden sie zeigen, was bei dieser ersten McNaught-Studie abgelaufen war, die laut Claude Sample über eine Dauer von zwei Jahren durchgeführt worden war. Sicherlich gab es irgendwo in McNaught auch schriftliche Zeugnisse. Wenn die braune Kiste überhaupt noch existierte, befand sie sich vermutlich auch dort – darin die vielen Fotos, die wie Baseballkarten mit Gummis zusammengehalten wurden.

Gerade als er ein letztes Foto machen wollte, ließ ihn ein Motorgeräusch den Kopf herumreißen – gefolgt vom Zuschlagen einer Autotür und den Rufen eines Mannes.

Hilfe, war das Wort, das er verstand.

Phelan schob den Vorhang ein Stück zur Seite. Ein alter Mercedes Roadster stand in der Einfahrt. Dwyer war gerade auf dem Weg zur anderen Straßenseite, wo eine alte Rostlaube mit geöffneter Motorhaube stand. Eine Frau stand ratlos davor und hatte die Hand an die Stirn gelegt. *Brauchen Sie Hilfe*? Diese Worte glaubte Phelan gehört zu haben, und die Haare auf seinen Unterarmen stellten sich auf, als er die Frau erkannte. Delpha.

Sie sagte etwas und warf hin und wieder einen Blick zur Haustür, während Dwyer sich über den Motorraum beugte. Dann ergriff Dwyer in belehrendem Tonfall das Wort. Delpha setzte eine interessierte Miene auf. Der Mann redete immer weiter, redete und deutete und ließ sich auch nicht von den zwei Männern stören, die aus einem Haus auf der anderen Straßenseite kamen und sich zu ihnen gesellten. Dann, *ach du große Scheiße*, sah er, wie Ruby McClung mit einer großen Schultertasche vom Rücksitz kletterte und im Rücken der Nachbarn mit gesenktem Kopf lässig um den Dart spazierte, einen kurzen Moment hinter Dwyer stehen blieb und neben dem Roadster die Einfahrt hochging.

Phelan drückte den Knopf am Knauf der Haustür, sodass sich die Tür hinter ihm verriegeln würde, und trat hinaus. Ruby kauerte vor den Scheinwerfern des Mercedes, wo sie von dem laut konferierenden Trupp auf der Straße nicht gesehen werden konnte. Während Ruby sich an der Tasche zu schaffen machte, drehte sie den Kopf zu ihm. Ihre Blicke trafen sich, und sie hob die Augenbrauen, dann machte sie eilig weiter. Geduckt lief er zwischen den Bäumen zum Bürgersteig links vom Haus, ging ein paar Schritte, dann rannte er los zu seinem Auto. Die Zeit, die Delpha und Ruby ihm verschafften, um unentdeckt zu entkommen, nutzte er.

Zurück im Büro, rief Phelan Ben, den Fotografen, im Haus seiner Eltern an und fragte ihn, wie alt er sei.

»Zwanzig, warum?«

»Das ist alt genug. Ich habe einen Bezahlauftrag. Ich habe

hier einen Film, der sofort entwickelt werden muss, es sind nur fünf Fotos drauf. Holen Sie ihn bitte ab. Aber, Ben, das sind keine schönen Fotos. Trauen Sie sich das zu?«

Klar traute Ben sich das zu, keine Frage. Er würde sofort kommen, und sobald die Abzüge nicht mehr tropften, würde er sie Phelan bringen.

Phelan rief Joe an. »Immer noch unentschieden?«

Stille.

»Tom?«

»Ja?«

Ein tiefer Seufzer entwand sich Joes Brust. »Ich habe einen Anruf gekriegt. Dale Felton hat sich was im Krankenhaus eingefangen. Was Schlimmes. Heute Morgen ist er gestorben.«

Phelan umklammerte den Hörer, als die Bedeutung von Joes Worten zu ihm durchdrang. »Scheiße.«

»Ja.«

»Spielt Dale bei deiner Entscheidung oder Nichtentscheidung eine Rolle?«

»Tut er. Ich bin nur nicht hundertprozentig sicher, dass ...«

»Dann lass mich dir mal von Dwyers Abstellkammer erzählen.« Phelan beschrieb ihm die Fotos, den hübsch gepolsterten Stuhl, von dem aus man bequem die Folterwand betrachten konnte. »Also, entscheide dich, Mann«, sagte er. »Machen wir's oder nicht? Weil ich nämlich nach dem Anblick von Dwyers Kunstsammlung dazu geneigt bin, es drauf ankommen zu lassen. Aber wenn du nicht mitmachst, lasse ich es auch bleiben. Das wäre zwar falsch, davon bin ich genau wie du auch überzeugt, aber ich bin nicht Mahatma Gandhi.«

»Okay, dann bin ich ab jetzt wahrscheinlich ein Informant.«

»Mehr als wahrscheinlich.«

Als Delpha zurückkam, saß Phelan gerade an seinem

Schreibtisch und sah Dale Felton vor sich, der im stürmischen Wind um seinen Vater weinte. Phelan war sich ziemlich sicher, dass E. E. nicht wissen wollte, was in McNaught vor sich ging. Phelan Investigations musste seine Karten vor jemandem ausbreiten, der das tat.

»Delpha, bevor Sie mir erklären, wie zum Teufel es dazu kam, dass Sie und Ruby vor Dwyers Haus auftauchten, verraten Sie mir bitte, wo der Zettel mit dem Namen ist, den Sie von dieser Frau aus der Bücherei haben.«

Delpha zog ihren Mantel aus. »Unter meinem Hefter.«

Zwei Stunden später fuhr sie zum Quality Café und nahm von Joe Ford eine dicke Aktenmappe entgegen. Dann schrieb sie einen Brief an Anna Reid, c/o *Washington Star* in Washington, D. C. Nachdem Phelan ihn durchgelesen hatte, machten sie gemeinsam ein paar Korrekturen, dann tippte Delpha ihn neu und steckte ihn in einen großen Umschlag, in dem bereits einige Dokumente lagen. Und einige der Polaroids aus den Bewährungsakten. Delpha faltete einen mit Briefmarken gepflasterten Rückumschlag, damit sie das Originalmaterial zurückbekamen, falls die Reporterin kein Interesse hatte. Sie klopfte mit der Umschlagkante auf den Schreibtisch, um den Inhalt besser zu verteilen, klebte den Umschlag aber noch nicht zu. Sie warteten auf Ben.

»Was die Reporterin wohl machen wird?«

»Anfangen, Fragen zu stellen.«

»Wenn sie sich überhaupt dafür interessiert.«

»Stimmt. Wenn sie sich überhaupt dafür interessiert. Was meinen Sie, Delpha, sollen wir sie anrufen und ihr den Brief ankündigen?«

»Ja, sonst legt sie ihn vielleicht beiseite und vergisst ihn.«

Bevor Delpha sich bei Angela nach dem Namen erkundigt hatte, hatte Phelan überlegt, ob er sich an den *Beaumont*

Enterprise wenden sollte. Delpha hatte eingewandt, dass die meisten texanischen Gefängnisse in dieser Gegend zu finden waren, die Zahl der Insassen jährlich stieg und der Zeitungsverleger vermutlich nicht scharf darauf wäre, die Bosse im Gefängnis-Business gegen sich aufzubringen.

Selbst bei einem Privatknast wie McNaught?

»Besonders bei einem Privatknast.«

Und der *Houston Chronicle*, neunzig Meilen entfernt?

»Für den gilt dasselbe.«

Austin American-Statesman in der Hauptstadt von Texas?

»Das TDC hat auch in Austin Büros.«

Anne Reid hieß die Reporterin, die als Erste über den Tuskegee-Syphilis-Skandal und die sterbenden Schwarzen geschrieben hatte, die gestorben waren, weil ihnen eine wirksame Behandlung verweigert worden war. Phelan und Delpha waren auf sie gekommen, weil sie sich mit der Materie auskannte und sich nicht von den texanischen Behörden ins Bockshorn jagen lassen würde. Der McNaught-Fall reichte zwar nicht so weit zurück und er war auch nicht so tödlich, aber auch Dale Felton war Unrecht widerfahren. Und Claude Sample. Selbst Joe Ford.

Phelan sah Aaron Philpotts zerstörtes Gesicht vor sich.

Er nahm den Telefonhörer und wählte die Nummer des *Washington Star*, bat darum, zur Nachrichtenredaktion durchgestellt zu werden. Dort fragte er nach der Reporterin. Es dauerte ganze anderthalb Minuten, bis eine Stimme in sein Ohr bellte. »Anne Reid.« Er stellte sich vor, erklärte ihr den Grund seines Anrufs, erzählte ihr von Dale Felton und Claude Sample und dem Umschlag, den ihr Phelan Investigations zuschicken würde. Dann hielt er inne.

Die Reporterin hatte ihn nicht ein einziges Mal unterbrochen. »Buchstabieren Sie Ihren Namen«, sagte sie knapp.

Phelan gehorchte.

»Von wo rufen Sie an?«

»Beaumont, Texas.«

»Der Name des Gefängnisses. Und Ihre Telefonnummer.«

»Gut, ich hab alles«, sagte sie dann. »Ich werde mir ansehen, was Sie mir schicken. Wiederhören, Mr Phelan.«

Wiederhören, Anne Reid.

Nachdem er aufgelegt hatte, war es kurz still. Dann sagte Phelan, dass er in der Highschool Staffellauf gemacht hatte und dass er sich gerade genauso fühlte. Man jagte über die Bahn und drückte dem Nächsten den Staffelstab in die Hand und dann ... dann stand man da und sah dem immer kleiner werdenden Läufer hinterher. Und konnte ihn nur noch anfeuern.

»Unser Problem ist«, sagte Delpha, »dass der nächste Läufer sich einfach auf die Tribüne setzen könnte.«

»Jep.« Phelan zündete sich eine Zigarette an. »So, jetzt erzählen Sie mal, wie es kam, dass Sie und Ruby bei Dwyer aufgekreuzt sind.«

Gerade als Delpha anfangen wollte, klopfte es an die Tür. Ben mit einem Umschlag und dem Ausdruck eines Fünfzigjährigen auf seinem zwanzigjährigen Gesicht.

Nachdem Ben sein Geld bekommen hatte und gegangen war, beantwortete Delpha endlich Phelans Frage und provozierte damit gleich die nächste Frage.

»Sie hat seine Brieftasche geklaut? Warum denn?«, fragte er, obwohl er sich so etwas gedacht hatte, als er Ruby neben dem Mercedes kauern sah, der sie vor den Blicken von der Straße verbarg.

»Mögliche Informationen. Aber mir ging's vor allem darum, dass er Sie nicht in seinem Haus erwischt. Also habe ich

Dwyer erzählt, dass der Dart meinem Bruder gehört und dass ich nicht damit zurechtkomme. Das führte zu länglichen Erklärungen seitens Dwyers, und dann mischten sich noch die Männer, die von der anderen Straßenseite kamen, ein. Die Gelegenheit hat Ruby genutzt. Ich habe die ganze Zeit versucht, die Sicht auf die Einfahrt zu blockieren, und Dwyer immer wieder unterbrochen und die anderen beiden ins Gespräch gezogen. Währenddessen hat Ruby die Brieftasche durchsucht und sie dann durch das Autofenster auf den Fahrersitz geworfen.«

»Hat er das nicht mitgekriegt?«

»Nein. Er war vollauf damit beschäftigt, mir haarklein das Auto zu erläutern – und sich mit den anderen beiden zu streiten, die ihm ständig widersprachen.«

Phelan stand auf und ging hin und her. »Er wird den Dart wiedererkennen. Und Sie. Ruby vielleicht auch.«

»Ja, sicher. Nur werde ich ihm zeitlebens nicht mehr unter die Augen treten. Blöd wäre es, wenn wir die Brieftasche behalten hätten, Tom.«

Sie sahen sich an, und Phelan tigerte wieder auf und ab.

»Was war drin?«

Delpha wiederholte, was Ruby ihr berichtet hatte. Louis Dwyers Brieftasche beinhaltete einen Führerschein, eine Mastercard, einen Clubausweis, einige Quittungen und Visitenkarten, einen kleinen Schlüssel und 1431 Dollar.

»Der trägt ja ein Vermögen mit sich herum«, sagte Phelan. »Plus der Schlüssel.«

Delpha nickte.

»Ich habe diese braune Metallkiste nicht im Haus gefunden. Vielleicht ist der Schlüssel dafür.«

»Vielleicht.«

»Wäre gut, wenn wir die Fotos da drin in die Hände kriegen könnten. Die würden Anne Reid sicher überzeugen.«

Delpha seufzte. »Tom. Sie haben doch schon Fotos. In zwei Minuten werde ich sie in diesen Umschlag stecken und der Reporterin schicken. Dwyer hat Sie nicht in seinem Haus erwischt, und er hat Ruby nicht erwischt, wie sie seine Brieftasche klaut. Sie hätten sehen sollen, wie stolz sie war, weil sie es geschafft hat, von einem Ohr zum anderen hat sie gegrinst. Und ich glaube, nein, ich weiß ...« Ihre Stimme wurde lauter.

»Sie glauben, dass wir einen Treffer gelandet haben und es dabei belassen sollten, um das Ergebnis nicht zu riskieren.« Ein kleines Lächeln verdrängte Phelans konzentrierte Miene.

»Genau.« Delpha schnappte sich Bens Mappe und ging damit zu ihrem Schreibtisch.

Das Klopfen eines Umschlags auf einer Holztischplatte, das Ratschen eines Klebebands und einige leichte Schritte. »Und was für ein Treffer«, sagte sie zu sich. Damit war sie aus der Tür.

28. Dezember 1973

Als Peg Delpha und Phelan zu der Silvesterparty eingeladen hatte, hatte sie gesagt, dass die Mädchen sich schick machen würden. »Kommt ihr beiden?«

Delpha sagte, sie würde es sich überlegen. Aber warum nicht? Die Arbeit war erledigt. Warum also nicht auf eine Party gehen?

Die alten Ladys im Rosemont wurden ganz zappelig, als sie hörten, dass sie ein Partykleid brauchte. Miss Bibbo war noch nicht von ihrer Tochter zurückgekehrt, und so gingen Mrs Morrisey und Mrs Fontaine zu zweit auf Expedition in den staubigen Lagerräumen des Hotels, wo sie ihre Besitztümer aufbewahrten. Zuerst wollte Delpha sie aufhalten, aber dann fand sie es gemein. Die Augen der beiden glänzten, ihre Stimmen klangen ganz aufgeregt.

Delpha lief zur Bücherei. Man bereitete manchmal jemandem eine Freude, indem man ihn um etwas bat, was er leicht entbehren konnte. Angela war sogar noch erfreuter als die Rosemont-Bewohnerinnen, ihr bei ihrem Problem helfen zu können. Sie brauchte alle zehn Finger, um die potenziellen Kandidaten in ihrem Kleiderschrank aufzuzählen.

»Wann waren Sie das letzte Mal auf einer Silvesterfeier?«, fragte sie zurückhaltend.

»Ich war noch nie auf einer.«

Das Kleid, das Angela mit ins Rosemont brachte, war von einem satten Blau. Es hatte einen runden Halsausschnitt, lange, an den Handgelenken gerüschte Ärmel und einen Rock, der an einer Hüfte gerafft war und knapp oberhalb ihrer Knie endete. Das Beste war, dass es im Licht schimmerte.

»Ich habe Meemaw gesagt, dass es zu kurz für Sie sein

könnte, und sie hat den Saum rausgelassen. Das letzte Mal habe ich es beim Dinner der Library Association im Sommer getragen. Die Konferenz war in Las Vegas, wo ein bisschen Glitzer nicht schaden konnte.«

»Sind Sie sicher?«

Angela war mindestens sechs oder sieben Jahre jünger als Delpha, aber auf einmal hatte sie einen ganz mütterlichen Ton. »Natürlich. Viel Vergnügen!«

Es amüsierte Delpha, dass die Frauen sie unbedingt herausputzen wollten, nur weil sie auf eine Party ging. Allerdings kannte sie das von damals, wenn eine Frau aus Gatesville entlassen wurde. Es fiel immer etwas für einen selbst ab, wenn man die Märchenfee gab, und die Freude an der guten Tat hielt eine ganze Weile an.

31. Dezember 1973

Phelan hatte versprochen, nachzukommen. Delpha hatte ihm zwar versichert, dass auch noch andere Männer eingeladen waren, aber er vermutete, dass er für ein Dutzend Frauen als Tanzpartner würde herhalten müssen. Das vermutete sie auch. Aber das war nicht alles. Was, wenn die Frauen sie zu einem Mitternachtskuss drängten? Gut möglich, dass er eher zurückhaltend war, was solche öffentlichen Zurschaustellungen anging, sie war es jedenfalls. Klar, es könnte nett sein, ihn zu küssen, aber wahrscheinlich war es ziemlich peinlich.

Delpha stieg in den Dart, strich das kurze blaue Kleid unter ihrem Hintern glatt und ließ den röhrenden Motor an. An einer Ampel drehte ein junger Mann in einem gewienerten neuen Schlitten mit Streifen auf der Motorhaube den Kopf zu ihr und ließ den Motor aufheulen. Sie drückte aufs Gas. Fauchend verschaffte der Dart sich Respekt.

Delpha drängte sich durch das volle Wohnzimmer in die Küche, wo sie Peg entdeckte und an der Schulter berührte. »Wo ist Ruby?«

»Ich versuch schon die ganze Zeit, sie rauszulocken«, sagte Peg, die vermutete, dass Ruby sich wieder in ihrem dunklen Zimmer verkrochen hatte. Alle aßen und tanzten mit den wenigen Männern – einem Vater, einem Cousin, dem einen neuen Freund – und miteinander. Über dem Wohnheim hing immer noch eine Fichtennadelduftglocke, nur in der Küche wurde sie von dem Geruch nach Schinken und gebratenem Fisch verdrängt. Einige Frauen empfanden das alles wahrscheinlich als allzu heimelig, während andere sich wohlfühlten. Sie wussten, wo sie waren, und das war zumindest an diesem Abend nicht in der großen kalten Welt. Sie kannten einander. Es war Silvester, und sie würden verdammt noch mal ordentlich auf den Putz hauen, *laissez les bon temps rouler*.

Gegen neun hatte Delpha Ruby endlich überredet, aus ihrem Zimmer zu kommen. Zwei Frauen hatten sich in Kleider aus ihrer Schatzkiste gepresst, das gelbe Kleid und das schwarze mit der weißen Schleife. Ruby schlich sich in der nicht mehr ganz sauberen schwarz-rot gepunkteten Bluse und Bluejeans auf die Party und setzte sich mit einem Dr. Pepper auf die Couch am Rand des Getümmels. Ein, zwei Mal sah sie aus dem Panoramafenster in die Nacht hinaus. Vor dem Fenster standen im Schein der Gartenlampe der Picknicktisch mit dem Blumentopf-Aschenbecher und mehrere alte Metallgartenstühle.

»Geht's dir gut, Ruby?«, fragte Delpha.

»Wie's eben so geht.«

»Nett von dir, deine Kleider herzuleihen. Selbst wolltest du keines anziehen?«

»Vielleicht später mal.« Sie zündete sich eine Zigarette an und sah wieder zum Fenster hinaus. Ruby rauchte die Zigarette bis zum Filter runter, dann kehrte sie in ihr Zimmer zurück.

Gerade als Delpha mit einem Teller aus der Küche kam, trat Phelan durch die Haustür. Er hatte sich in einen schicken Anzug geworfen und eine gemusterte Krawatte umgebunden ... mit Autos darauf, wie sie beim Näherkommen sah. Peg steuerte schon auf ihn zu, und kaum drangen die ersten sexy gehauchten Töne von »Love Me Tender« aus den Boxen, schnappte sie ihn sich. Viel Frank Sinatra, eine Viertelstunde Benny Goodman, die Temptations, Supremes und Beatles stapelten sich auf einem Beistelltisch, aber Peg schien auf Elvis gewartet zu haben, hatte die Platte vielleicht sogar selbst aufgelegt. Sie hatte die Augen geschlossen.

Phelan lächelte Delpha über Pegs Schulter hinweg an.

Midnight, die inoffizielle Empfangsdame des Übergangswohnheims, war eine von den beiden Frauen, die sich ein Kleid aus Rubys Schachtel organisiert hatten, in ihrem Fall das Schwarze mit der weißen Schleife. Mit ihrem über die ganze Länge tätowierten Arm, ein regelrechter Garten, riss sie Elvis vom Plattenteller, legte »I'll Take You There« von den Staples auf und stellte sich vor Phelan, nachdem Peg ihn endlich freigegeben hatte. Er wirbelte sie beim Tanzen herum, um ihr nicht zu nahe zu kommen. Denn Midnight sang mit, das Gesicht bei jedem Wort, jedem Stöhnen und Seufzen hingebungsvoll verzerrt: »*Ah Daddy, Daddy, Daddy, um, hep me, c'mon, ohhhho, ooh all right now, I oh I know a place! Mercy mercy …*«

Als der Song zu Ende war, bog Phelan sie weit nach hinten. »Woooo-ee« rief sie, als ihre langen schwarzen Haare über den Boden strichen.

»Hey«, er setzte sich neben Delpha, »geht's hier schon die ganze Zeit so zu?«

Delpha leckte sich einen Krümel Apfelkuchen vom Finger. »Kann man wohl sagen.«

»Da hab ich ja was verpasst. Wo ist Ruby?«

»Mal hier, mal da.«

»Sind Sie bereit für das neue Jahr?«

»Bleibt mir was übrig?«, sagte Delpha.

Peg kam mit einem Teller für Phelan, auf dem von allem ein bisschen war – Schinken, Fisch, Schwarzaugenbohnen, rote Bohnen und ein mit schmelzender Butter bestrichenes Maisbrot. Phelan verdrückte die Maisbrotscheibe mit zwei Bissen, dann lehnte er sich zur Seite, stellte den Teller auf das Büfett und wandte sich wieder Delpha zu.

»Tolles Kleid.«

»Leihgabe der Tyrrell Public Library, Auskunftstresen.« Sie schenkte ihm ein schiefes Grinsen.

»Na, es lohnt sich doch immer, dort nachzufragen. Da ist übrigens was, was ich Sie fragen will ... Also, worüber ich mit Ihnen reden will. Bisher war nie der richtige Moment, aber vielleicht ist er ja jetzt gekommen, an Silvester.«

Delpha stellte ihren Pappteller ab und schob ihn mit dem Fuß unter ihren Stuhl, damit niemand darauf trat. Das klang so, als sollte sie ihm gut zuhören.

Phelan sah sie direkt an, sagte aber nichts.

Verschränkte die Hände.

Die Musik wurde lauter gestellt, dann wieder leiser.

»Möchten Sie meine Partnerin werden? In der Detektei? Ich ...« Er verstummte, als Al Green losplärrte. Die Musik wurde leiser gestellt, und Phelan fing noch mal von vorne an.

»Ich weiß, dass es keine Bank oder ein Autohandel oder was anderes ist, mit dem man reich wird. Eher im Gegenteil. Ich komm mir so vor, als würde ich Sie bitten, sich an einer Ölquelle zu beteiligen, die vielleicht nie zu sprudeln anfängt. Aber ... also, es ist nur ... also, ich habe das Gefühl, als ... als wären Sie das schon immer.« Er schien erleichtert zu sein, es endlich gesagt zu haben. Einen Moment lang sahen sie sich an, Phelan mit fragendem Blick. Lächelnd schlug er einer Frau einen Tanz aus. »Jetzt nicht, danke.«

»Was war ich schon immer?«

»Wie, was? Oh. Ein Teil davon.« Er zuckte mit den Schultern, als wäre das doch klar.

Ihre Stirn legte sich in Falten. »Tatsächlich?« Rasch zog sie die Füße zurück, als eine Frau vorbeiwirbelte.

»Von Anfang an. Wie ich schon mal gesagt habe.«

Er hatte das schon mal gesagt?

»Tom, ich habe nicht das Geld, um in der Detektei einzusteigen ...«

»Das ist mein Weihnachtsgeschenk. Also wenn es überhaupt irgendeinen Wert für Sie hat. Ich hoffe es ja, aber ...«

»Okay«, sagte sie, auch wenn sie immer noch unsicher war, ob sie ihn richtig verstanden hatte. Sie hatte sich aufgerichtet, während er mit den Ellbogen auf die Knie gestützt auf ihre Antwort wartete und inzwischen so aussah, als hätte er körperliche Schmerzen.

»Wie ... okay?«

»Okay«, wiederholte sie, weil sie nicht verstand, was daran nicht zu verstehen war.

Er senkte leicht den Kopf. Al Greens Stimme schwoll an. »... good, bad, happy or sad ...«

»Okay«, sagte sie lauter. »Ich will Partnerin in Ihrer Detektei werden.«

Er lehnte sich zurück. »Echt? Sind Sie sicher?«

»Ja, bin ich.«

Seine Brust hob und senkte sich. Er streckte ihr die Hand entgegen.

Delpha nahm sie, und damit war es besiegelt.

»Ach, da seid ihr Herzchen ja! Kommen Sie, Mr Phelan, tanzen Sie noch mal mit mir.« Midnight stand vor Phelan, die Hände wie zum Gebet aneinandergepresst. Ein Glöckchen bimmelte dreimal, und die sanfte Lautsprecherstimme eines Mannes bat jemanden, dass er zu Weihnachten nach Hause kommen möge.

Augenblicklich gab Midnight das sittsame Betragen auf. »Ach nö, nicht der Scheiß schon wieder. Weihnachten ist doch schon lange vorbei!«

»Halt die Klappe, Miss Queen«, sagte Peg zu ihr, »wenn du keine draufkriegen willst.«

»Tut mir leid«, Phelan streckte Delpha die Hand hin, »dieser Tanz ist schon vergeben.«

Delpha schwirrte der Kopf von Phelans Angebot. Und außerdem ... egal was sie sich vorgenommen hatte und wie sehr sie sich selbst den Kopf zurechtgerückt hatte, was ihren Chef anging, egal also wie nüchtern und klar sie war, kaum hatte sich seine Hand um ihre Taille und ihre Hand auf seine Schulter gelegt, wurde ihr ganz warm. Es war nur ein kurzer Song, aber Delpha fühlte sich, als würde sie barfuß über eine Wiese tanzen. Als er zu Ende war, zog Phelan sie an sich. Ihre linke Hand glitt von seiner Schulter zu seinem Nacken.

Es dauerte ein paar Momente, bis die beiden sich wieder voneinander lösten.

Delpha holte den Teller unter ihrem Stuhl hervor, obwohl sie keinen Hunger mehr hatte. »Warum tragen Sie eine Waffe?«, fragte sie Phelan leise.

»Alte Pfandfinderregel: Sei stets bereit. Hören Sie, Ruby hat mich angerufen. Der Rechtsmediziner hatte den Obduktionsbericht fertig. Sie hat ihn nicht verstanden und wollte, dass ich mit ihm spreche. Ich musste ihn zu Hause anrufen.«

»Und? Was hat er gesagt?«

Phelan sah ihr in die Augen. »Halten Sie sich fest: Kein Arsen und auch kein anderes Gift.« Er schüttelte den Kopf. »Aber er fand sonst alles Mögliche. Vernarbtes Lungengewebe. Lungenentzündung. Eine schwere Herzschädigung, die von Hypertonie kommen könnte, also Bluthochdruck. Ich wette, wenn wir Rubys Blutdruck messen ließen, wäre er auch viel zu hoch. Aber das Heftigste ist, dass Emeralds Gehirn und Hirnstamm kleiner geworden waren und dass er irgendwelche Proteine oder so nachgewiesen hat, die nichts darin zu suchen haben ... es sei denn, man hat eine bestimmte fortschreitende Gehirnerkrankung. Der Rechtsmediziner hat mich gefragt, wie sie ... wie die Tote gegangen ist, wie sie sich verhalten hat. Viel konnte ich ihm nicht sagen. Aber Sie verstehen, was das bedeutet, oder?«

»So ungefähr. Fortschreitend heißt, dass Emerald sich nie wieder erholt hätte.«

»Genau. Der Arzt hat sich nach familiären Belastungen erkundigt. Dazu habe ich nichts gesagt, der blaue Hund hätte sicher nicht weitergeholfen.«

»Ich glaube schon.«

»Sie glauben, der Hund –«

»Die Familie. Mrs Newsom hat gesagt, die Mutter der Zwillinge sei immer mehr verfallen. Am Schluss hat wohl ihr Herz versagt, aber der Verfall hatte schon vorher eingesetzt. Weswegen auch immer. Was haben Sie Ruby erzählt?«

»Die Wahrheit, also alles, soweit ich es verstanden hatte. Sie hat es begriffen, und sie hat auch begriffen, dass es sie genauso betreffen könnte. Das hat der Rechtsmediziner gesagt, als ich ihm erzählte, dass Ruby Emeralds Zwilling ist. Und wissen Sie, was? Ruby wirkte kein bisschen überrascht.«

Eine Weile saßen sie nur da. Die Partygäste drehten immer mehr auf, vielleicht war etwas Hochprozentiges in einen der Krüge mit Hawaiian Punch geschmuggelt worden. Die Supremes sangen »Baby Love«, und eine hellhäutige Schwarze namens Pauline hielt sich eine Coladose wie ein Mikrofon vor den Mund und sang mit.

Weit nach elf tauchte Ruby wieder auf. Sie trug das rosenrote Kleid mit dem Schößchen, das sich um ihre schmalen Hüften plusterte. Es war frisch gebügelt. So elegant das Kleid war, so verloren wirkte seine Trägerin darin, dachte Delpha. Fünf Jahre früher und sieben Kilo mehr auf den Rippen, hätte sie darin jeden Mann umgehauen. Jetzt war der

Ausschnitt am Busen zu weit, und ihre Schultern standen knochig hervor. Die Frau, die einmal mit sicherem Stand auf einem galoppierenden Pferd balanciert hatte – sie war zwar noch da, dachte Delpha, aber nur mit Mühe zu erkennen.

Rubys Kummer lag wie ein Schleier über ihren grauen Augen, die unruhig hin und her huschten. Sie winkte Phelan und Delpha zu, setzte sich jedoch nicht zu ihnen. Stattdessen ließ sie sich in den Sessel am Fenster sinken und rauchte teilnahmslos. Sie hatte sich nicht die Mühe gemacht, Schuhe anzuziehen.

Unverwandt blickte sie aus dem Fenster.

»Sehen Sie das?«, fragte Delpha Phelan und deutete mit dem Kinn zu Ruby. Phelan, der wieder die Ellbogen auf die Knie gestützt hatte, nickte.

Als eine Motown-Band sich des Raums bemächtigte, ging Peg in die Küche zurück. Pauline sang immer noch in ihr Cola-Mikro, und hinter ihr fingen vier Frauen, unter anderem Midnight, an, den Temptation Walk zu tanzen. Sie drehten sich nach rechts, wiegten sich, schwangen zweimal die Ellbogen, warfen einen Fuß hoch und drehten sich nach links, schwanken die Ellbogen. Nachdem sie das einige Male wiederholt hatten, stellte eine der Frauen ihren rechten Fuß hinter den linken und wirbelte herum, was von den anderen mit lauten Oooohs bejubelt wurde. Schnell stellten sie sich auf, um den Schritt nachzumachen.

»Countdown«, rief eine Frau und zeigte auf die Wanduhr hinter dem Empfang. Kreischend rannten alle zusammen und fassten sich an den Schultern.

»Zehn …«

Während sich die fröhlichen Gesichter der Uhr zuwandten, drehte Tom Delphas Stuhl zu sich und küsste sie.

»Neun … acht …«

Der Kuss wischte alle Gründe, warum er sie nicht küssen sollte, mit einem Streich beiseite. In ihm lagen Sehnsucht und Erfüllung, Dankbarkeit, dass sie sich vom ersten Tag an für ihn ins Zeug gelegt hatte, und Freude an ihren geschwungenen Hüften, die er mit beiden Händen umfasste.

»Sieben ... sechs ... fünf ... vier ...«

Delpha erwiderte den Kuss, froh, weil sie sich jetzt nicht mehr zügeln und ihn sich nicht mehr nur vorstellen musste, weil er ein so schöner Mann war, atemberaubend schön, und weil er sich den McClung-Schwestern gegenüber so freundlich verhalten hatte und in seinem Anzug dem weinenden Dale Felton bis in den zehnten Stock nachgeklettert war. Weil er ihr die Tür zur Freiheit geöffnet hatte.

»Drei ... zwei ... eins!«

1974 war angebrochen.

Jubel brandete auf, alle riefen: *Frohes neues Jahr!* Nur Peg bemerkte Tom und Delpha, als sie aus der Küche herübersah. Der Rest pfiff und johlte einer anderen Ex-Insassin zu, die sich in die Arme ihres Freundes geworfen hatte. Peg trug ein Tablett voll bunter Pappbecher mit Kalter Ente herein.

Ruby saß nicht mehr in ihrem Sessel, und Delpha sprang auf und lief zu ihrem Zimmer. Das Licht brannte, und der Inhalt der Schachtel war über die Betten verstreut. Nur noch einige durcheinandergeworfene Fotos lagen darin. Sie betrachtete eines, auf dem die Zwillinge zu sehen waren, zwischen ihnen ein Mann mit Schnurrbart und hochgekrempelten Ärmeln. Er trug eine Lederschürze mit Fransen und Schlaufen für die Messer. Die Mädchen trugen Tutus, zwei identische kleine Elfen.

Sie kehrte ins Wohnzimmer zurück, wo gerade »Ticket to Ride« aus den Boxen dröhnte. Keine Ruby. »Wo ist sie hin?«, flüsterte sie in Phelans Rücken, gerade als Peg mit einem

Krug auftauchte. »Das ist der Rest. Wo ist eigentlich ... ah, da draußen. Was macht sie denn in der Kälte?«

Phelan und Delpha drehten sich zum Fenster und sahen Ruby im Licht der Gartenlampe auf einem der alten Klappstühle sitzen, die bloßen Füße auf einen zweiten Stuhl gelegt. Delpha kniff die Augen zusammen. In einiger Entfernung entdeckte sie eine Gestalt, die vom Fluss her auf Ruby zuging. Beim Näherkommen entpuppte sie sich als Mann. In Baumwollhose und Windjacke.

»Ist er das?«, sagte Delpha leise. »Ist das Carl?«

»Ich wüsste nicht, wer es sonst sein sollte.«

Der Mann beugte sich zu Ruby hinunter und nahm die Zigarette aus dem Mund, um sie zu küssen. Ruby drehte den Kopf weg. Er hob beide Hände, dann trat er ein paar Schritte zurück, setzte sich an den Picknicktisch, zog den Blumentopf zu sich her, klopfte die Zigarettenasche ab. Der Mann redete und deutete dabei auf Ruby, lehnte sich zurück. Es sah nicht so aus, als würde sie ihm antworten.

Er hob die Hände und streckte alle zehn Finger aus.

Sie sah zur Seite.

Er deutete auf sie.

Sie schüttelte den Kopf und machte eine wegwerfende Geste. Die Hand des Mannes lag auf Höhe der Tasche seiner Windjacke.

»Bleiben Sie hier«, sagte Phelan. »Ich gehe raus.«

Delpha folgte ihm. Sie setzten sich auf zwei Gartenstühle, die sie so zurechtgerückt hatten, als stünden Ruby und ihr Besucher auf einer Bühne und würden ein Theaterstück spielen, für das Phelan und Delpha Eintritt gezahlt hatten. Delpha schob ihren Stuhl näher an Ruby heran, Phelan lehnte sich zurück.

»Kalt hier draußen«, fing er an. Das grüne Dickicht am

Fluss entlang machte die Luft noch kälter. »Hallo übrigens, ich bin Tom Phelan.«

»Das hier ist privat«, sagte der Mann.

»Oh, wir wollen auch gar nicht stören«, sagte Delpha. »Drinnen war es nur echt heiß, puh.« Sie wedelte sich Luft zu. »Ich bin Rubys Freundin Delpha. Ich wette, Sie sind Carl.« Ihre Stimme klang vergnügt, freundlich. Phelan sah sie an.

Der Mann auch. Das Gesicht völlig ausdruckslos. Die Haare dunkelbraun, oben schon dünn. An der Wange hatte er ein Grübchen, aber die Jahre hinter Gittern hatten ihre Spuren hinterlassen.

Bei der Nennung seines Namens zog ein Lächeln über sein Gesicht. »Ja, ich bin Carl. Dann haben Sie also schon von mir gehört.« Er erhob die Stimme, als würde er vor Publikum sprechen. »Ich hab's ihr gerade gesagt« – er deutete auf Ruby –, »zehn lange Jahre hab ich auf den Tag gewartet, an dem ich die Frau hier wiederseh. Ist doch so, Baby, oder?«

Ruby zog an ihrer Zigarette.

»Wie oft hab ich dir das geschrieben, Ruby?«

»Wir haben dir nicht geglaubt.«

»Ich schwör's bei Gott. Ich hab dich nie vergessen, egal was du mir und Frank angetan hast.«

Ruby blieb zusammengesackt sitzen. »Willst du wirklich davon anfangen, Carl?«, fragte sie leise.

Er warf einen Blick zu seinem Publikum, zu Delpha und Phelan. »Tja, Baby, vielleicht will ich das.«

»Dann bist du verrückt.«

»Nach dir.« Sein breites Grinsen entblößte eine Zahnlücke.

»Du bist nichts als ein Lügner, Carl.«

»Im Zeugenstand hab ich jedenfalls nicht gelogen.«

»Das war alles nur Lüge.«

»Moment mal, Baby, du warst es doch, die uns alles über die Bank …«

»Was man eben so über seine Arbeit erzählt, nicht mehr. Du hast uns doch auch von den Möbeln erzählt, die du verkaufst. Wo ist da der Unterschied? Aber im Zeugenstand hast du hundert Sachen über uns erfunden.«

Carl deutete mit der Zigarette auf sie. »Der Alarmknopf. Klar hast du uns von dem Alarmknopf erzählt, Ruby. Deshalb sind Frank und ich ja wie ein geölter Blitz rausgerannt.«

»Das ist mir rausgerutscht. Ich war ganz sicher *keine* Komplizin.«

»Jaja, das lässt sich jetzt leicht sagen.«

»Nur ist es für die Wahrheit leider verdammt viel zu spät. Wann hast du beschlossen, uns mit reinzureiten? Gleich nach deiner Verhaftung? Oder hast du erst eine Weile vor dich hin gebrütet … das glauben wir nämlich …, bis du beschlossen hast, dass Em und ich auch ins Kittchen gehen, wenn sie dich einbuchten? Keiner hat uns zugehört, als wir gesagt haben, dass wir nichts damit zu tun haben. Sie haben unsere Akte mit den Vorstrafen rausgekramt. Schwerer Diebstahl. Damit war die Sache für den Staatsanwalt klar. Niemand hat sich dafür interessiert, was wir zu sagen hatten. Nein, stattdessen haben sie dich aus dem Kittchen antanzen lassen und die neuen Geschworenen haben sich Carl Allreds Geheule angehört, dass Gott ihm die rechte Hand versengt. Wieder. Das war dein großer Tag, was? Da oben zu sitzen mit einem Gesicht, als würdest du was Hübsches im Spiegel anschauen. Ja, du hast im Zeugenstand eine richtig gute Show abgezogen. Ein paar Tränen rausgepresst. Genau dieselbe Show, mit der du rausgekommen bist, nach allem, was Mr Phelan hier gehört hat.«

Carl drehte den Kopf zu Phelan. In dem gelben Licht verwandelte sich der Ärger auf seinem Gesicht in Stolz. »Davon haben Sie gehört?«

»Ja.«

»Dass ich den Wärter gerettet hab, das war keine Show. Da ist echtes Blut geflossen, Mister. Die waren dabei, ihn in Würfelchen zu schneiden, als ich dazukam. Ich hab Gott angefleht, den Mann zu retten, aber er hat es mir übertragen. Mir. Ich hab dem Mann mit der Rasierklinge gesagt, er soll sie hinlegen, weil es böse ist, was er da macht, und wenn er sie nicht hinlegt, wird er in der Hölle dafür zahlen müssen.«

Carl drehte sich ganz zu Phelan und sprach noch lauter. »Der Mann hat mich mehrmals erwischt« – er streckte seinen Unterarm vor –, »aber ich habe ihm gesagt, dass es keine Sühne für vergossenes Blut gibt außer durch den, der es vergossen hat.«

»Wie rechtschaffen von dir«, sagte Ruby.

Carl sprang von dem Picknicktisch auf, stapfte ein paar Schritte weg und wieder zurück, fast als müsste er Dampf ablassen, damit er sich nicht auf sie stürzte. »Es war rechtschaffen. Ich sagte ... also ich sagte, ›Der feigen Verleugner aber und Ungläubigen und Frevler und Totschläger ... – deren Teil wird sein in dem Pfuhl, *der mit Feuer und Schwefel brennt*‹. Dabei hab ich ihm fest in die Augen gesehen, bis er Angst gekriegt und die Klinge weggeschmissen hat. Weggeschmissen, Ruby.«

Ruby stieß den Rauch aus. »Und dafür haben sie dich rausgelassen?«

»Ich hab niemand was getan.«

»Du hast uns hingehängt. Du bist mir und meiner Schwester zum Haus des Herrn gefolgt, aber ich hab dir nie geglaubt, dass du ihn in dein Herz gelassen hast. Du führst doch Gottes Namen nur im Mund, weil dir dann alle zuhören.«

»Tu nicht so, als hättet ihr kein Wässerchen trüben können. Emerald hat Frankie selbst erzählt, wie ihr Leute beklaut habt.«

»Deshalb haben wir uns ja an Gott gewandt.«

Mit vorgerecktem Kopf wartete Carl darauf, dass sie weitersprach, aber sie schwieg. »Ja, aber ich und dieser Wärter, das war keine Show, verdammt noch mal! Warum glaubst du mir nicht, hä? Glaubst du, es war Show, dass Frank gestorben ist? Ich bin zu ihm und hab ihn in den Arm genommen, und da haben sie mir in den Rücken geschossen.«

»Dafür können wir doch nichts.«

Das ausdruckslose Gesicht klaffte plötzlich auseinander. »Erzähl doch keine Scheiße! Und wie ihr was dafür könnt!«

Ruby nickte langsam wie zur Bestätigung eines Gedankens, der ihr gerade durch den Kopf ging. »Ich wusste, dass du das sagen würdest. Du hattest zehn Jahre, um über diesen Tag nachzudenken, und das ist dabei rausgekommen. Mir und meiner Schwester die Schuld geben. Du gehörst zu der Art Leute, die ihr ganzes Leben lang rumlaufen und anderen die Schuld in die Schuhe schieben für was, was sie selbst angerichtet haben. Du hast Gott nie in dein Herz gelassen, du hast ihn immer vor deiner Tür stehen lassen. Wer hat in diesem Lokal denn die Waffe gezogen? Ich wette, dass du das warst. Du, Carl. Damit war allerdings klar, dass die Cops euch nicht davonkommen lassen würden. Man sollte doch denken, dass ein Bankräuber so was weiß. So was weiß doch selbst ein Affe.«

»Halt dein Maul! Halt bloß dein Maul! Das hier hätte alles ganz anders laufen können, Ruby. Aber du willst ja nicht. Gib mir einfach das Geld zurück, das Emerald mir geklaut hat, und du siehst mich nie wieder.«

»Ach plötzlich. Gerade hast du noch gesagt, wie sehr du

mich liebst. Das hier sollte nie anders laufen. Und nimm gefälligst den Namen meiner Schwester nicht in den Mund.«

»Von dir lass ich mir gar nichts befehlen. Ich hab meiner Familie was von dem Geld abgegeben und das Haus renoviert. Achtundzwanzigtausend waren noch übrig. Dann kommt deine Schwester und klaut mir das Geld aus dem Strandhaus. Der Nachbar hat sie gesehen, einen Tag nach Thanksgiving.«

»Emmie hat dein Geld nicht geklaut, Carl. Das war ich.«

»Ne, ne, ich weiß, dass du das nicht warst, weil nämlich mein Bewährungshelfer in Gatesville war und sich deine Akte angesehen hat. Emerald McClung war schon entlassen, aber Ruby McClung saß noch ein. Du warst noch im Knast, Ruby. Ihr beiden habt euch geglichen wie ein Ei dem anderen, aber weil ... also deine Schwester konnte ja nie viel mit mir anfangen, und ich dachte, das alles bedeutet vielleicht, dass du ... mich noch ein bisschen liebst. So wie ich dich. Deshalb bin ich hergekommen, Baby.«

»Carl.« Ruby beugte sich vor. »Auf welchem Planeten lebst du eigentlich? Du redest Schwachsinn. Du hast uns ins Gefängnis gebracht! Und wo du schon vom Klauen redest, du hast uns acht Jahre unseres Lebens geklaut. Das Gefängnis hat uns fertiggemacht. Es hat Emerald umgebracht, und jetzt fehlt mir eine Hälfte von mir. Spinnst du eigentlich? Hörst du überhaupt zu? Aus reiner Böswilligkeit hast du uns ins Gefängnis gebracht.«

Carl legte eine Hand auf die Brust. »Aber doch nur, weil ich dich liebe, Baby. Damit du dir keinen anderen suchen kannst.«

Ruby erstarrte. Ihr Mund stand offen.

Delphas Nackenhaare richteten sich auf. Sie rutschte zur Stuhlkante vor. Glaubte Carl tatsächlich, dass er Ruby damit gewinnen konnte? Weil der Idiot seine Worte sogar wiederholte.

»Damit du dir keinen anderen suchen kannst, Baby.«

Rubys nackte Füße rutschten von dem Stuhl. Sie setzte sich aufrecht, stemmte die Hände auf die Armlehnen und stand in ihrem langen roten Kleid auf. Mit einer seltsam erotischen Bewegung strichen ihre Hände über ihre Schenkel zu dem Schößchen. Carl sah ihr zu, seine Brust hob und senkte sich.

Dann geriet auf einmal alles in Bewegung, so als würde unter den Zuschauern ein Aufruhr ausbrechen und sie würden die Bühne stürmen. Phelan sprang auf und griff nach seiner Waffe, die Augen auf Carls Hand gerichtet, die in die Tasche der Windjacke glitt. Delpha stürzte auf Ruby zu, um sich ihr in den Weg zu stellen, falls sie auf Carl losgehen sollte. Aber Ruby ging nicht auf ihn los. Sie trat links neben den Stuhl, die Hände immer noch an den Schenkeln. Ohne den Blick von Carl abzuwenden, machte sie einen weiteren Schritt, dann einen dritten, vierten, fünften. Schließlich stellte sie die Füße fest auf den Boden, und ihre Hände schoben sich unter das Schößchen des rosenroten Kleids.

Delpha erhaschte einen Blick auf ein paar schwarze Fransen, die sich gegen den roten Stoff abzeichneten, und eine rasche Bewegung von Rubys Arm. Ein heiserer Schrei, und dann stand Ruby mit ausgestrecktem Arm da, zog rasch ein zweites Messer und warf es mit derselben Kraft. Und dann noch eins und noch eins und noch eins. Phelan fing Carl auf, spürte es in seinem Arm, als die Klinge in Carls Brust drang. Er riss ihn an der Windjacke zur Seite, aber das Messer, das zwischen ihnen beiden die Luft durchschnitt, bohrte sich tief in Carls Armbeuge. Carl schrie. Hinter der Stelle, an der die beiden Männer eben noch gestanden hatten, steckten zwei weitere Messer im Gartenboden. Carl und Phelan lagen übereinander.

Carl hatte seinen .38er aus der Tasche gezogen und hieb damit nach Phelan. Die ganze Zeit über reckte er den Kopf nach Ruby. »Gib's auf, Mann«, brüllte Phelan aus Angst, dass sich ein Schuss aus Carls Waffe lösen und Ruby treffen könnte – oder Delpha. Die beiden Männer wälzten sich über den Boden, bis Carl mit dem Rücken halb auf ihm lag, aber Phelan gelang es, seine Rechte zu befreien und seine Waffe in Carls Nacken zu bohren. Ein Bild blitzte in ihm auf – wie Carl sich herumwuchtete, sodass sie Brust an Brust dalagen, zwei Männer, die sich aus kürzester Entfernung gegenseitig das Hirn wegpusteten.

Einen kurzen Moment hob Carl den Revolver und ließ ihn wieder sinken, dann öffnete sich seine Hand, und die Waffe rutschte heraus. Phelan spürte, wie der Mann schwer auf ihm zusammensank.

Delpha packte Ruby an den nackten Schultern, ihre Fingernägel gruben sich in ihre Haut, und sie schüttelte sie, um sie daran zu hindern, noch mehr Messer zu werfen, aber Rubys Arme baumelten bloß kraftlos hin und her. Als Delpha sie zur Hintertür schob, riss Ruby sich los, stolperte über den Saum des roten Kleids und landete neben dem Mann mit dem Messer in der Brust auf den Knien. »Carl.« Sie kroch zu ihm und beugte ihr Gesicht ganz nah zu seinem. »Hast du's jetzt kapiert, Carl?«

Phelan kämpfte sich unter dem Mann hervor und sagte leise: »Er kann dich nicht mehr hören, Ruby.«

Delpha packte Rubys Arm, zog sie hoch und führte sie zum Haus. In dem Moment, als sie sie durch die Tür schieben wollte, vorbei an zwei fassungslosen Partygästen, die ihnen Platz machten, drehte Ruby den Kopf und ihre Lippen strichen wie bei einem zarten Kuss über Delphas Ohr.

»Jetzt weiß ich, wie es ist«, sagte sie.

Damit beantwortete Ruby die Frage, die sie Delpha auf dem Friedhof gestellt hatte, selbst – wie es sei, jemanden umzubringen. Delpha schob die Frau an den bloßen Schultern grob weiter und sagte mit schneidender Stimme: »Du wirst viel Zeit haben, darüber nachzudenken, Ruby, wenn du wieder in Gatesville bist. Verdammt noch mal, Midnight, steh nicht rum, ruf einen Notarzt!«

Ruby wand sich in Delphas Griff und richtete einen Moment lang ihre silbrigen Augen zum Sternenhimmel. Dann ließ sie sich über die Schwelle schieben.

1. Januar 1974

Die Wanduhr hinter dem Empfang tickte langsam die Sekunden herunter. Mit lautem Sirenengeheul war vor zwei Stunden der Rettungswagen eingetroffen und mit seiner Fracht stumm wieder davongefahren. Auch Ruby McClung, die immer noch ihr rosenrotes Kleid trug, war abgeholt worden. Phelans Privatdetektivausweis war misstrauisch beäugt worden, die Entlassungspapiere der Bewohnerinnen genauestens studiert, die Aussagen aufgenommen, zuerst die von Peg und von Delpha, dann die der anderen. Einige hockten sich ins Wohnzimmer, die meisten gingen auf ihre Zimmer und warteten, bis sie an die Reihe kamen. Der Verstoß gegen die Bewährungsauflage, wonach Delpha keinen Kontakt zu einer Person haben durfte, die einmal straffällig geworden war oder kriminelle Handlungen beging, stellte kein besonderes Problem dar, weil jede Frau in dem Übergangswohnheim einmal straffällig geworden war.

Sie und Phelan saßen nebeneinander auf den Stühlen, auf denen sie auch einige Stunden zuvor gesessen hatten, Stunden, die ihnen wie Tage vorkamen. Delpha hatte ihre Schuhe ausgezogen, Phelan seine Krawatte abgelegt. Während die Polizisten herumliefen, Notizen machten, Fotos schossen und Namen brüllten, hatten sie darüber geredet, was jetzt mit Ruby passieren würde. Was sie tun könnten: nicht viel. Was sie anders hätten machen können: Da fiel ihnen einiges ein. Delpha hätte ihr auf dem Rückweg vom Magnolia-Friedhof den Kopf zurechtrücken können – *wen interessiert es, wie es ist, jemanden umzubringen? Denk mal nach, Ruby. Du bist diejenige, die zurückbleibt, und du wirst dafür bezahlen müssen.*

Delpha hatte Ruby McClung loswerden wollen, aber doch nicht so. Sicher nicht so.

Phelan stöhnte, als sie McNaught und die Schwierigkeiten, die auf sie warteten, erwähnte. Er hob die Hand – für heute reichte es ihm mit Problemen. »Was für ein beschissener Zeitpunkt, Sie zu fragen, ob Sie bei mir einsteigen wollen«, sagte er reumütig. »Überhaupt war es ein beschissener Monat für Phelan Investigations. Ruby muss zurück ins Gefängnis. Charlie geht es wahrscheinlich immer noch schlecht. Dale Felton ist tot.«

»Phelan and Wade Investigations«, sagte Delpha.

Um 3 Uhr 39 ließ die Polizei sie gehen.

Die Vögel schliefen noch in den wenigen Bäumen und Büschen in der Orleans Street. Delpha ging auf den erhellten Eingang des Rosemont zu, als das Geräusch von Schritten sie veranlasste, sich umzudrehen.

Phelan. Er steckte die Hände in die Hosentaschen und blickte vom Asphalt auf. »Dieser Kuss war das Schönste, was mir in diesem Monat passiert ist«, sagte er. »Vielleicht sogar im ganzen Jahr. Oder jemals.«

»Das sagen Sie nur, weil wir uns bemitleiden. Und Ruby.«

»Das habe ich auch schon überlegt. Ehrlich. Aber auch wenn ich vielleicht nicht der beste Privatdetektiv der Welt bin, Delpha, echte Gefühle erkenne ich.«

Einen Moment lang sahen sie sich in dem schwachen Licht an, dann schloss Delpha die Tür auf, und sie gingen durch die im Dunkeln liegende Lobby des Rosemont an der Popcornmaschine und der Kaffeekanne vorbei zur Treppe. »Kommst du mit rauf?«, fragte Delpha.

»Wenn ich darf.«

»Können wir dann aufhören zu reden und es einfach tun?«

»Klar.« Phelan nahm ihre Hand. »Bevor's kitschig wird.«

29. Januar 1974

Eine große Pappschachtel stand vor der Tür, auf der *Phelan and Wade Investigations* stand, und an der Schachtel war mit Klebeband ein Umschlag befestigt. Delpha schloss die Tür auf, trug die Schachtel ins Büro und stellte sie auf der kleinen Couch ab. Sie zog das Klebeband von dem Umschlag. Auf der Rückseite stand:

Bitte gebt die Schachtel ihrer Tante, falls die ihr Zeug aufbewahrt. Der Brief ist für Ruby gekommen. Peg

Delpha öffnete die Schachtel. Darin lagen Rubys und Ems Kleider, mit Ausnahme des rosenroten. Sie kramte ein wenig darin, fand die Handtasche und darin die Verse der Schlafwandlerin über den kostbaren Fund und die frohen Kinder. Sie beschloss, sie in die McClung-Akte aufzunehmen, dann warf sie einen Blick auf den Stapel Fotos, der in einer Ecke der Schachtel steckte. Das oberste zeigte die lächelnden McClung-Zwillinge auf dem Rücken eines Elefanten mit aufgerolltem Rüssel.

Phelan traf eine Stunde zu spät ein, die Augen kalt wie der Frost an diesem Morgen Ende Januar. Er hatte einen Anruf von E. E. bekommen, der wiederum von Walter Perry angerufen worden war. Eine Frau aus Washington, D. C., hatte sich bei dem Gefängnisdirektor gemeldet und einige ganz spezifische Fragen zum Wohlergehen von Perrys Häftlingen gestellt. E. E. hatte wissen wollen, was *pour l'amour de Dieu* Phelan angerichtet hatte.

Phelan hatte es ihm erzählt.

»Dann ist er bestimmt sauer auf dich.«

Phelan rieb sich übers Gesicht. »So könnte man sagen.«

»Du bist sein Neffe, Tom. Daran kann auch ein Gefängnisdirektor nichts ändern. Und … was Phelan and Wade Investigations angeht, das stehen wir durch.«

Phelan küsste ihre Hand. Als er sich umdrehte, bemerkte er die Schachtel, hob eine Klappe und sah hinein. »Rubys Sachen«, sagte er. »Ja«, antwortete Delpha. Phelan nahm den Umschlag, riss ihn auf und las den Brief. Er sah Delpha an, dann stellte er die Schachtel auf den Boden, setzte sich auf die Couch und las den Brief noch mal. Beinahe lachend schüttelte er den Kopf.

»Hier«, sagte er.

Delpha nahm den Brief.

Sehr geehrte Miss McClung,

dank Ihrer Spende werden Mark und seine Schwester Kimberley Marks neunten Geburtstag mit Schokoladenkuchen, Eis und Luftballons feiern können. Das ist aber erst der Anfang dessen, was an Wohltaten auf unsere kleinen Bewohner wartet.

Mit Ihrer überaus großzügigen Spende von 20 000 Dollar können wir unser Gebäude frisch streichen und das Dach, das durch den Orkan beschädigt wurde, reparieren lassen. Im Frühjahr werden wir darüber hinaus einen Ausflug in den Houstoner Zoo davon finanzieren und vielen Kindern neue Schuhe und Kleidung kaufen können. Für Kinder wie Mark und Kimberley ist Ihre Hilfsbereitschaft ein wahrer Segen.

Wir würden uns freuen, Sie einmal bei uns begrüßen zu dürfen, damit Sie unsere Mitarbeiter und die Kinder kennenlernen. Unsere Geschäftsführerin Lila Johnson macht gerne einen Termin mit Ihnen aus. Wir freuen uns auf Ihren Anruf und wollen Ihnen noch einmal von ganzem Herzen danken.

Mit freundlichen Grüßen
Henry G. Richardson,
Leiter des Beaumont Children's Home

Delpha nahm den Brief mit zu ihrem Schreibtisch und las ihn dort wie Phelan ein zweites Mal. Wann zum Teufel hatte Ruby das beschlossen? Am Tag bevor sie die Messer geworfen hatte? Auf dem Friedhof mit Delpha, zwischen ihnen beiden die stille Emerald?

Ein solcher Brief konnte als Quittung dienen. Delpha hatte sich in Mr Wallys Kursen in Gatesville die Grundlagen der Steuergesetze angeeignet. Nur, wer sollte in diesem heillosen Durcheinander eine solche Spende von der Einkommensteuer absetzen? Ruby nicht, die in Gatesville auf ihren neuen Prozess wartete, nicht ihre todtraurige Tante Mrs Newsom, nicht die Bank in Austin, die für den Bankraub vor dreizehn Jahren die Versicherungssumme kassiert hatte.

Sie strich den Brief des Waisenhausdirektors glatt und legte ihn auf die Verse der Schlafwandlerin in der McClung-Akte. Ordnete sie ein und schob die Lade des Aktenschranks zu.

Ende